西山宗因生誕四百年記念

宗因から芭蕉へ

(財)柿衞文庫　八代市立博物館未来の森ミュージアム　(財)日本書道美術館　編

ごあいさつ

慶長十年（一六〇五）に肥後熊本で生まれ、青年期を八代で過ごした西山宗因は、京に遊学後、連歌師として活躍し、四十三歳で大坂天満宮連歌所の宗匠に就任しました。また、俳諧師としても、「談林派」といわれる新風をおこし、井原西鶴らの個性的な俳人を育て、若き日の松尾芭蕉にも多大な影響を与えた人物として知られています。

平成十七年（二〇〇五）は、西山宗因の生誕四百年にあたり、さらに宗因の作品を網羅した全六巻の『西山宗因全集』（八木書店刊）も平成十八年に完結します。そこでこの記念に、財団法人柿衞文庫（平成十七年　兵庫県伊丹市）を皮切りに、八代市立博物館未来の森ミュージアム（平成十八年予定　熊本県八代市）と財団法人日本書道美術館（平成十九年予定　東京都板橋区）において、共同企画による特別展覧会「宗因から芭蕉へ」を開催することとなりました。

この展覧会では、多数の新出資料や初公開資料を含む宗因遺墨の優品と、その影響をうけ俳諧の文学性をよりいっそう高めた芭蕉の名品をあわせて展観し、近世文学における宗因の業績を、今一度、検証しようとするものです。はじめて連歌に触れた八代時代から、華やかな京・大坂での生活や奥州・九州への行脚、そして俳諧師としても一世を風靡した宗因の多彩な生涯をたどる時、本展で紹介する作品はその最も重要な資料となります。この展覧会の開催が、「天性の詩人」と称された宗因の再評価と同時に、宗因・芭蕉の時代における近世文学の豊かさを実感していただく機会になれば幸いです。

最後に、本展覧会の開催にあたり、貴重な所蔵品をご出品いただきました所蔵者各位に厚く御礼申し上げます。展覧会の企画につきましては、俳文学会の島津忠夫・石川真弘両先生方のご指導ご協力を賜りました。また図録の作成においては、尾崎千佳先生に多大なご尽力を賜りました。ここにあらためて深く感謝申し上げます。

平成十七年十月

主催者

凡　例

一、本図録は展覧会『西山宗因生誕四百年記念　宗因から芭蕉へ』の共通図録である。本展覧会は、(財)柿衞文庫・八代市立博物館未来の森ミュージアム・(財)日本書道美術館の共同企画により開催するものであり、展覧会の会場・会期は次の通りである。

伊丹会場　(財)柿衞文庫
　会期　平成十七年十月二十二日(土)〜十二月四日(日)
八代会場　八代市立博物館未来の森ミュージアム
　会期　平成十八年四月二十一日(金)〜五月二十八日(日)　予定
東京会場　(財)日本書道美術館
　会期　平成十九年一月二十日(土)〜二月二十五日(日)　予定

一、本図録に掲載する作品には、会場により出品されない作品がある。各作品の出品会場は巻末の出品一覧に記した。また、作品の保存上、会期中に展示替えを行うため、会場内に展示されていない場合もある。
一、作品番号と展示作品番号は一致するが、展示配列は必ずしも番号順ではない。
一、各作品名の下に付した〔新出資料〕は本展覧会の企画にあたり新たに確認された作品であること、また、〔初公開資料〕は本展覧会により初めて公開される作品であることを示す。
一、読解の便を考慮し、原則として釈文には現在通行の字体を採用し、適宜、句読点・濁点を補った。
一、展覧会への出品・写真提供、ならびにご協力いただいた諸機関および個人については、巻末に一括して明記した。
一、本図録の作品解説は、主として山口大学人文学部助教授・尾崎千佳氏が執筆した。
一、本展覧会の企画および図録編集については、俳文学会の島津忠夫氏、石川真弘氏の監修のもと、(財)柿衞文庫副館長・今井美紀と八代市立博物館未来の森ミュージアム学芸員・鳥津亮二が担当した。

目次

西山宗因讃

島津忠夫

「上に宗因なくんば我々がはいかい今もつて貞徳が涎をねぶるべし。宗因は此道の中興開山也」といった芭蕉の言葉はよく知られている。寛文四年、二十一歳の芭蕉の句が、宗房の名で、はじめて『佐夜中山集』（松江重頼編）に二句入集した時、当時六十歳の宗因の句は、発句十七句、付句二十句がとられていた。その中には、

花むしろ一見せばやと存候

歌の道になれも指出の蛙哉

といった句が見える。前の句はもとより当時流行の謡曲調。おそらく口をついて出て来たと思われるが、洗練された一句。後者は、『古今和歌集』の序をもじった句、それももじりだけに終わらないで、詩情がある。宗因は、天性詩性のゆたかな人だった。それは多感な若い芭蕉も感じとったに違いない。宗因には、大坂天満宮の連歌宗匠としての連歌という本命の詩業があった。俳諧は、息子の宗春が、宗匠という仕事を引き継ぐことができる頃になって、しきりに楽しむようになる。宗因の俳諧には、和歌や連歌の教養が基盤にあり、それだけに連歌とは一線を画した新しい俳諧への自覚があった。

私は、もう五十年も前のことになるが、大阪天満宮の連歌書の調査に当たって、多くの宗因自筆の連歌作品に触れ、まだ近世の連歌はほとんど問題にされていない時代であったが、宗因の連歌には、なかなか言葉では説明できない、何ともいえない詩情のあふれているのを感じていた。昨年度から、あちこちで講演を頼まれるごとに、宗因の顕彰につとめて来たが、愛知県の高校教員の会で、「宗因と芭蕉」という演題を送っておくと、ていねいに現在の高校のテキストにとられている宗因と芭蕉の句を資料としてぬきだしてくれた人があった。その中のひとつ『高等学校古典　古文編』に、貞門・談林として、貞徳・季吟・宗因・西鶴の発句が一句ずつ選ばれていた。おそらく蕉風への入口として掲げられたものであろうと思われるが、その宗因の一句は、俳諧ではなく、

海は少し遠きも花の木の間かな

という『宗因発句帳』に見える、連歌の発句だった。例の『源氏物語』の「須磨にはいとど心づくしの秋風に、海は少し遠けれども」の名文をふまえ、須磨でよまれた句である。宗因の連歌の発句には、もう一つ突き破れば蕉風の句とも言えるところまで来ていることを表していると思って、この句を何度か講演に利用した。しかし、よく考えてみると、何も蕉風へのかかわりではなく、ここには宗因独自の詩があることを思うのである。私の講演を聴いた、かつての教え子で、高校の教員を長くしている某君が、宗因は、芭蕉に至る過渡的な意義しか考えていなかったが、宗因自身の句がすぐれた作品だということを初めて知ったというのである。

宗因と芭蕉の生涯を比較してみて気がつくことであるが、二人の間には、約四十年の年齢差がある。したがって元禄文化を宗因は知らない。それに対して芭蕉は寛永文化を知らないのである。この違いはかなり大きいと思う。宗因の作品には、寛永文化を身につけている教養の裏付けがあり、同じく武士の出ではあるが、芭蕉とは異なり、宗因の交流層は、上級の武士階級を中心に、公家、神官、茶人などに広がっている。そうした階層の人たちの間に、宗因の文芸を受け入れる素地があった。たとえば、石川県立歴史博物館で、宗因自筆連歌懐紙の寛文二年霜月六日『賦初何連歌』を見たが、これは加賀藩家老本田政長の江戸別邸での興行で、見事な下絵のある美しい懐紙であった。こうした上級武士層の間で宗因の連歌や俳諧がこよなく重宝されていることをまざまざと知らされたのだった。

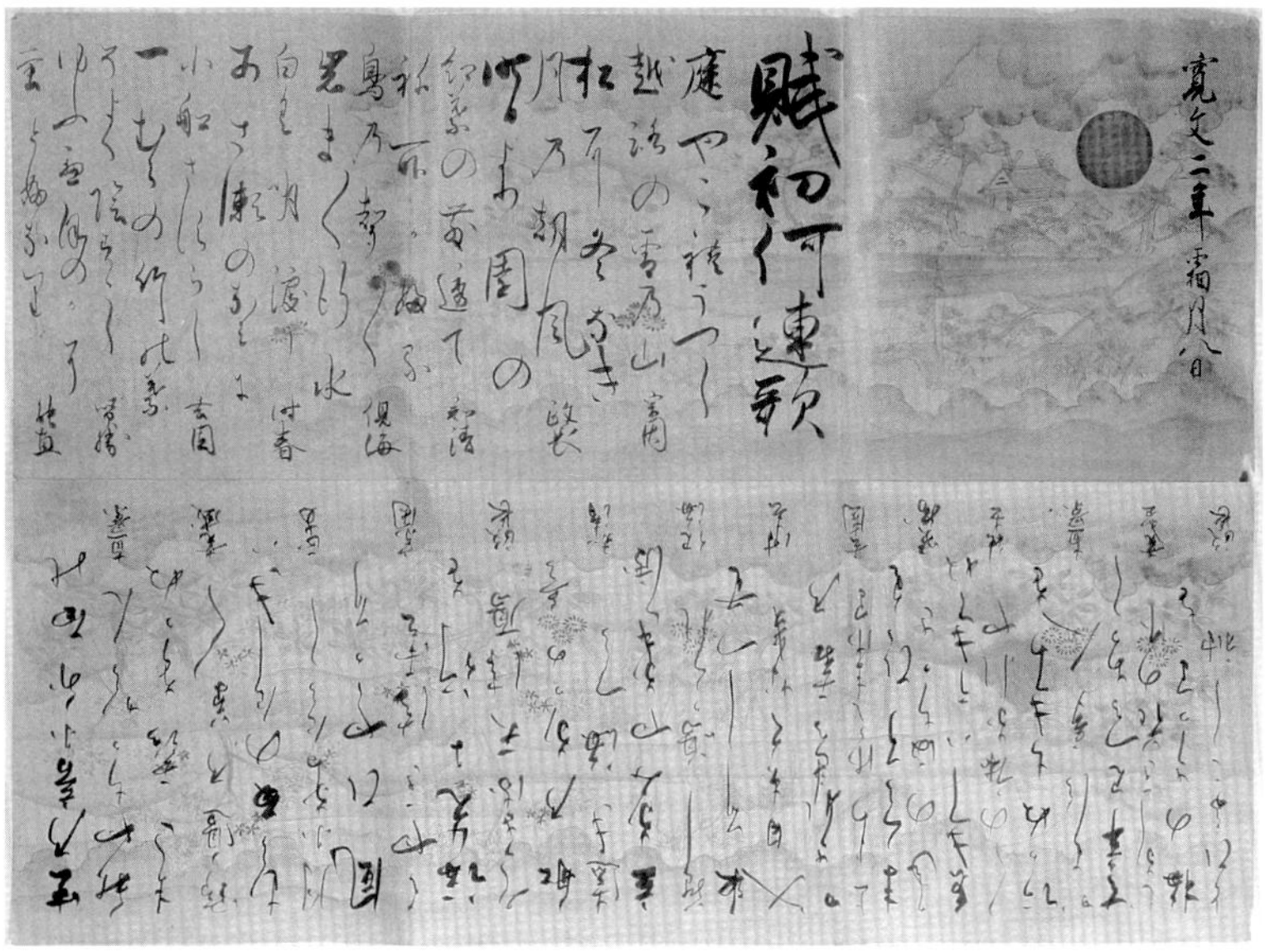

参考図版７　宗因筆『賦初何連歌』

宗因が、貞門・談林・蕉風へという図式の中で、談林の総帥としてのみ注目されることには、私は長く不満であった。宗因の文学を改めて考えてみるべきことを思っていた。中村幸彦先生に親炙して、酒の席などで、俳諧史上、第一等の詩人は宗因ではないかというようなことを何度も聞いて、私は意を強くした。何とか宗因の全集を編んで、多くの人に感得してほしいと思った。ようやく機が熟して『西山宗因全集』が刊行されることとなり、特に今年は生誕四百年の記念すべき年に当たり、「宗因から芭蕉へ」という特別展覧会が、今秋の伊丹の柿衞文庫から、八代市立博物館、東京の日本書道美術館へと巡回開催されるはこびとなったのである。まことによろこばしい限りというべきである。

宗因の作品を一堂に集めての本格的な展覧会は、おそらく初めての試みであろう。その中に、当然大阪天満宮御文庫蔵の宗因自筆の連歌書も多く展示される。思えば、この宗因の自筆本をはじめ、西山家伝来の書がかなり多く残っていることも、何度もの災害をまぬかれて、まさしく奇跡ともいうべきことなのである。西山宗珍の『西山家什物目録』を見ると、西山家には実に多くの書画墨跡があったことが知られる。それが、文政四年五月六日の『滋岡家日記』によると、西山家末葉の老婆が先祖伝来の連歌類を、時の天満宮神主滋岡長昌に託したという。それも、天保八年の大塩平八郎の乱で天満宮の書蔵と米屋敷だけが残り、さらに昭和二十年三月十三日の大阪大空襲でも、辛うじて文庫が残ったのである。ただし、滋岡家蔵の連歌書はこの文庫には入っていなかった。文庫に近いたまたま焼け残った建物が壊された時、その中に、西山家伝来の連歌書を含む滋岡家の連歌書が出て来たのである。

今回の展示物の中には、そうした運命の品々が多いことと思われる。それに、宗因の展覧会が計画されたのを機に、新しい宗因資料が次々と出てくることに驚きを感じている。その新発見のものも含めて、連歌・俳諧・紀行・和歌・書簡など、この機会をはずしては集めることはもはや困難であろうと思われる形で展示されようとしている。この図録も、最初は発刊が計画されていた『西山宗因全集』の『図録編』をある意味で兼ねる意味をももっているのである。

芭蕉の展覧会は何度も開催されており、今後もその機会は多いことと思われる。今回は「宗因から芭蕉へ」というテーマであるが、この機会に宗因の作品を中心とし、芭蕉との比較が知られるように展示されている。大方の御清鑑を期待したい。

（しまづ　ただお　大阪大学名誉教授）

17

連歌会席図（「邸内遊楽図屏風」より）

床の間中央に「渡唐天神画像」が掛けられ、その前の三宝には香炉と思われるものが置かれ、左には梅と松が生けられた花瓶が飾られている。床の間を背に、扇を手にした宗匠が脇息によりかかり、右の執筆（しゅひつ＝書記役）は、文台に硯と紙を置いて出句を待つ。その右の背を丸くした主賓と思われる僧形の人物を含めて、少なくとも六人が参加している。さらに右奥の控えの間には茶の用意をしている小姓が控え、連歌と茶の湯の関わりがうかがわれる。部屋のしつらえから見て、この図が描かれた江戸初期以前の武家の連歌座の様子を伝えているといえよう。なお、東京国立博物館にも同様の連歌会席図があるが、本点がもとになったと考えられる。

20 **長柄文台**

平安の昔からの歌によく詠まれた大坂の名橋「長柄橋（ながらのはし）」の杭で作られたとの伝承により、長柄文台という。歌人に珍重された。裏面に、延宝九年（天和元＝一六八一）、宗因が金泥で句を記す。

当風の好士、是をいだして
これになに、てもとありし
時は、
延宝九年
やよひばかりなりけり
ちりうせぬ筆のためしや
松の春
誹諧
にほひの句あるじの
このむ木也けり
七十七歳
野梅子
宗因

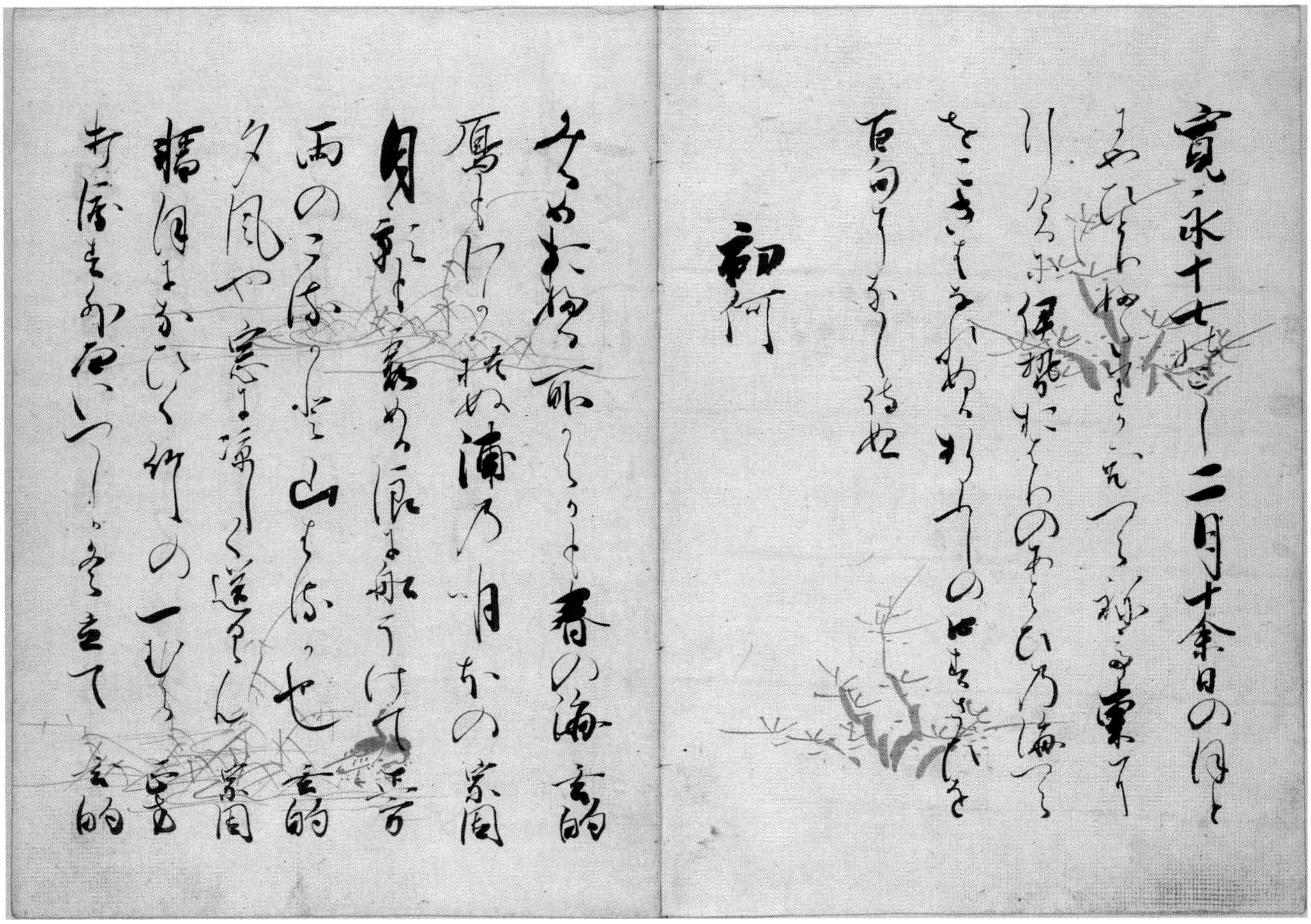

寛永十七のとし二月十余日のほど
にや、ひとりふたりかひつらねて東に
行けるに、伊勢おはりのあはひの海づら
をこぎはなれぬる折ふしの口ずさびを
百句になし侍ぬ

初何

みるめおふる所がらかも春の海　玄的
鴈もわかれぬ浦の明ぼの　宗因
月影も霞める浪に船うけて　正方
雨のこるかと山はるか也　玄的
夕風や窓に涼しく送るらん　宗因
牆ほになびく竹の一むら　正方
打渡す外面いつしか冬立て　玄的

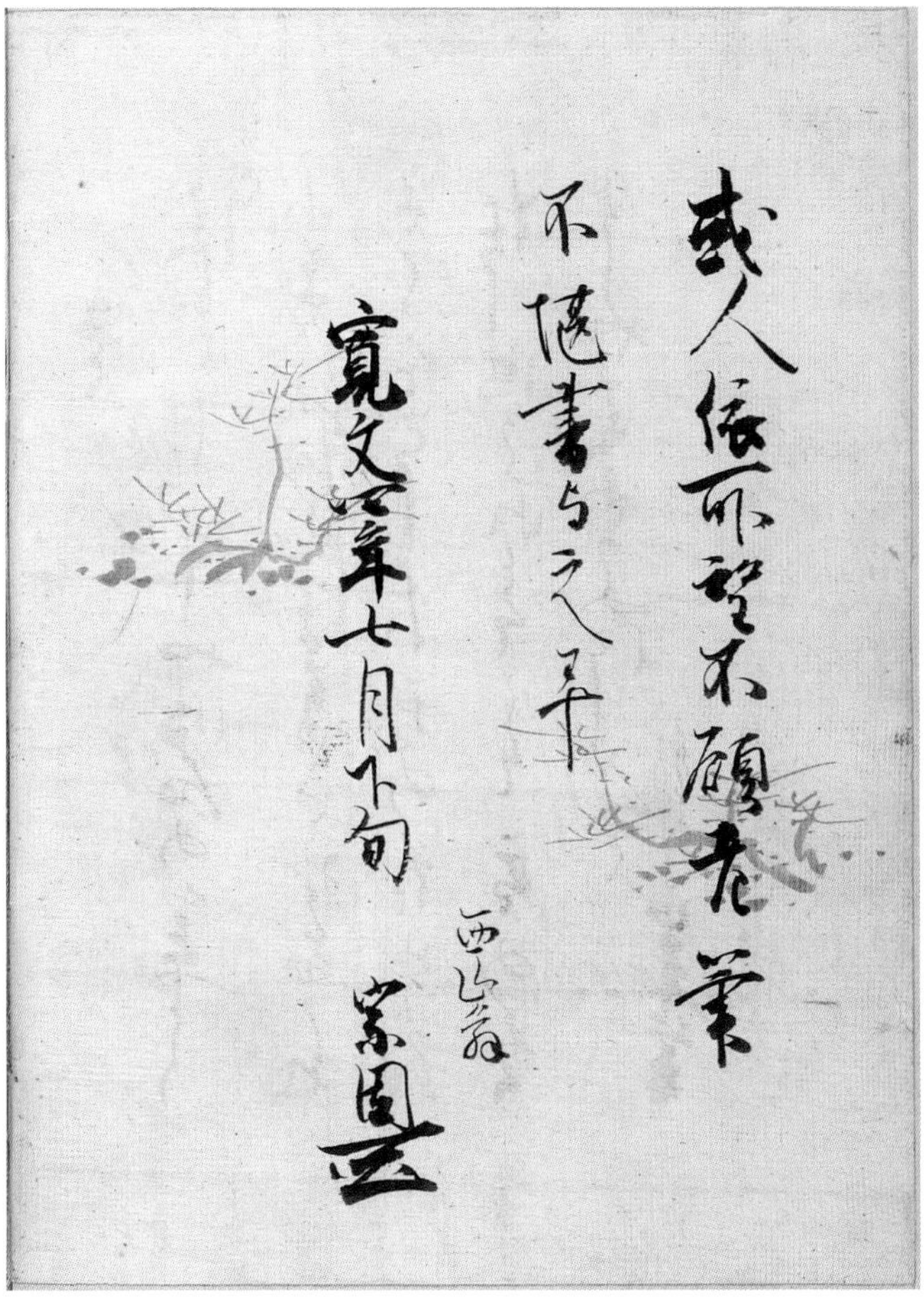

33　**宗因筆『宗因連歌集』**（部分）

寛文四年（一六六四）七月、ある人の求めに応じて浄書した宗因自筆の連歌集一冊。寛永十七年（一六四〇）興行の玄的・宗因・正方三吟連歌百韻（29頁№9参照）や、年代未詳の宗因独吟清水寺法楽連歌百韻などを収める。金泥で草木花や鹿・鳥などの下絵を描いた布目鳥の子紙に墨書する。

（奥書）
或人依所望不顧老筆
不堪書与之畢
寛文四年七月下旬　西山翁 宗因（花押）

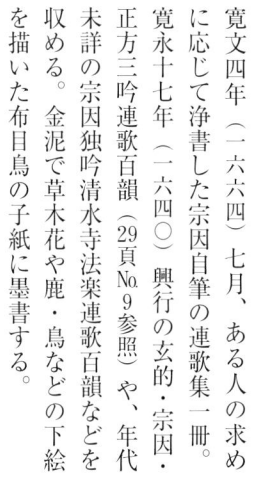

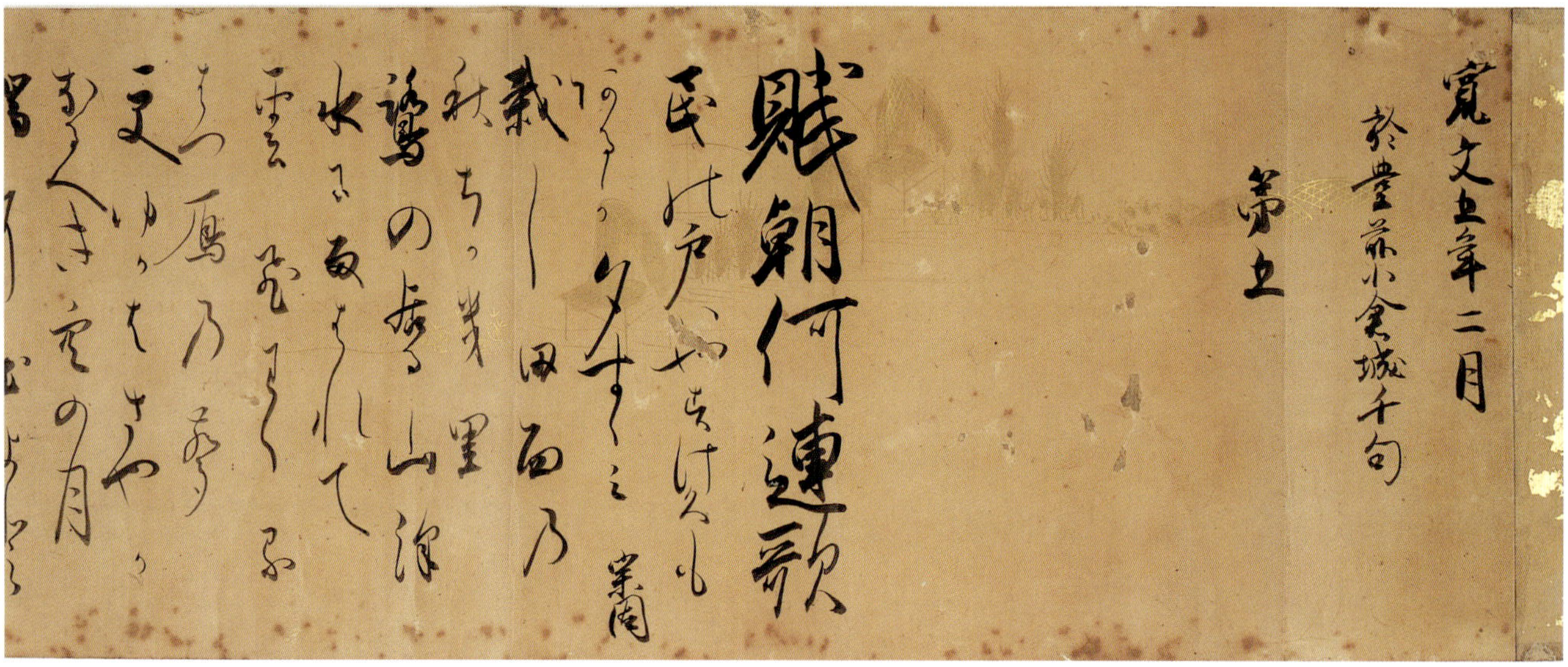

37　宗因筆『小倉千句』巻五（部分）〔新出資料〕

寛文五年（一六六五）二月、小倉藩主小笠原忠真の古稀を祝うために行った、宗因独吟千句のうちの第五巻。この千句の自筆本として他に、大阪天満宮蔵横本（37頁№36）と早稲田大学図書館蔵横本（37頁№35）が知られるが、本巻は賦物（ふしもの）ほか数箇所に異同が認められる。下絵を施す料紙を用い、しかるべき貴人の求めに応じて浄書したものと思われる。

寛文五年二月
　於豊前小倉城千句
　第五

賦朝何連歌
民の戸はやすけくも
あるか夕すゞみ　　宗因
栽し田面の
秋ちかき里
鷺の居る山沢
水に雨はれて
雲飛わくる
はつ鴈の声
更ゆかばさやか
なるべき空の月

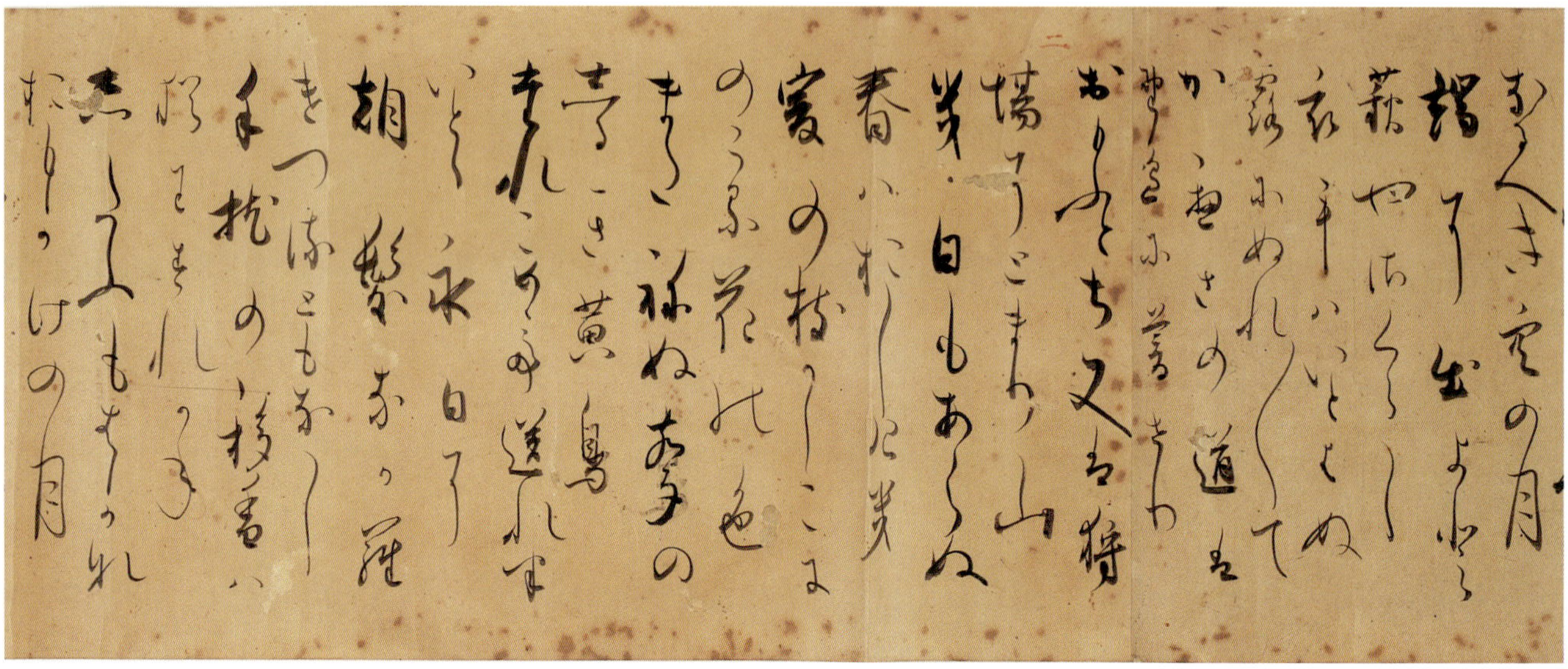

端に出よと
萩やさくらし
衣手はいとはぬ
露にぬれ〳〵て
かへさの道は
野辺に暮せり
おもふどち又は狩
場にとまり山
幾日もあらぬ
春はおしけき
爰の枝かしこに
のこる花の色
またねぬ声の
しるき黄鳥
たれこめて送れば
いとゞ永日に
朝髪ながら
けづるともなし
手枕の移香は
猶わすれかね
したふもはかな
おもかげの月

40

宗因筆　明石人丸社法楽『賦御何連歌百韻』（部分）

延宝二年（一六七四）七月十一日、宗因が播州明石浦の人丸社において催した独吟百韻一巻を、しかるべき人物の所望により浄書した巻子本。

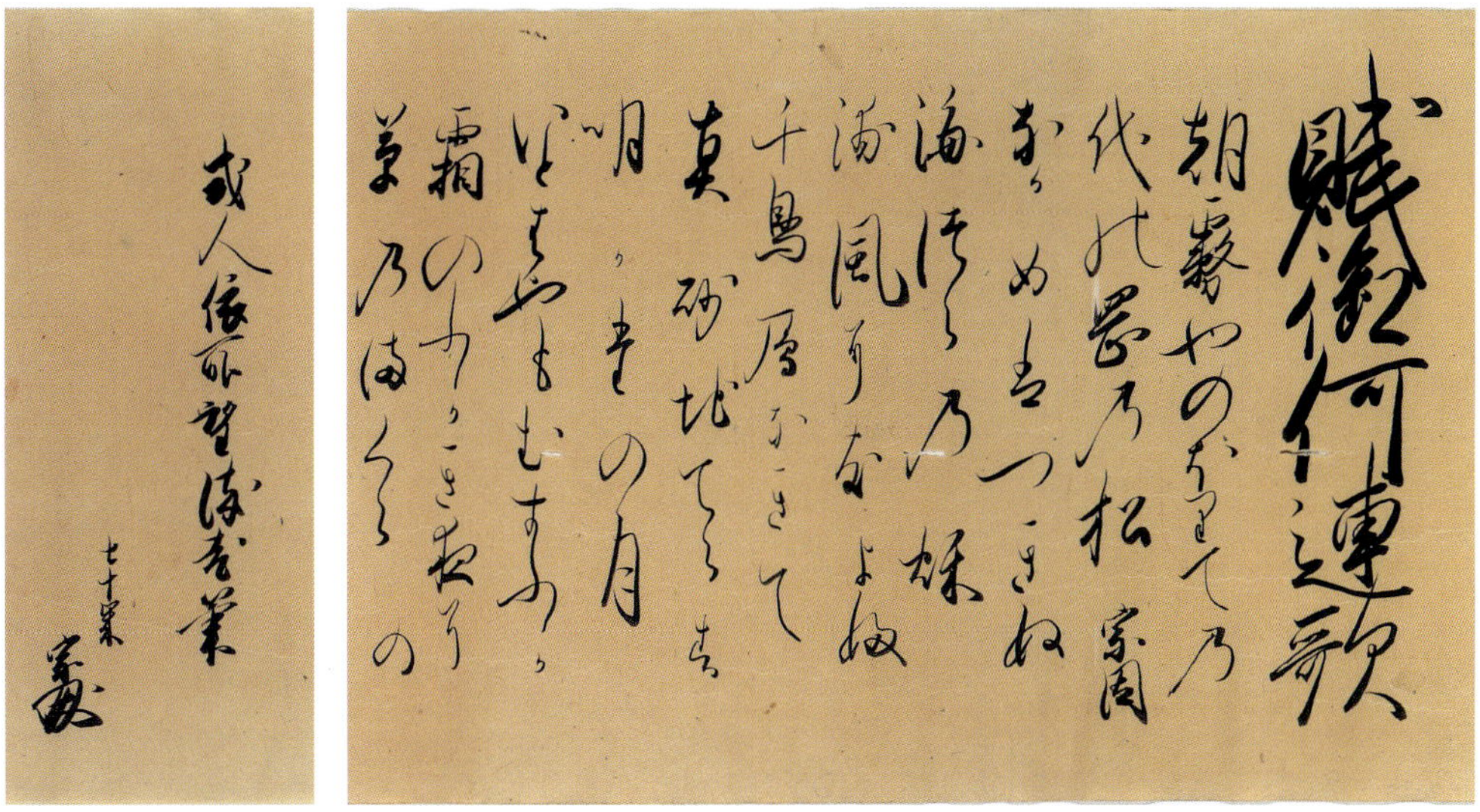

延宝二年七月十一日
播州明石浦
人麿社法楽

賦御何連歌
朝霧やのぼりての
代の岡の松　宗因
ながめはつきぬ
海づらの秋
浦風に友よぶ
千鳥鴈なきて
真砂地てらす
明がたの月
いとはやもむすぶか
霜のふかき夜に
草のまくらの

（奥書）
或人依所望染老筆
七十歳
宗（花押）

39

宗因筆　明石人丸社法楽『賦御何連歌百韻』（部分）〔初公開資料〕

No.40の別本。奥書がなく、人丸社に奉納した懐紙と思われるが、実際の興行よりひと月後の日付が記されている。本文を対校するに、四句目「明がたの月」は「月の明がた」とあるほか、本文に異同が多い。

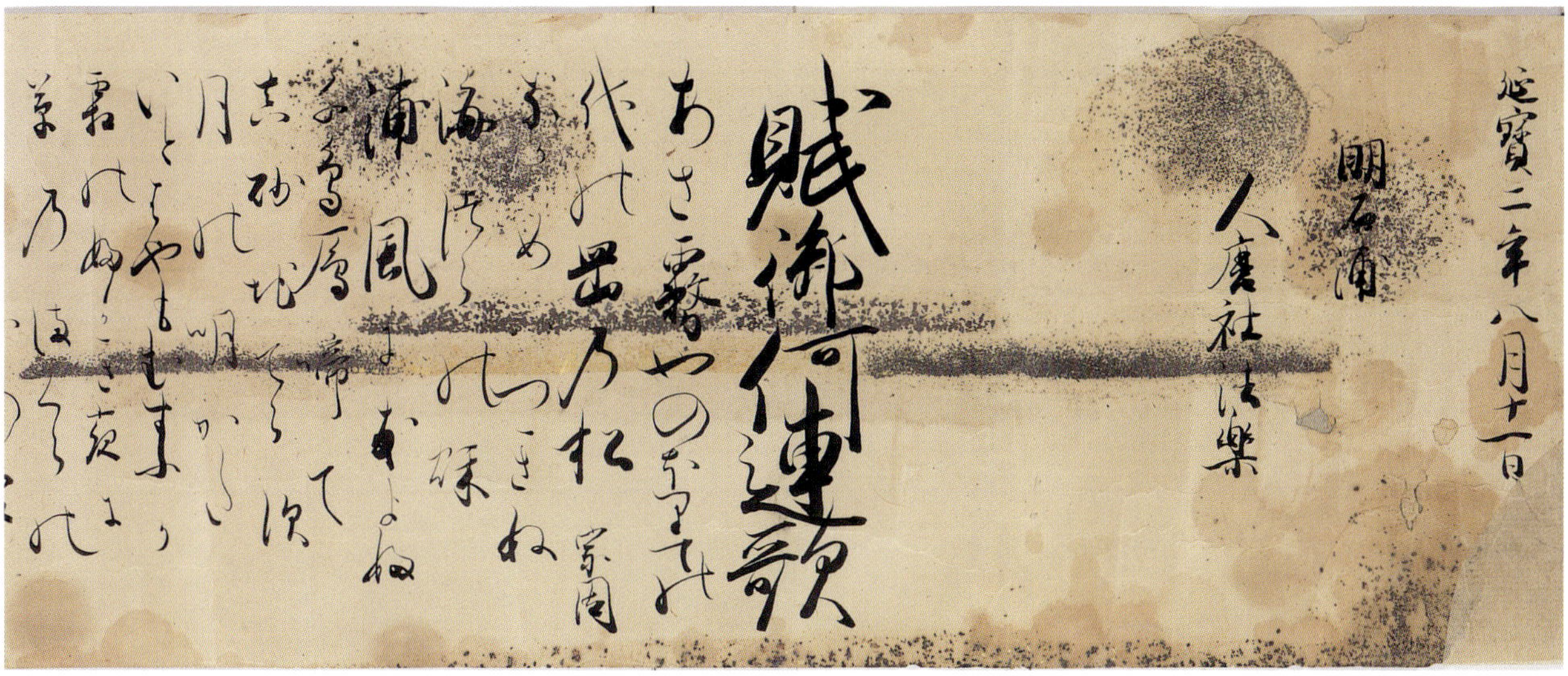

延宝二年八月十一日
明石浦
人麿社法楽

賦御何連歌
あさ霧やのぼりての
代の岡の松　宗因
ながめはつきぬ
海づらの秋
浦風に友よぶ
千鳥鴈啼て
真砂地てらす
月の明がた
いとはやもむすぶか
霜のふかき夜に
草のまくらの

58　**宗因賛西鶴画　花見西行偃息図**

かくれもなき
法師すがたと
見奉りて
ながむとて花にも
いたし首の骨　梅翁

宗因の句は、万治元年（一六五八）刊『牛飼』（43頁No.51）に初出するが、筆跡は晩年のもの。画に落款を欠くが、他の西鶴画幅に徴して西鶴筆と思われる。西行法師の歌「ながむとて花にもいたく馴れぬれば散る別れこそかなしかりけれ」の上の句を用い、花を眺めすぎて首を痛めたと笑いに転じた句。人気の高い宗因の代表句であり真蹟短冊も複数知られている。

94　**西翁（宗因）筆「ながむとて」句短冊**

ながむとて花にもいたしくびの骨　西翁

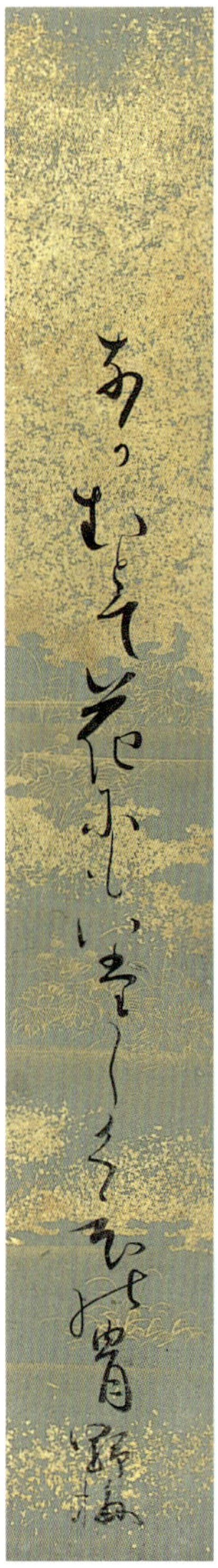

95　**野梅（宗因）筆「ながむとて」句短冊**〔新出資料〕

ながむとて花にもいたしくびの骨　野梅

55

宗因筆『誹諧歌仙』（部分）

誹諧歌仙

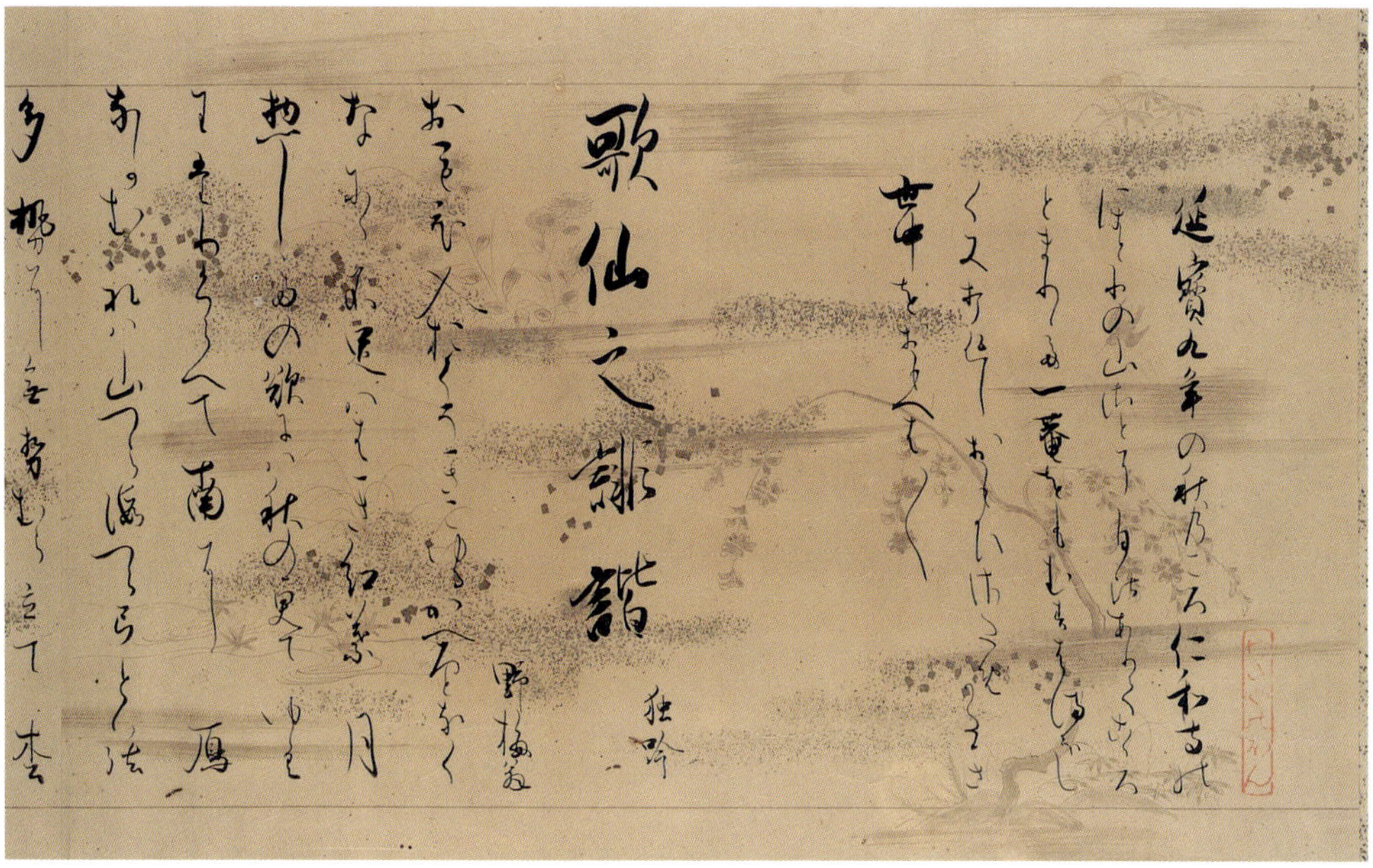

延宝九年の秋のころ、仁和寺の
ほとりの山ざとに日比ありて、こゝろ
とまりて一菴をもむすばまほし
く、又打返しおもひさだめがたき
世中をおもへば〱

歌仙之誹諧　独吟

野梅翁

おもひ入おくぞきこゆるかへろとなく
なに、不足ははき紅葉月
惣じての欲には秋の更てゆく
わたりくらべて南に鴈
ながむれば山づら海づら弓と弦
多勢に無勢むら立て松

（奥書）
或人依所望染禿筆行年七十六
天和元年仲冬
忘吾菴
梅翁子（印）

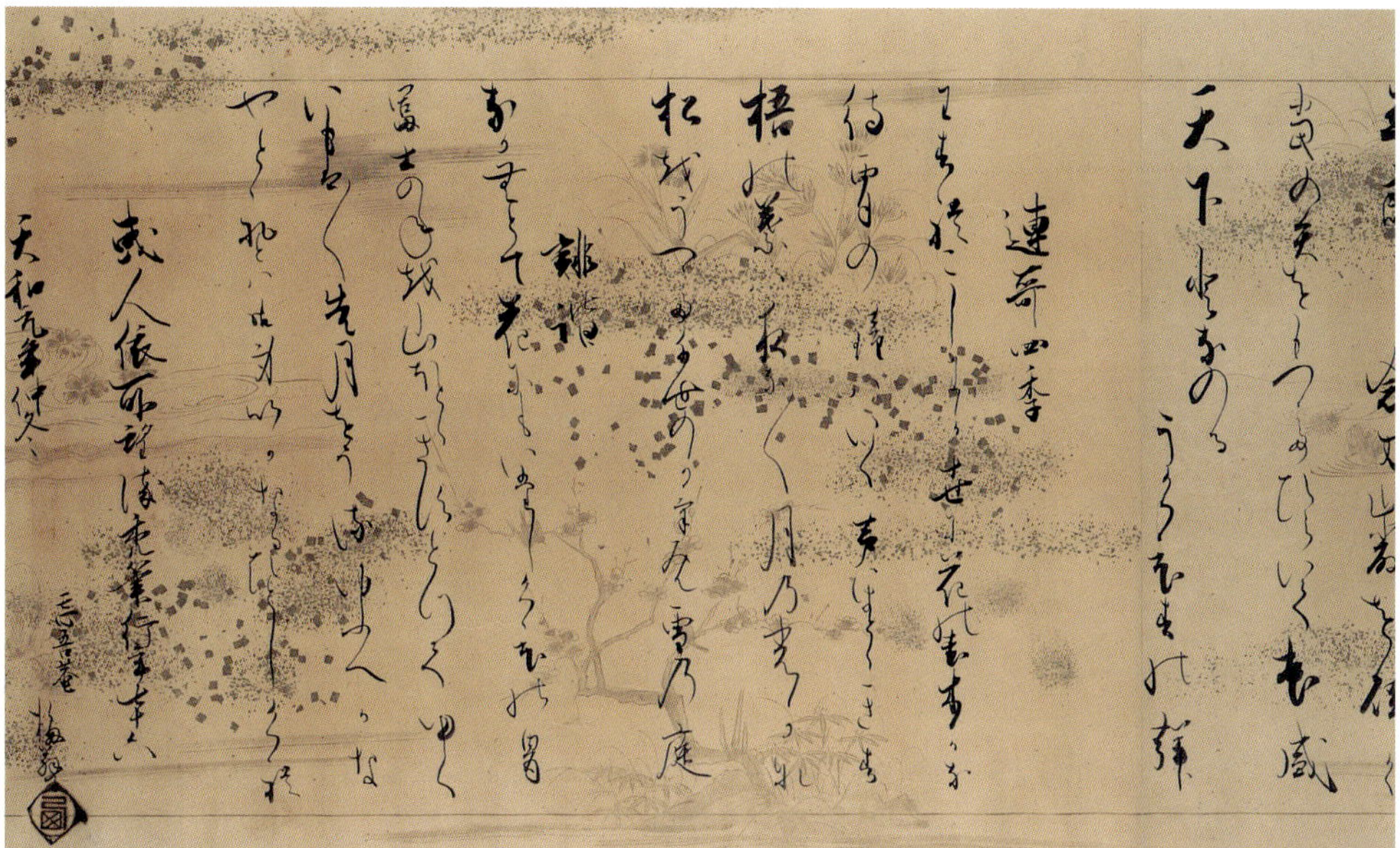

延宝九年（一六八一）秋、仁和寺近くの山里で催した宗因独吟歌仙一巻と連俳発句八句を、ある人の所望により浄書したもの。前書は、北嶋江庵あて宗因書簡（24頁No.122）とあわせ見られたい。金泥で梅に鴬等を描き、金砂子や金箔をちらした、華麗な鳥の子紙を用いた巻子。

72 宗因筆『奥州塩竈記』（部分）

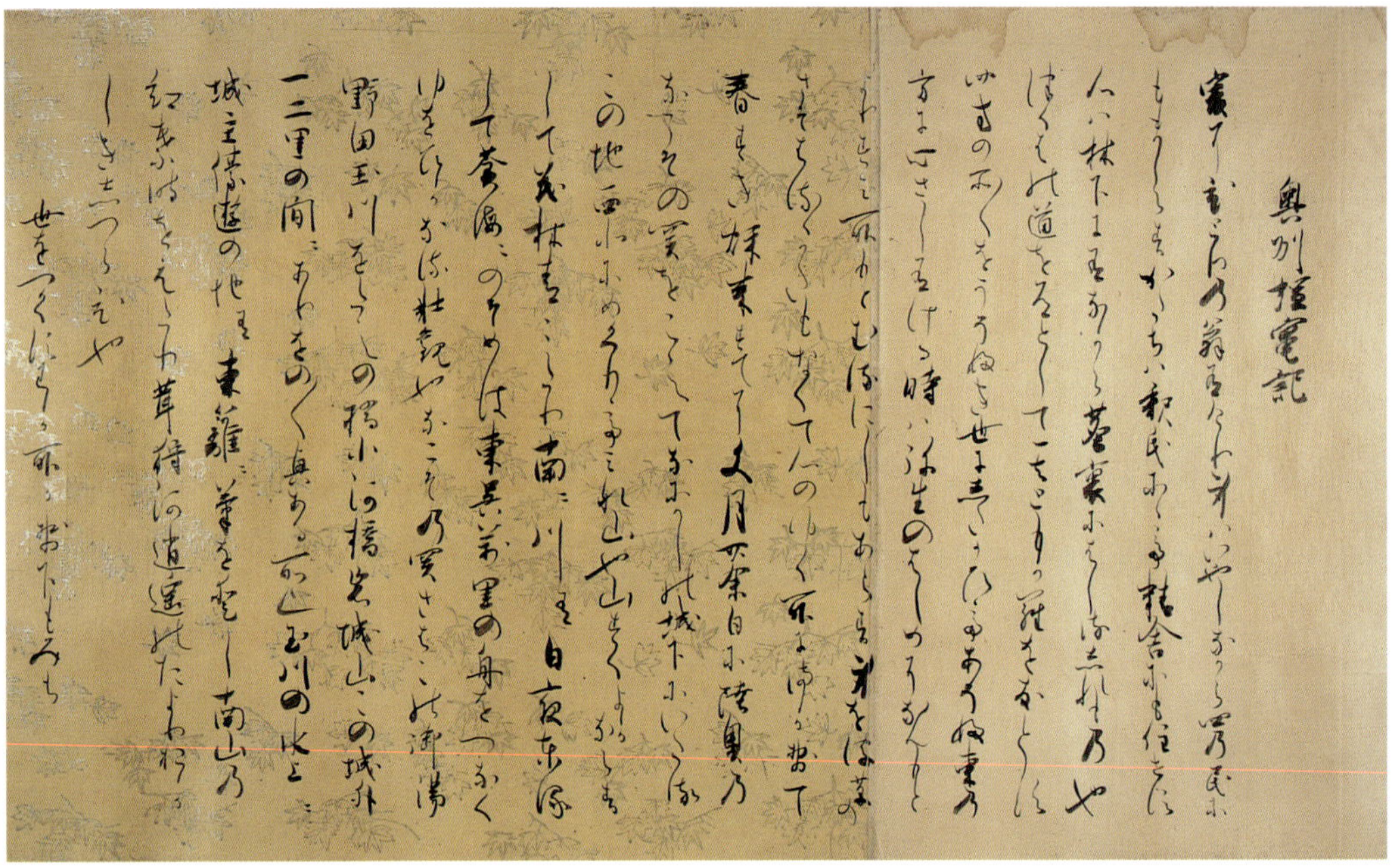

奥州塩竈記

爰にひとりの翁有けり。身はいやしながら四の民にもまじらず、かたちは釈氏に、て精舎にも住せず、心は林下に有ながら塵裏にはしるしれもの也。つくばの道を道として、其ともがらを友とす。四方の所々をうそぶき、世にしたがひてあそぶ。東の方に心ざし有ける時は、弥生のはじめになん、もとよりすみ所もとむるにしもあらず。身を浮草のさそはる、かたもなくて、心のゆく所にまかせて、春すぎ、秋来、すでに文月廿余日に、陸奥のなこその関をこえて、なにがしの城下にいたる。この地西北にめぐりて、みな山也。山すくよかならずして、茂林青々たり。南に川有。日夜東流して蒼海にのぞめば、東呉万里の舟をつなぐ。ゆをびかなる壮観也。なこその関、さはこの御湯、野田玉川、をだえの橋、小河橋、岩城山、この城外一二里の間にあり。をの〱興ある所也。玉川の水上に城主優遊の地有。東籬に菊を愛し、南山の紅葉時をえたり。茸狩、河逍遥のたより、おかしきしつらひ也。

世をつくすわが所かせ下もみぢ

宗因が、寛文二年（一六六二）、内藤忠興城下の陸奥岩城平から、松島に遊んだ時の紀行文。「陸奥塩竈一見記」「松島一見記」などの名称で多くの自筆本が伝わり、しかも異文異同甚だしく、少なくとも五種のバリエーションが確認されている。求めに応じて浄書するごとに、本文を違えた結果と考えられる。本点は、寛文八年（一六六八）、福岡藩主黒田光之に進上された一本であり、『美作道日記』（51頁No.69）『有芳庵記』とともに一巻に収められて伝わる。

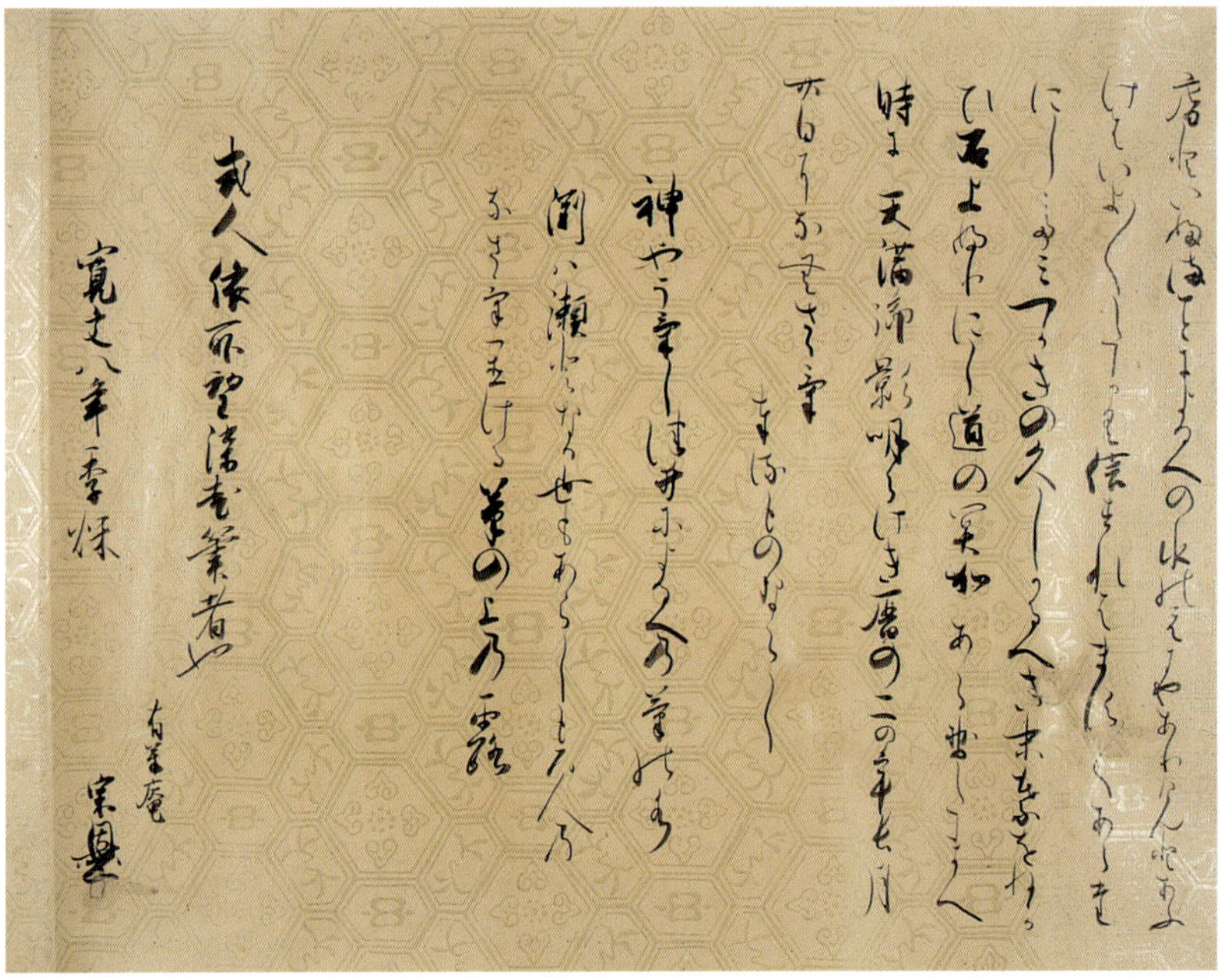

（奥書）

或人依所望染老筆者也

寛文八年季秋

有芳庵
宗因（花押）

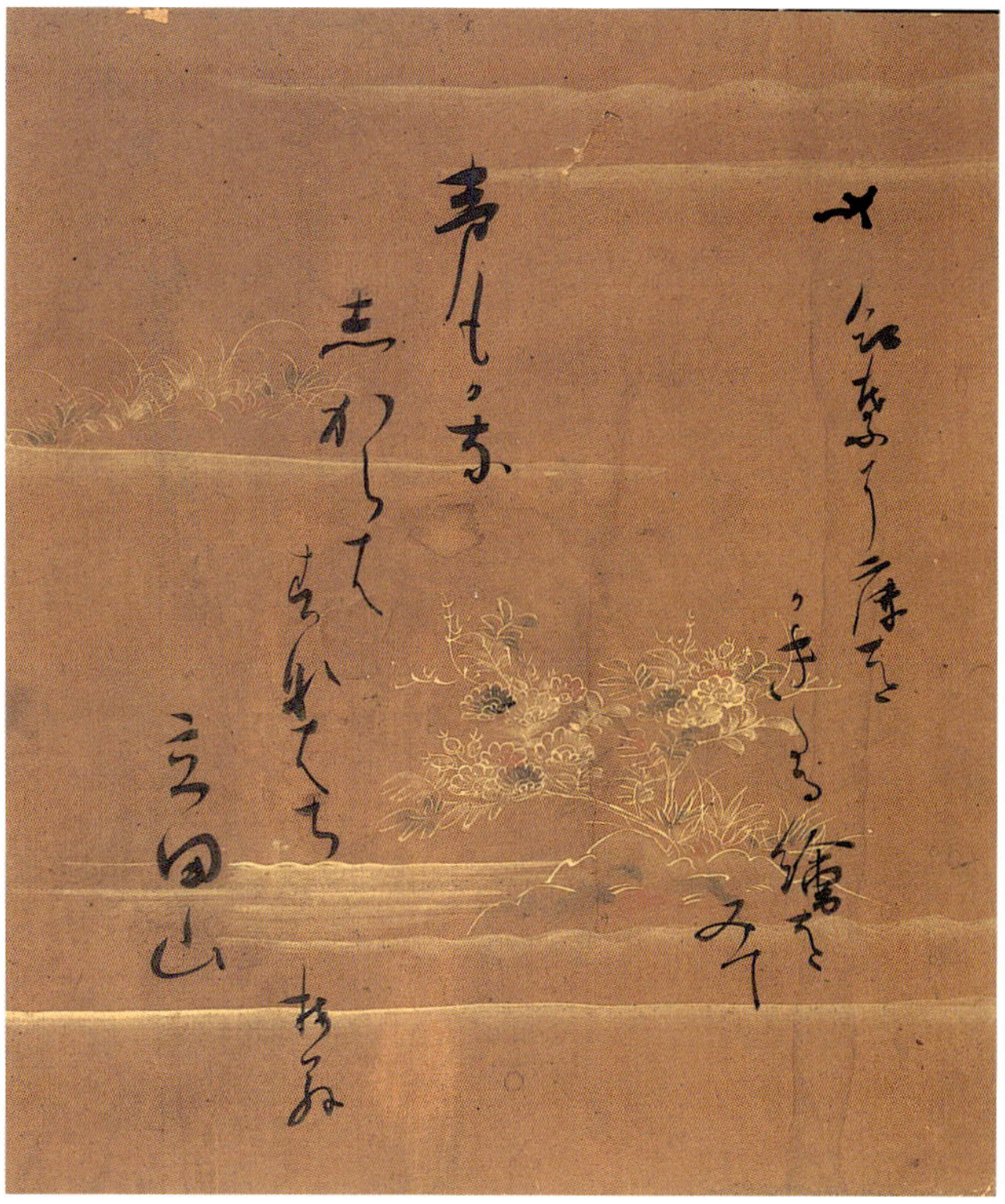

紅葉に鹿を
かきたる絵を
みて
声もがな
しからばすなはち
立田山　梅翁
（句作年次は未詳・新出句）

79・80　宗因筆　旅の発句色紙

〔初公開資料〕

「旅」をモチーフとして、宗因が生涯に訪れた各地での発句を認めた色紙十三点。それぞれ句に関わる景を金泥で下絵に描き、すこぶる美麗。制作時期は延宝五年（一六七七）以降、おそらく晩年の染筆であろう。

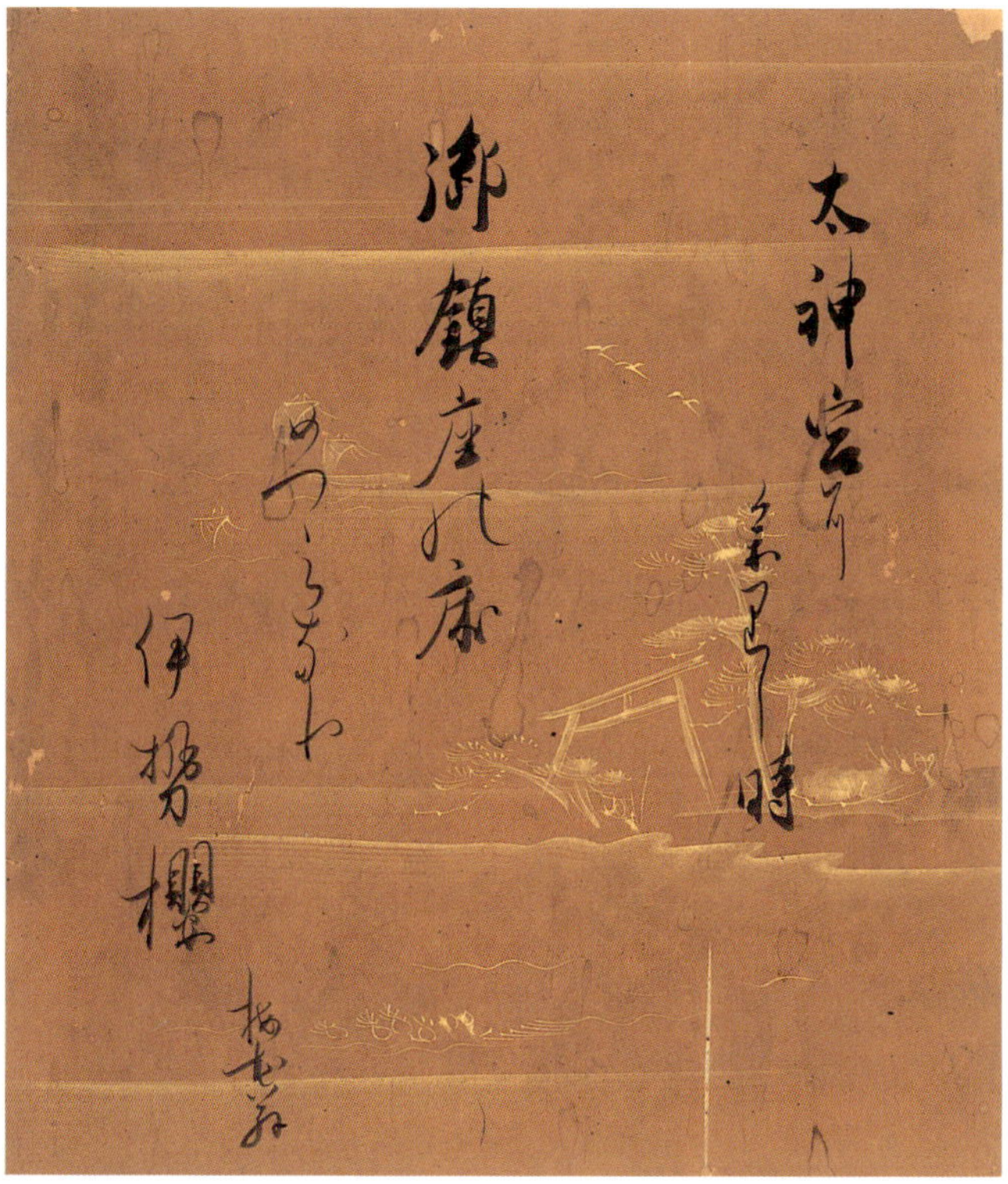

太神宮に
参りし時
御鎮座の床
めづらなり
伊勢桜　梅花翁
（句作は寛文九年）

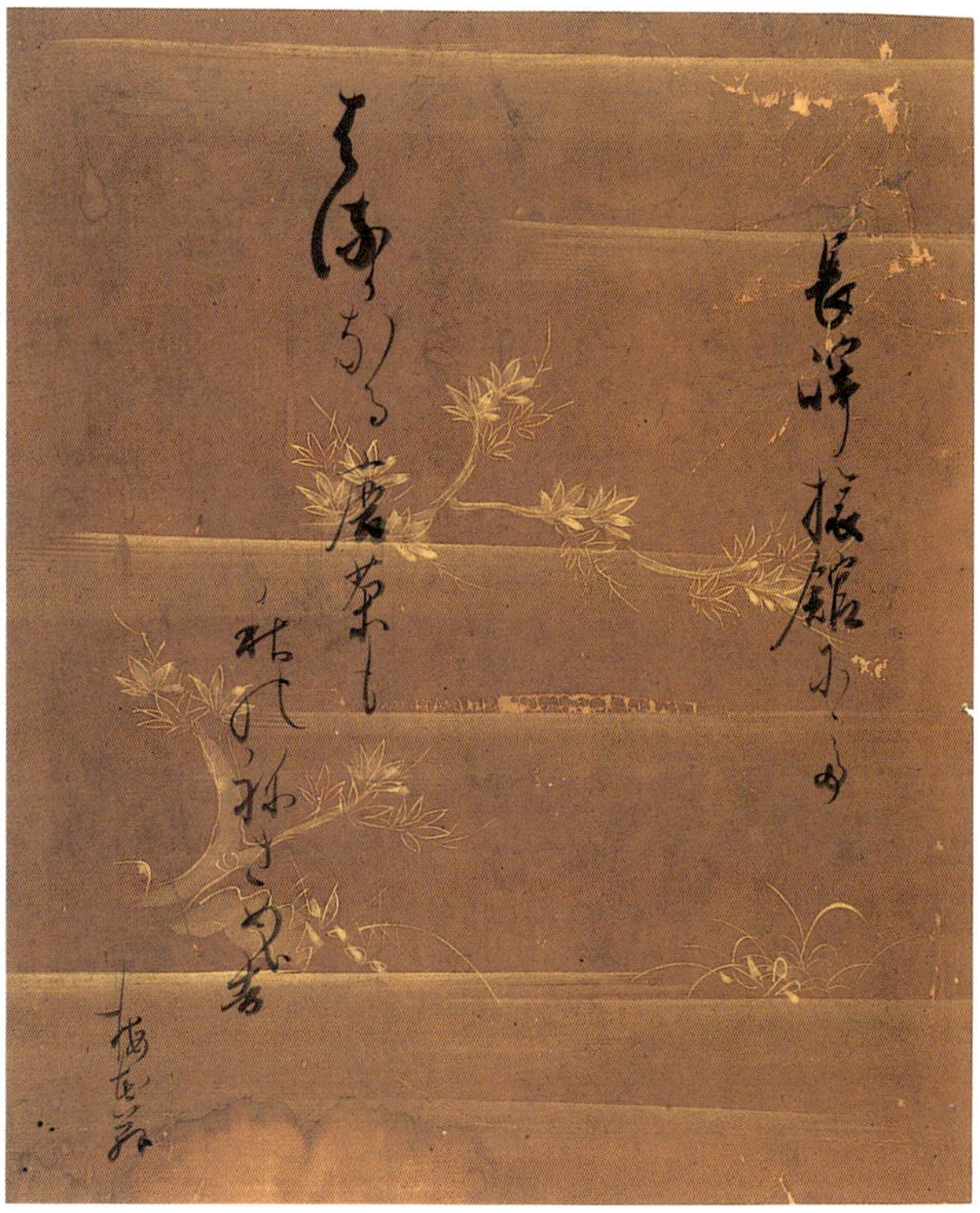

長崎旅館にて
はるかなる唐茶も
秋のねざめ哉　梅花翁
（句作は寛文十一年）

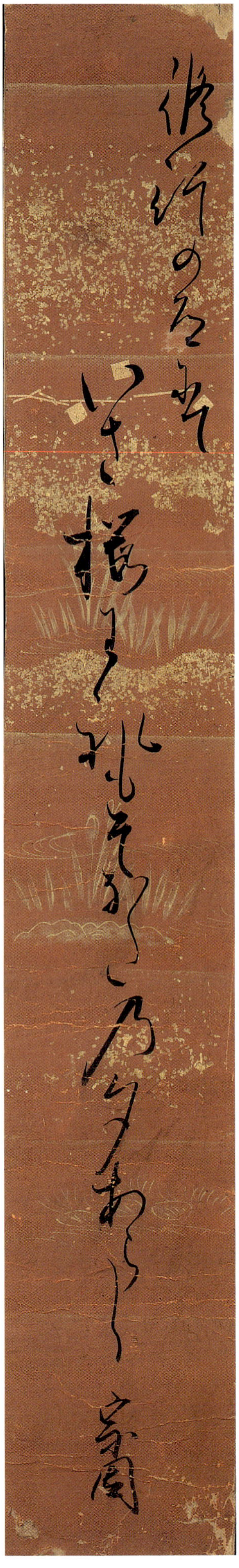

93
宗因筆「いざ桜」句短冊〔初公開資料〕

修行の道にて　いざ桜われもそなたの夕あらし　宗因

寛文十年（一六七〇）二月十五日、豊前小倉の広寿山に即非和尚を訪ねて出家を遂げた折の句。『宗因発句帳』（32頁№27参照）には「西国行脚の時」の前書があり、寛文十二年（一六七二）刊『時勢粧』第五には、この句の成立経緯や、宗因の連歌の道などが詳しく記されている。

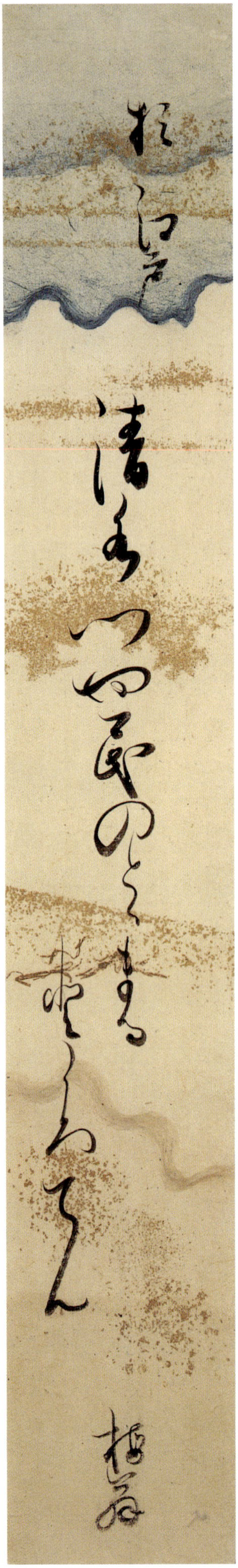

99
梅翁（宗因）筆「清水門や」句短冊〔初公開資料〕

於江戸　清水門や民のとゞまるところてん　梅翁

句は延宝三年（一六七五）夏、江戸滞在中の作。延宝七年（一六七九）刊『玉手箱』などに入集。

104
梅翁（宗因）筆「すりこ木も」句短冊〔新出資料〕

すりこ木も紅葉しにけり唐がらし　梅翁

唐辛子をすって、赤くなったすりこ木を紅葉に見立てた句。句作は寛文九年（一六六九）年（45頁参考図版4参照）。人気句で自筆短冊も数点知られ、諸俳書に入集する。延宝元年（一六七三）刊『歌仙大坂俳諧師』（25頁参考図版1）には宗因像の自賛句として記される。

105
西翁（宗因）筆「すりこ木も」句短冊〔新出資料〕

すりこ木ももみぢしにけり唐辛子　西翁

117

宗因筆　歳旦和歌連歌懐紙〔新出資料〕

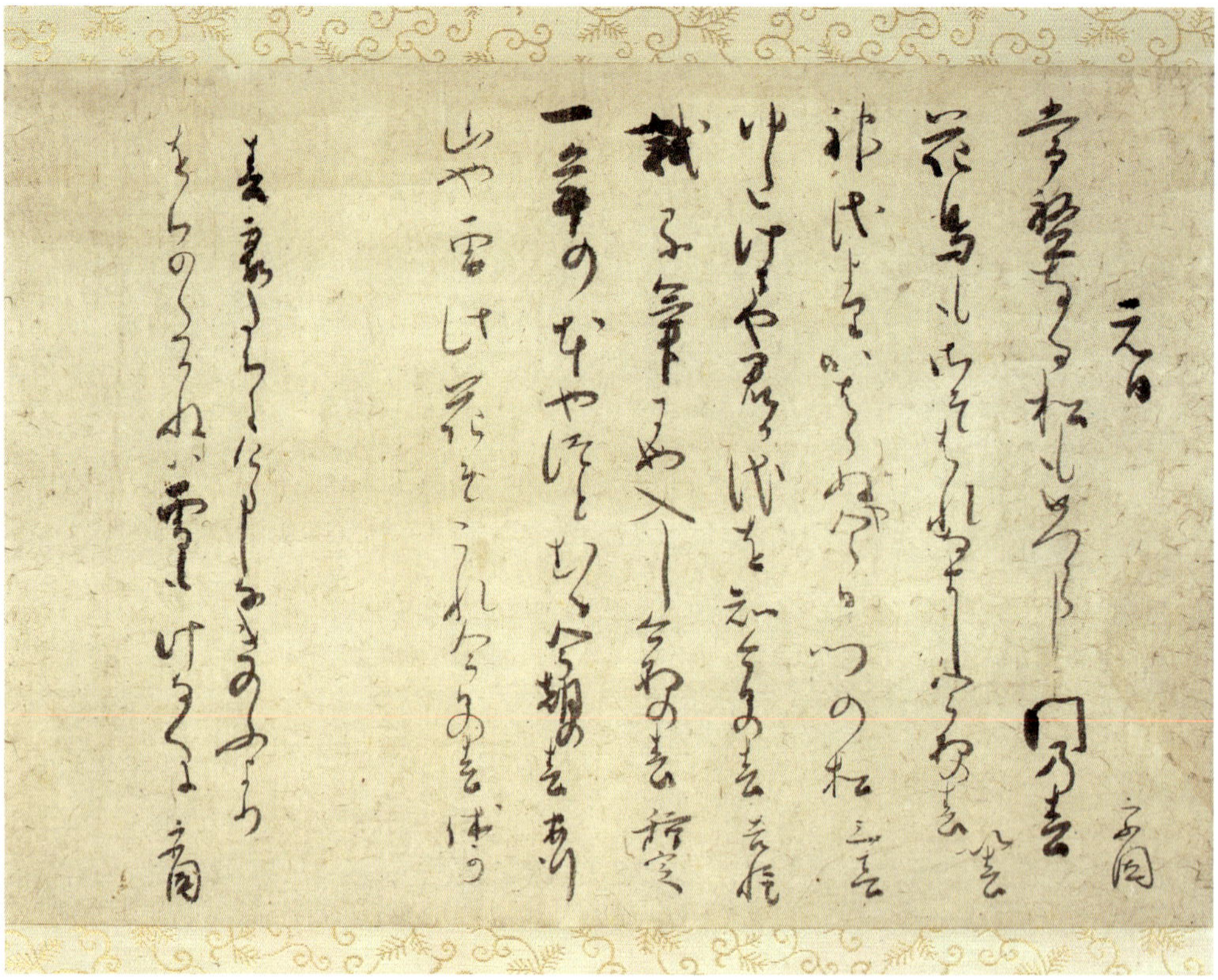

宗因が大坂天満宮の連歌宗匠に就任してまもない、慶安―明暦（一六四八―一六五八）期の歳旦懐紙。天王寺の連歌師以春のほかは、全員が天満宮の神主と社家である。

43

宗因筆「風次第」句懐紙〔新出資料〕

江戸へ下りし時、爰かしこにて
たしかなるやどりもさだめざりしに、
旧友従古といふかたよりたづね
きたりけるに、申つかはしける
風次第居尻さだめぬ
ほたるかな
梅翁

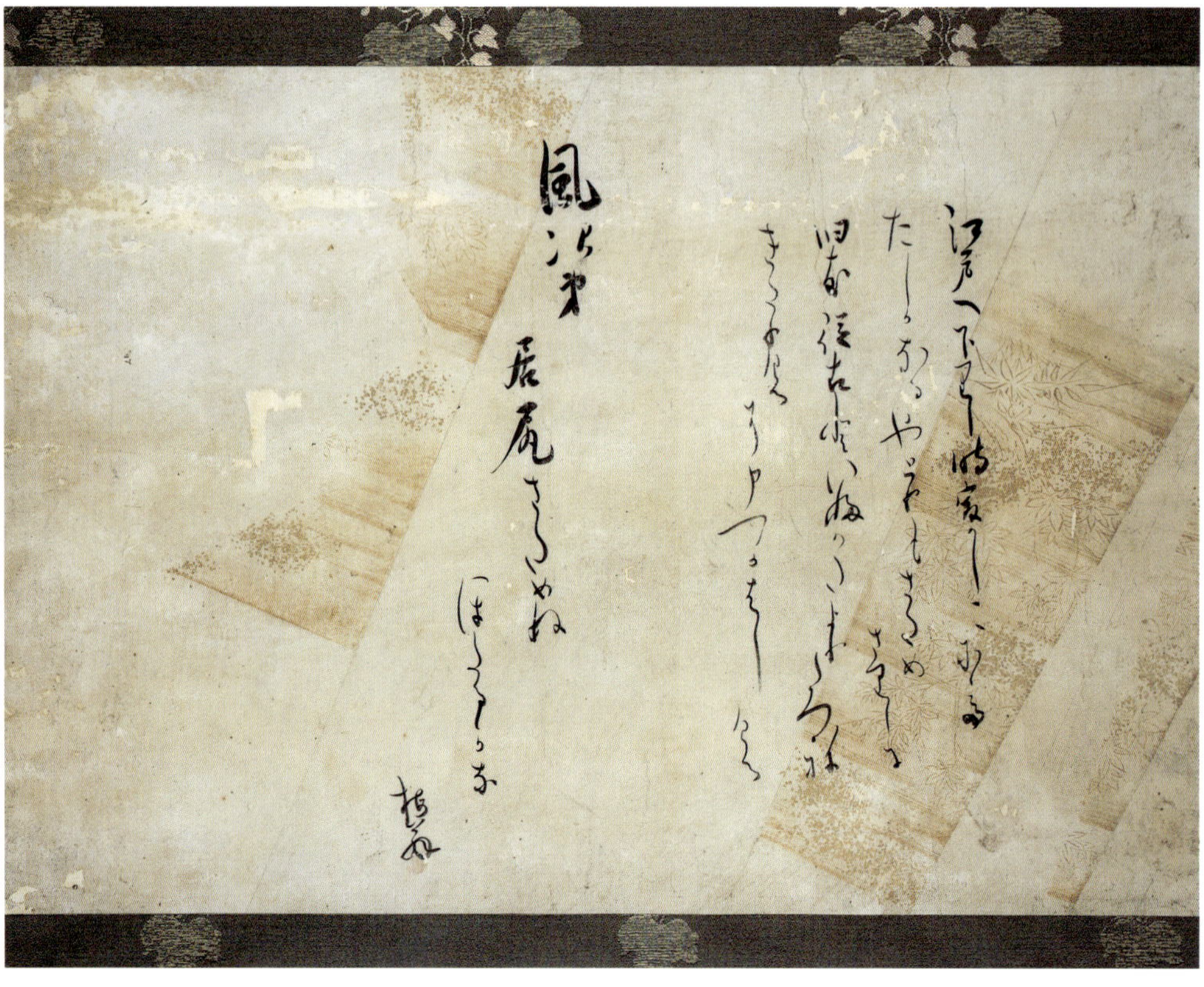

延宝三年（一六七五）夏、江戸での吟、新出句である。従古と宗因は、この年五月、吟松亭における俳莚で同座している。この句文では、江戸滞在中の宗因は、宿を定めず風まかせの生活であったというが、西行・宗祇の漂泊姿勢に仮託した文飾であろう。

112

宗因筆「伊勢神楽」画賛〔新出資料〕

延宝元年（一六七三）十月興行の伊勢神楽俳諧百韻の第三句までと、神楽を舞う折に身につける烏帽子・鈴・末広が描かれている。伊勢神楽百韻は、自筆本の転写が伝わるほか、『宗因五百句』（61頁No.89）や『俳諧絵合』などの版本にも収められている。晩年の染筆か。

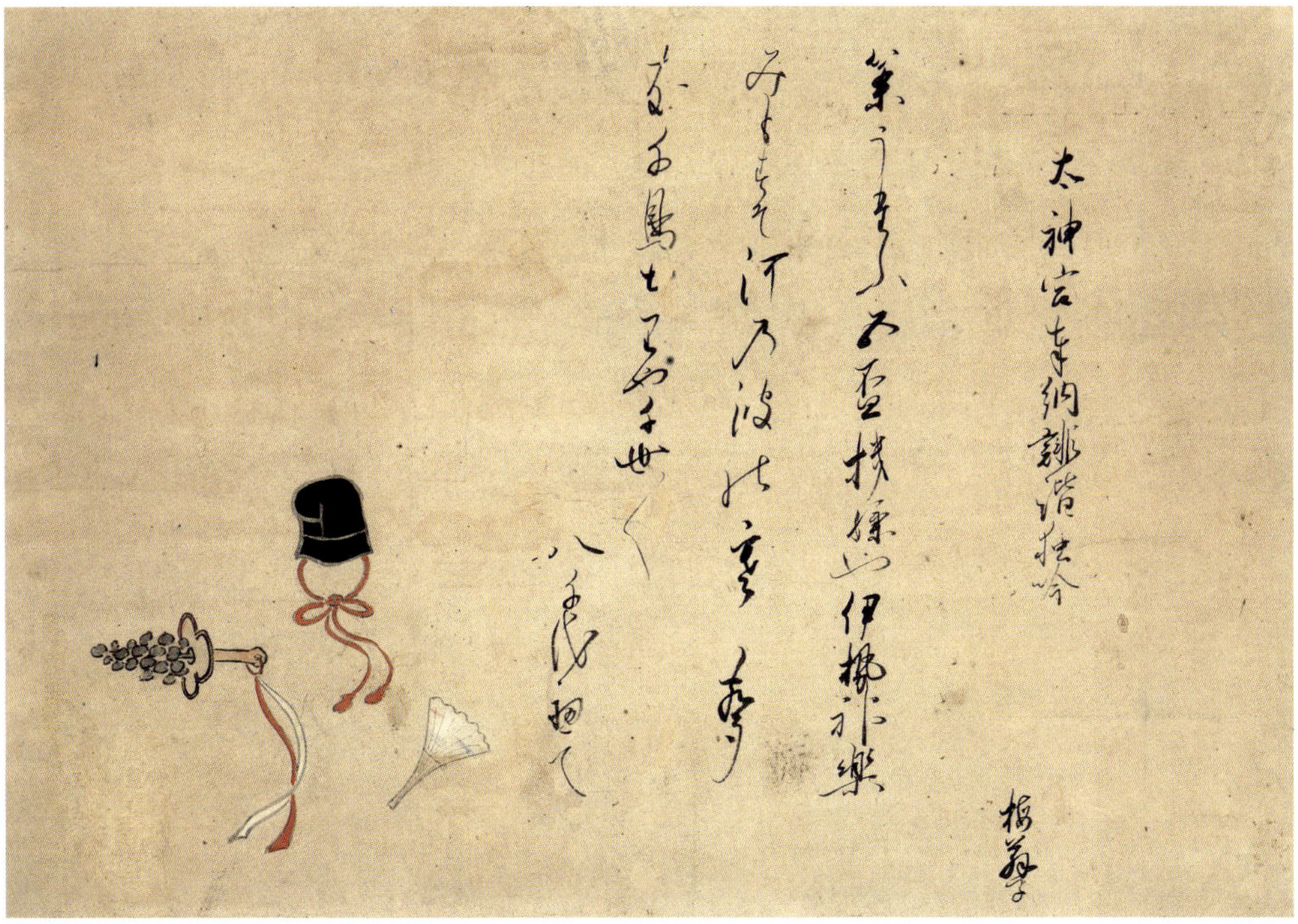

太神宮奉納誹諧独吟

梅翁子

篠うたふ五盃機嫌や伊勢神楽
みもすそ河の波の寒声
友千鳥ちりや千世〳〵
八千代へて

111

宗因筆「楊梅」自画賛

当世の俳風混迷を嘆いた宗因が、この一句を以て俳諧に口を閉じ、以後連歌一筋に進んだと伝承される一句。上田秋成編『むかし口』（43頁No.56）の書名はこの句にちなむ。

なんにもはや
山もゝの実
むかし口　野梅子

115 **宗因筆『賦山何連歌歌仙』**（部分）

順正・宗因の両吟歌仙連歌一巻に和歌一首を添え、万治元年（一六五八）に浄書したもの。宗因壮年期の筆の特徴が顕著である。

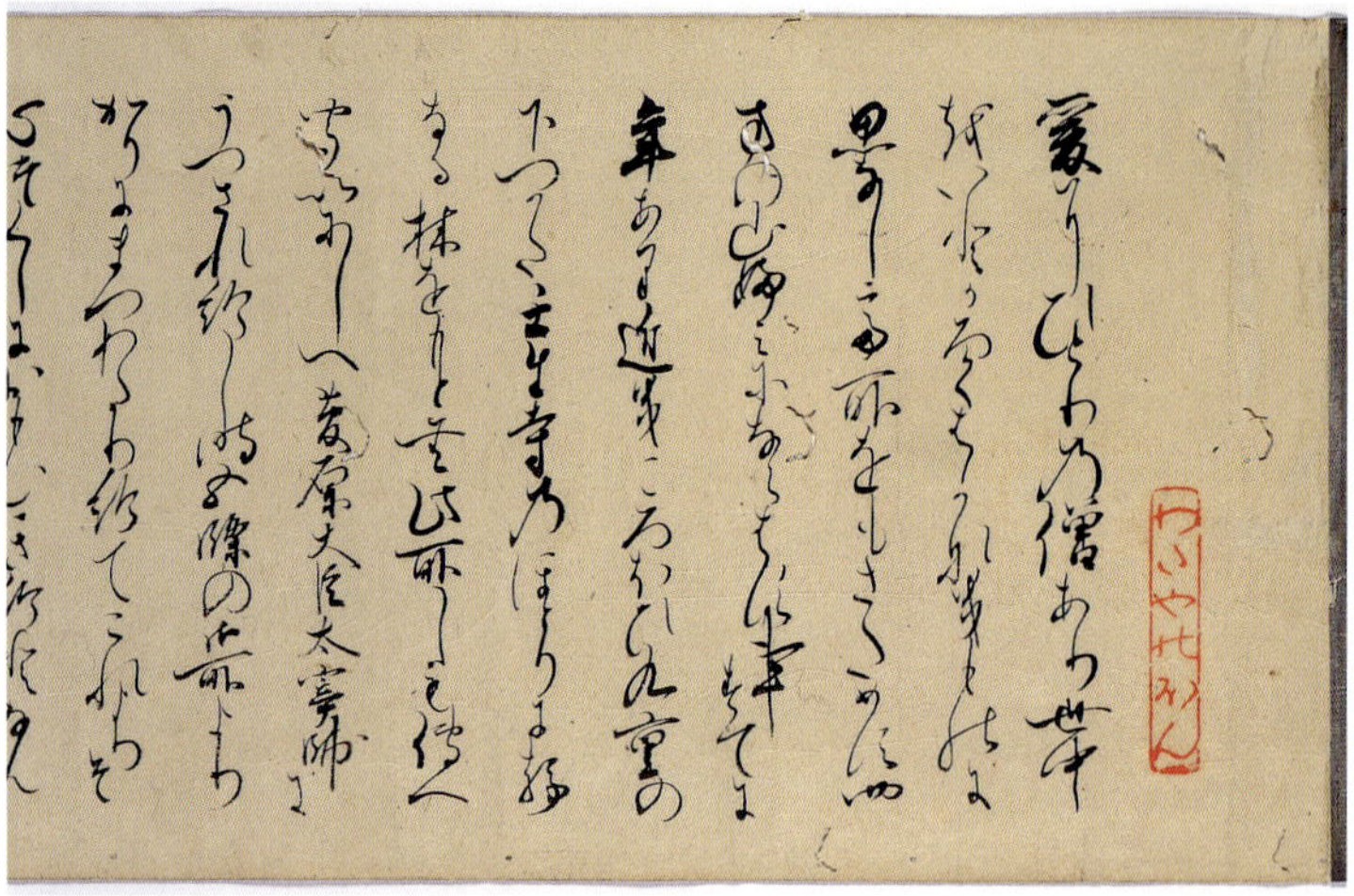

爰にひとりの僧あり。世中
をいとかろくはかなきものに
思なして、所をもさだめず、四
方の山ぶみにならはず、事すでに
年あり。近きころほひ、九重の
下つかた壬生寺のほとりに、静
なる林をもとむ。此所しも、伝へ
聞いにしへ、菅原大臣太宰帥に
うつされ給し時、五条の御所より
かりにまづわたり給て、これよりぞ

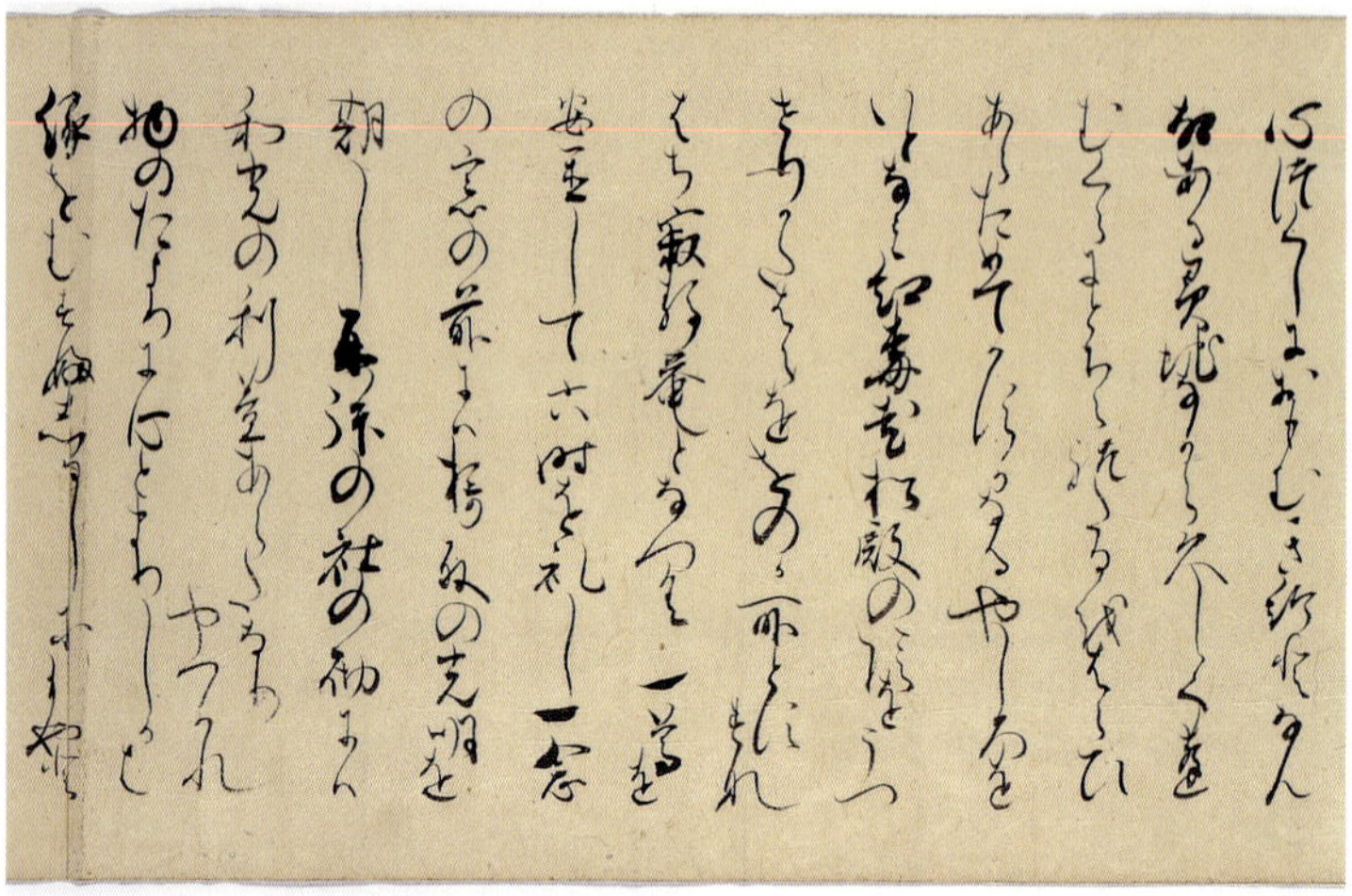

心つくしにおもむき給となん。
故ある霊地ながら、久しく蓬
むぐらにとぢられたるをはらひ、
あらためてかすかなるやしろを
いとなみ、紅梅老松殿の陰をうつ
せり。かたはらををのが所とす。すな
はち寂静菴となづく。一尊を
安置して六時を礼し、一念
の窓の前には摂取の光明を
期し、再拝の社の砌には
和光の利益あらたなり。やつがれ、
物のたよりに心とまりしかば、
縁をむすぶしるしにもやと、

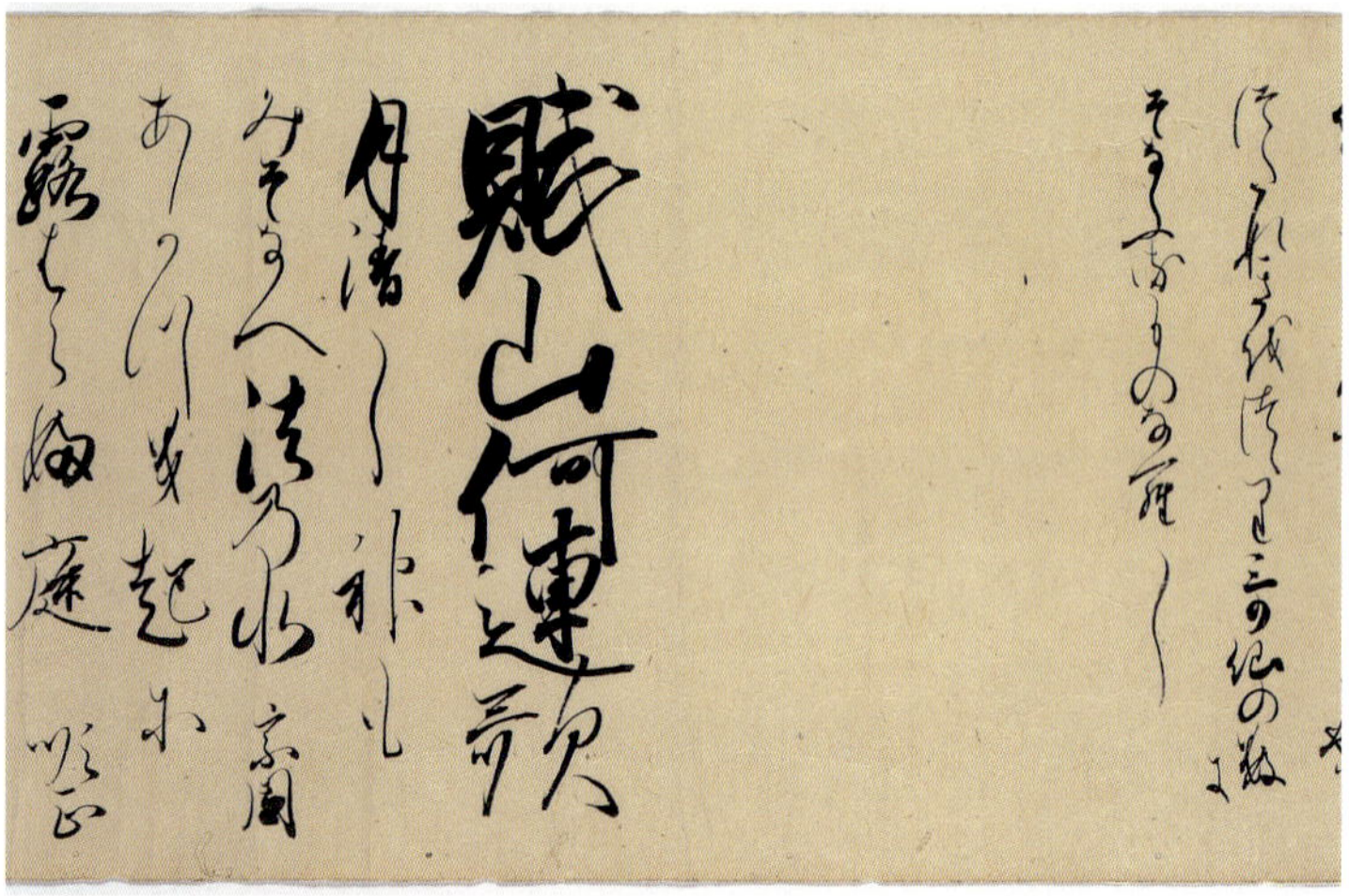

つたなきをつゞり、歌仙の数に
そなふるものならし

賦山何連歌

月清し神も
みそなへ法の水　宗因
あかつき起に
露はらふ庭　順正

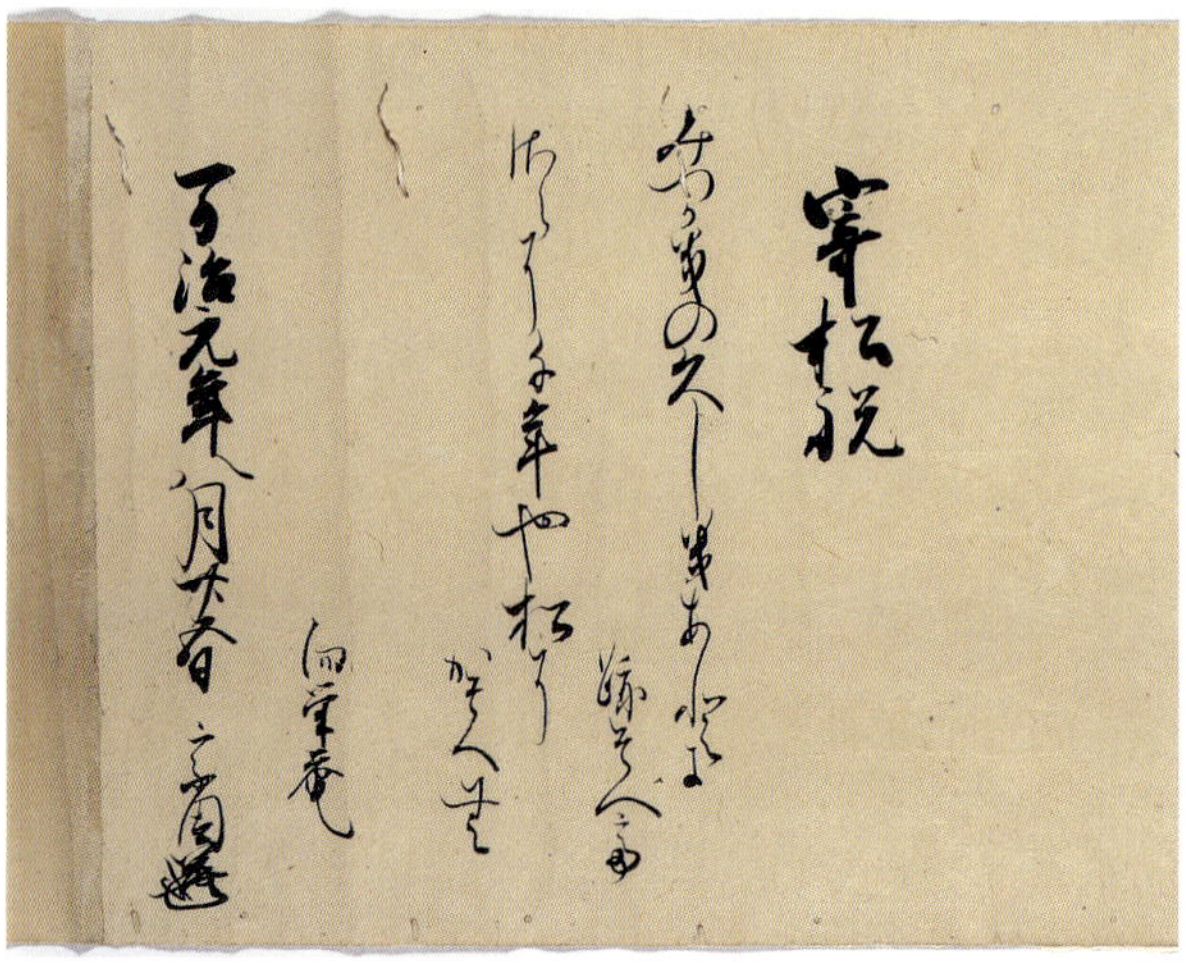

（奥）

寄松祝

みづがきの久しきあとに
跡そへて
さらに千年や松にかぞへむ

万治元年八月廿五日　向栄菴 宗因（花押）

114

宗因筆　大神宮法楽『賦初何連歌』（部分）〔新出資料〕

万治四年（一六六一）正月に、宗因・宗春父子で唱和し、伊勢大神宮に奉納した百韻連歌の浄書巻子本。本点は長らく転写本によって知られていたが、このたび自筆原本が確認された。連歌の料紙としては珍しく、唐草文様を空摺した美麗な鳥の子紙に認められている。

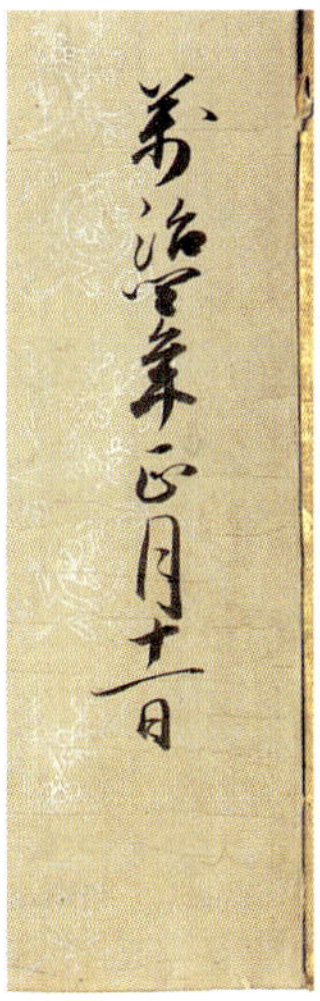

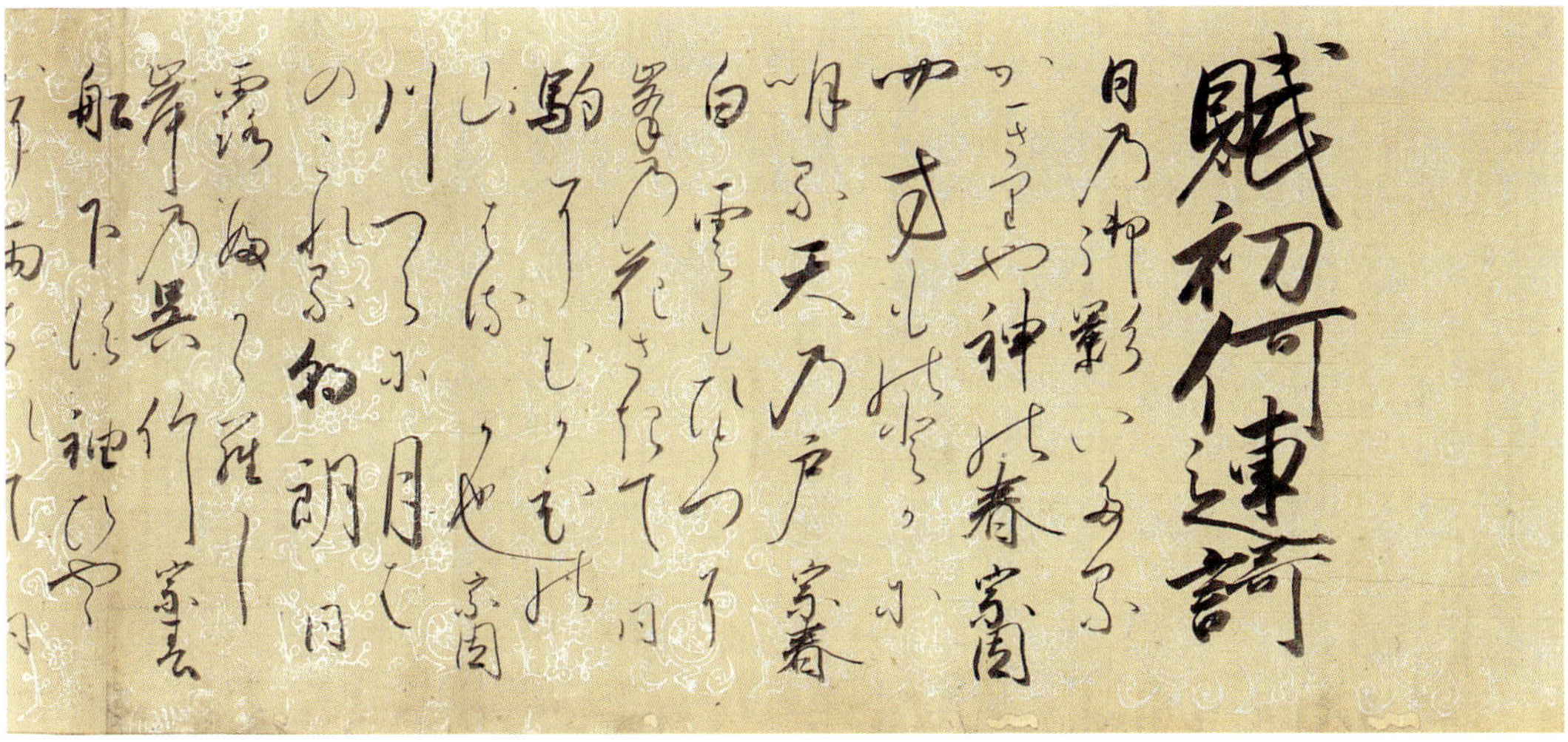

万治四年正月十一日

賦初何連謌

日の御影いたる
かぎりや神の春　宗因
四方ものどかに
明る天の戸　宗春
白雲もひとつに
峯の花さきて　同
駒にむかひの
山はるか也　宗因
川づらに月は
のこれる朝朗　同
露ふかゝらじ
岸の呉竹　宗春
船下す袖ひやゝ
かに雨はれて　同
けぶりもうすし
遠方の里　因
軒ばなる松に
夕日やかゝるらん　同
外山のいづこ
鐘ぞきこゆる　春
草枕いをねぬ
まゝにそばだてゝ　同
まだ夜はふかし
行すゑの道　因
しばしとて引る
袖のうきわかれ　同
いつかつくさむ
中のことの葉　春

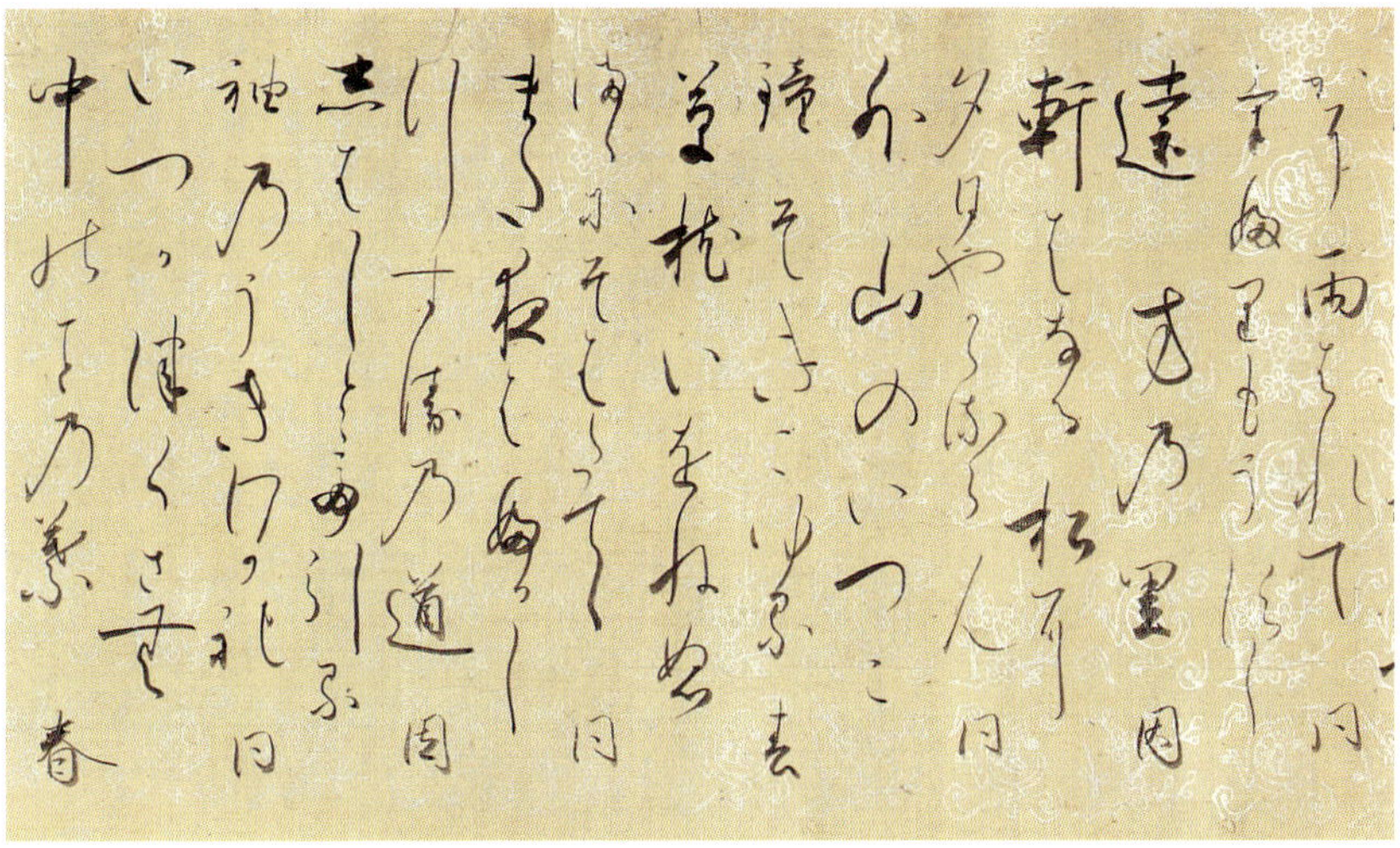

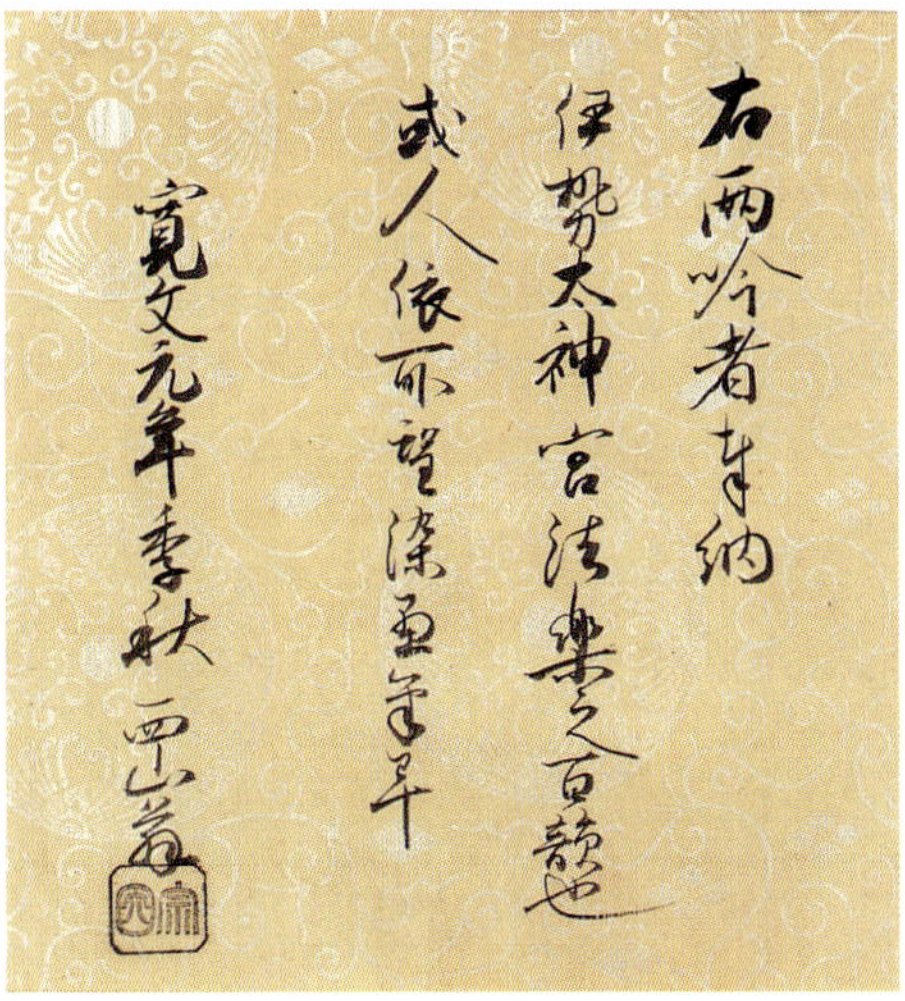

（奥書）

右両吟者奉納
伊勢太神宮法楽之百韻也
或人依所望染愚筆畢

寛文元年季秋　西山翁（印）

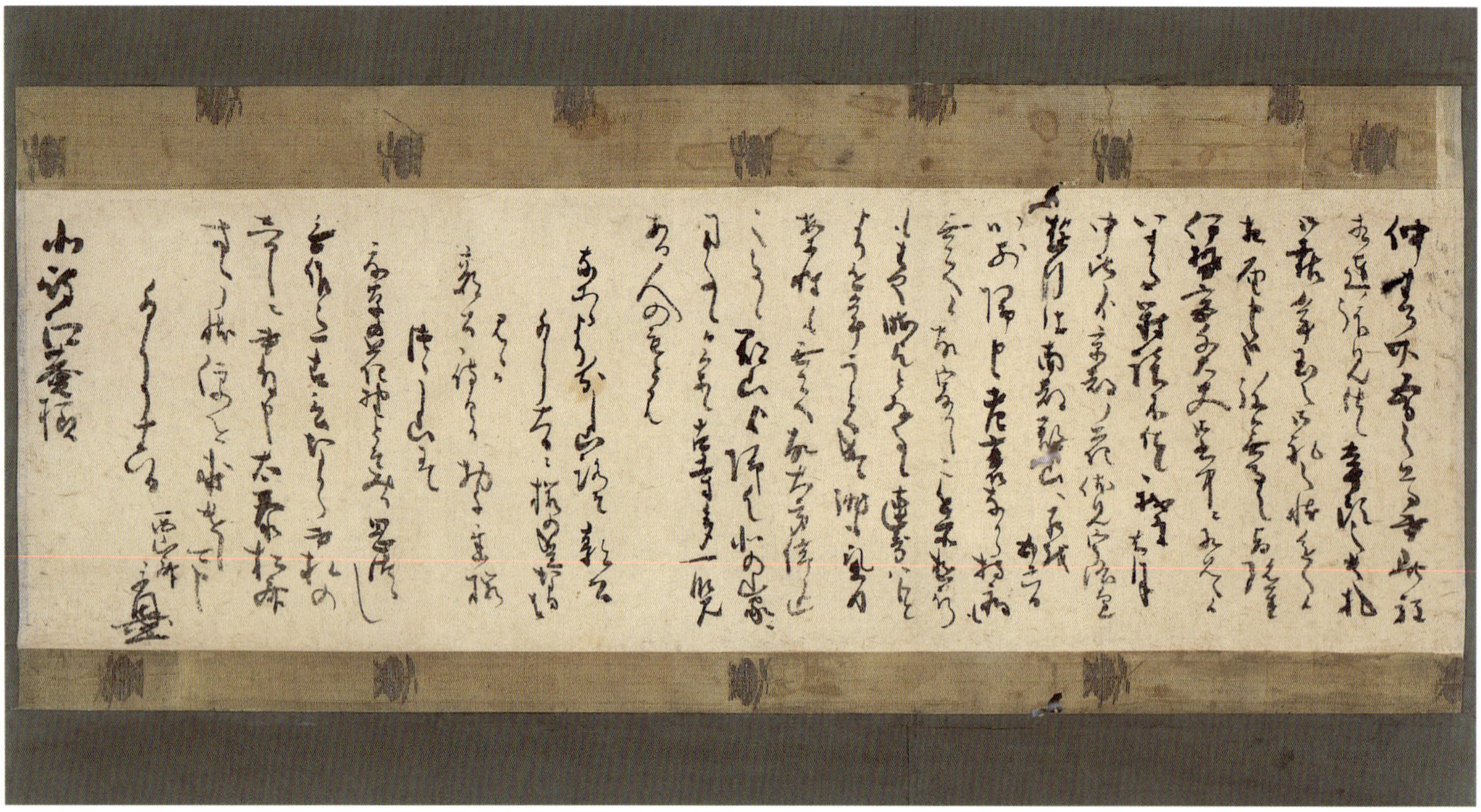

122　北嶋江庵あて宗因書簡〔新出資料〕

仲春廿五日之尊書、此程
相達、拝見仕候。年頭之貴礼
御報年玉之御礼之状、進之候。
相届申候哉。弥無事之旨、珍重。
伊勢宮千大夫、御書中に相見え候。
いまだ対談不仕候。我等、去月
中比ゟ、京都の花、伏見・宇治辺
遊行仕、南都郡山へ罷越、五六日
以前帰申候。老衰ながら持病も
無之候故、爰かしこ近所遊行、
もはや暇歟と存事候。連歌はもと
より、近年うとく成候。誹も、気力・
案性も無之故、大方停止
之事候。郡山ゟ帰候て、北の山家へ
用事候て参候。古寺多一覧、
ある人のもとにて
なにゝより分し山路ぞ郭公
卯月十一日に桜の盛なるを
見候て
郭公待ける物よ遅桜
つゝじ山にて
夏草の花野とぞみる岡つゝじ
無作意古言ながら、書札の
しるしに書付申候。太秦松斎
方への状便を求遣し可申候。
卯月十六日　　西山斎 宗因（花押）
北嶋江庵様

三月中旬、京都・伏見・宇治に遊び、大和郡山の松平信之公のもとに立ち寄ったことを報じる。「連歌はもとより、近年うとく成候。誹も、気力・案性も無之故、大方停止」の件などから、没前年の延宝九年（一六八一）四月十六日付書簡と推定される。郡山から戻ったあとに訪ねたという、古寺多い「北の山家」とは、同年秋に成った『誹諧歌仙』（15頁No.55）前書などに徴して、京西北の仁和寺周辺が想定される。宛先の北嶋江庵は加藤家旧臣の医者で、宗因とは旧知の間柄であった。

【西山宗因】

西山宗因（一六〇五―八二）は、肥後熊本の加藤家家臣の子として生まれ、ひとたびは浪人を経験しながらも、連歌の道に志し、ついには大坂天満宮の連歌所宗匠にまでのぼりつめた人物である。その名声の高まりにつれ、諸侯の招きに応じて全国各地を精力的に行脚し、連歌興行に勤しんでいる。いっぽう、その軽妙洒脱な俳諧は、のちに談林と呼ばれる同好の士を膝元に集わせ、俳諧史に変革をもたらした。門人に井原西鶴や上島鬼貫などの革新的作家があり、若き日の芭蕉にも多大な影響を与えた。

2　**宗因像**〔上〕・**芭蕉像**〔下〕（蕪村筆「俳仙群会図」より）

蕪村（一七一六～一七八三）が敬慕する俳人十四名の肖像を描き、発句を添えたもの。宗因の句は「ほとゝぎすいかに鬼神もたしかに聞け」、芭蕉は「古池や蛙飛こむ水の音」である。

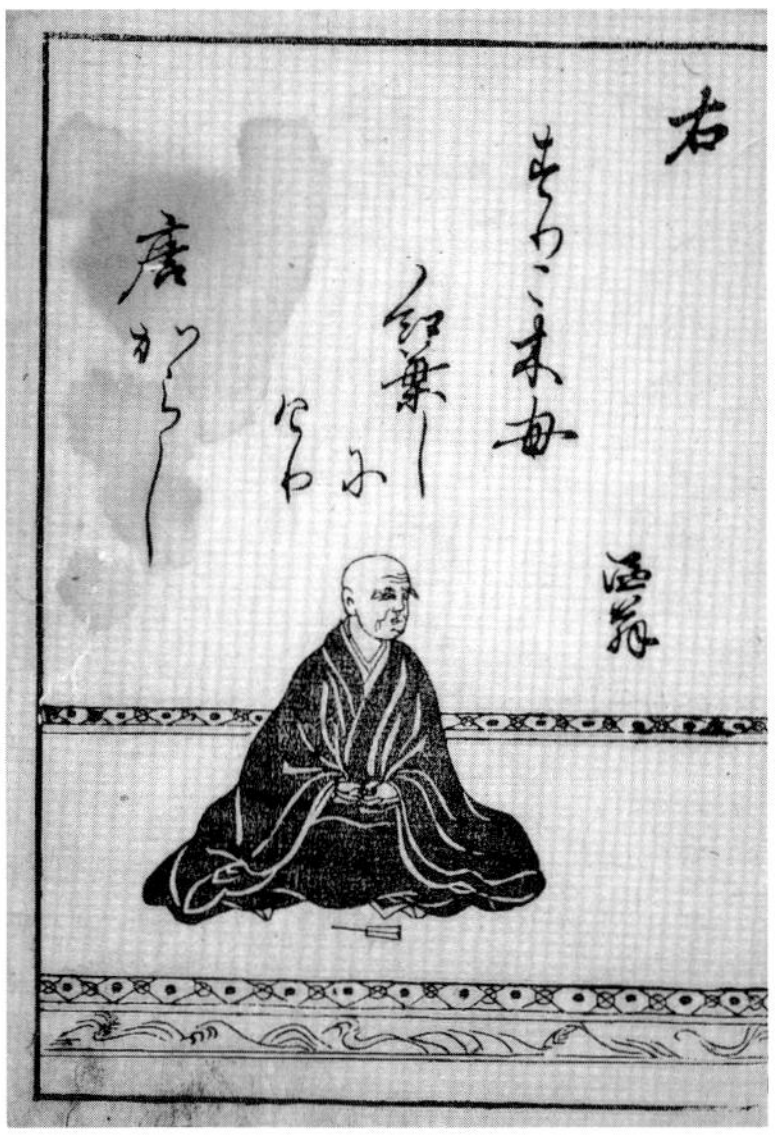

参考図版1　**宗因像**（『歌仙大坂俳諧師』より）

『歌仙大坂俳諧師』は、西鶴編、延宝元年（一六七三）刊。大坂の俳諧師三十六名を左右につがえ、その像と各真跡発句を模刻したもの。宗因は巻頭一番の右。

右

すりこ木も紅葉しにけり唐がらし　西翁

1　**宗因座の俳席**（元禄六年刊『男重宝記』より）

「はいかいする所」と題された一面の上部には当時多くの門人を抱えた貞門派の総帥、貞徳（一五七一～一六五三）を描き、下部に宗因の俳席を置く。両者の大きな違いはその連衆（れんじゅう＝参加者）にある。貞徳のそれが扇子を手にした裕福な町人風なのに対し、宗因座の場合は刀を脇に置く武士階級である。

参考図版2　**宗因像**（『俳諧百人一句難波色紙』より）

『俳諧百人一句難波色紙』は土橋春林編、天和二年（一六八二）刊。当代の大坂の俳諧作者九十八名の肖像の上部に、発句とその句意を表す画を枠で囲んで添える。『歌仙大坂俳諧師』（参考図版1）と二十一名が共通する。宗因は巻頭。

はるかなる唐茶も秋のね覚かな　西山梅翁

【肥後八代加藤家と宗因】

幼少時より熊本釈将寺の僧豪信から和歌の手ほどきを受けていた宗因は、元和五年（一六一九）、十五歳で八代城代の加藤正方に小姓として出仕する。加藤家中の連歌愛好の気風に触れ、十八歳にして京都の里村家に入門して以来、寛永九年（一六三二）までの約八年間、正方の庇護を受けながら連歌修行に励んだ。連歌師宗因の出発には、この時期の肥後八代と加藤家という環境が大きな影響を及ぼしていたのである。

5　加藤正方画像

加藤正方は加藤清正の重臣加藤可重の次男で、阿蘇内牧城代を務めた後、幕命により慶長十七年（一六一二）に八代城代に赴任。寛永九年（一六三二）の加藤家改易までの間を八代で過ごした。のち、浪人となり片岡風庵と号し、京都本圀寺に居住。晩年は広島浅野家にお預けとなり同地で客死した。本画像は加藤家重臣の加藤可重・正方父子の菩提寺である浄信寺に伝存するもので、作風から江戸時代後期に活躍した肥後細川藩の御用絵師矢野派の絵師によって描かれたと考えられるものであり、鋭い眼差しと凛々しい表情が印象的である。

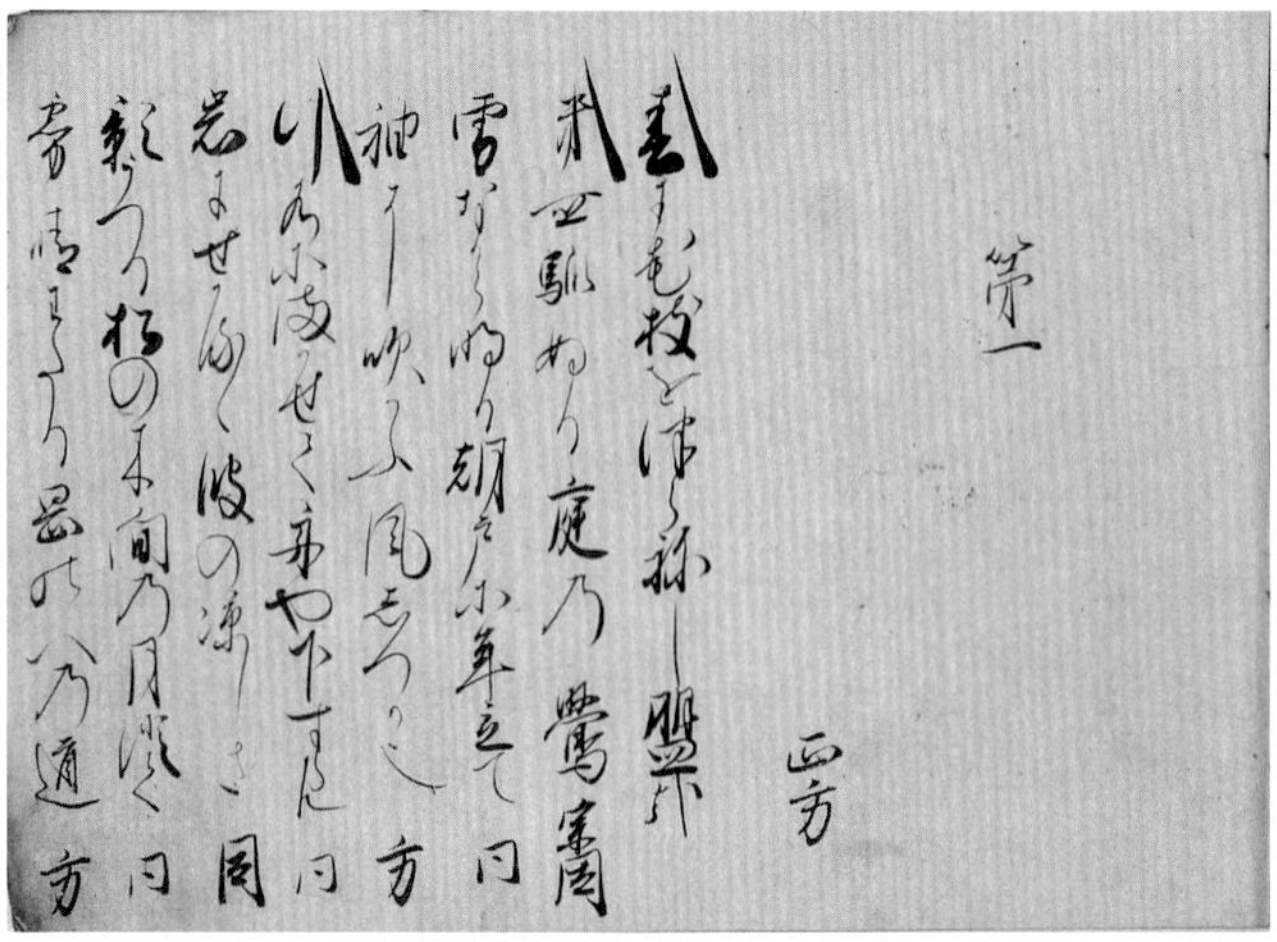

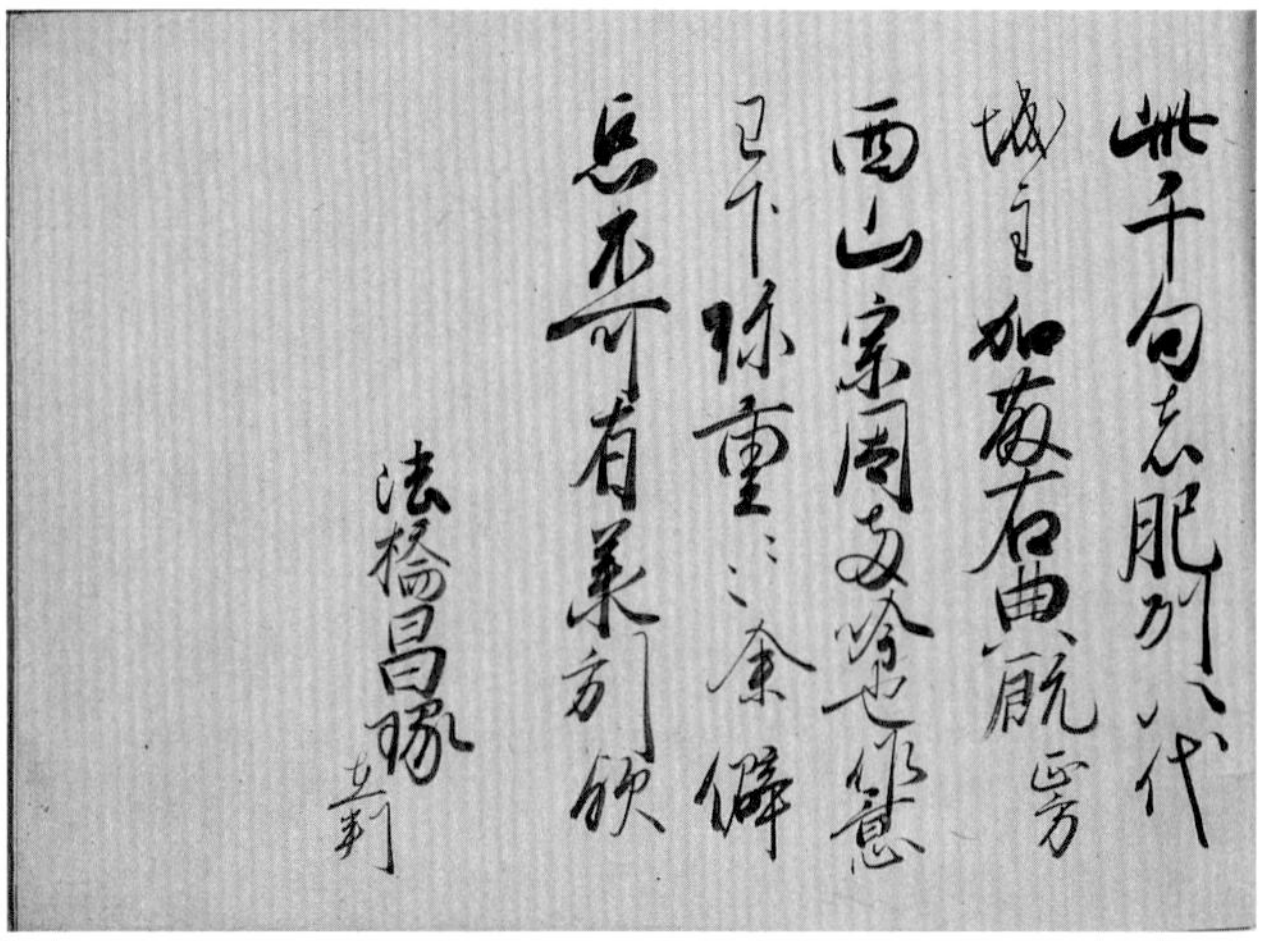

8　宗春筆『正方・宗因両吟千句』（部分）

寛永八年（一六三一）三月、正方と宗因で吟じた両吟千句。師の里村昌琢の批点を受けている。宗因にとって初めての千句連歌であり、「宗因」号の初出。主君正方の相手を務めることができるまでに成長した証であろう。

第一
〽春に花枝をつらねし盟哉　正方
〽幾世馴ぬる庭の鶯　宗因
雪ながら明る朝戸に年立て　同
袖に吹かふ風しづか也　方
〽行水にまかせて舟や下すらん　同
岩にせかる丶波の涼しさ　因
影うつる松の木間の月澄て　同
霧晴わたる岡のべの道　方

（奥書）
此千句者肥州八代
城主加藤右典厩正方、
西山宗因両吟也作意
已下珍重々々余僻
点不可有承引歟
法橋昌琢
在判

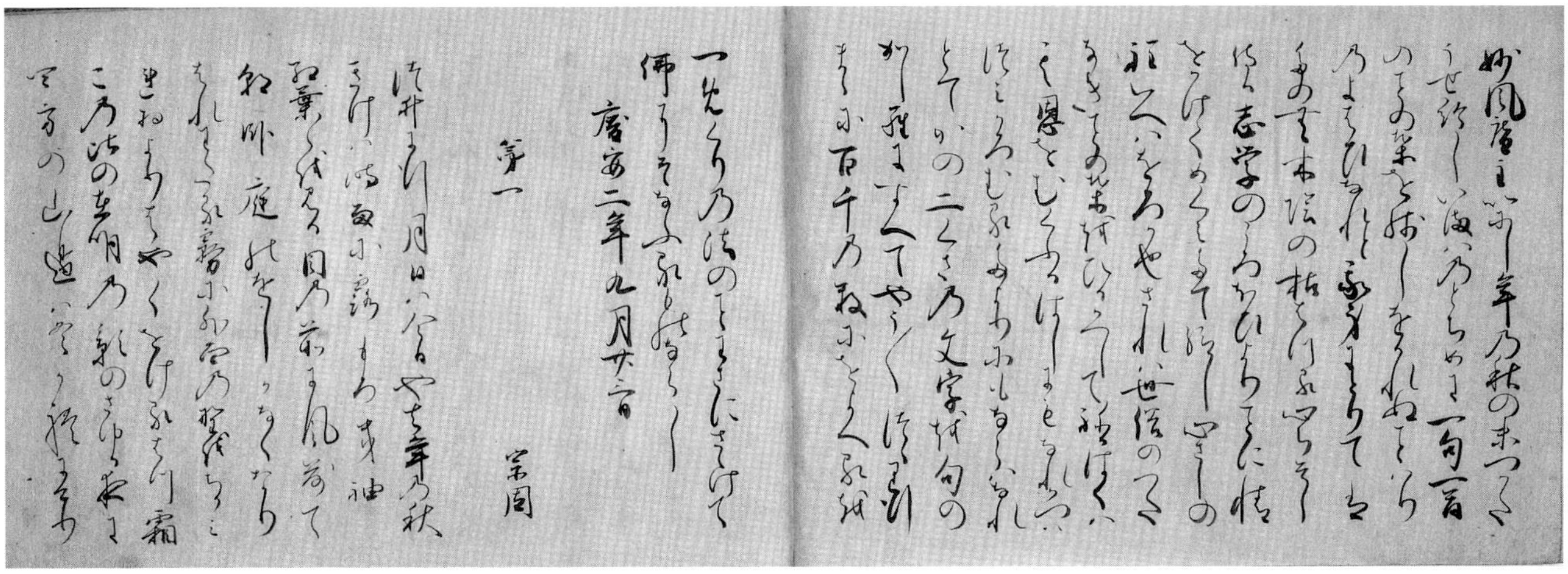

妙風庵主、いにし年の秋の末つかた
うせ給しいまはのとぢめに、一句一首
のことの葉を残しをかれぬ。ことはり
のよはひなれど、我身にとりては
たのむ木陰の枯はつる心ちぞし
侍る。志学のころほひよりことに情
をかけてめぐみたて給し心ざしの
程、いへばをろか也。されば、世俗のつた
なきことの葉をひるがへして、ねがはくは
其恩をむくふるはしにもなれ、かつは
つみかろむるたよりにもならばなれ
とて、かの二くさの文字を句の
かしらにすへて、やう〳〵つゞり行
まゝに百千の数にをよべるを、
一めぐりの法のことわざにさゝげて、
仏にそなふるものならし
慶安二年九月廿三日

第一　　宗因
つゐに行月日は今日や去年の秋
きけば時雨に露もろき袖
紅葉々を見る目の前に風落て
朝臥庭のをじかなくなり
はれわたる霧に外面の野をちかみ
れゐよりはやくをけるはつ霜
この比の在明の影さゆる夜に
四方の山辺は冬がれにけり

10　宗因筆『風庵懐旧千句』（部分）

慶安二年（一六四九）九月二十三日の正方（風庵）一周忌に、宗因が手向けた追善の千句。第一百韻前半の句頭に、正方辞世の句「月も哀れ今宵を秋の名残かな」および辞世の歌「梓弓八の苦しみ受けし世も引き離れては本末もなし」の四十九文字を据えて詠まれている。巻末に宗因の自署があり、さらに宗因孫の昌察による享保三年（一七一八）の識語がある。

（奥）
宗因書之
（花押）

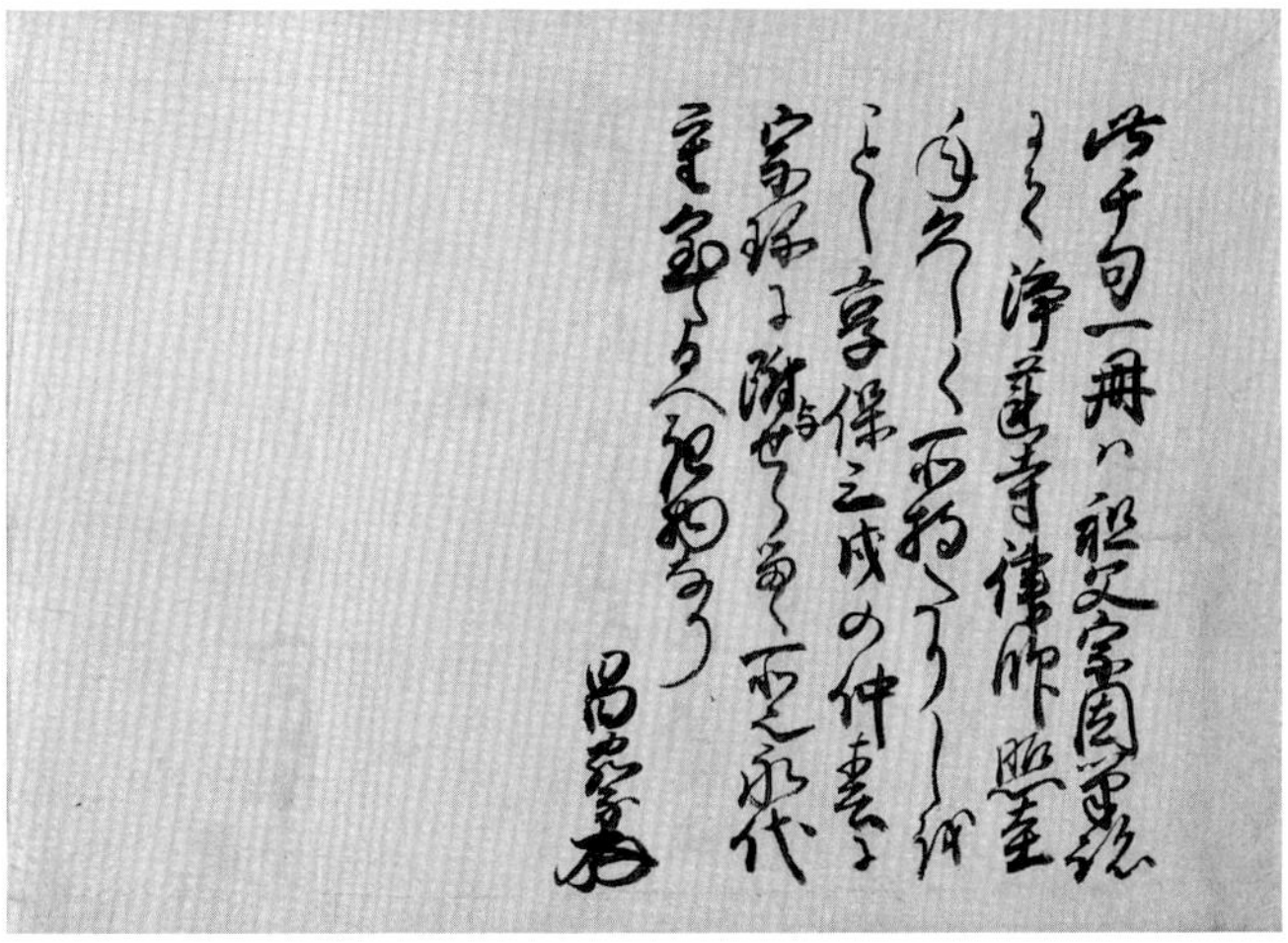

（識語）
此千句一冊は、祖父宗因筆跡
にて、浄蓮寺律師照圭、
年久しく所持たりしを、
ことし享保三戌の仲春に、
宗珍に附与せらるゝ所也。永代
重宝たるべき物なり
昌察（花押）

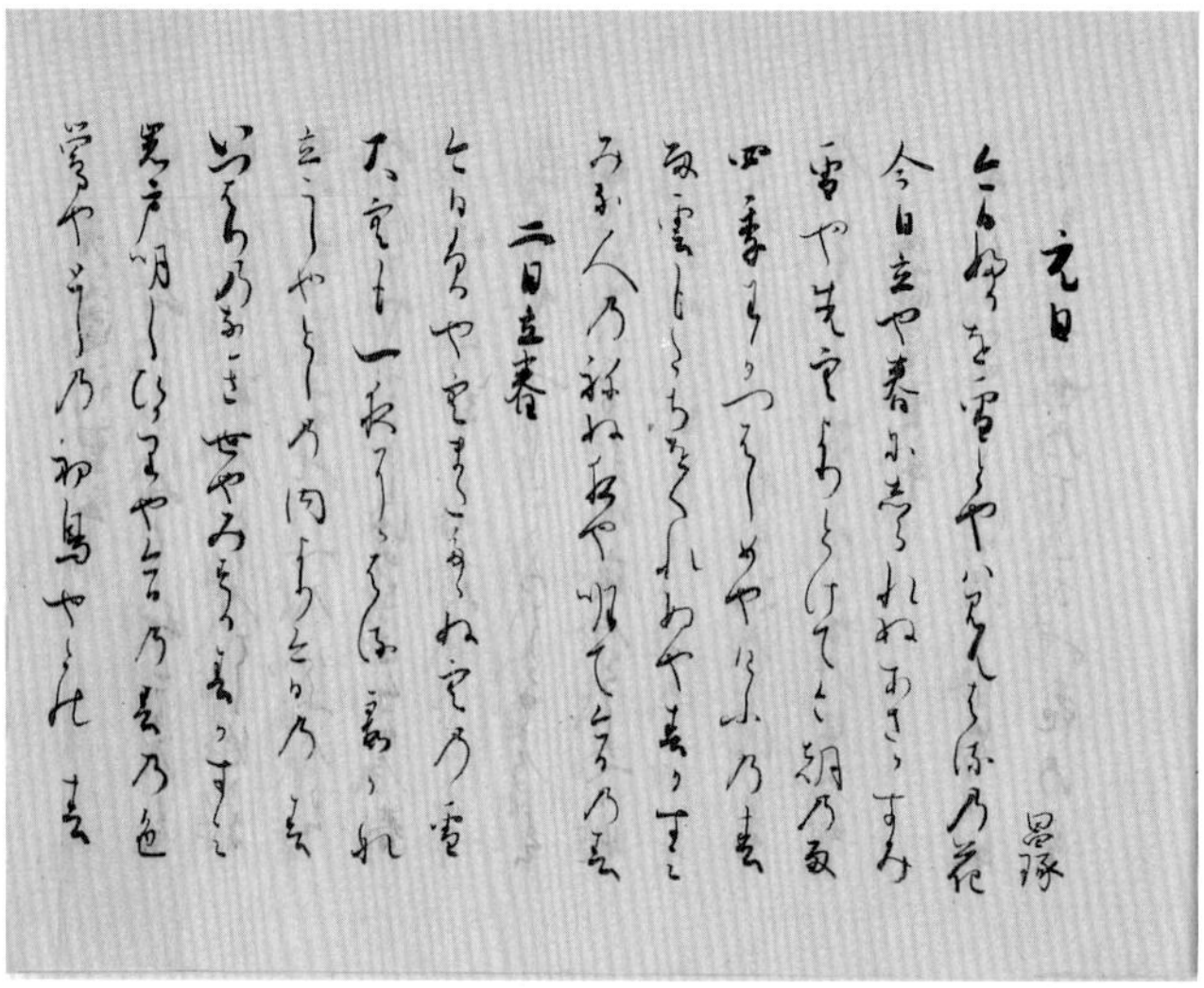

11
宗因筆『昌琢発句帳』（部分）　宗因が師の昌琢の発句集を筆写したもの。

元日　　　　　　昌琢
今日ふるを雪とやは見んはるの花
今日立や春にしられぬあさがすみ
雪や先空よりとけて今朝の雨
四季わかつはじめやけふの春
雨雲もたちをくれぬや春がすみ
みな人のねぬ夜や明て今日の春
二日立春
今日ふるや雲まだたゝぬ空の雪
大空も一夜にかはる霞かな
立としやとしの内より今日の春
いつはりのなき世やみする春がすみ
岩戸明しひかりや今日の春の色
鶯やとしの初鳥やどの春

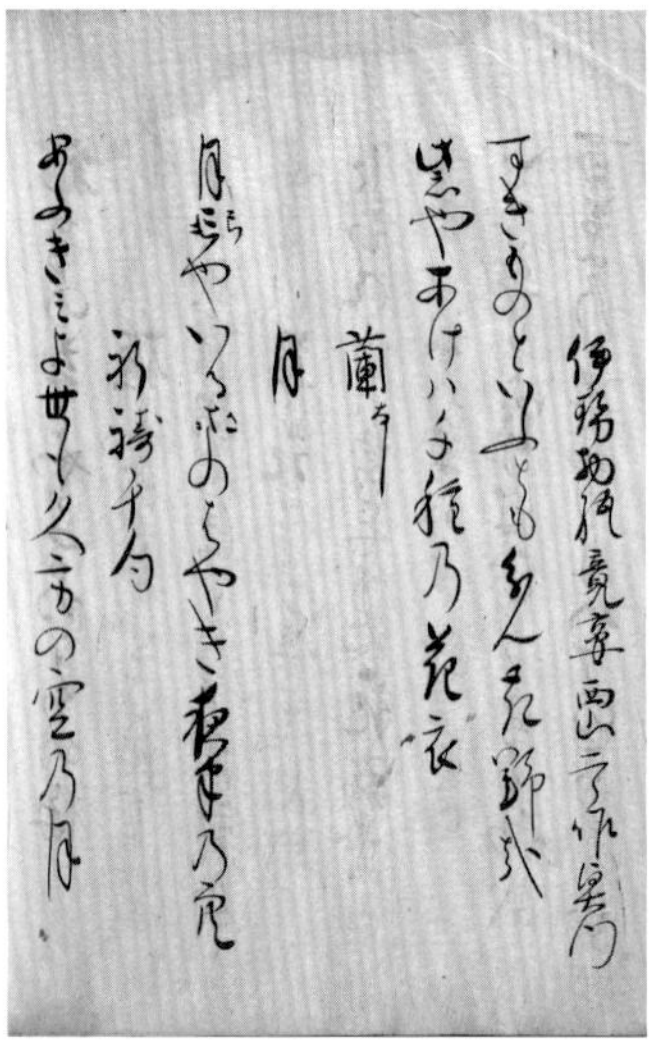

12
『発句帳法眼昌琢』（部分）
昌琢の発句帳の一。西山二（次）郎作＝宗因への伊勢物語伝授に際した連歌興行の発句が載る。

伊勢物語竟宴　西山二郎作興行
すきものといふとも分ん花野哉

13
昌琢筆「たのしみや」句短冊
元日　たのしみや人民までの今朝の春　昌琢

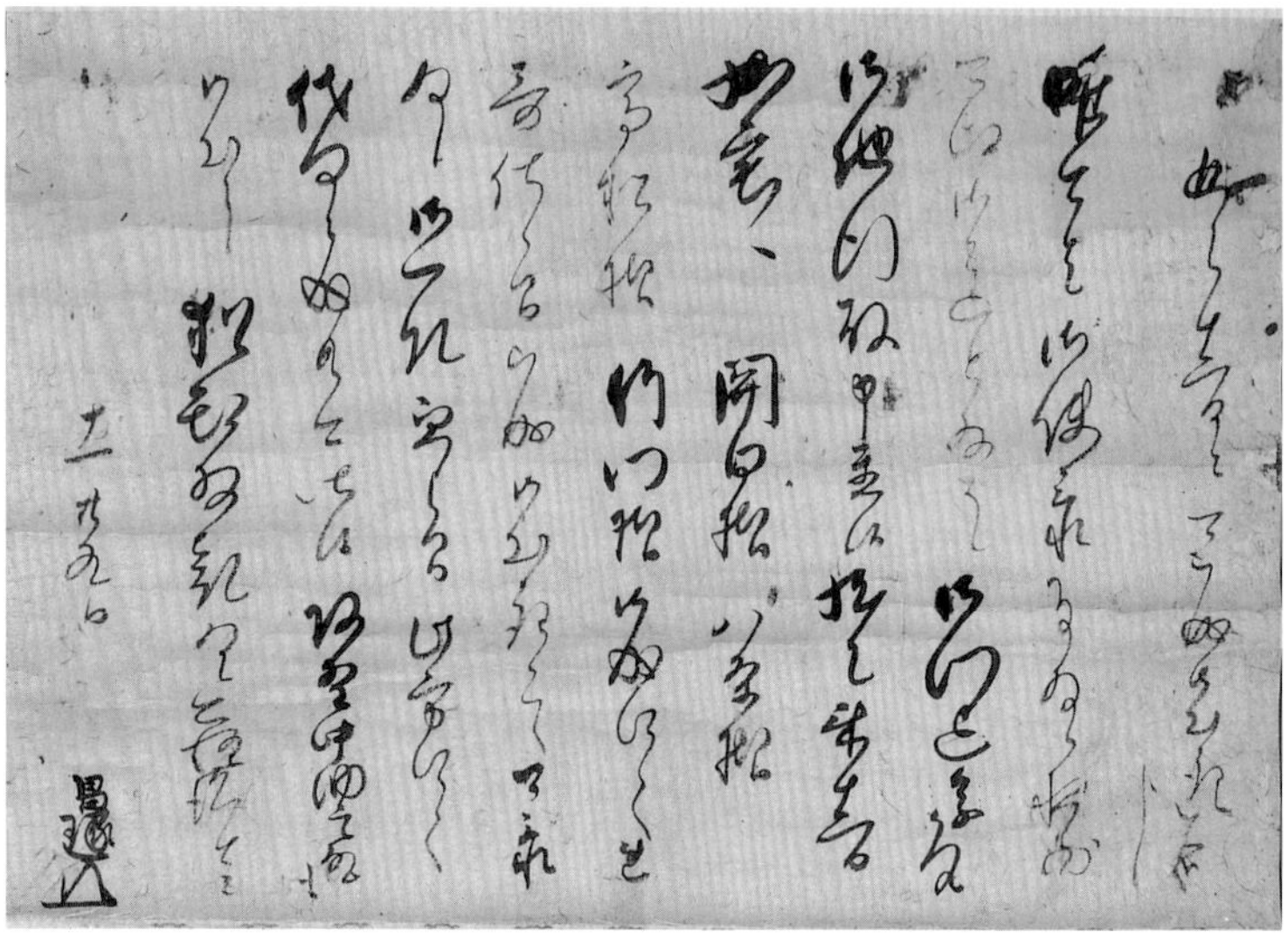

14
昌琢書簡〔新出資料〕

追々十二日に可被成御出座候哉。
かしく
唯今は御使忝奉存候。夜前
可得御意と存候て、御門迄参候へ共、
御他行故申置候。然者来十二日、
拙宅へ　関白様、八条様、
高松様、竹門様御成にて連
歌仕候間、被成御出座候はゞ可忝
存候。御一段急之間、此方にて
代句に成共可仕候。阿野中納言殿も
御出候。猶期拝顔存候。恐惶謹言
十一　廿九日　昌琢（花押）

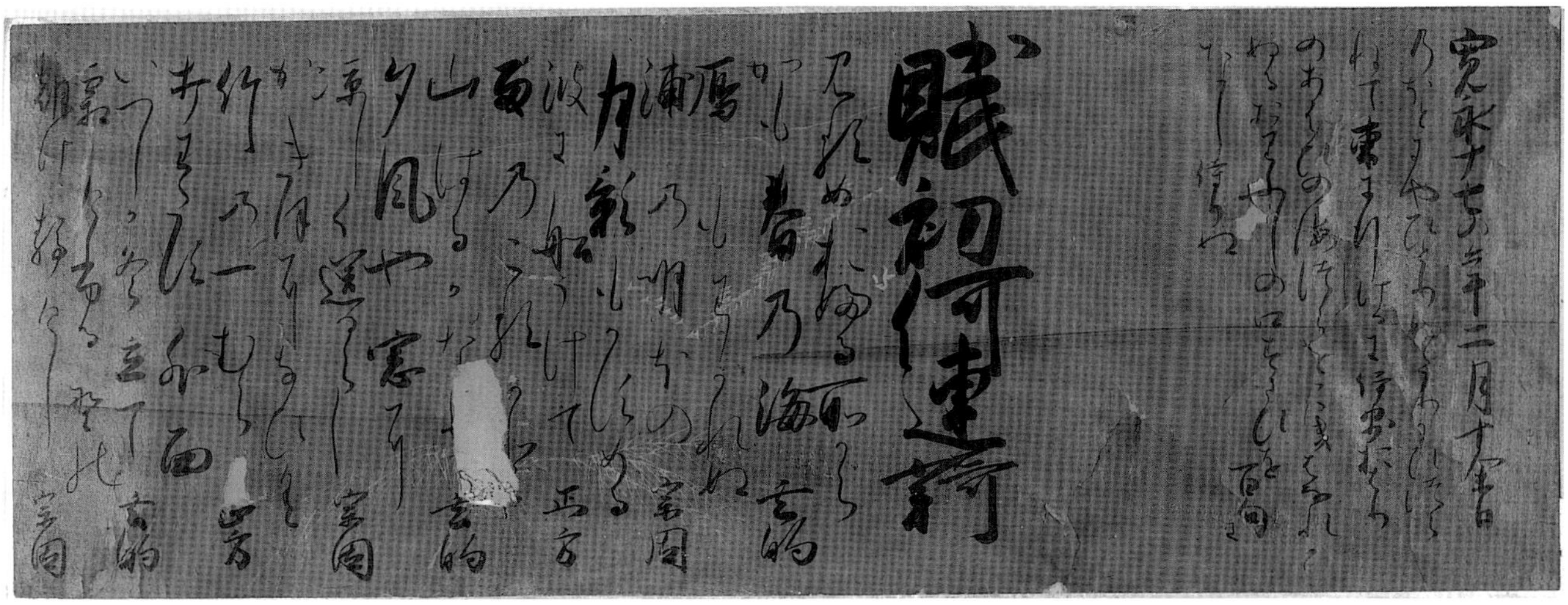

9　宗因筆『賦初何連歌』断簡（部分）

寛永十七年（一六四〇）、加藤正方の江戸下向に、里村玄的とともに同行した際、七里の渡しの船上で催した三吟連歌。『宗因連歌集』（11頁No.33）にも収められるが、本点は懐紙の体裁をとる。

寛永十七の年二月十余日
のほどにや、ひとりふたりかひつら
ねて東に行けるに、伊勢おはり
のあはひの海づらをこぎはなれ
ぬるおりふしの口ずさびを、百句に
なし侍りぬ

賦初何連謌
みるめおふる所がら
かも春の海　玄的
鴈もわかれぬ
浦の明ぼの　宗因
月影もかすめる
波に船うけて　正方
雨のこるかと
山はるかな（虫損）□　玄的
夕風や窓に
涼しく送るらし　宗因
かきねになびく
竹の一むら　正方
打わたす外面
いつしか冬立て　玄的
霜けぶる野の
朝け静けし　宗因

【里村家と宗因】

里村家は、里村昌休を祖とし、一子昌叱の子孫＝南家と、昌休の門人紹巴の子孫＝北家の二流に分かれる。毎年正月の幕府御連歌始に宗匠として第一の連衆をつとめた家柄で、徳川三百年間、連歌界の頂点に君臨した。宗因は、はじめ、里村南家の昌琢に入門して諸所の連歌会に随伴しているが、昌琢没後は、北家庶流の玄的に特に目をかけられていたらしく、よく行動をともにしている。また、昌琢の息でありながら分家昌倪の家督を継いで摂津国に住んだ祖白は、宗因とともに大坂・堺・平野の上層町人の連歌を指導した。

［南家］昌叱─┬─昌琢──昌程
　　　　　　　└─昌倪──祖白（昌通）

［北家］紹巴─┬─玄仍─┬─玄陳
　　　　　　　│　　　　└─玄的
　　　　　　　└─玄仲──玄祥

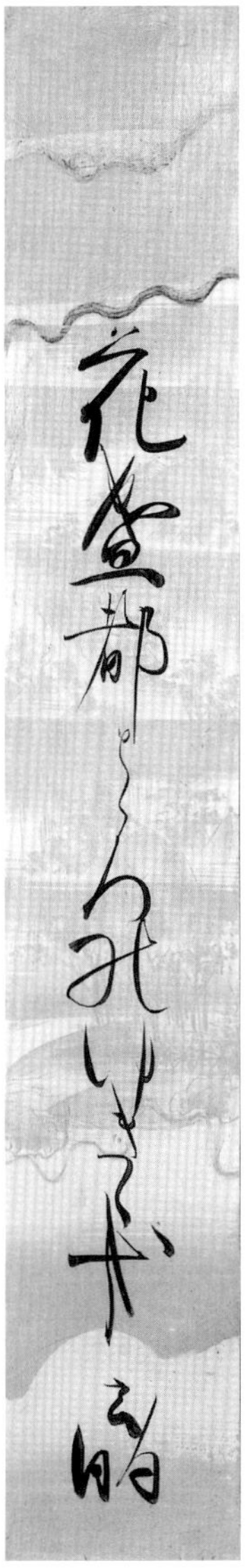

16　玄的筆「花盛」句短冊

花盛都ところのゆき〻哉　玄的

15　祖白筆宗祇句賛　宗祇像

月の秋花の春たつあした哉　宗祇　祖白書

連歌文芸の大成者たる宗祇の座像に、里村南家の祖白が宗祇の発句を認めたもの。

【天満宮連歌所】

天神信仰と連歌の結びつきは、南北朝期に成立した連歌最初の撰集『菟玖波集』に北野信仰がうかがわれることに始まる。やがて京都の北野天満宮には連歌会所が置かれ、太宰府天満宮ほか諸所の天満宮でも法楽（ほうらく＝神に奉納すること）の連歌が行われるようになる。大坂天満宮でも、宗祇の時代に千句連歌が奉納され、その後は摂津在住の連歌師肖柏が指導的役割を果たしていた。豊臣秀吉の側近大村由己が天満宮会所の別当に任じられたあと、戦禍のため長らく宗匠不在となるが、正保四年（一六四七）、里村家の推薦により赴任した宗因は、ただちに月次連歌を再興し、菅家神退七百五十年忌の万句などで活躍する。以後、近世後期に至るまで、大坂天満宮の連歌所は、西山家の代々が世襲した。

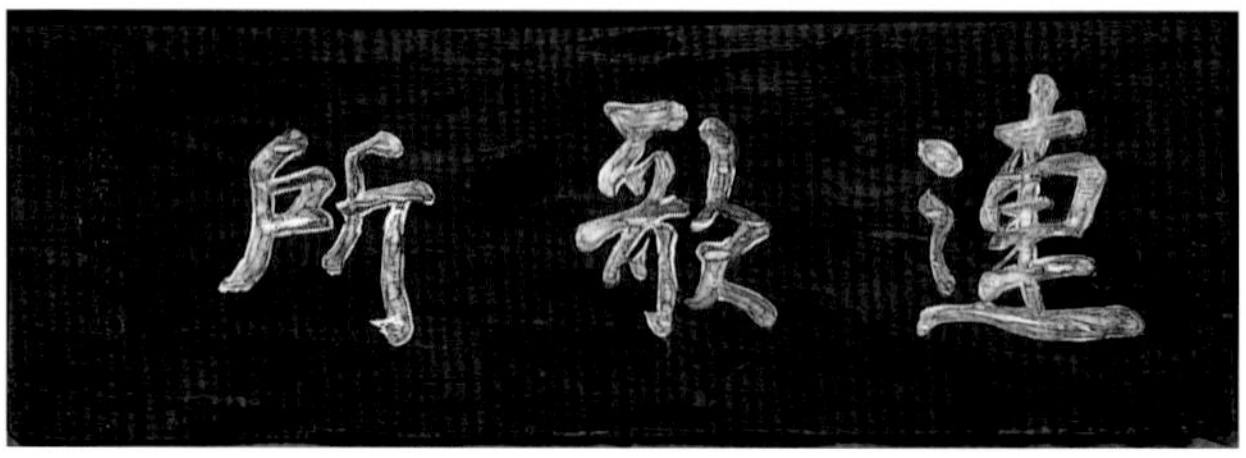

23 **連歌所懸額**〔初公開資料〕
大坂天満宮連歌所に掲げられていたもの。筆者菅原修長とある。

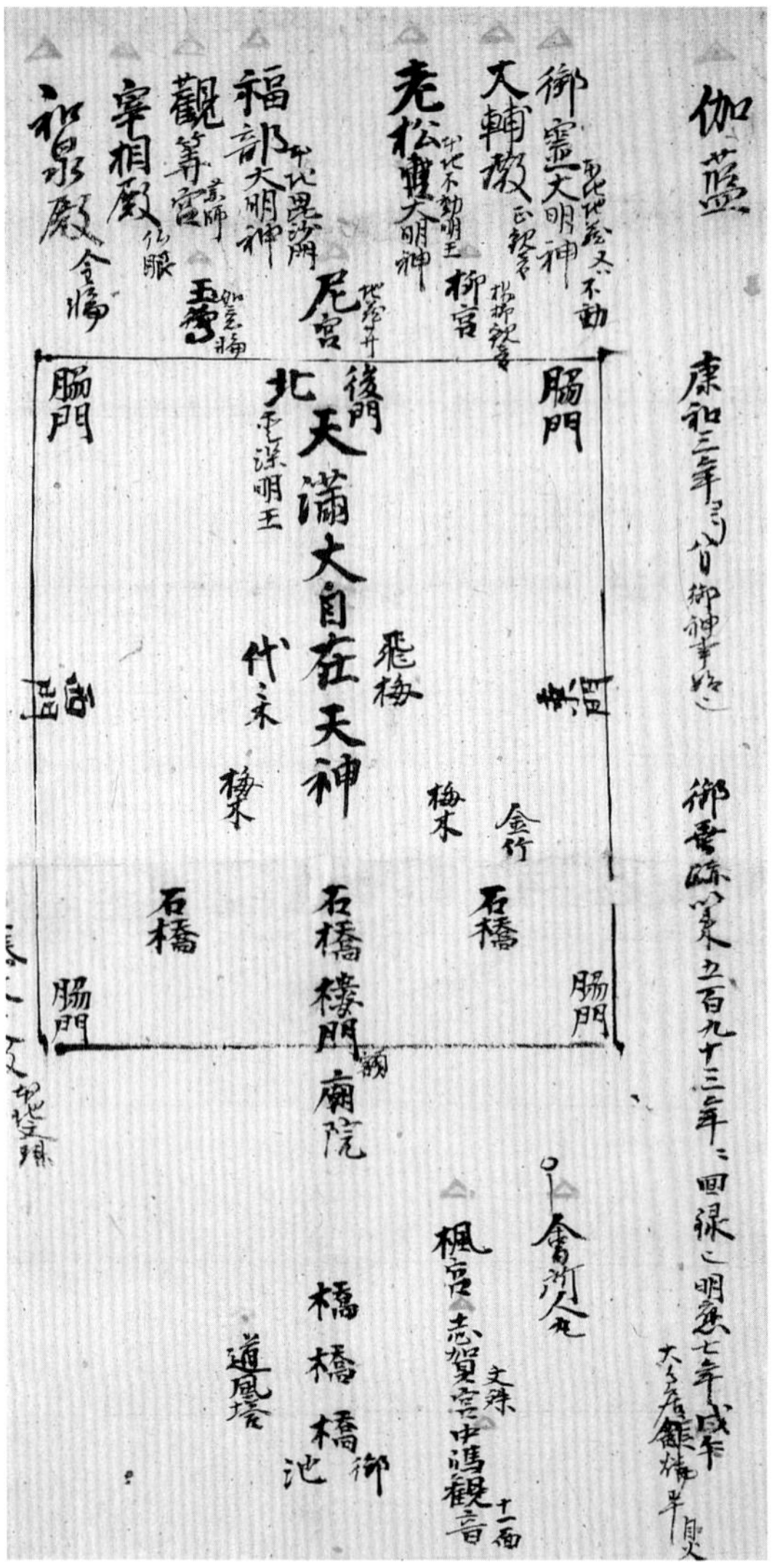

参考図版3 **太宰府天満宮境内指図**（部分）「会所人丸」とある。

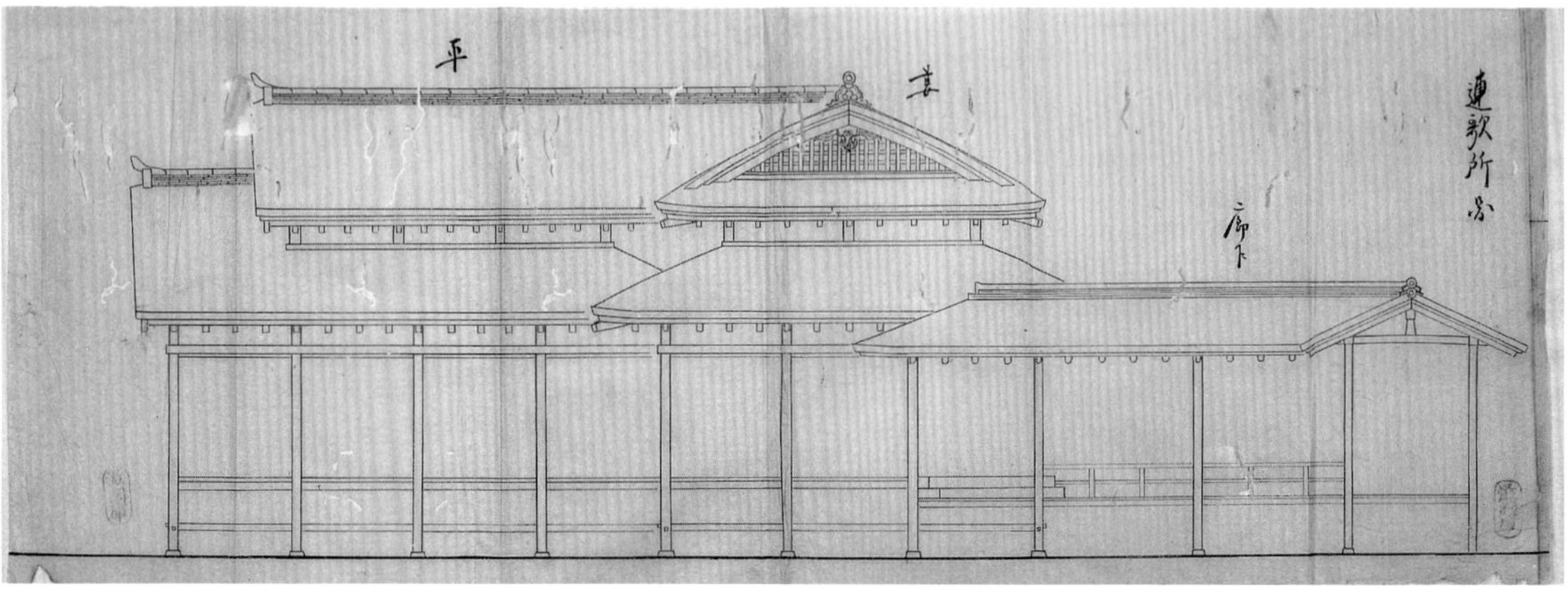

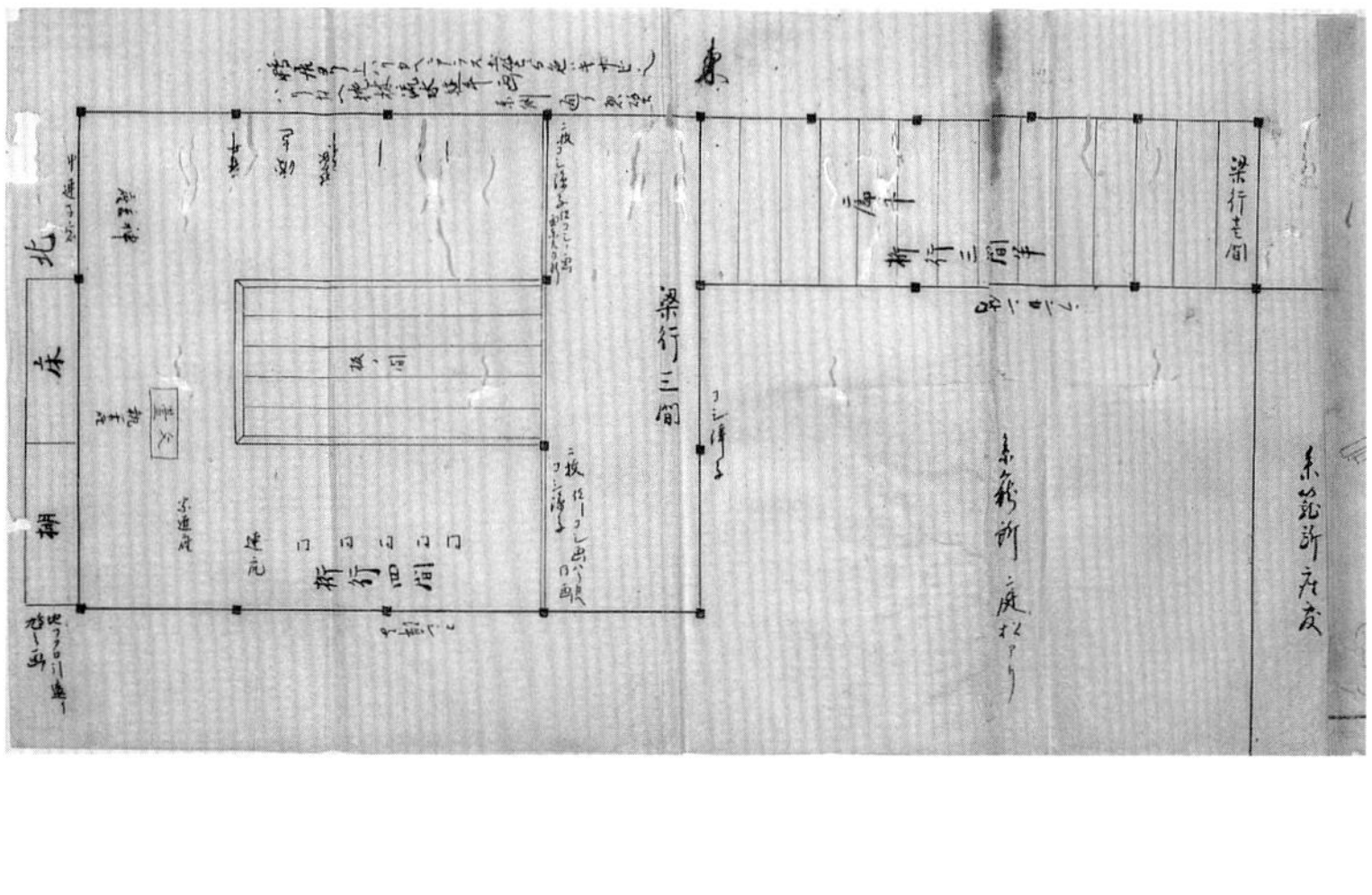

22 **御社頭連歌所之図**
寛政四年（一七九二）の大坂天満宮の連歌所の外観と内面図。

18 **杭全神社連歌所三十六歌仙額のうち「紀貫之」「僧正遍昭」**

杭全（くまた）神社は、大坂三郷の南に位置する平野郷の総社。連歌が盛んで、宝永五年（一七〇八）に再建された連歌所（下図）が現存し、今日も定期的に連歌会が開かれている。連歌所の長押に掲げられる三十六歌仙額は、延宝七年（一六七九）と享保二年（一七一七）のものが伝わる。本点は延宝期のもの。

19 **花台**

杭全神社に伝わる江戸時代の連歌什物の一つで、裏書に「奉寄進摂州住吉郡平野郷社連歌所　花台　享保十三戊申年八月吉日　願主　成安源右衛門栄信」とある。台上に連歌会席図（9頁No.17）に描かれるような花瓶が置かれ、花が生けられたのであろう。

21 **渡唐天神像**

連歌の席には菅原道真の像や天神名号を掛けることが多い。本図は、道真が一夜にして中国へわたり、禅の奥義を極めたという説話に基づき描かれたもの。中国の隠士の装束をまとい、梅の枝を持つ。やや斜に構えた渡唐天神は、狩野元信がはじめて描いたとされ、元信様といわれる。

【連歌師宗因】

宗因の本領は、どこまでも連歌にあった。大坂天満宮神主の滋岡長昌は、後年、宗因連歌の作風を「おもてはやすらかにて底に力ある」と評している。それらの多くは、法楽・追善・祈祷といった、多分に儀礼的な目的で賦された作品でありながら、類型に堕しない独自の情緒をたたえており、蕉風俳諧の風雅にも通じるものがある。武士としては挫折を経験した宗因であったが、連歌師宗因に活躍の場を提供したのは、小笠原忠真・松平信之・青山宗俊らの大名たちであり、その庇護を背景に、宗因の交流圏は公家・茶人・神官層と幅広い。

27　**宗因筆『宗因発句帳』**（部分）

宗因の連歌発句一三四五句を四季の季題別に並べたもの。その作風の変遷を知るとともに、伝記的なことがらについても明らかになる点が多い。後代、宗因末裔の手になる付箋が施され、句の重複などが指摘されている。

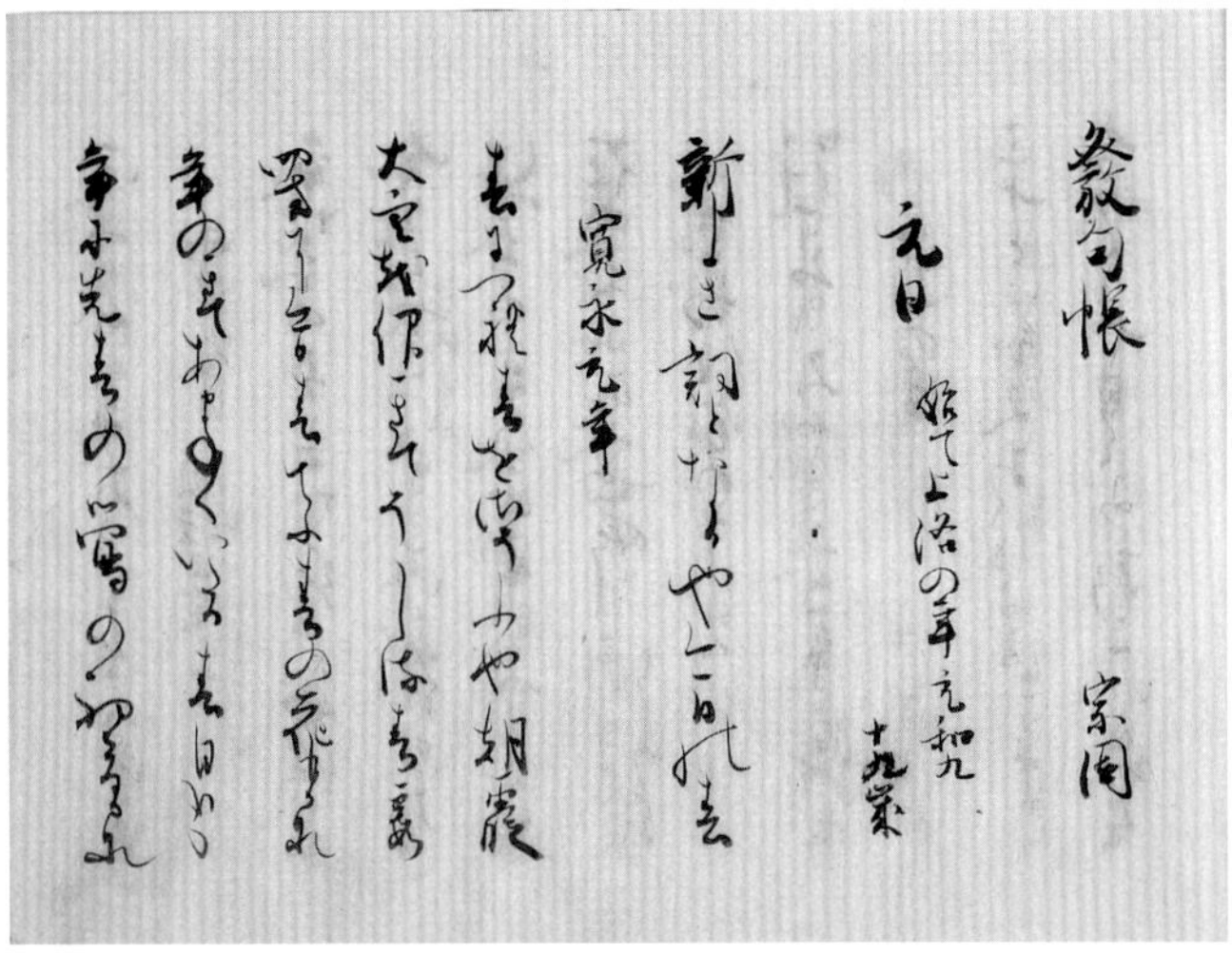

発句帳　　宗因
元日　始て上洛の年元和九　十九歳
新しき詞となるや今日の春
寛永元年
春につれ春をさそふや朝霞
大空を仰ぎてぞしる春霞
四方に今日春てふ春の花もがな
年のきてあまねくいたる春日哉
年に先春の鴬の初音かな

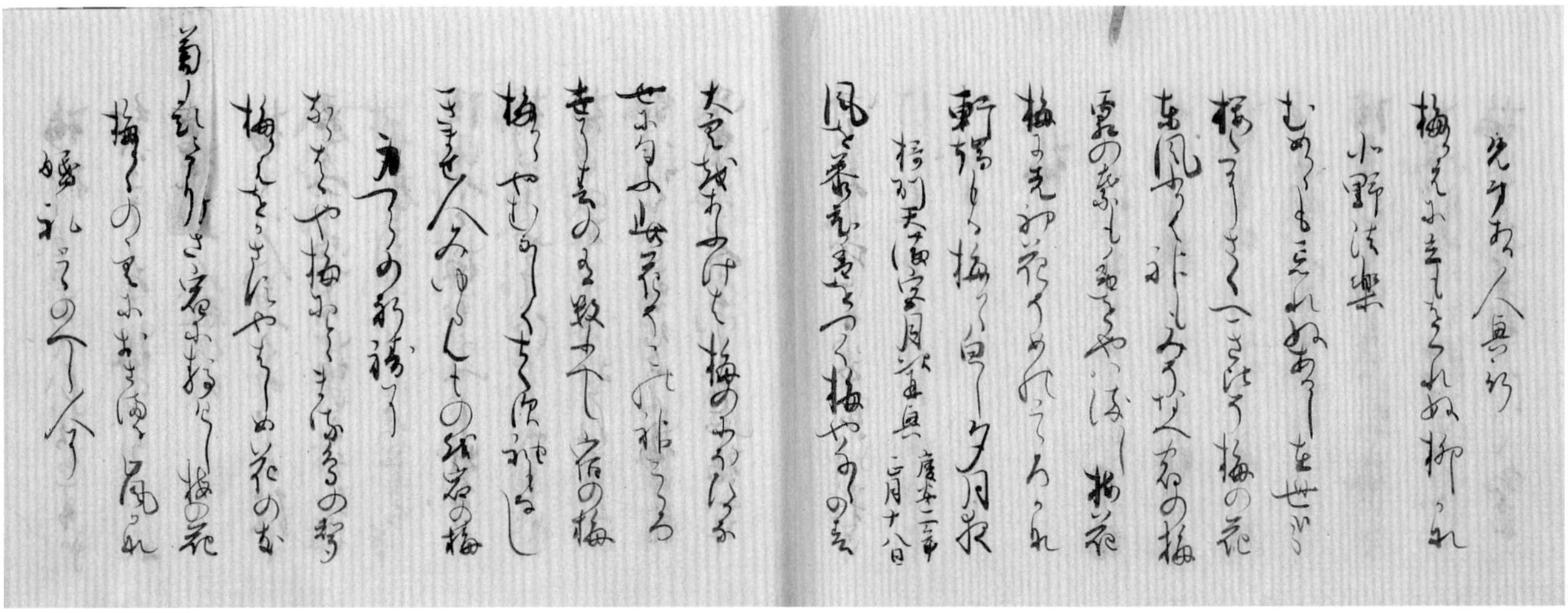

兄弟ある人興行
梅がえに立もをくれぬ柳かな
北野法楽
むめがゝも忘れぬあるじ在世哉
桜だにさくべき比ぞ梅の花
東風ふかば神もみそなへ宿の梅
霜の葉も香をやは染し梅花
梅に先初花ぞめのこゝろかな
軒端もる梅がゝ白し夕月夜
摂州天満宮月次再興　慶安二年正月十八日
風を慕ひ香をつぐ梅や千々の春
大空をあふげば梅のにほひかな
世に匂ふ此花ぞこの神ごゝろ
世に春の有数ふべし宿の梅
梅がゝやむなしくすぐす袖もなし
きませ人みゆらんものを宿の梅
身づからの祈祷に
ならはゞや梅にとゞまる鳥の声
梅がえをかざすやはじめ花の友
菊ノ題ニアリ
（付箋下「事しげ」）き宿に静けし梅の花
梅がゝの空におさまる嵐かな
婚礼とゝのへし人に

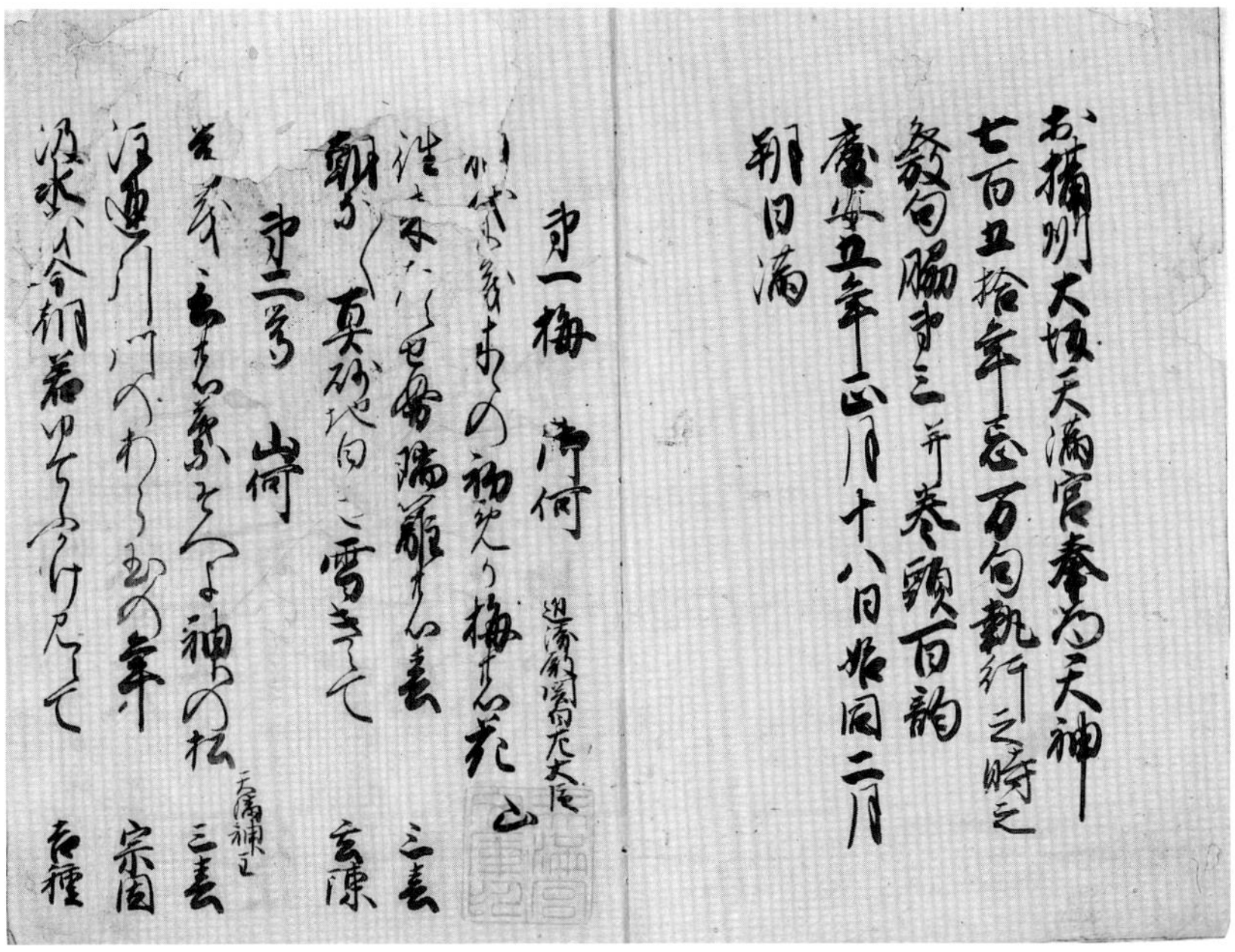

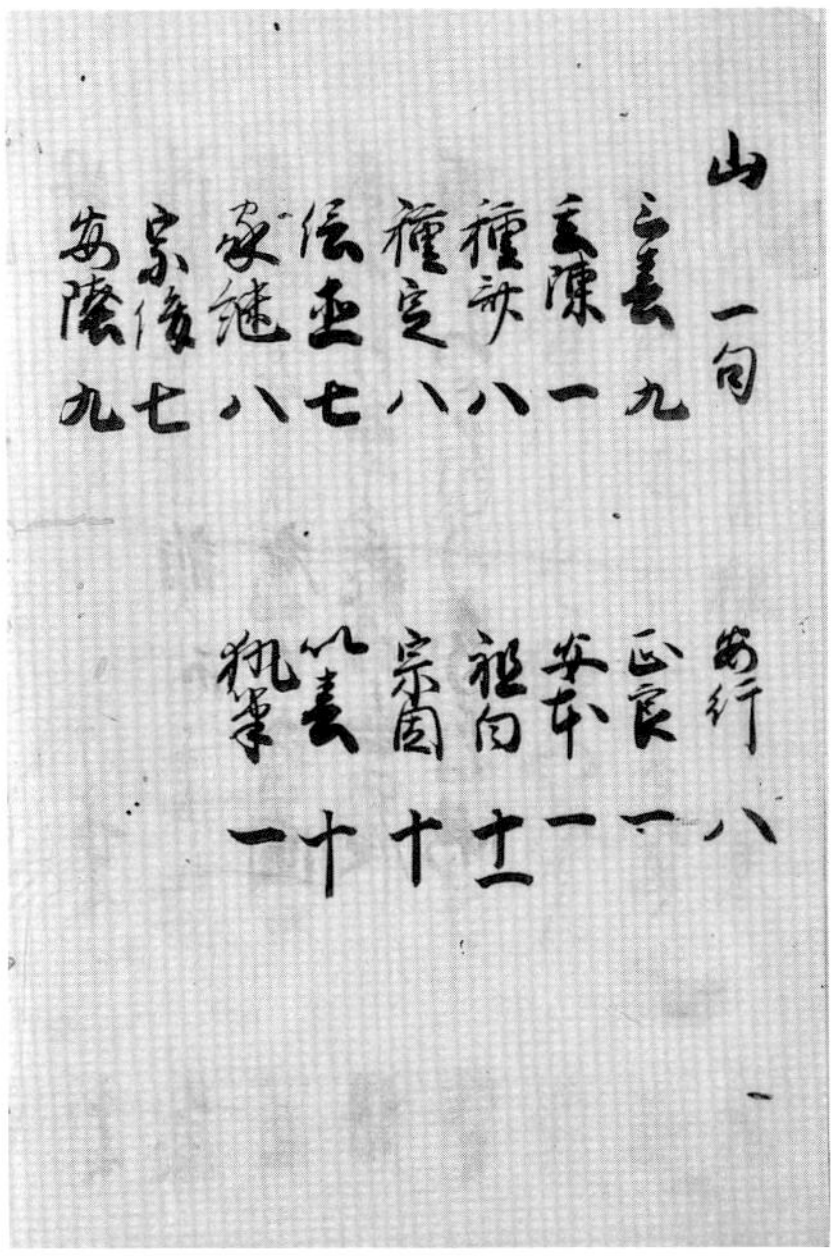

28 **『万句発句帳』**（部分）

慶安五年（一六五二）、菅原道真の没後七百五十年忌として、大坂天満宮で興行された万句の三物（みつもの＝発句・脇・第三）と、第一百韻一巻を記したもの。巻頭に関白左大臣近衛尚嗣（ひさつぐ＝一字名「山」）の発句を仰ぐ。

於摂州大坂天満宮奉為天神
七百五拾年忌万句執行之時之
発句脇第三并巻頭百韻
慶安五年正月十八日始同二月
朔日満

第一　梅　御何
神代にも木々の初めか梅の花　近衛殿関白左大臣　山
往来たえせぬ瑞籬の春　三春
朝な〳〵真砂地白き雪きえて　玄陳

第二　鶯　山何
鶯も言の葉そへよ神の松　天満神主　三春
注連引門のあら玉の年　宗因
汲水も今朝若ゆてふかげ見えて　吉種

（第一百韻句上）

山	一句	安行	八
三春	九	正良	一
玄陳	一	安本	一
種斎	八	祖白	十一
種定	八	宗因	十
信直	七	以春	十
家継	八	執筆	一
宗俊	七		
安陸	九		

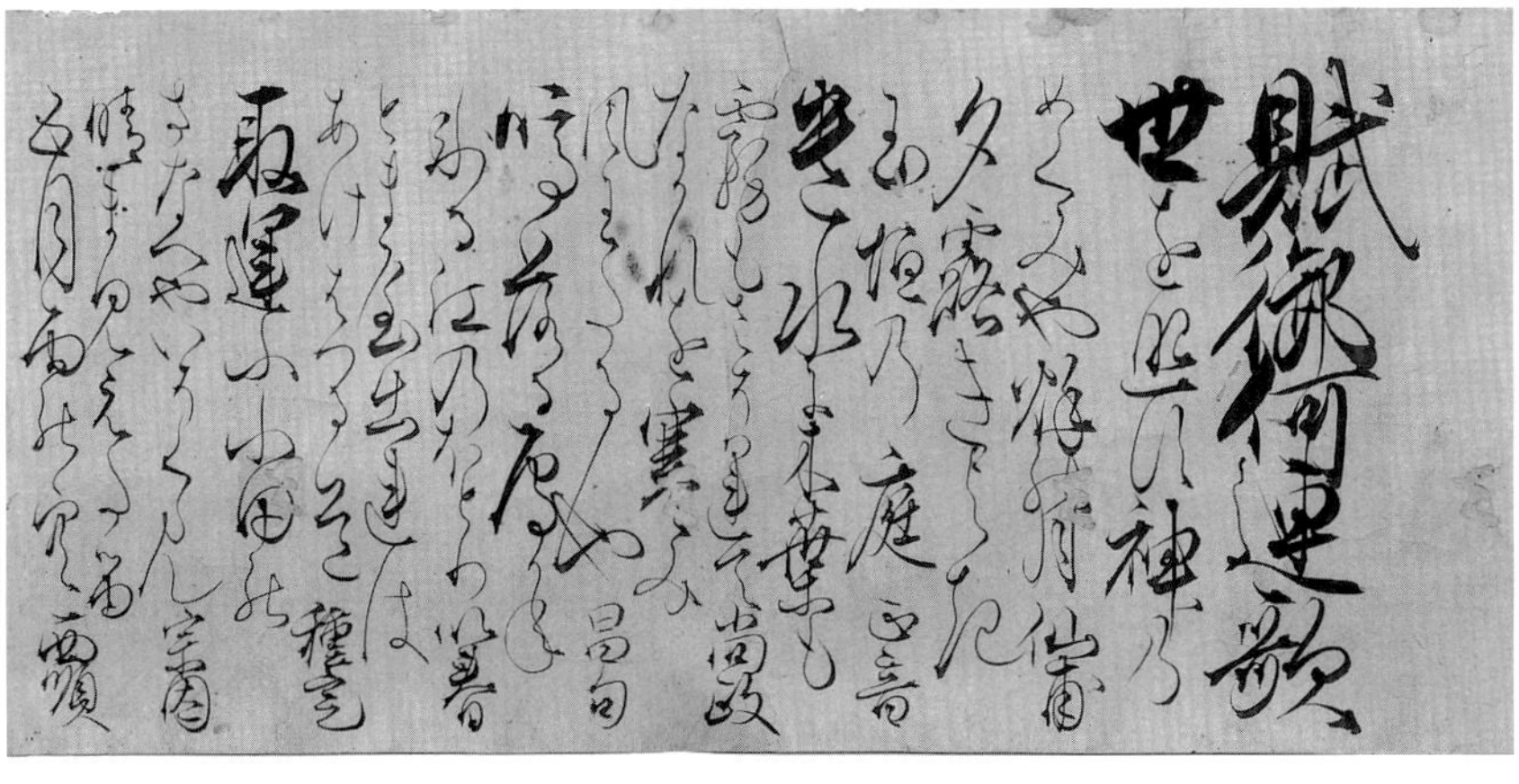

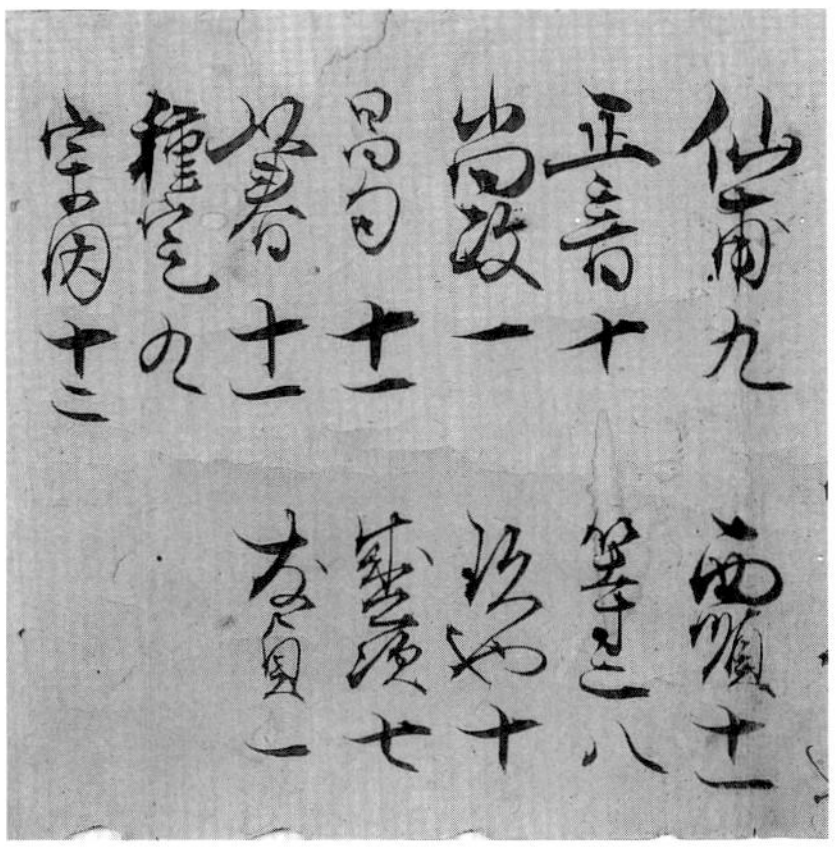

32 **天満宮奉納『賦御何連歌』**（部分）（初公開資料）

承応三年（一六五四）、淀藩主永井尚政や大坂天満宮の社人らと一座し、天満宮に奉納した連歌。

賦御何連歌
世を照す神のめぐみや秋の月　仙甫
夕露きよき玉垣の庭　正音
遣水に木葉も霧もさそはれて　尚政
ながれを寒み風わたる也　昌句
啼落る鴈がね氷る江のほとり　以春
とま屋出ればあけはつる道　種定
取運ぶ小田のさなへやいそぐらん　宗因
晴ま見えたる五月雨の空　西順

（句上）

仙甫	九	西順	十一
正音	十	等二	八
尚政	一	玖也	七
昌句	十一	盛次	七
以春	十一	友貞	一
種定	九		
宗因	十二		

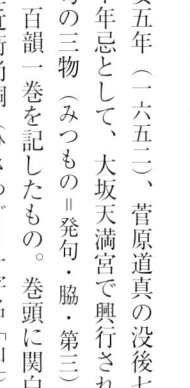

25 **『西山三籟集』**（部分）

享保十九年（一七三四）刊。宗因曾孫の西山昌林が、宗因・宗春・昌察の三代にわたる発句二九〇〇を四季別に分類編纂した連歌発句集。昌林自筆写本が神宮文庫に現存するが、本点は、最も初版に近い刊本。上田秋成も本書を参照し、『むかし口』（43頁№56）の中で、「かの三籟集にかぞへつくせる千々の句を見てこそ、翁が風雅のまことはしるべけれ」と述べる。

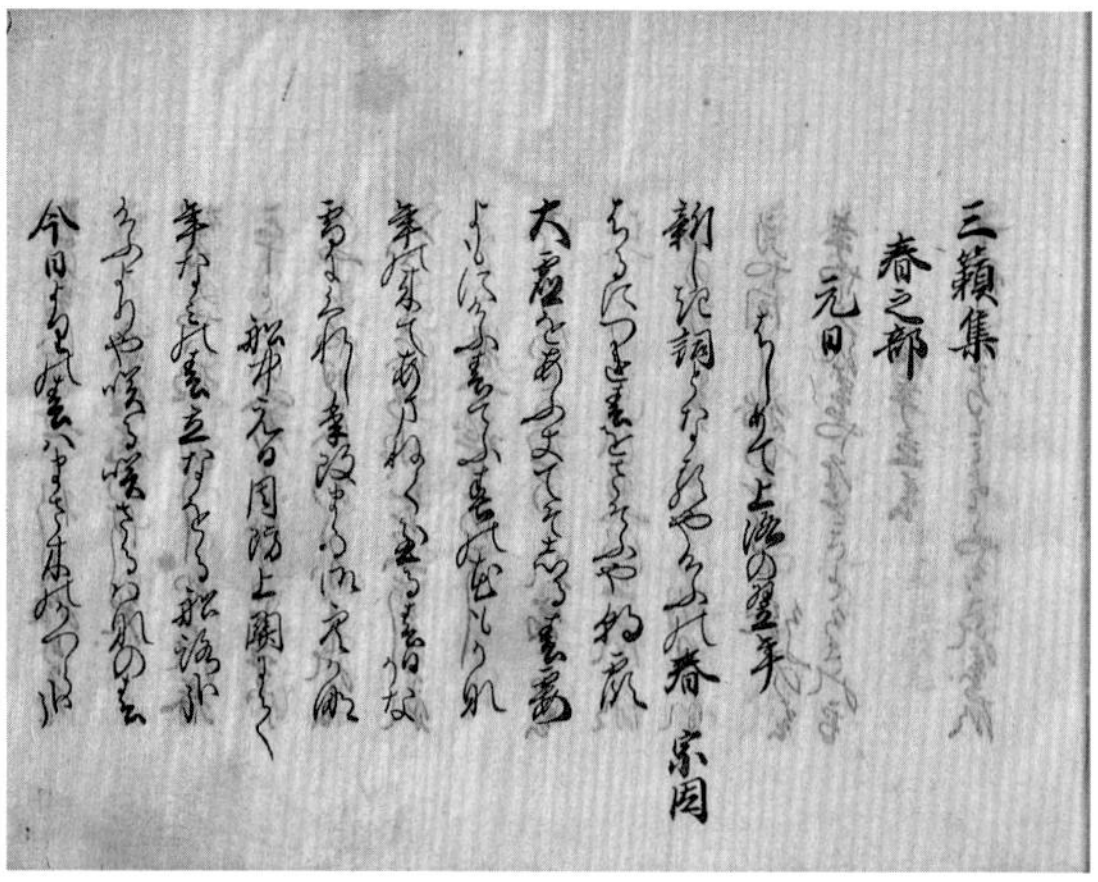

三籟集
春之部
元日
はじめて上洛の翌年
新しき詞となるやけふの春　宗因
はるにつれ春をさそふや朝霞
大虚をあふぎてぞしる春霞
よもにけふ春てふ春の花もがな
年の来てあまねく至る春日かな
雪にくれし年改まる御空かな
船中元日　周防上関にて
年なみの春立なをる船路哉
けふよりや咲る咲ざるはなの春
今日よりの春はまさ木のかづら哉

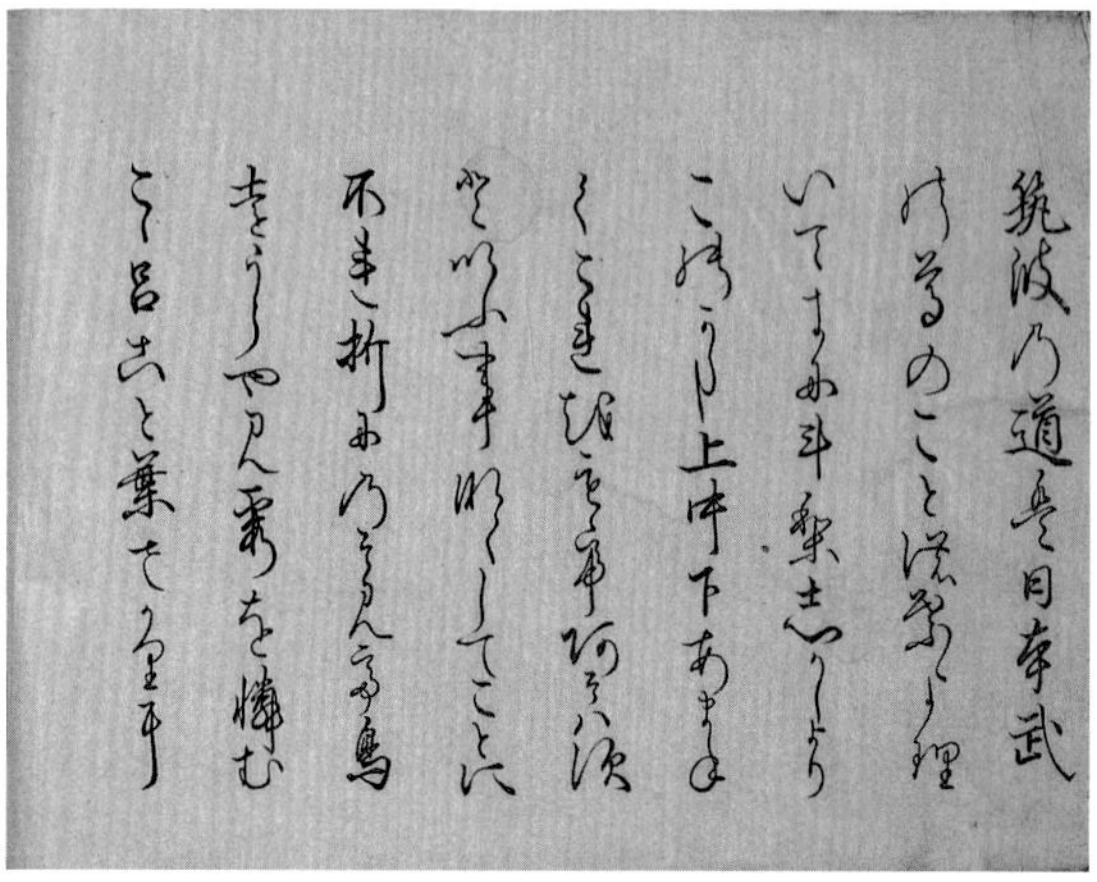

（序文）
筑波の道は、日本武の尊のことの葉よりいできにけり。しかしよりこのかた、上中下あまねくこれをもてあそばずといふ事なくして、ことにふれ折にのぞみて、鳥をうらやみ霞を憐むこゝろこと葉さかりに

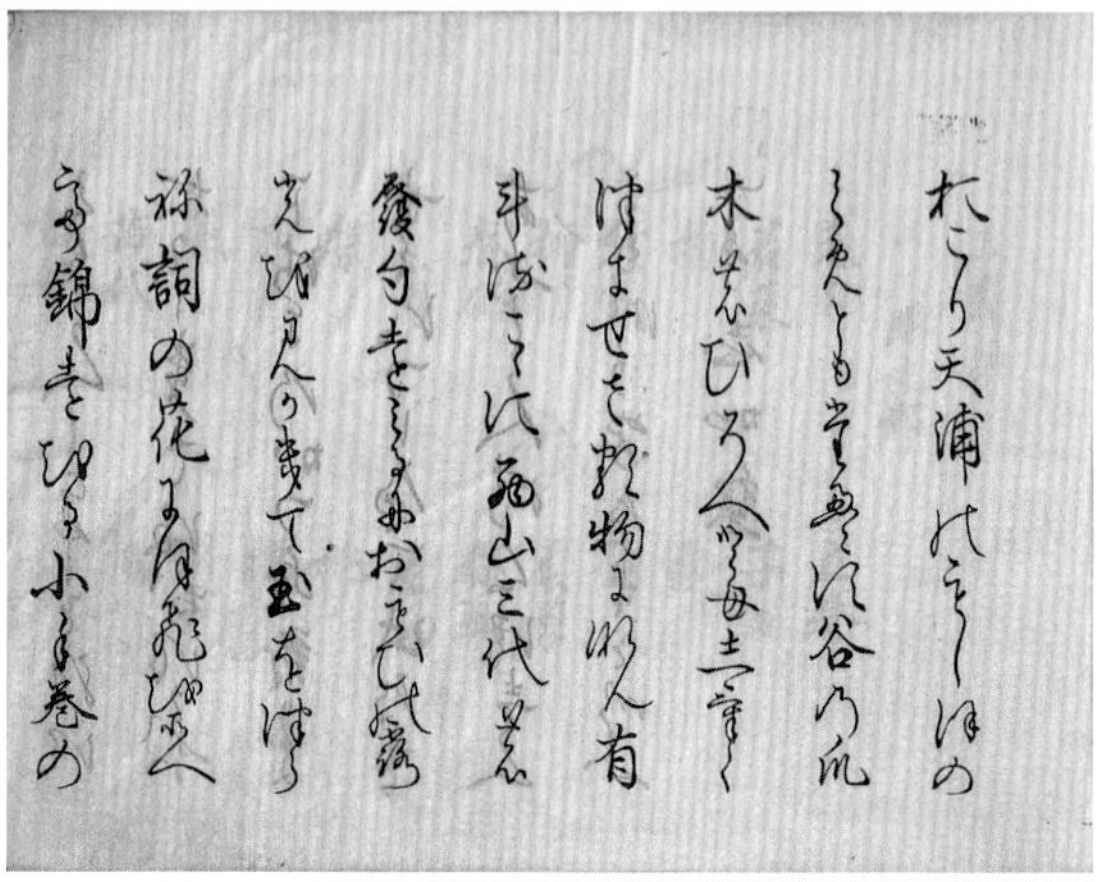

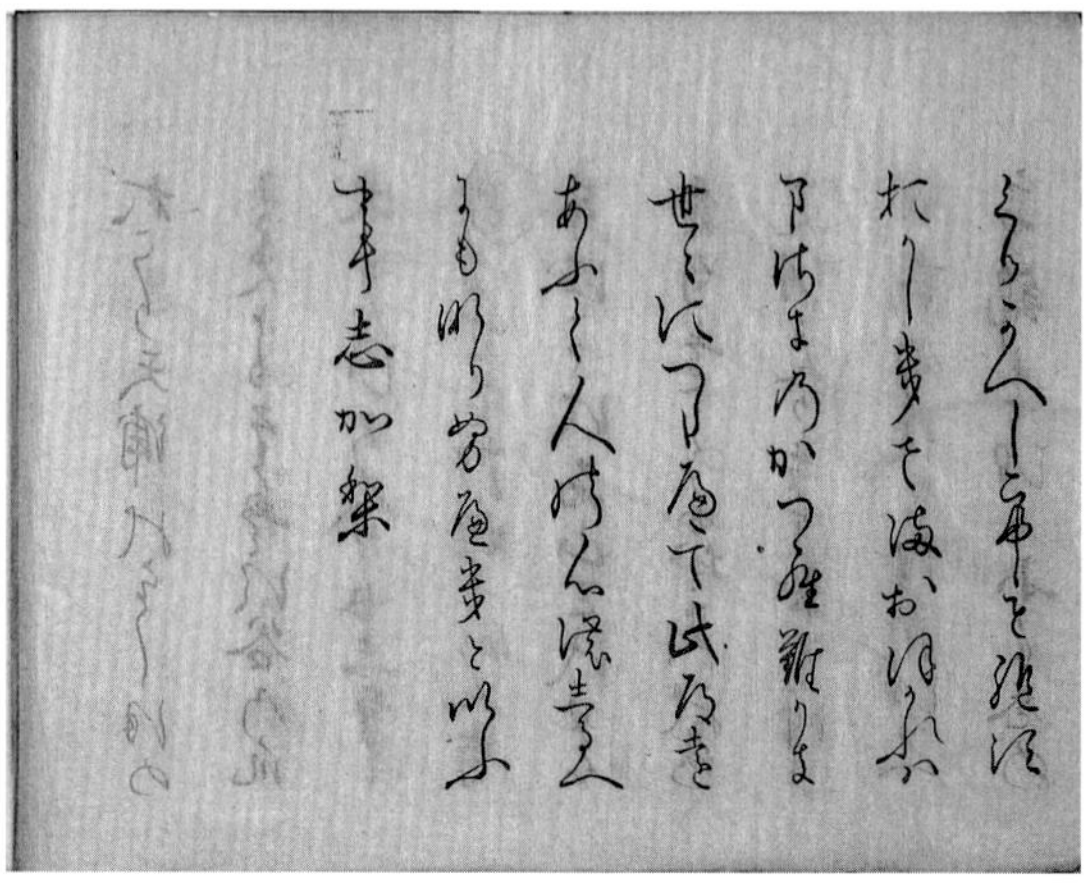

おこりて、浦のもしほのくめどもたえず、谷の爪木のひろへどもしげく、つきせざる物になん有ける。こゝに西山三代の発句をみるに、おもひの露光をみがきて玉をつらね、詞の花にほひをそへて錦ををる、小手巻のくりかへしても絶ず、おかしきさまおほかれば、まさきのかづら、ながき世々につたへて、此道をあふぐ人の、心のしるべにもなりぬべきといふ事しかり。

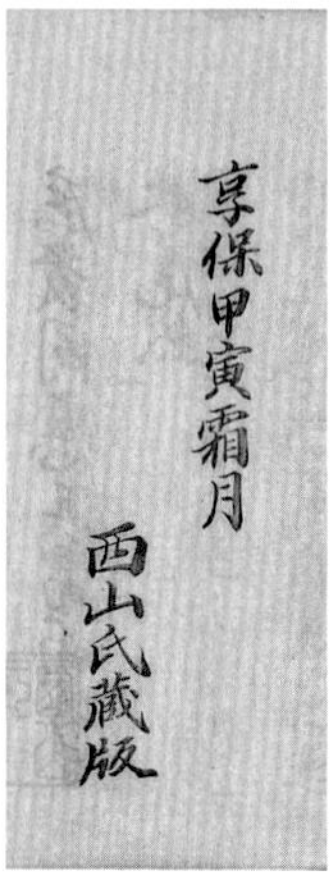

（刊記）
享保甲寅霜月
西山氏蔵版　（印）

29

宗珍筆　向栄庵文庫『什物目録』（部分）

宗因以来の西山家に伝来された向栄庵文庫の所蔵目録。宗珍は宗因の孫昌察の子昌林の次男。宝暦十四（一七六四）年に成る。

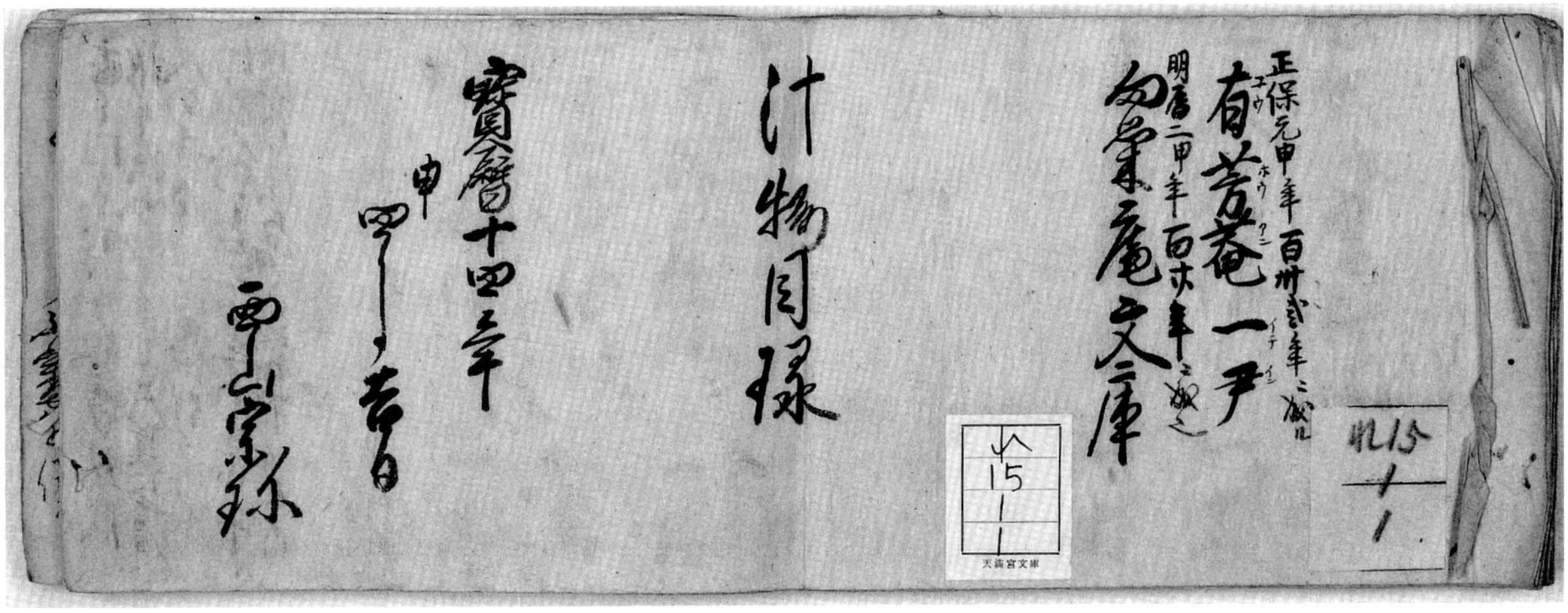

正保元甲年百卌弐年ニ成ル
有芳庵一尹《ユウホウアンイチイン》
明暦二甲年百廿年ニ成也
向栄庵文庫

什物目録

宝暦十四年
申四月吉日
西山宗珍

一　紹巴歌の切　キハメ　一箱
一　玄仲発句　一箱
一　連歌廿五徳　風早筆　合箱
一　文庫之額笠庵書
昌琢伊物発句
恵比酒大巳尊
玄陳歳旦
宗祇像計充信画
宗因千句法度書
風庵辞世　是迄八軸
一　向栄庵之記　相合
文庫の記　々々

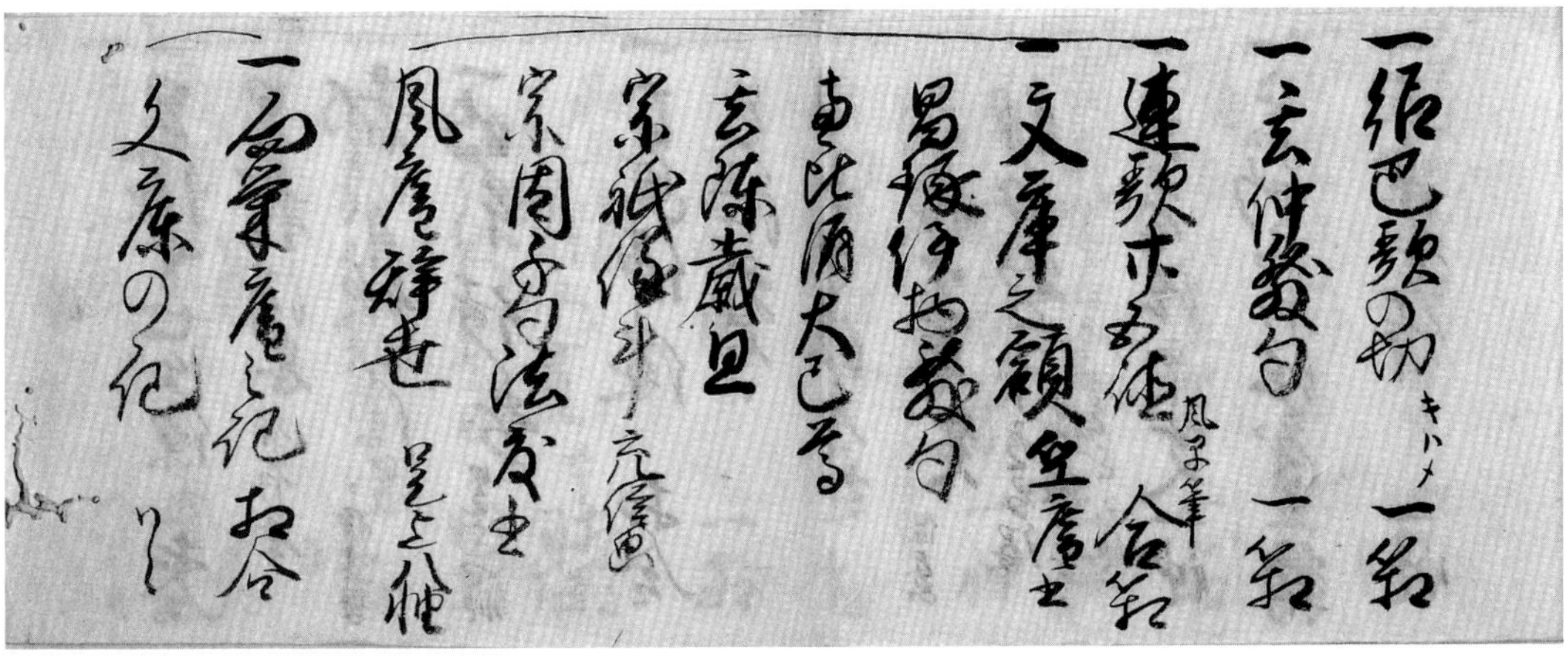

30

『滋岡家日記』（部分）

文政四年（一八二一）五月六日の条に、「西山宗因末葉之老婆、先祖より伝来之連歌類数多候得共、末々譲候者も無之候間、当家に納置度申候に付、永留置可申旨申事候」とある。これを以て西山家は断絶、天満宮神主滋岡家に譲られた西山家蔵書は、大阪天満宮御文庫に収められて今に伝わる。

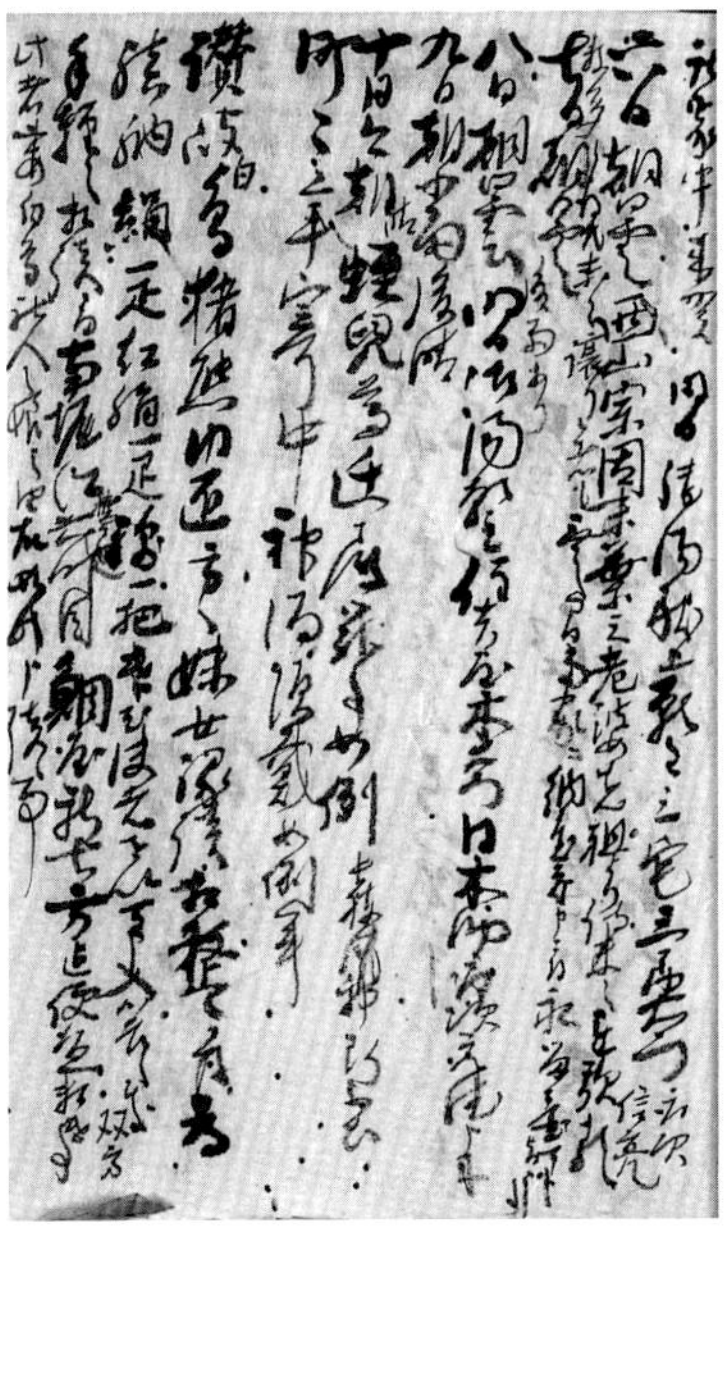

31

滋岡長昌筆『連歌書籍目録』（部分）

巻末に「西山伝来之蔵書目録」として、西山家から天満宮に譲渡された書籍群が載る。

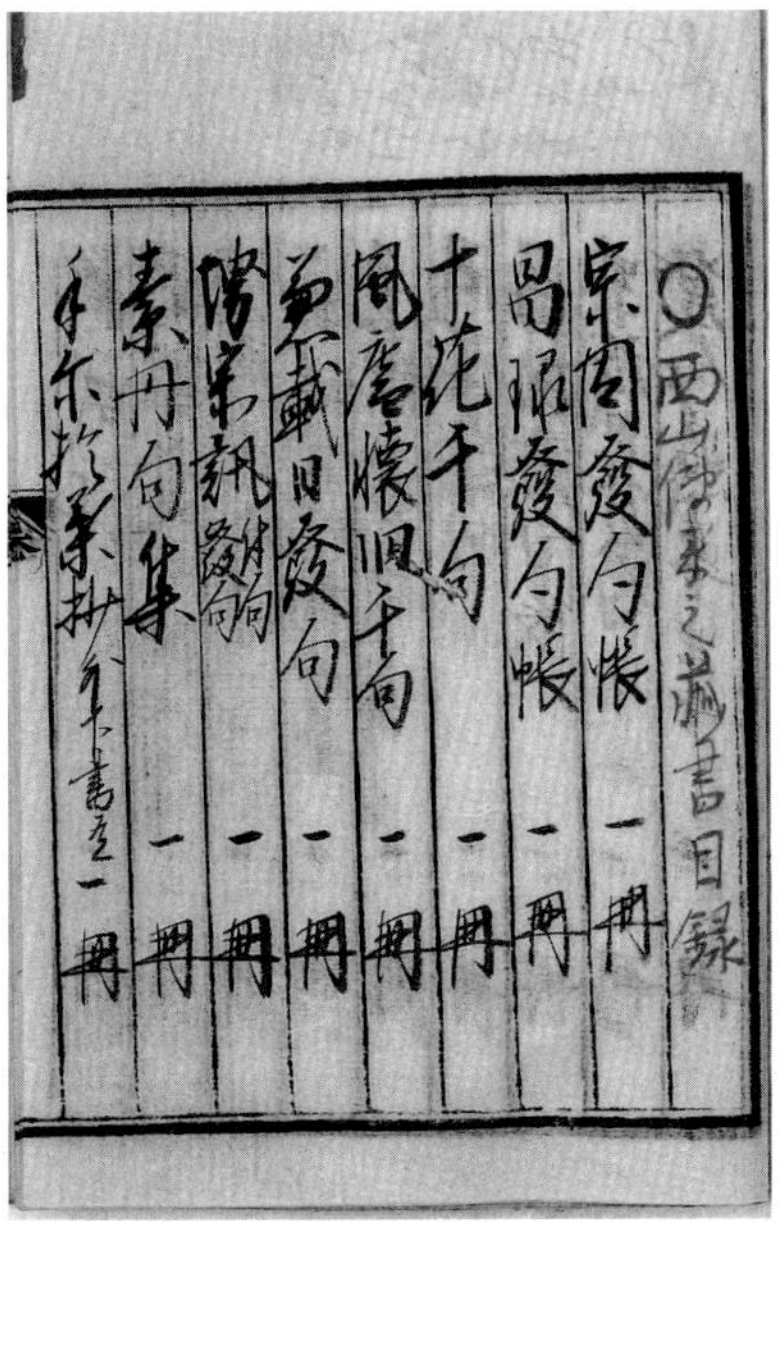

34 『十花千句』（部分）

宗因初めての独吟千句。主君正方（26頁№5）の句を巻頭発句に据えて、寛永十五年（一六三八）春、北野天満宮に奉納された。

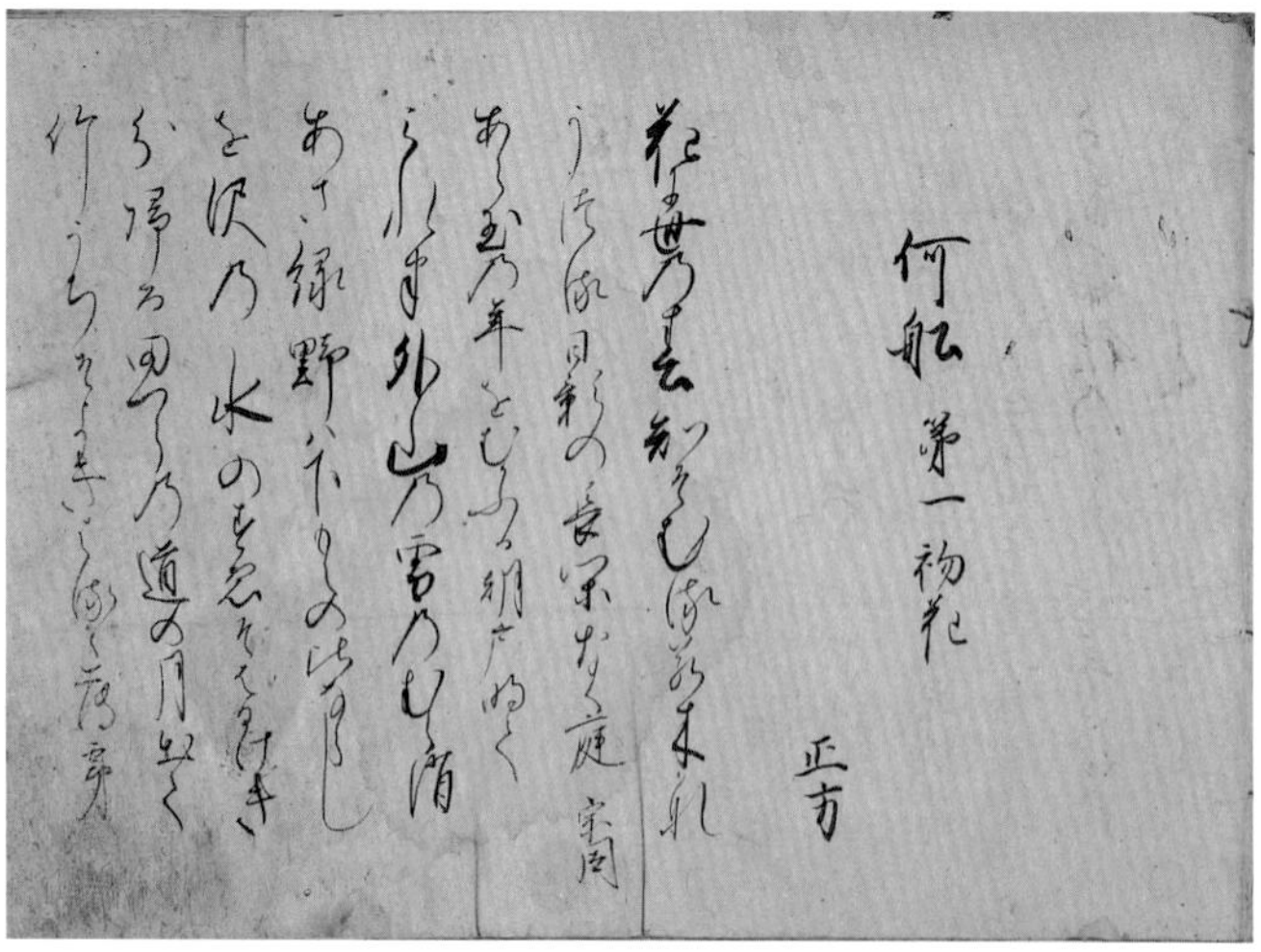

何船　第一　初花

花に世の春知そむる若木かな　正方
うつる日影の長閑なる庭　宗因
あら玉の年をむかふる朝戸明て
みれば外山の雪のむら消
あさ緑野は下もえの比ならし
を沢の水のすゑぞはるけき
分帰る田づらの道の月出て
竹うちそよぎはる、薄霧

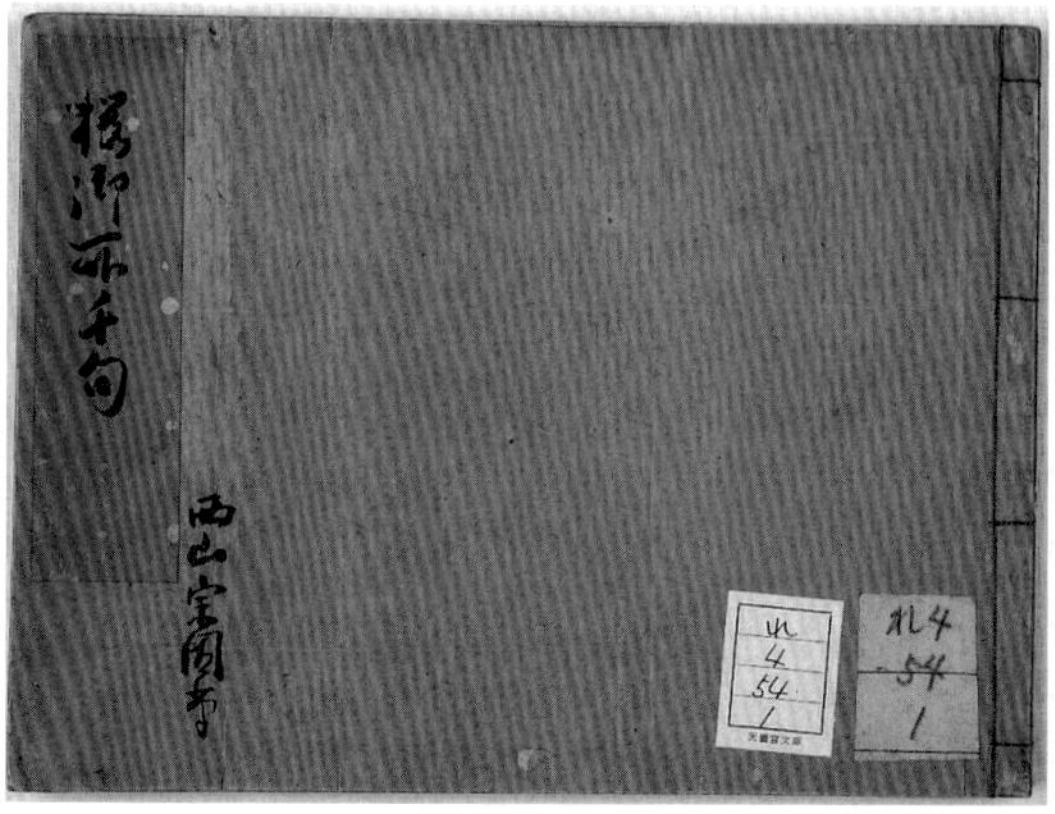

45 宗因筆『桜御所千句』（部分）

寛永十六年（一六三九）年に、前関白左大臣近衛信尋の桜御所で興行された千句。巻頭発句は信尋（一字名「梧」）。公家の滋野井父子、里村家連歌師の玄的・祖白ほか、十二名が出座する。宗因が公家の千句に加わった最初の作品で、浪人中ながら、連歌師として着実な地歩を築きつつある様子がうかがえる。一名「寛永千句」とも。

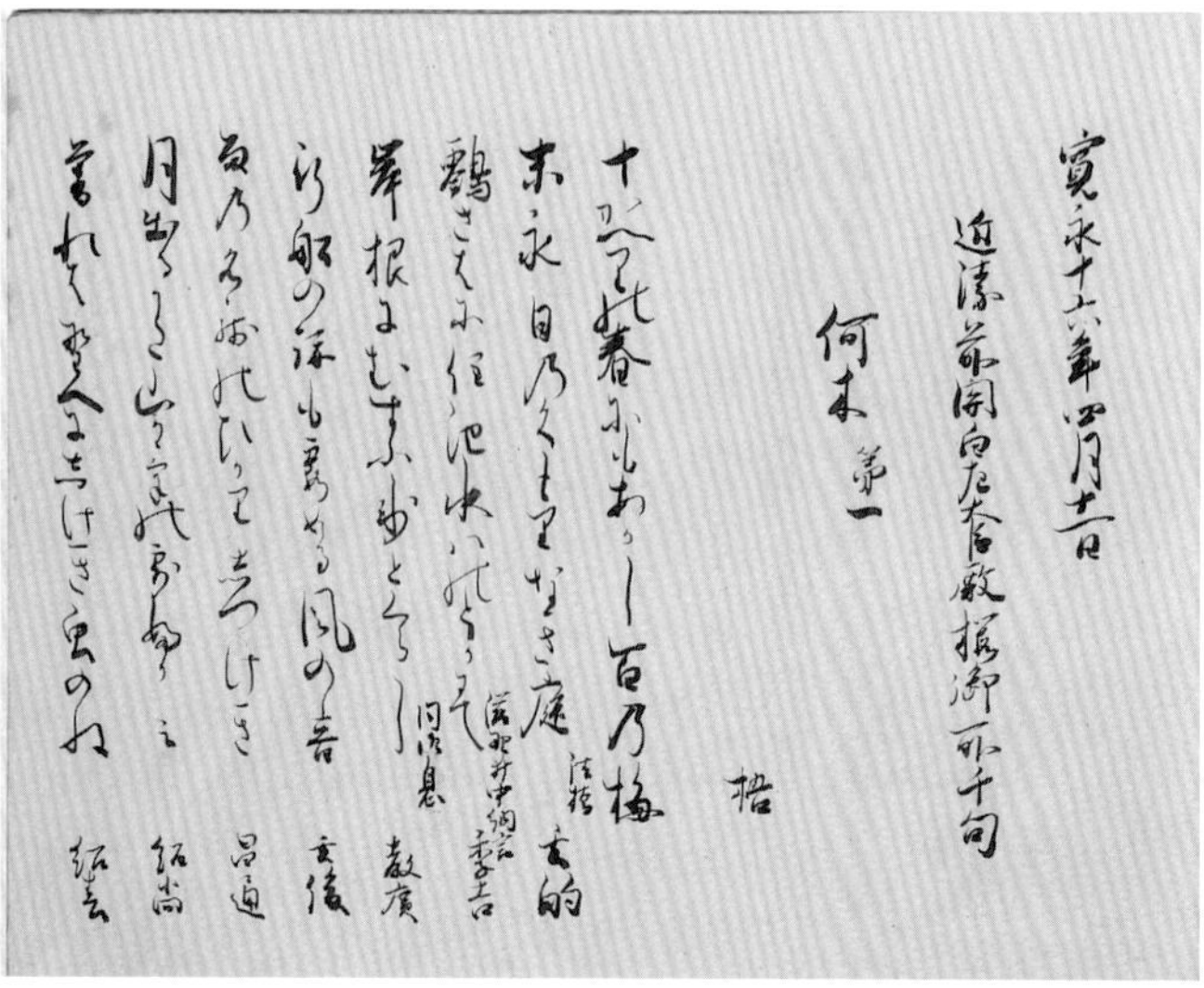

寛永十六年四月十一日
近衛前関白左大臣殿桜御所千句
何木第一

十かへりの春にもあかじ百の梅　梧
末永日のくもりなき庭　法橋 玄的
鶴《(たづ)》さはに住池水はのどかにて　滋野井中納言 季吉
岸根にむすぶ氷とくらし　同御息 教広
行船の跡も霞める風の音　玄俊
雨の名残のひかりしづけき　昌通
月出るかた山かげの露ふかみ　紹尚
暮れば野べにしげき虫のね　紹春

35

宗因筆『小倉千句』（部分）〔初公開資料　所蔵者資料名『天満宮千句』〕

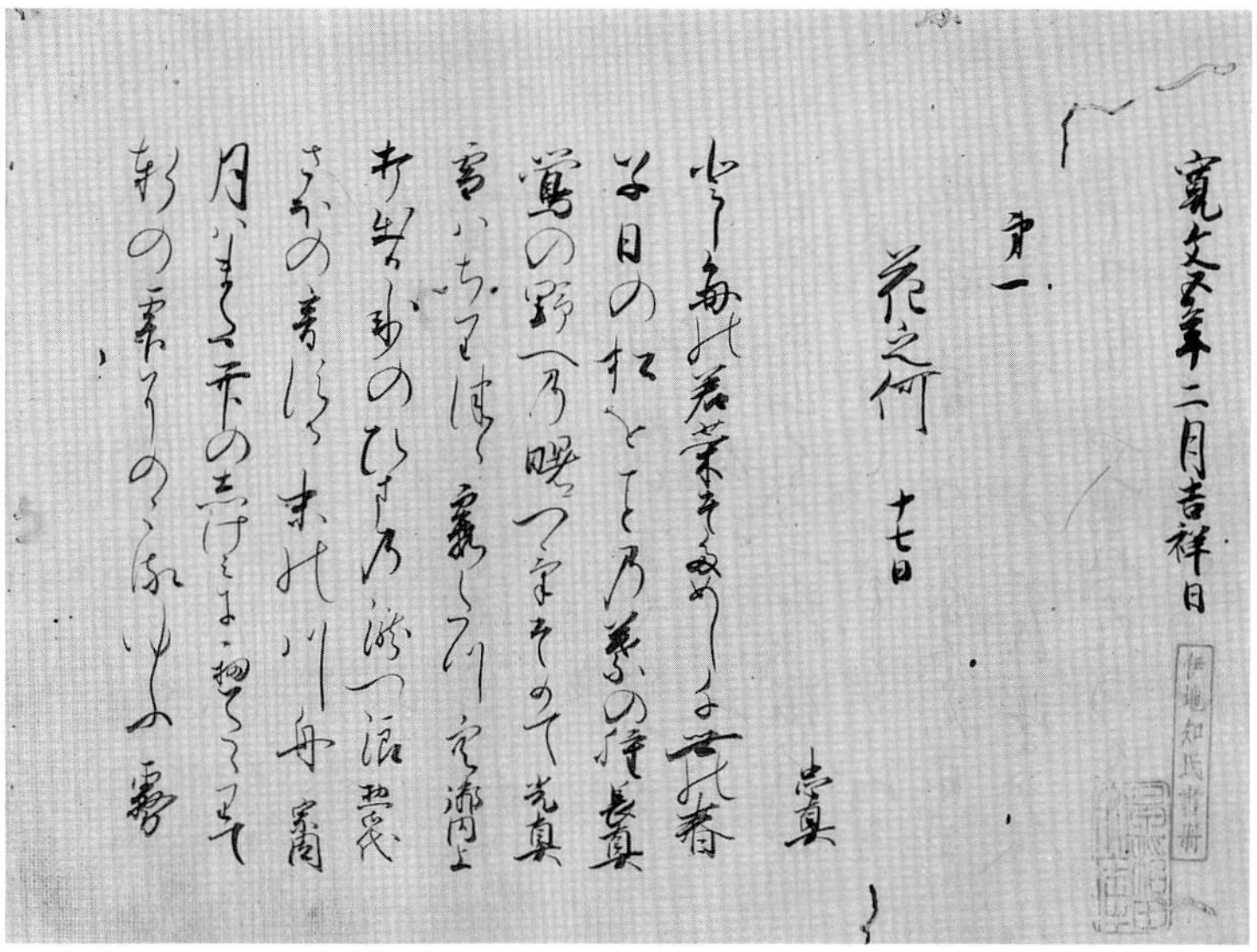

寛文五年二月吉祥日

第一

花之何　十七日

とし毎の若菜ぞためし千世の春　忠真

子日の松をことの葉の種　長真

鴬の野べの曙つげそめて　光真

雪はちりつゝ霞たつ空　御内上

打出る氷のひまの滝つ浪　惣御代

さほの音する末の川舟　宗因

月はまだ竹のしげみにへだゝりて

軒の雫にのこるゆふ霧

36

宗因筆『小倉千句』（部分）

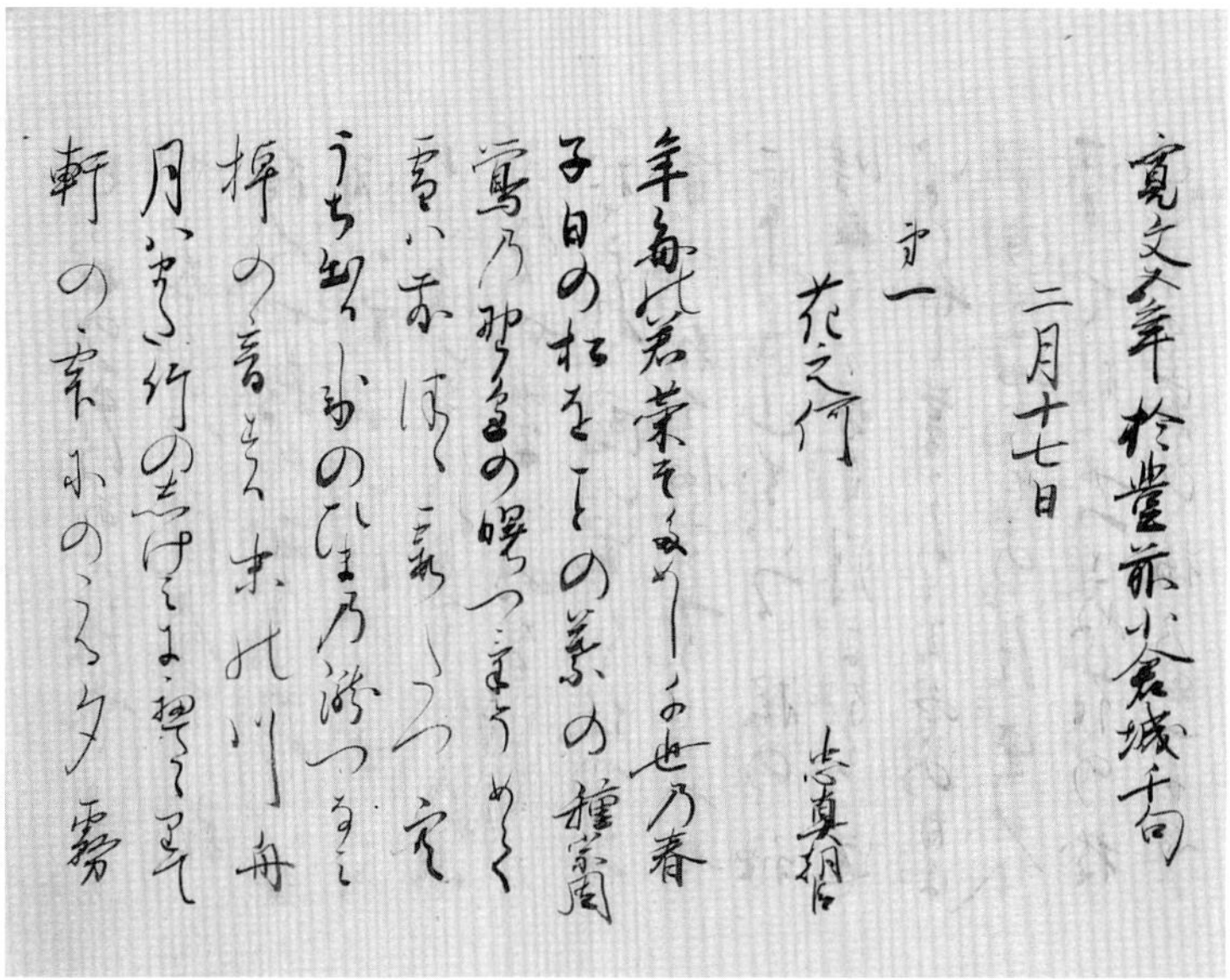

寛文五年　於豊前小倉城千句

二月十七日

第一

花之何

年毎の若菜ぞためし千世の春　忠真朝臣

子日の松をことの葉の種　宗因

鴬の野辺の曙つげそめて

雪は散つゝ霞たつ空

うち出る氷のひまの滝つなみ

棹の音する末の川舟

月はまだ竹のしげみにへだゝりて

軒の雫にのこる夕霧

寛文五年（一六六五）二月、小笠原忠真公の七十賀を祝して、小倉城中で興行された千句。伝本きわめて多く、宗因連歌の代表作のひとつである。上段No.35は、発句忠真、脇句にその嫡男長真（のちの二代藩主忠雄）の名が見え、以下、五句目まで小笠原一門が続き、宗因は六句目よりあとを詠んだ体裁になっている。対して、下段No.36は、まったく同一の内容でありながら、脇句以降は宗因独吟である。小笠原の人々の句は、実際には、宗因が代作したものと思われる。前者は小笠原家への献上本、後者は西山家に伝来した宗因の手控え清書本と見なされる。ほかに、巻五のみの巻子本もある（12頁No.37）。

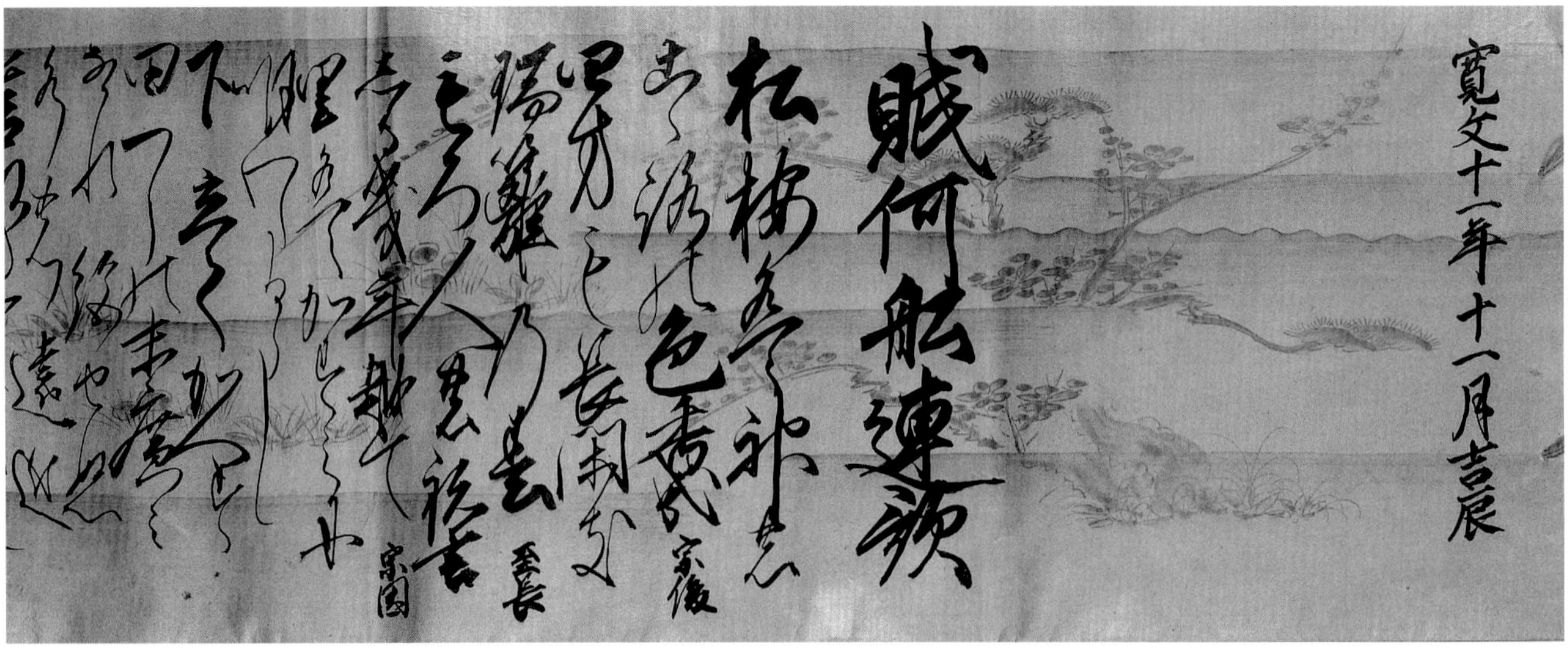

46　天満宮奉納『賦何船連歌百韻』（部分）

大坂城代青山宗俊公の武運長久を祈祷して、寛文十一（一六七一）年十一月に興行、大坂天満宮に奉納された百韻。原装のまま伝来したと思われ、包紙の裏に「石連歌百韻、御武運長久、如意安全之所、於天満宮、御祈念申所也」と書き付けられている。宗因は、大坂天満宮の神主滋岡氏。至長は大坂城代宗俊の下屋敷にしばしば招かれていた。

寛文十一年十一月吉辰
賦何船連歌
松梅は神の
こゝろの色香哉　宗俊
四方も長閑き
瑞籬の春　至長
もろ人の祝言
しるき年越て　宗因
里はかすみに
明わたるらし
下立てかへす
田づらの末広み
ながれ絶せぬ
水の遠近

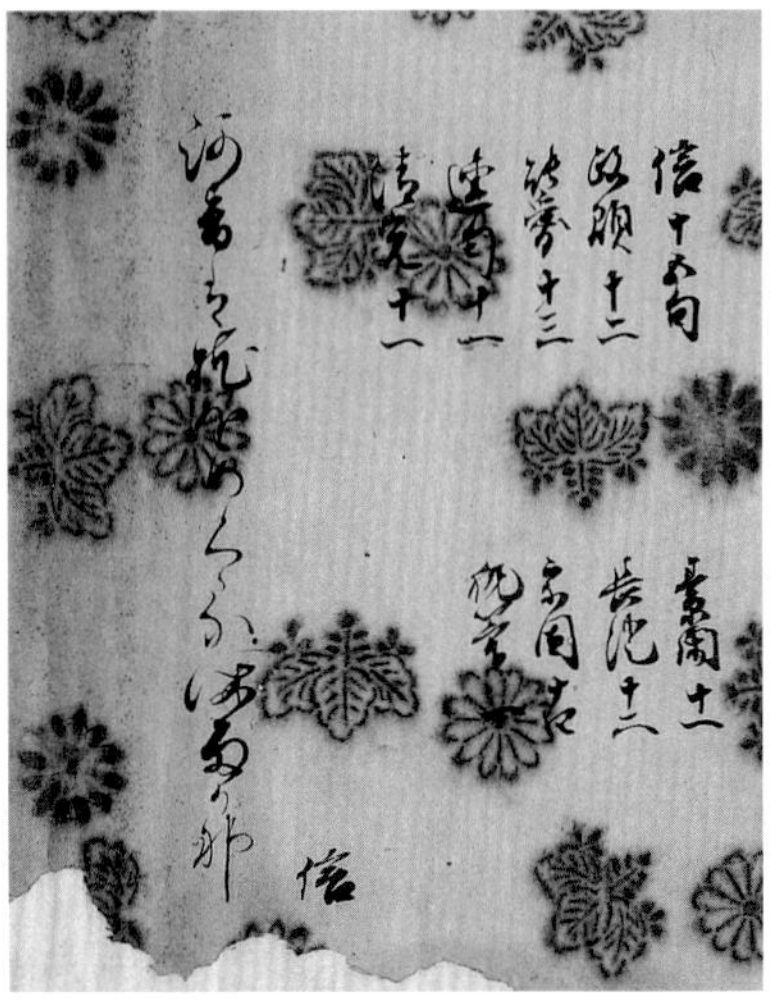

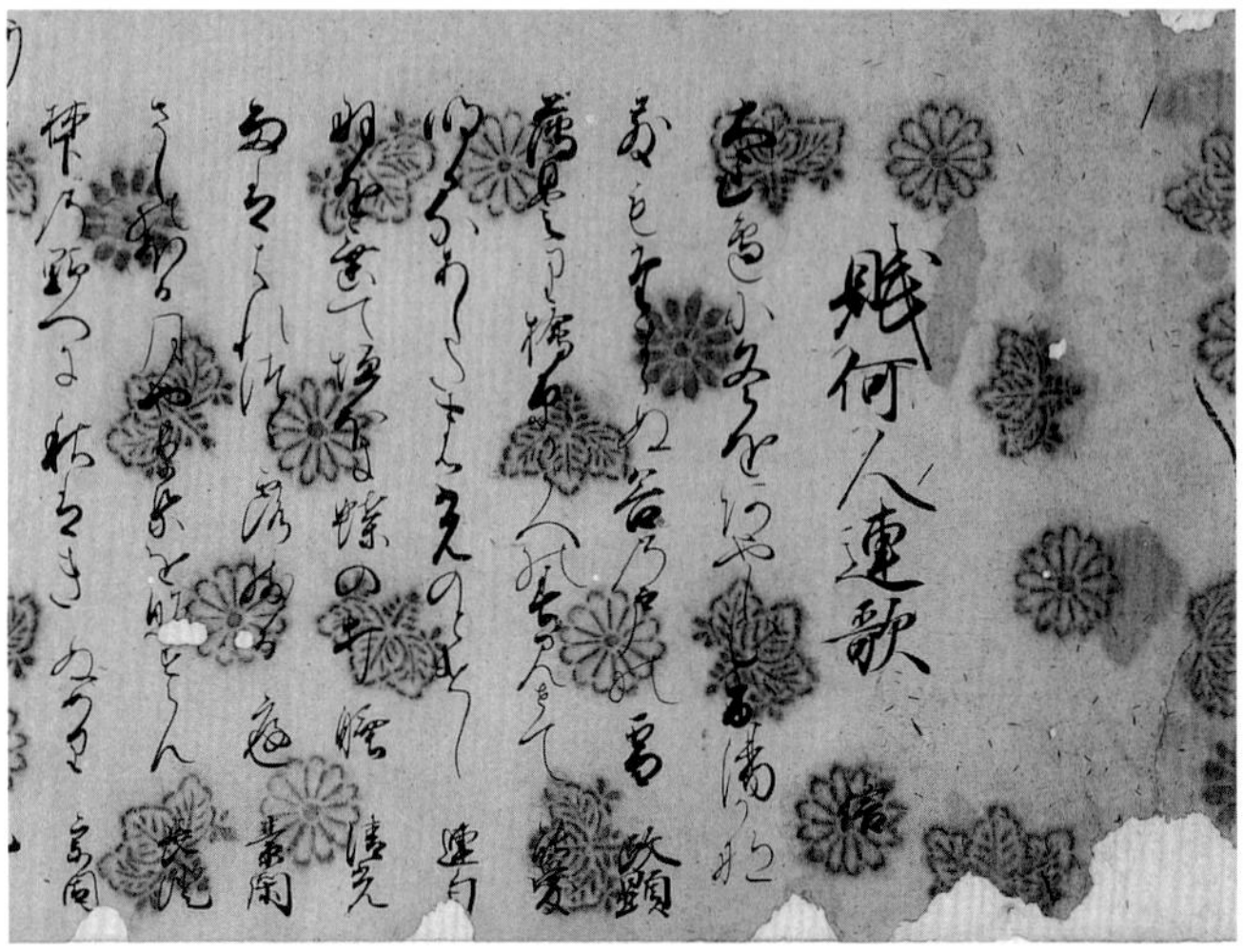

49　『賦何人連歌百韻』（部分）〔初公開資料〕

本巻子の箱書には、「江州彦根城主長寿院後入湯之折節、宗因を浪花より召れてとも〴〵によませられ、乃此壱軸を休所に留たまふ」とあり、井伊直興の発句連歌という。しかしながら、『明石千句』（39頁№41）との連衆の重なりから、一字名「信」は、明石藩主（のちに大和郡山藩主）松平信之と推定される。信之の有馬温泉遊行に、宗因も相伴したものであろう。

賦何人連歌
太山辺に冬をあやしむ出湯かな　信
散もたまらぬ谷の戸の雪　政顕
薄曇り桧原がうへの春見せて　能愛
明るあしたの光のどけし　連匂
羽を垂て垣ほに蝶の打睡　清光
雨ははれつゝ露残る庭　素閑
さしのぼる月や草葉を照らすらん　長澄
麓の野べに秋はきぬめり　宗因

（句上）
信　十五句　素閑　十一
政顕　十二　長閑　十二
能愛　十三　宗因　十四
連匂　十一　執筆　一
清光　十一

河音は枕をめぐる時雨かな　信

53　**宗因筆『玉霰百韻』**（部分）

延宝元年（一六七三）十一月、播州明石浦で、明石藩主の松平信之と催した俳諧百韻。信之との雅交は連俳両道に及ぶ。

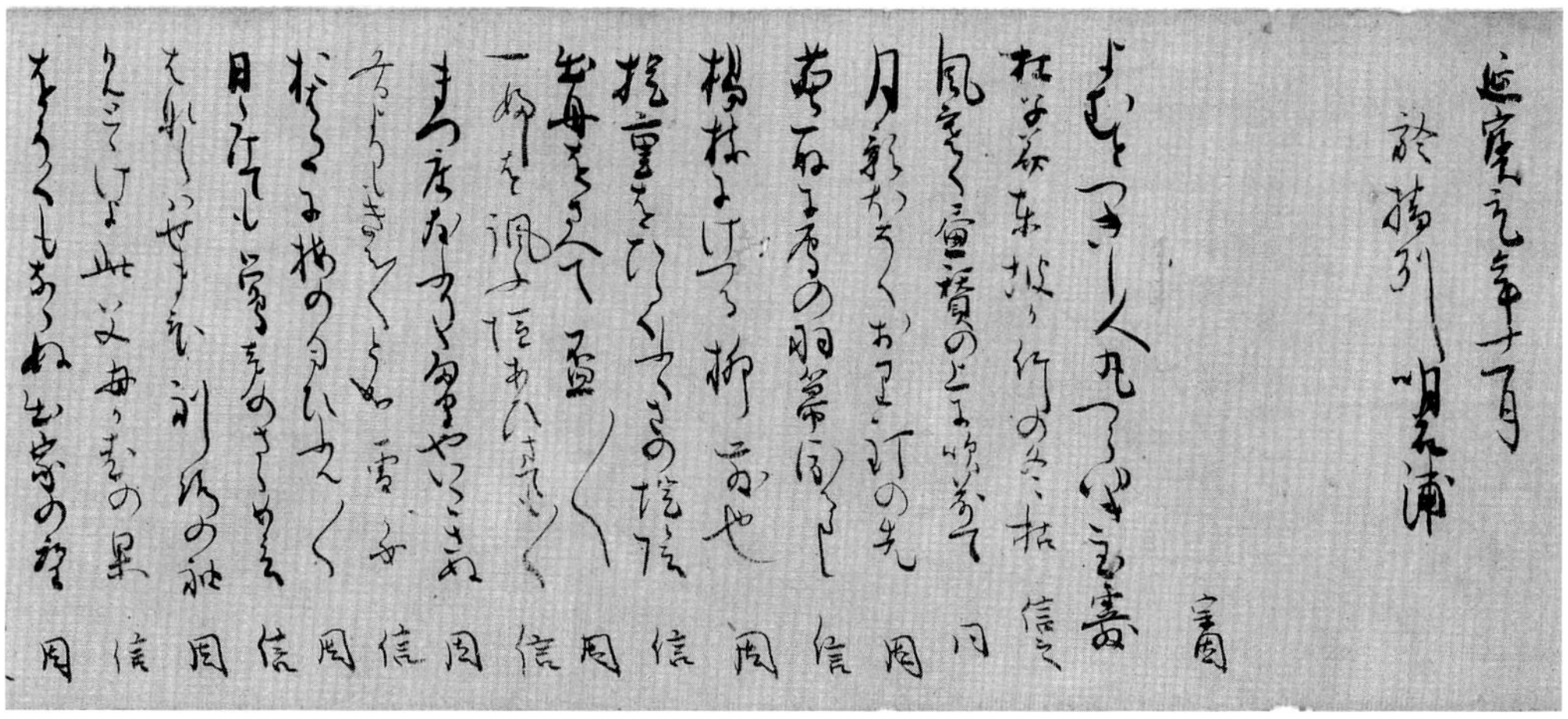

延宝元年十一月
於播州明石浦

よむとつきじ人丸つらゆき玉霰　宗因
杜子美東坡が竹の冬枯　信之
風寒く画賛の上に吹落て　同
月影ほそくおり釘の先　因
塵取に鴈の羽箒渡るらし　信
楊枝にけづる柳散也　因
提重をひらくふくさの堤陰　信
出舟をさへて盃々　因
一ふしを諷ふ塩あひさても〳〵　信
まづ座敷ぶりたまりやいたさぬ　因
みるよりもきえ〳〵と成雪女　信
おはだに梅の匂ひふん〳〵　因
日たけても鶯声のさゝめ言　信
はなしはせまひ別路の袖　因
見とゞけよ此父母が老の果　信
をそくもならぬ出家の望　因

41　**『明石千句』**（部分）〔初公開資料〕

寛文十二年（一六七二）正月、明石人丸社において興行された法楽千句。連衆の多くは、松平信之の家臣と推測される。本書は現存唯一の孤本で、長らく所在未詳とされてきたが、このたび改めて原本の存在が確認された。

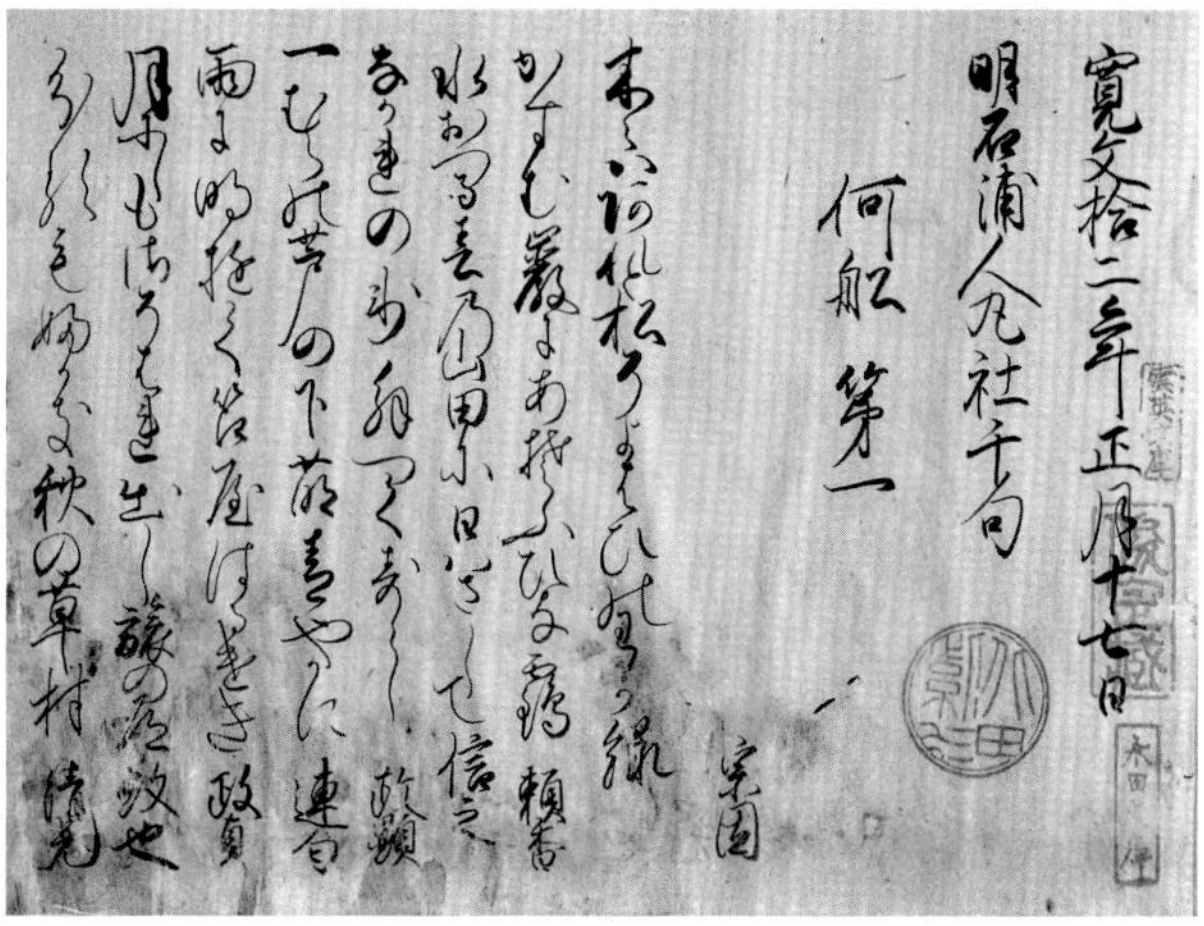

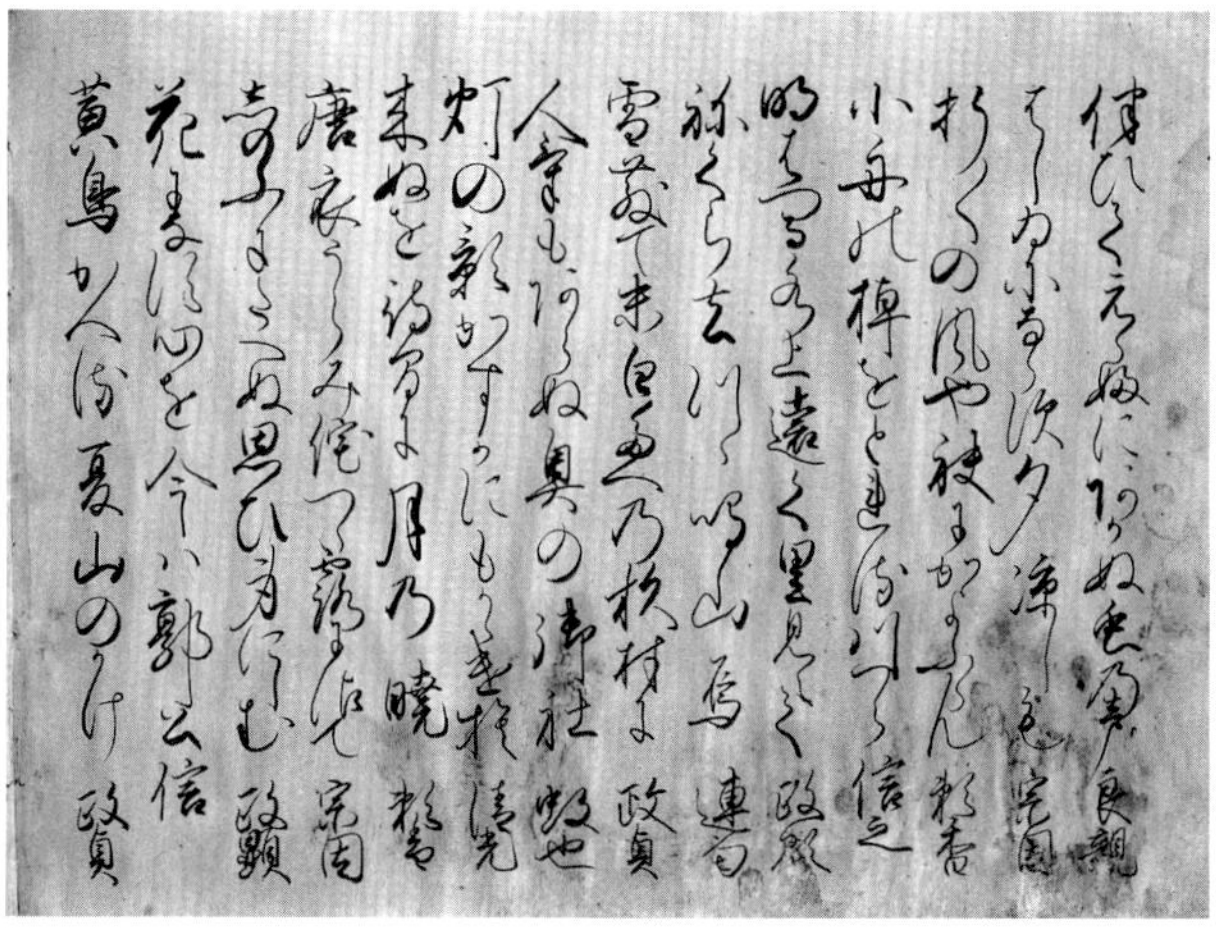

寛文拾二年正月十七日
明石浦人丸社千句
何船　第一

木々はあれど松によはひのわか緑　宗因
かすむ巌にあそぶひな鶴　頼香
水おつる春の山田に日はさして　信之
ながれの氷解つくすらし　政顕
一むらの芦の下萌青やかに　連勺
雨に明ゆく苫屋はるけき　政貞
月にしもさそはれ出し旅の道　蚊也
分るもふかき秋の草村　清光
伴ひてえらぶにあかぬ虫の声　良親
はしゐにならす夕涼しも　宗因
折々の風や袂にかよふらん　頼香
小舟の棹をとれる川づら　信之
明はつる水上遠く里見えて　政顕
ねぐら去つゝ鳴山鳥　連勺
雪散て末白たへの杉村に　政貞
人けもあらぬ奥の御社　蚊也
灯の影かすかにもかゝげ捨　清光
来ぬを待間に月の暁　頼香
唐衣うらみ侘つゝ露にねて　宗因
しのぶにたへぬ思ひ身にしむ　政顕
花になす心を今は郭公　信
黄鳥かへる夏山のかげ　政貞

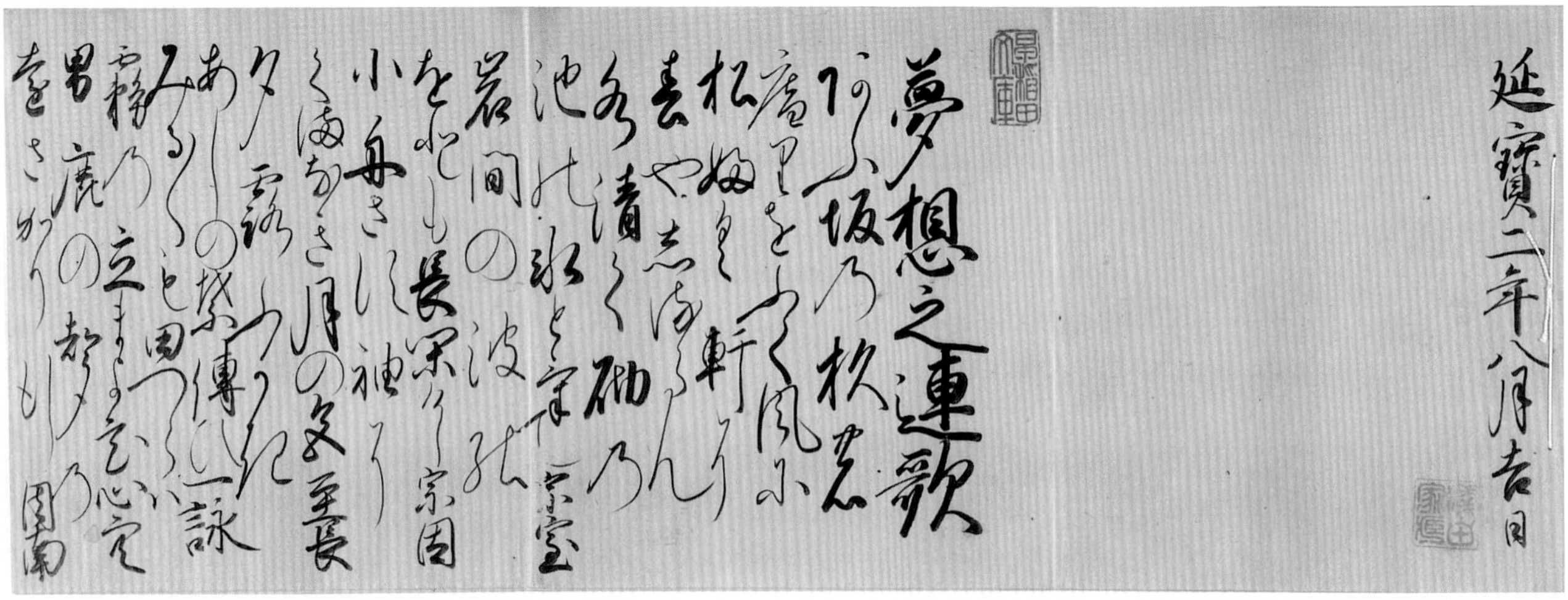

47　『夢想之連歌百韻』（部分）

〔初公開資料〕

「夢想之連歌」とは、夢に神仏があらわれて示現する句を発句にして詠む連歌のこと。本点は、延宝二年（一六七四）八月、茶人の千宗室が興行した百韻。

延宝二年八月吉日

夢想之連歌
あふ坂の杉の
庵りをふく風に
松ふく軒に
春やしるらん
水清く砌の
池の氷とけ　宗室
岩間の波の
をとも長閑けし　宗因
小舟さす袖に
くまなき月の色　至長
夕露ふかき
あしの葉伝ひ　一詠
みる／＼も田づらは
霧の立まよひ　心空
男鹿の声の
遠ざかり行　周南

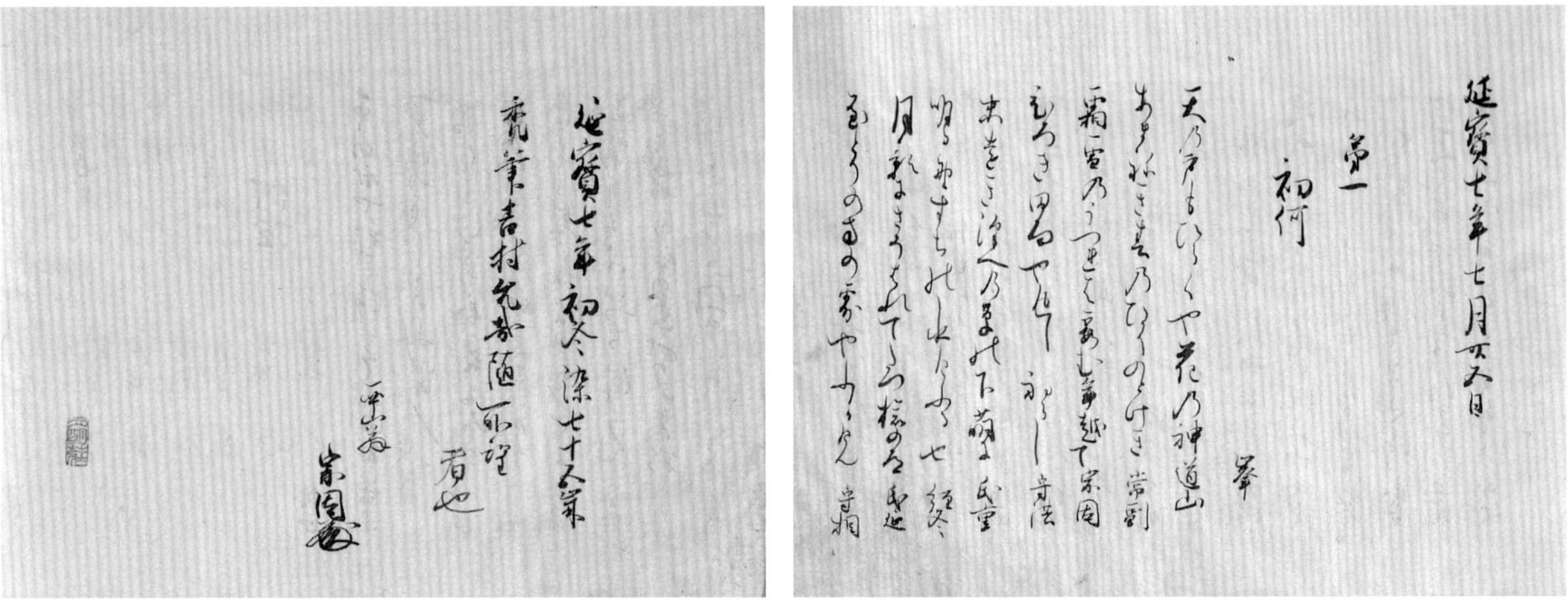

48　宗因筆『氏富家千句』（部分）

延宝七年（一六七九）、宗因は伊勢に三ヶ月滞在し、内宮・外宮神官と交流を重ねたが、その最後に、内宮長官荒木田氏富（一字名「峯」）邸で興行された千句。伊勢連歌壇の掉尾を飾る作品。一名「延宝千句」とも。

延宝七年七月廿五日

第一
初何
天の戸もひらくや花の神道山　峯
あまねき春のひかりのどけき　常副
霜雪のうつれば霞む年越て　宗因
ひろき田面や返し初らし　守洪
末遠き沢べの草の下萌に　氏重
明る野すぢの水けぶる也　経冬
月影にさそはれてたつ旅の道　氏延
やどりの方の露やふかけん　守相

（奥書）
延宝七年初冬染七十五歳
禿筆吉村允哉随所望
者也
西山翁
宗因（花押）

42　宗因他筆　吉田重正上洛記念連歌懐紙

（双幅のうち一幅）〔新出資料〕

筑後柳川好士吉田氏上洛の次
　　於草庵
よしあしの言の葉種や浦の春　重正
出さ入さの霞む江の舟　宗因
蜑衣うら、かげなる雨晴て　宗春

柳川藩士の吉田重正が、公務上洛のついで、宗因草庵に立ち寄った折の連歌三物の懐紙。宗因は、八代時代の一時期、柳川在番役をつとめた主君の供をして柳川に滞在したことがあり、重正とは旧知の間柄であった可能性もある。本点は、発句・脇句宗因筆、第三は宗春の筆。

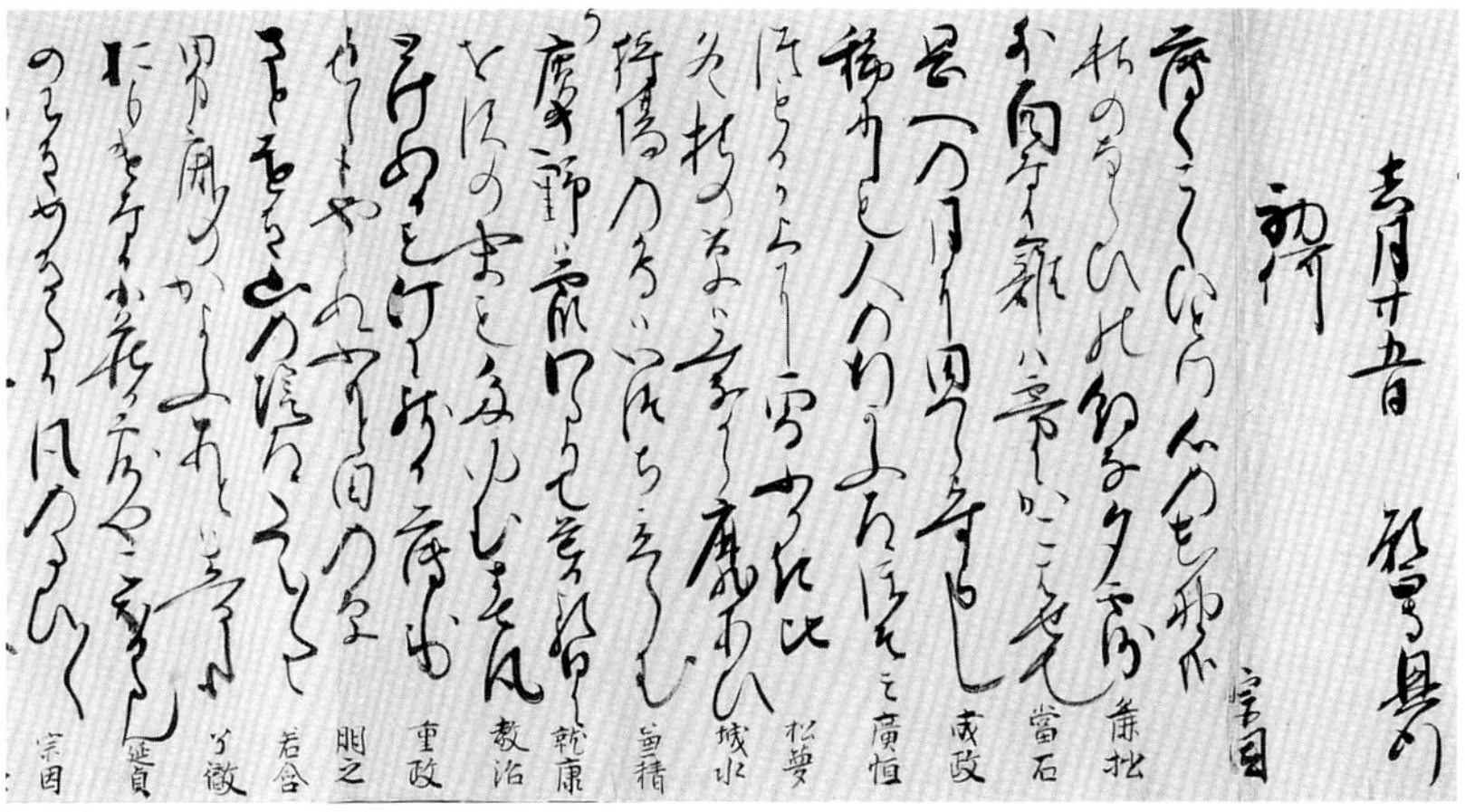

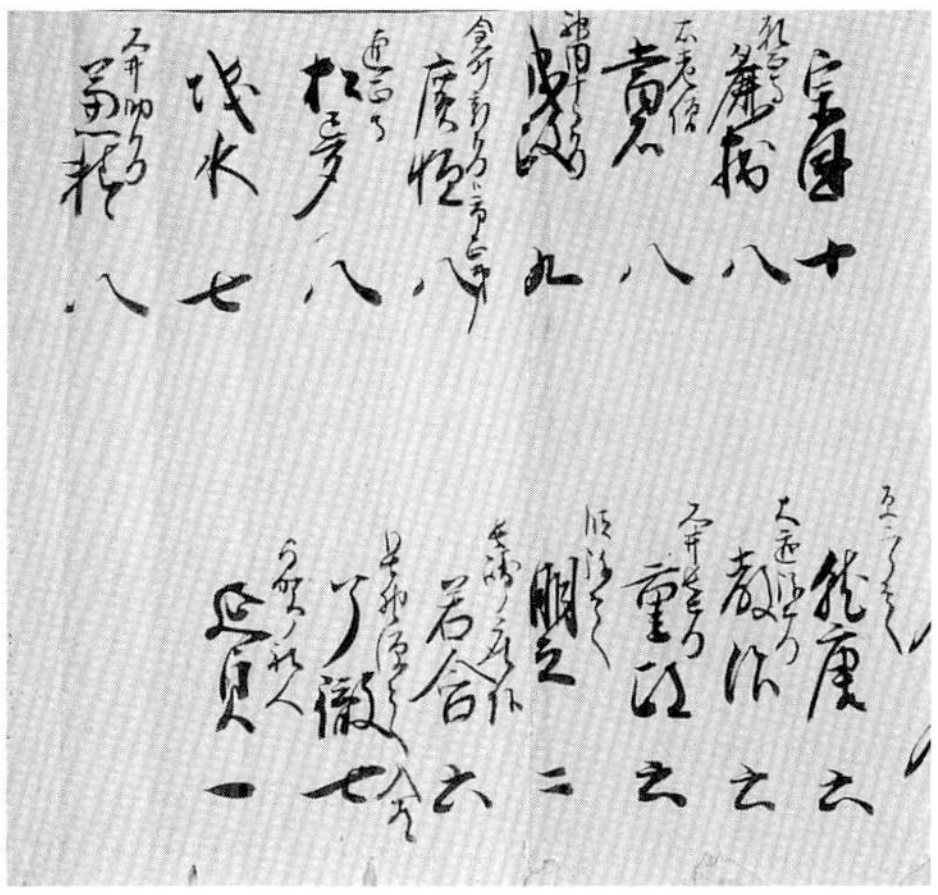

38　『初何連歌百韻』（部分）

寛文九年（一六六九）十月二十五日、九州遊歴中の宗因を、佐賀願正寺に迎えての百韻。佐賀における宗因連歌はかねてより百韻三巻の存在が知られていたが、本点はその一連に当たる。句上の記載が詳しく、連衆の素性が明らかになる。

去月廿五日　願正寺興行
初何
薄くこくひとつ心の花野哉　宗因
秋のならひの朝な夕露　麁拙
外面なる籬は霧にかこはせて　当石
岡べの月に田づら守らし　成政
稀にしも人の行かふ道ほそみ　広恒
つもるが上に雪ふかき比　松夢
冬枯の草はみながら靡あひ　城水
狩場の鳥はいづち立らむ　兼精
ウ
広き野は霞わたりて暮る日に　就康
を沢の末もたゆむ春風　教治
とけぬるも汀に残る薄氷　重政
返しもやらぬふもと田の原　朋之
さと遠き山の陰道たえ〴〵に　若含
男鹿のかよふあとはしるしも　了徹
おもげなる小萩が露やこぼるらん　延貞
のわきめきたる風のたび〴〵　宗因

（句上）
宗因　十
願正寺　麁拙　八
右老僧　当石　八
神田十郎右衛門　成政　九
倉町新左衛門同市正弟　広恒　八
蓮正寺　松夢　八
城水　七
石井助左衛門　兼精　八
原五郎兵衛　就康　六
大道弥左衛門　教治　六
石井長右衛門　重政　六
段弥兵衛　朋之　二
長崎ノ座頭　若含　六
星野源兵衛入道　了徹　七
与賀ノ社人　延貞　一

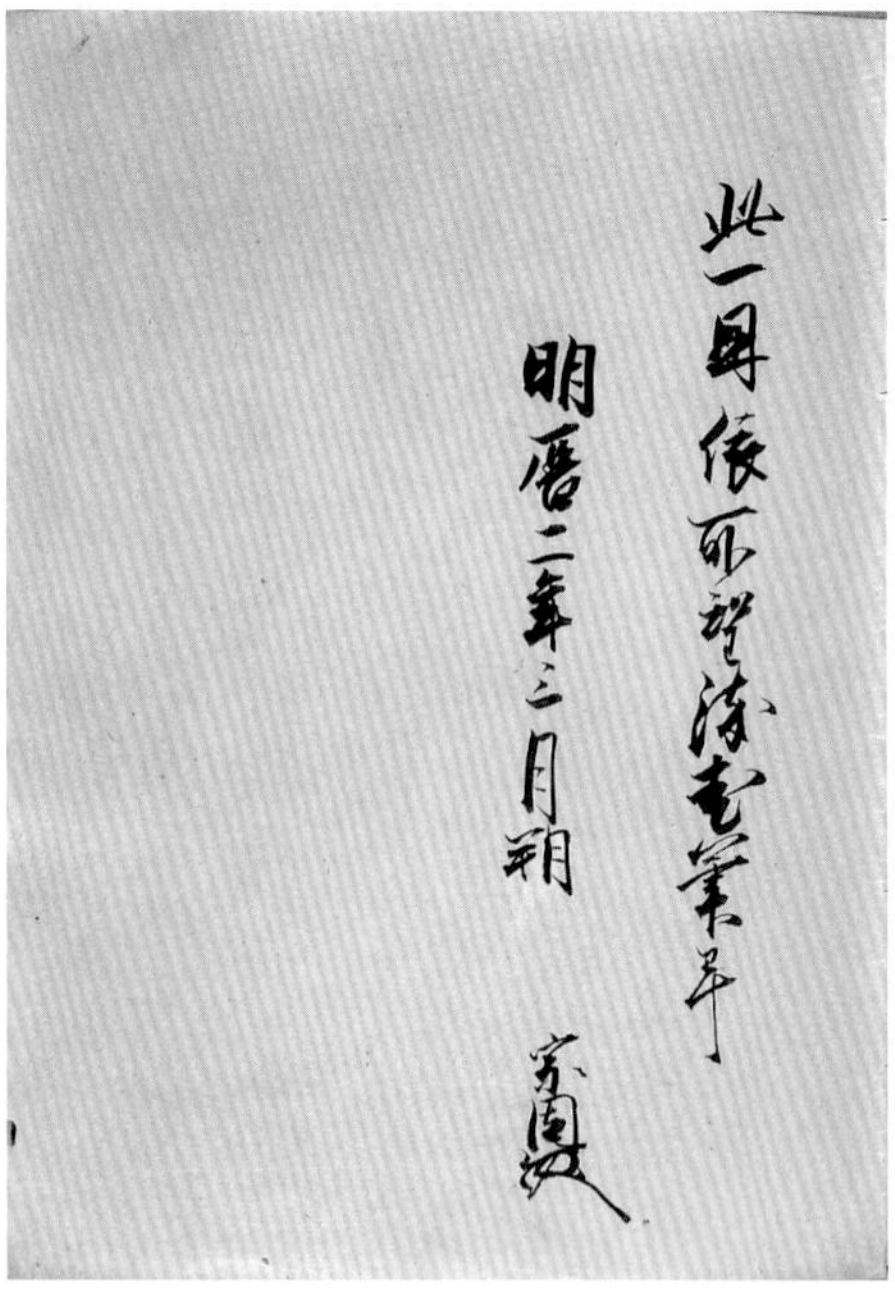

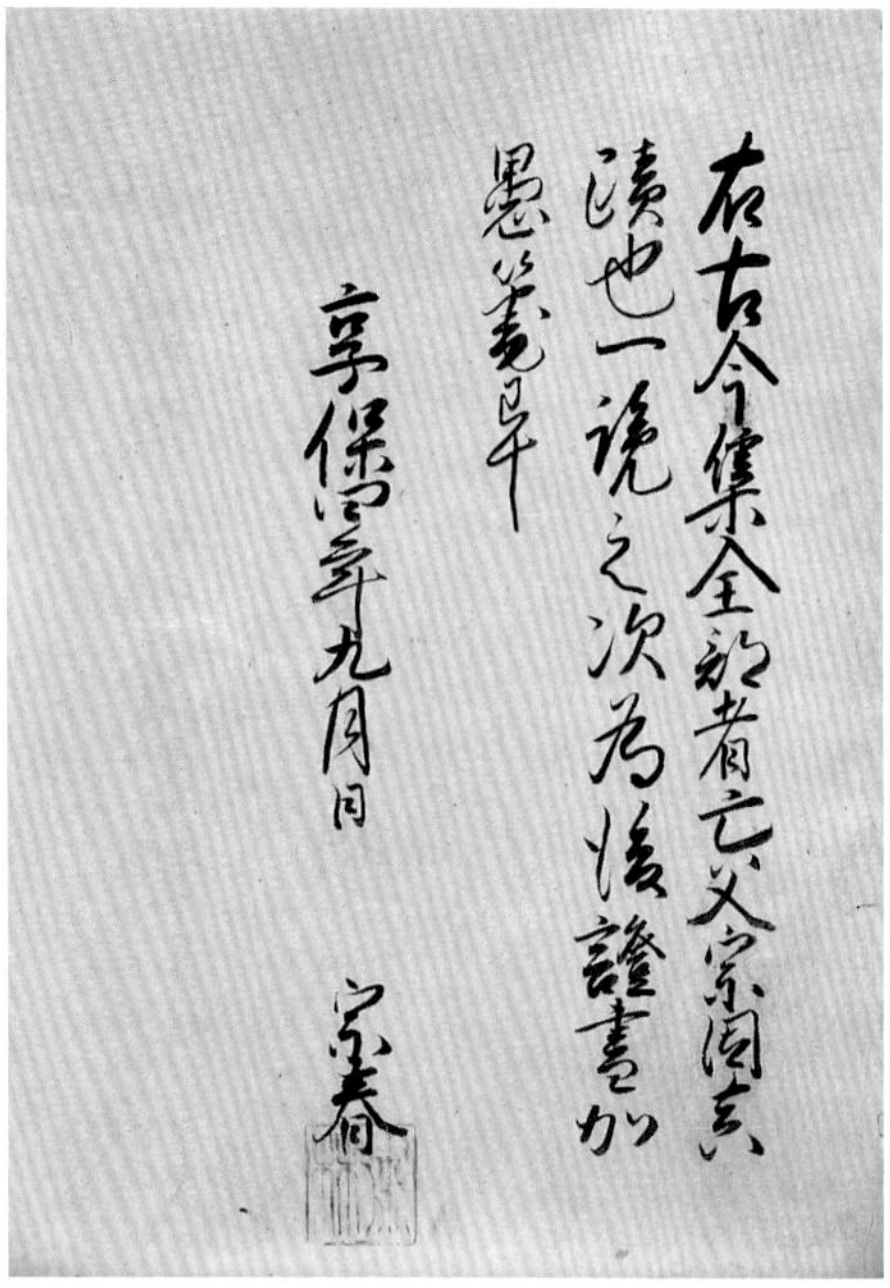

44　宗因筆『古今和歌集』（部分）〔初公開資料〕

『古今和歌集』は、明暦二年（一六五六）三月、ある人の所望に応えて書写したもの。享保四年（一七一九）の宗春による加証奥書がある。『後拾遺和歌集』は慶安二年（一六四九）、『千載和歌集』は明暦二年三月に写し終えており、元来は八代集全巻、一定の期間をかけて書写したのであろう。『千載和歌集』上冊の奥に、「四郎兵衛尉正元」なる人物の依頼による旨が記されているが、「正元」は、慶安五年（一六五二）の菅家神退七百五十年忌万句（33頁No.28）に出座する人物か。

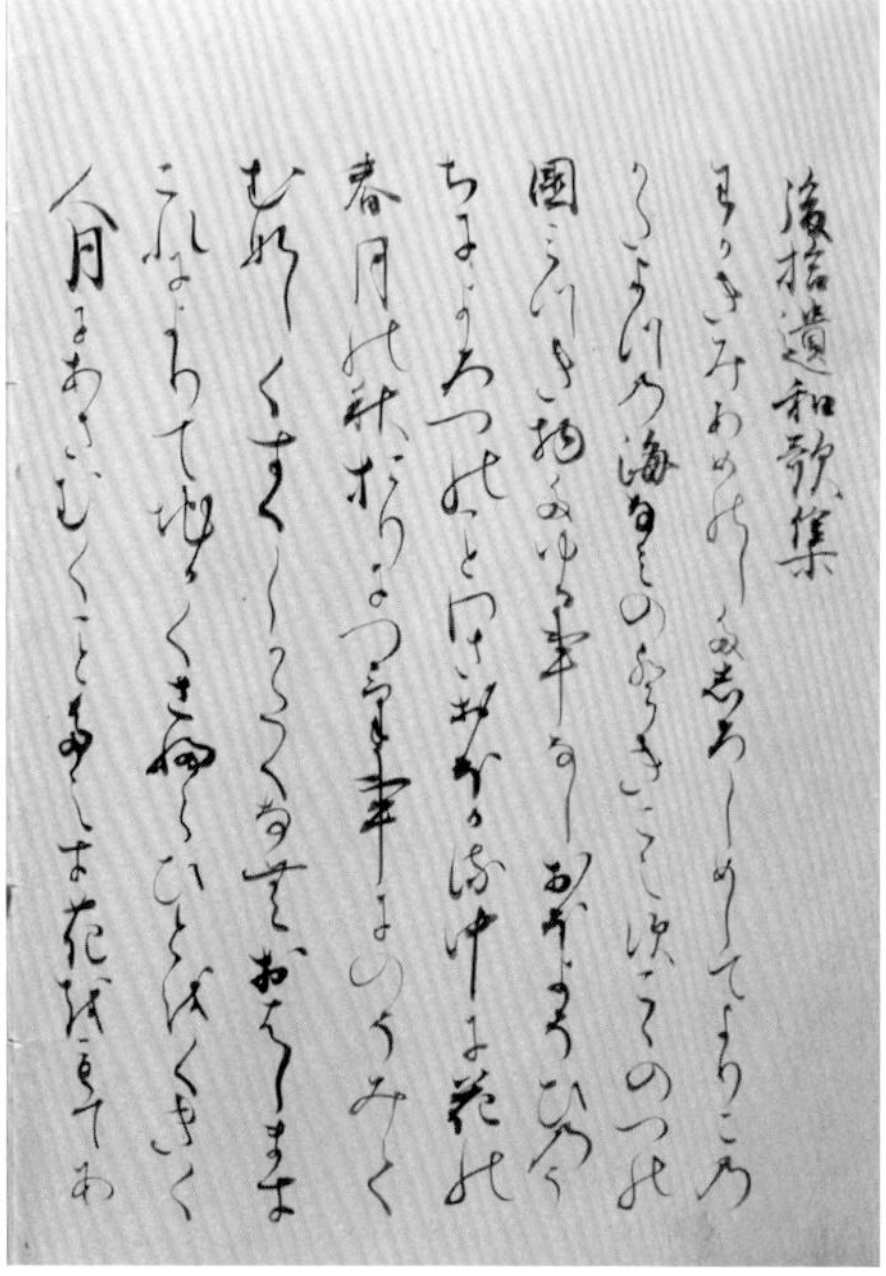

参考図版6　宗因筆『後拾遺和歌集』

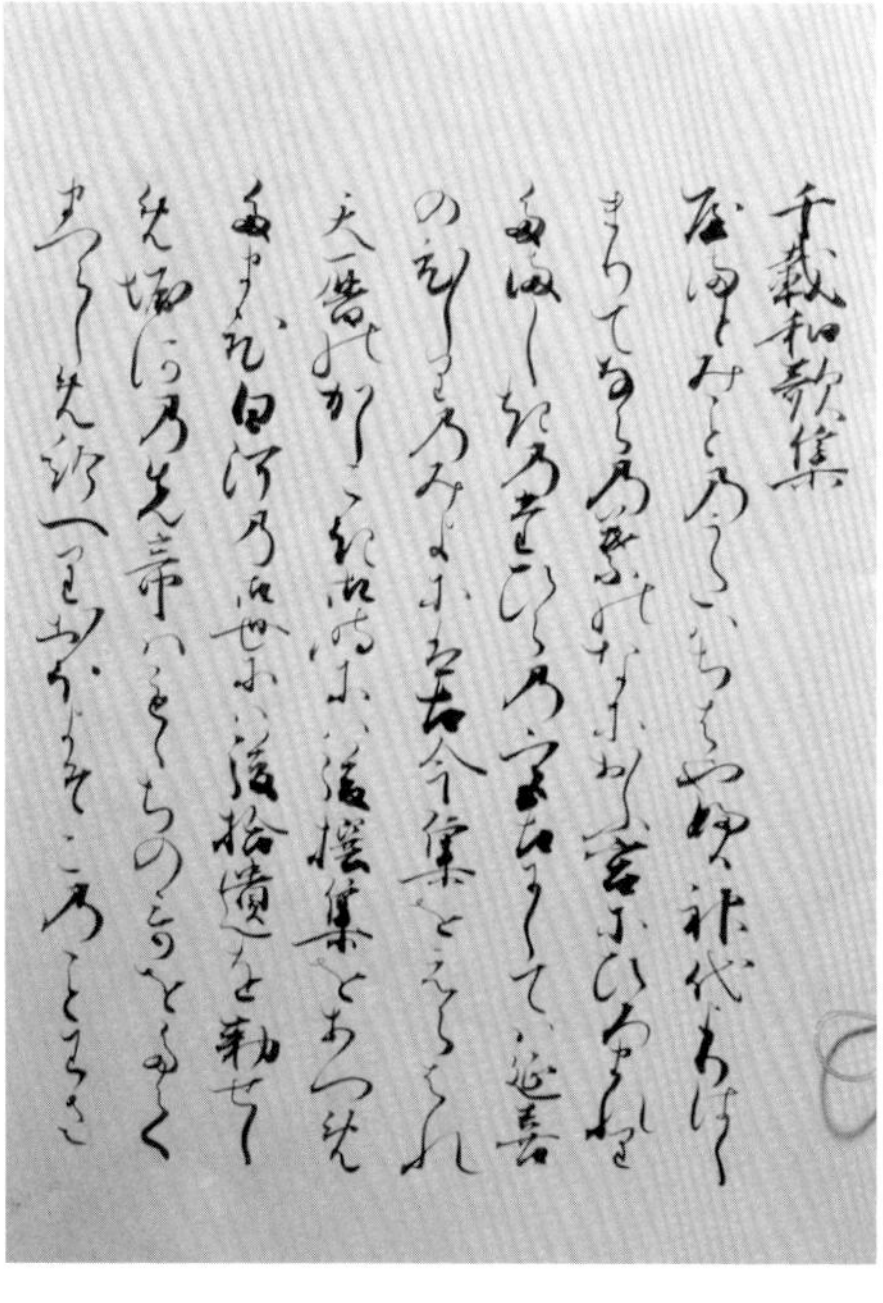

参考図版5　宗因筆『千載和歌集』

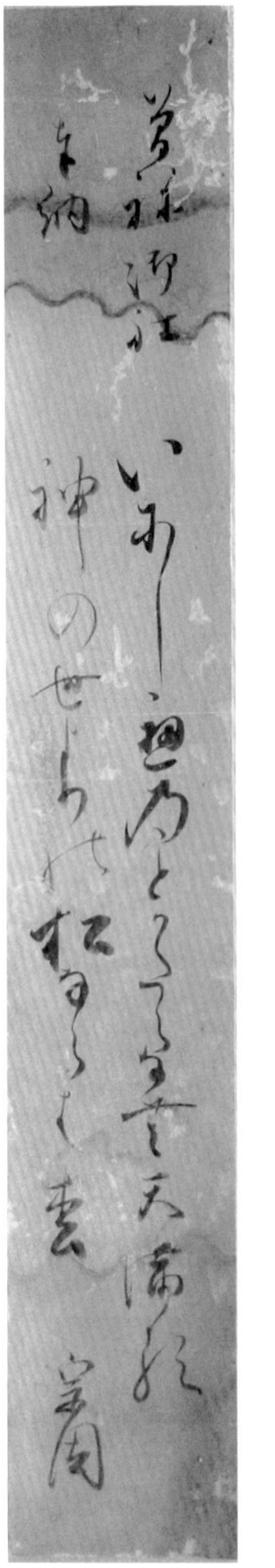

108　宗因筆「いにしへの」和歌短冊〔新出資料〕

播州曽祢天満宮奉納の和歌短冊。『宗因発句帳』（32頁No.27）には曽祢社での発句二句が見え、宗因が数度同社を訪れたことが知られる。宗因の和歌短冊はほかに現存例がなく、貴重。

曽祢御社
奉納　　いにしへのことかたらなむ天満る
　　神の世よりの松ならば松　　宗因

【俳諧師宗因】

宗因の俳諧は、承応二年（一六五三）年の『津山紀行（美作道日記）』中に初めて見え、翌年十月、大坂川崎宗立亭における百韻に「一幽」号で出座している。ときに宗因五十歳。その初入集の俳書『ゆめみ草』が最初の大坂俳書であったことに象徴的であるように、大坂俳壇の始動は、宗因の俳諧熱の高まりと軌を一にしていた。和歌や謡曲の大胆奇抜なパロディー、詠みぶりの軽快さを身上とする宗因流俳諧は、寛文―延宝（一六六一―一六八一）の約二十年間、京・大坂・江戸の三都を中心に、熱狂的な支持者を獲得する。すなわち談林俳諧の時代である。

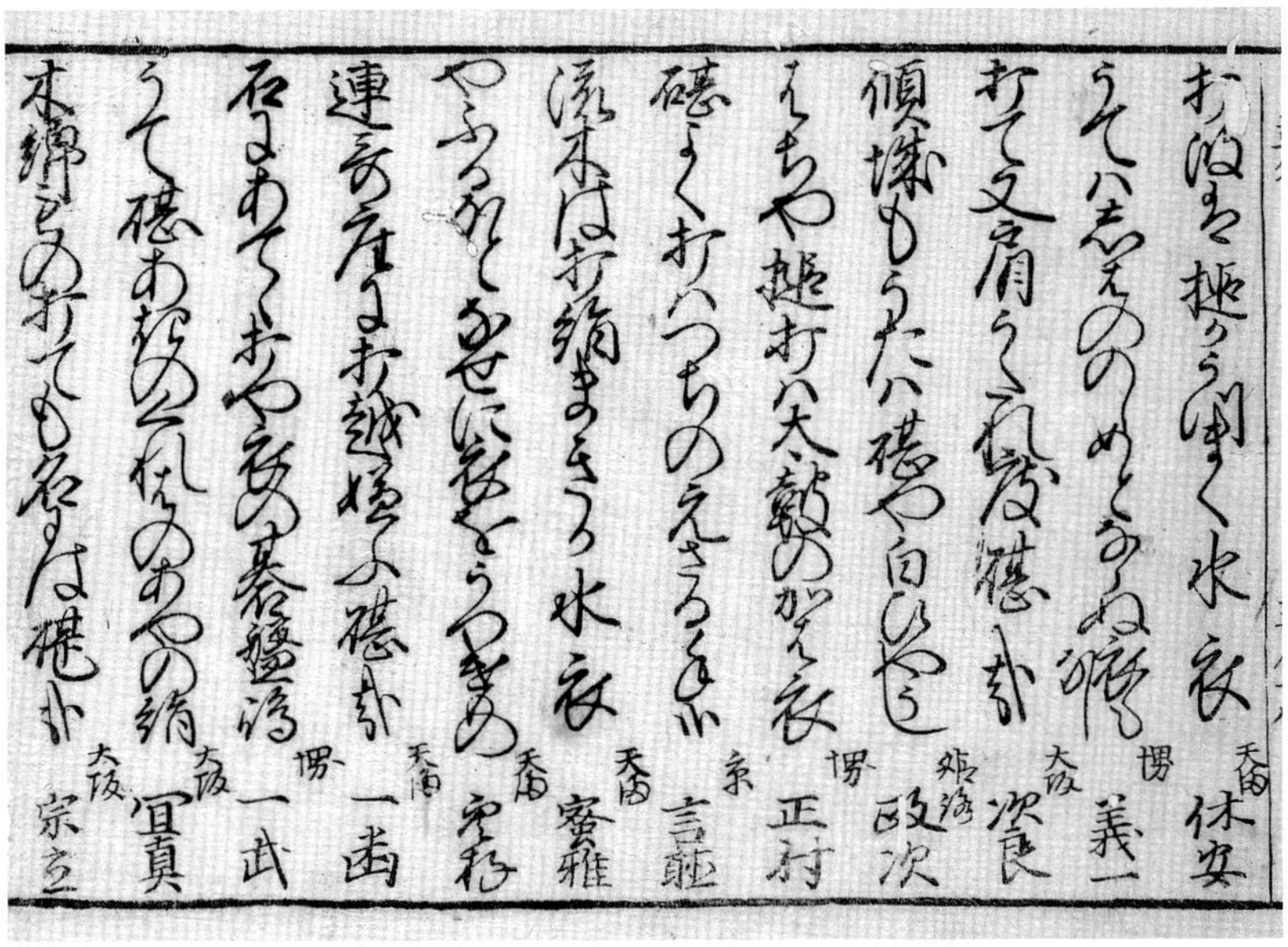

50 **『ゆめみ草』**（部分）

休庵撰、明暦二（一六五六）年奥・序。宗因が「一幽」の号で初めて入集する俳諧撰集。

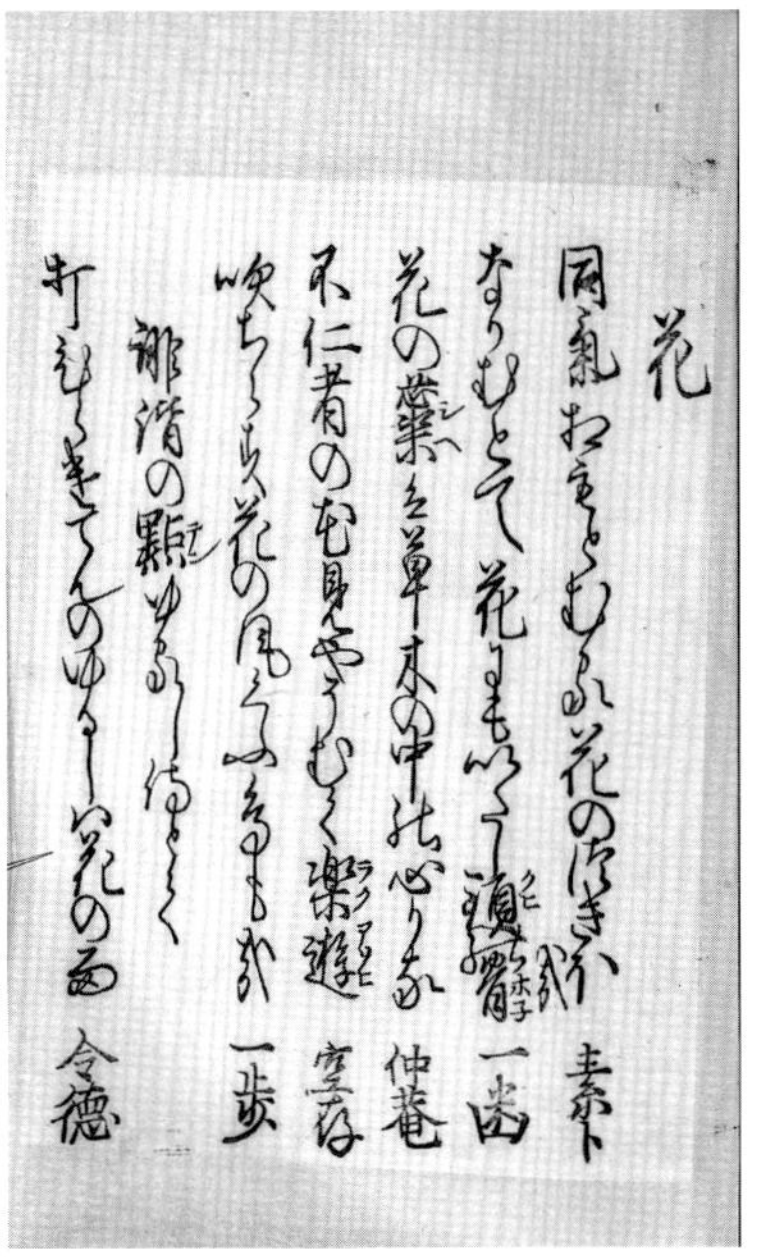

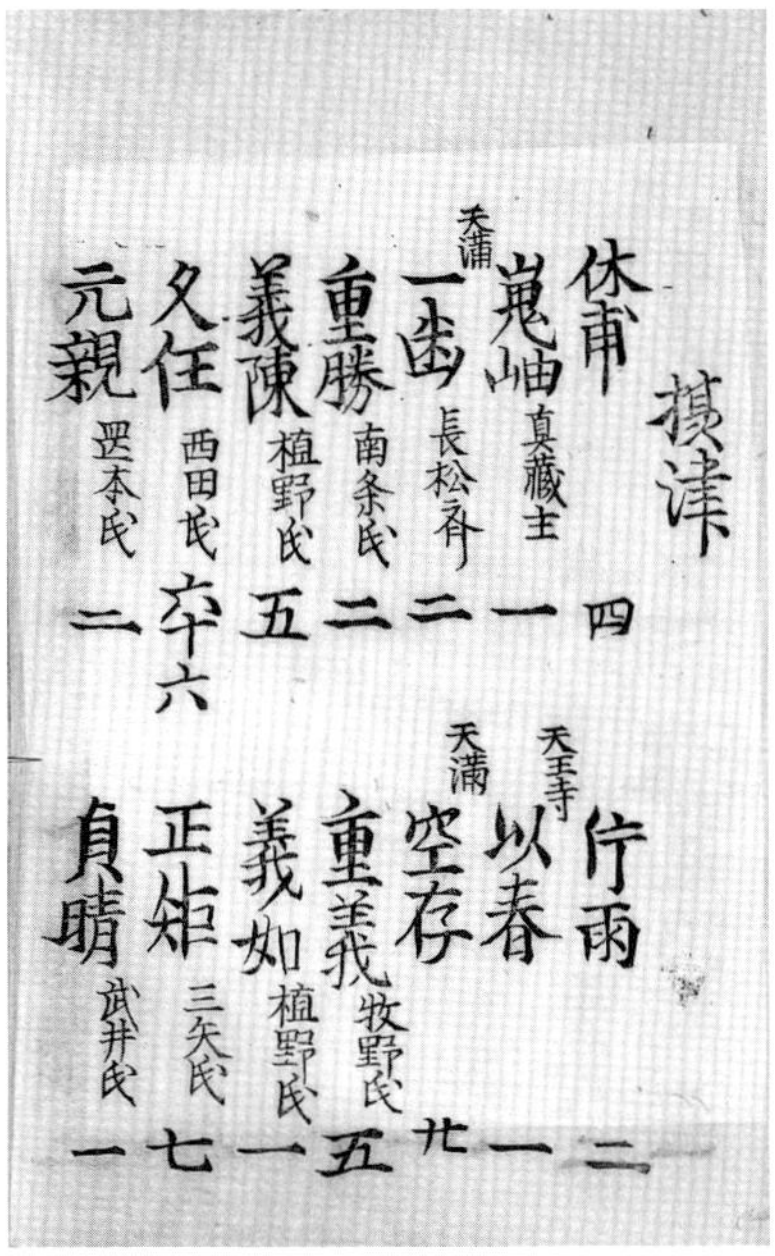

51 **『牛飼』**（部分）

燕石撰、万治元年（一六五八）刊。一幽発句二句入集。『ゆめみ草』（No.50）とともに、草創期の大坂俳壇を知る貴重な俳諧撰集。

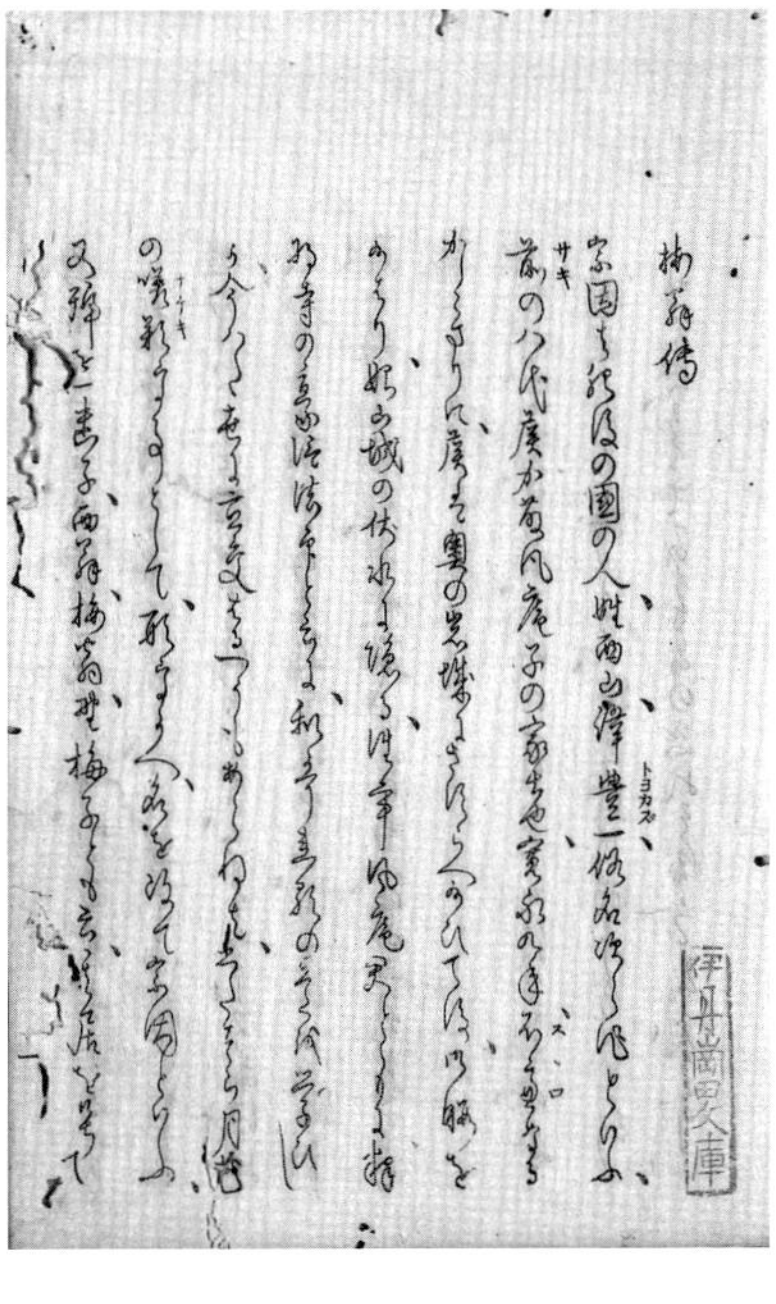

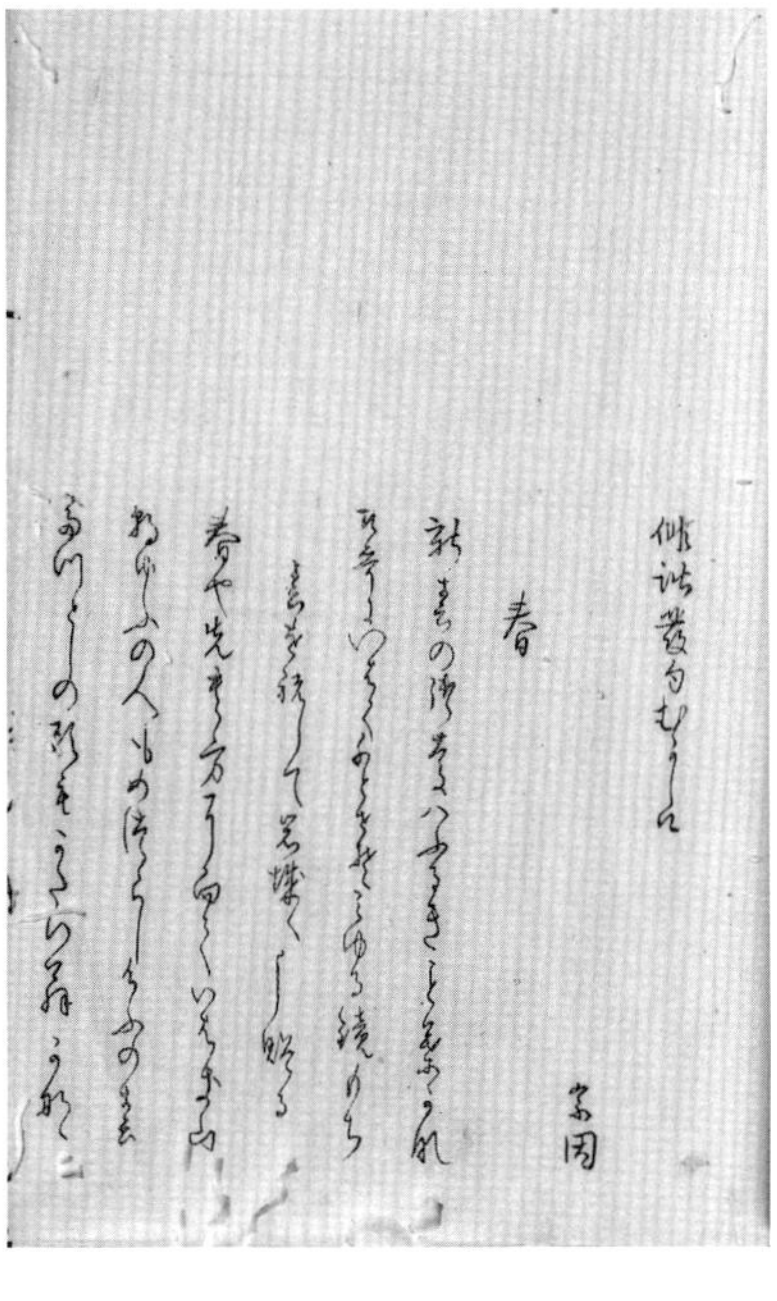

56 **『むかし口』**（部分）

上田秋成編、安永六（一七七七）刊。宗因の俳諧発句一一三句を四季別に編集したもの。巻頭に、宗因伝として最古の「梅翁伝」を置く。

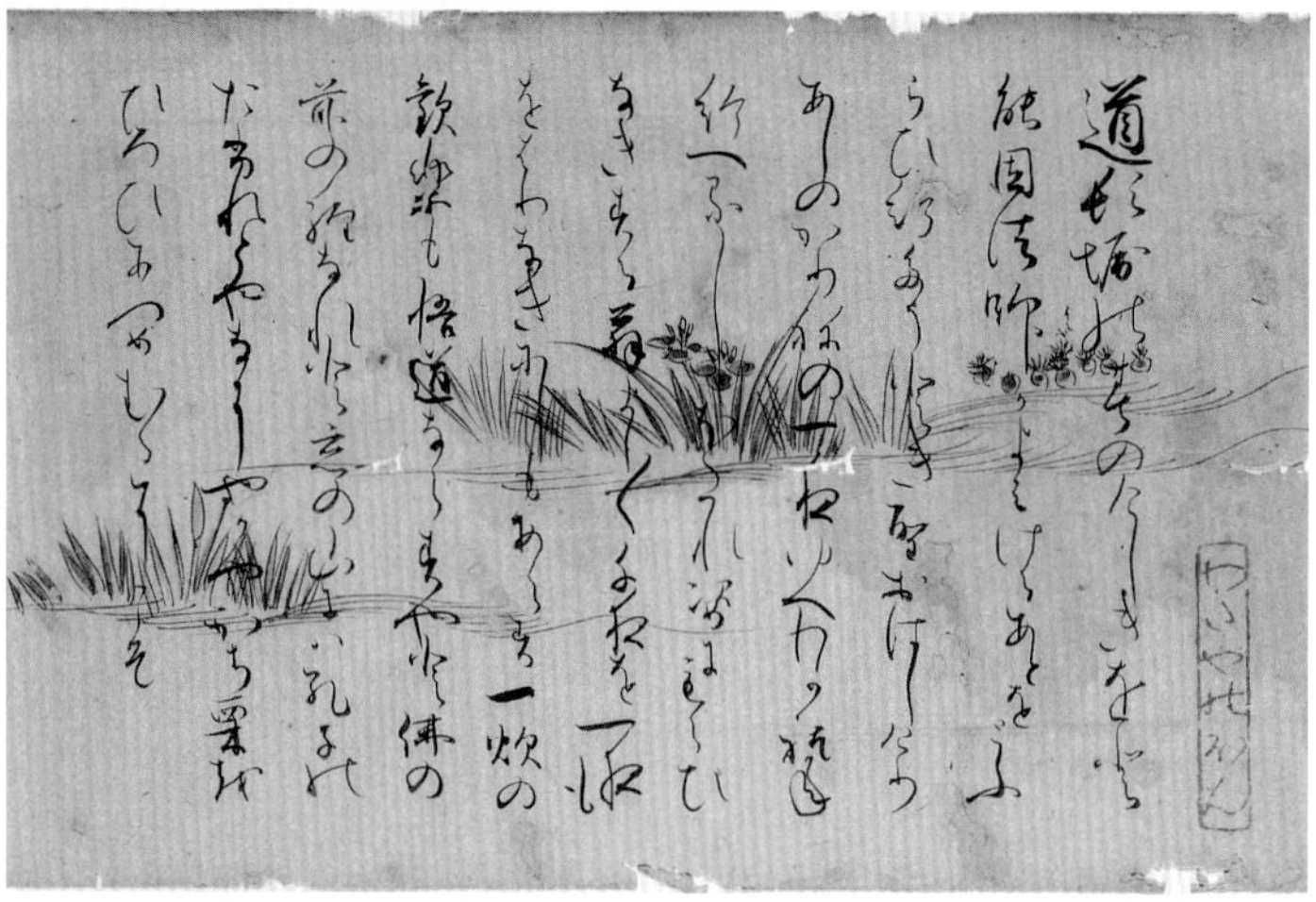
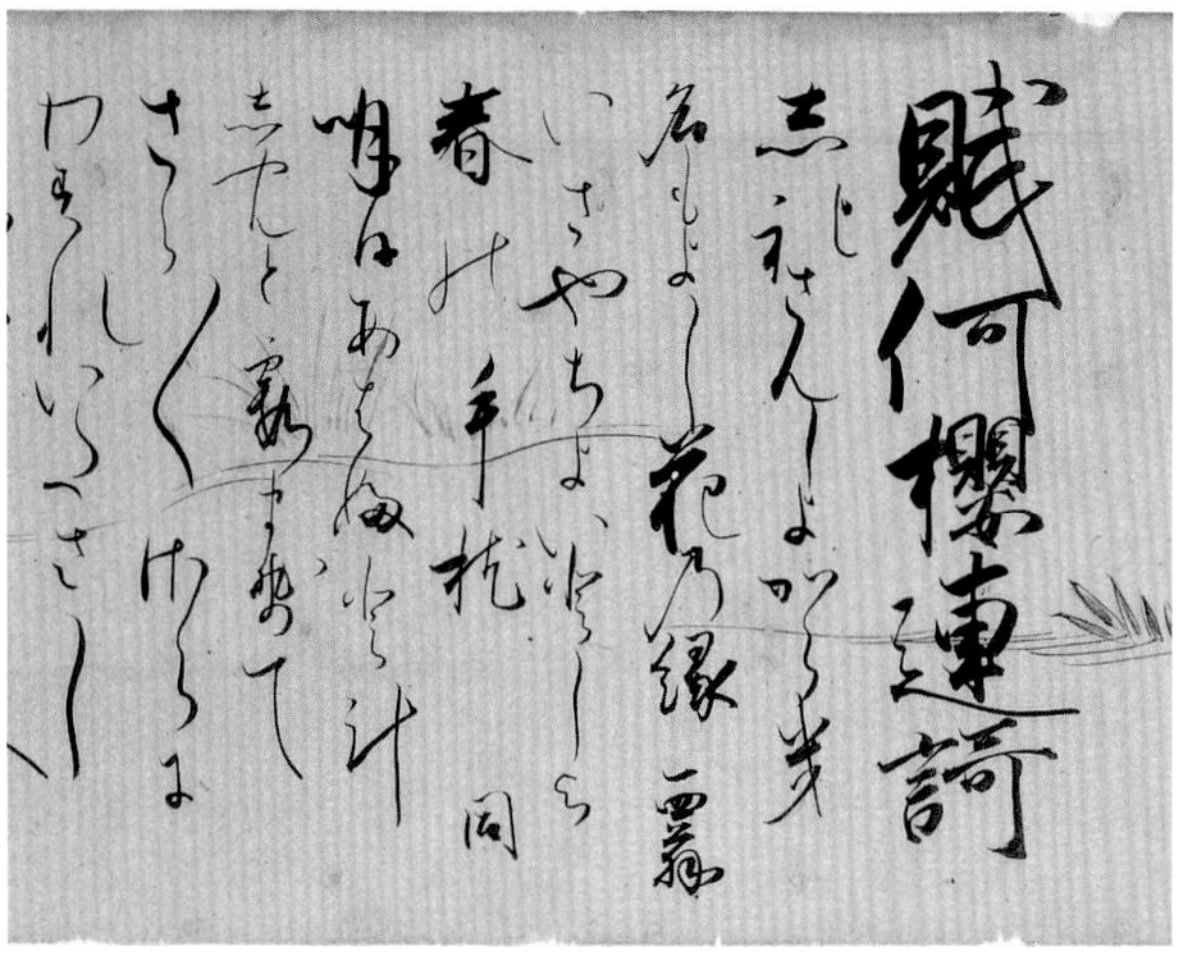

52　宗因筆『賦何桜俳諧之連歌百韻』（部分）

万治三年（一六六〇）以前の作品。宗因の別号「西翁」が初めて見える。一巻すべてを恋の詞で詠んだ恋百韻で、宗因俳諧連句の代表作である（71頁石川論考参照）。

道頓堀の春のけしきを、と
能因法師がよみけるあとをとぶ
らひ給たうとき聖おはしけり。
あしのかりねの一夜ゆへ、わかれかね
給へるしほたれ姿にもらひ
なきする翁、よし〳〵千夜を一夜も
をはりなきにしもあらず、一炊の
歓楽も悟道ならずや、と。仏の
前の経なれど、恋の山には孔子の
たふれとや。なにやかや、かち栗を
ひろひあつめむるにこそ

賦何桜連誹
しれざんしよからき
名もよし花の縁　　西翁
いざやちよいとしよ
春の手枕　　同
明日あはふと計
しやんと霞ませて
さら〳〵さらに
わすれいたさじ

（後書）

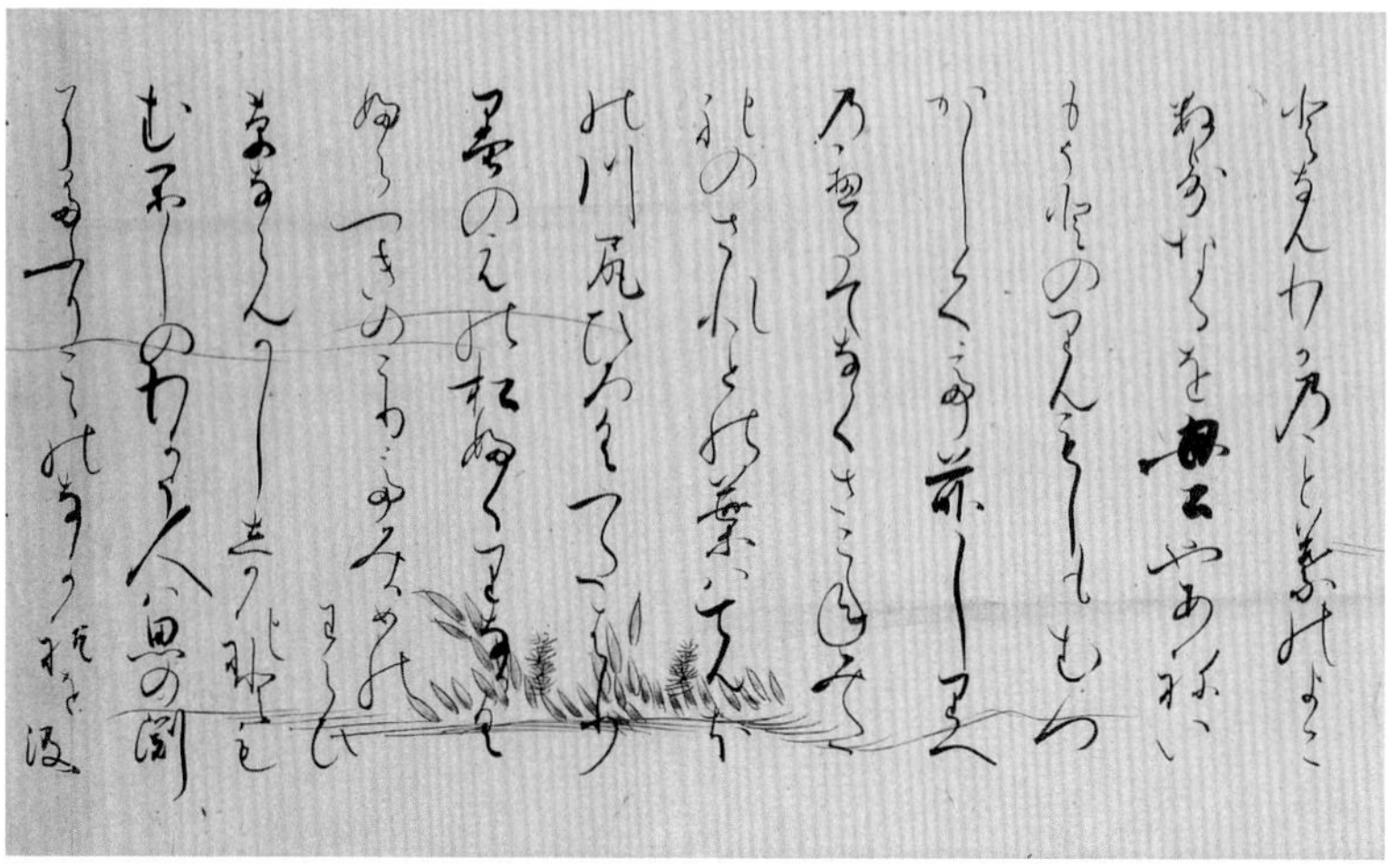

となん、わかのこと葉のよこ
数寄なるを、母公やあねい
もうとのりんもじもむつ
かしくて、前しりへ
のへだてなく、ざこねみだ
れのざれことの葉は、てんぽ
の川尻ひろくつたはり、
墨のえの松ふぐりながく
ぶらつきのこりて、みるめのわらひ
草ならんかし。しかれども、
むかしのわかう人は思の渕
にたふり、こゝのながれを汲、

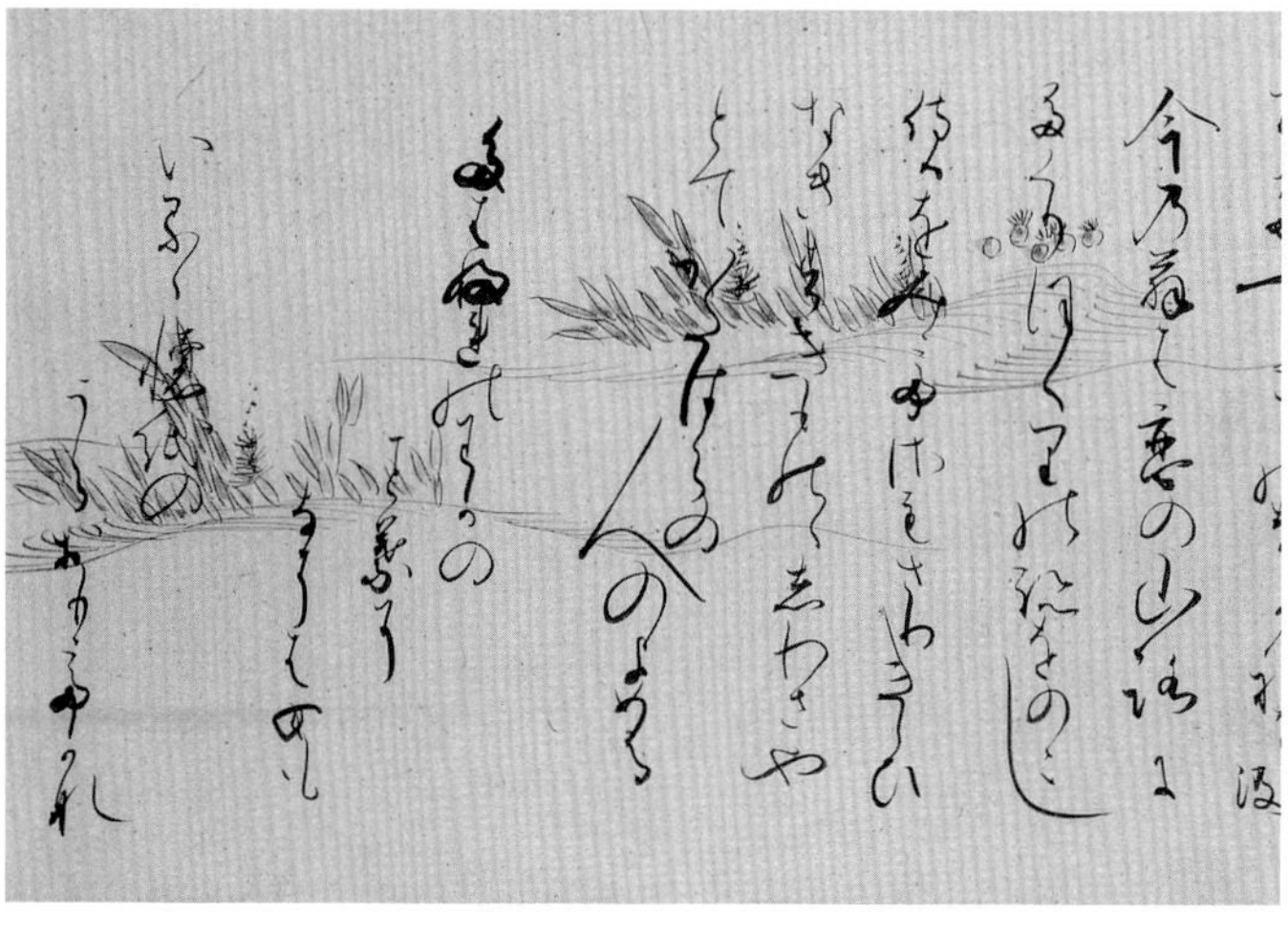
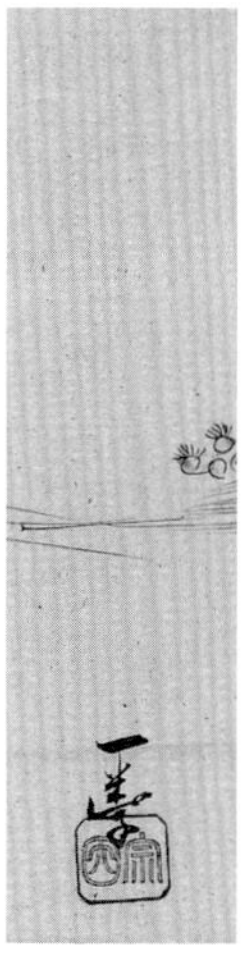

今の翁は恋の山路に
だくりぼくりの跡をのこし
侍るをみて、さもさりきらひ
なきすきものゝしわざや
とて、かたはらの人のよめる
たはぶれのわかのこと葉になには女も
いるゝ懐紙のうらおもてかな

一幽子（印）

54　宗因筆「すき鍬や」八句懐紙

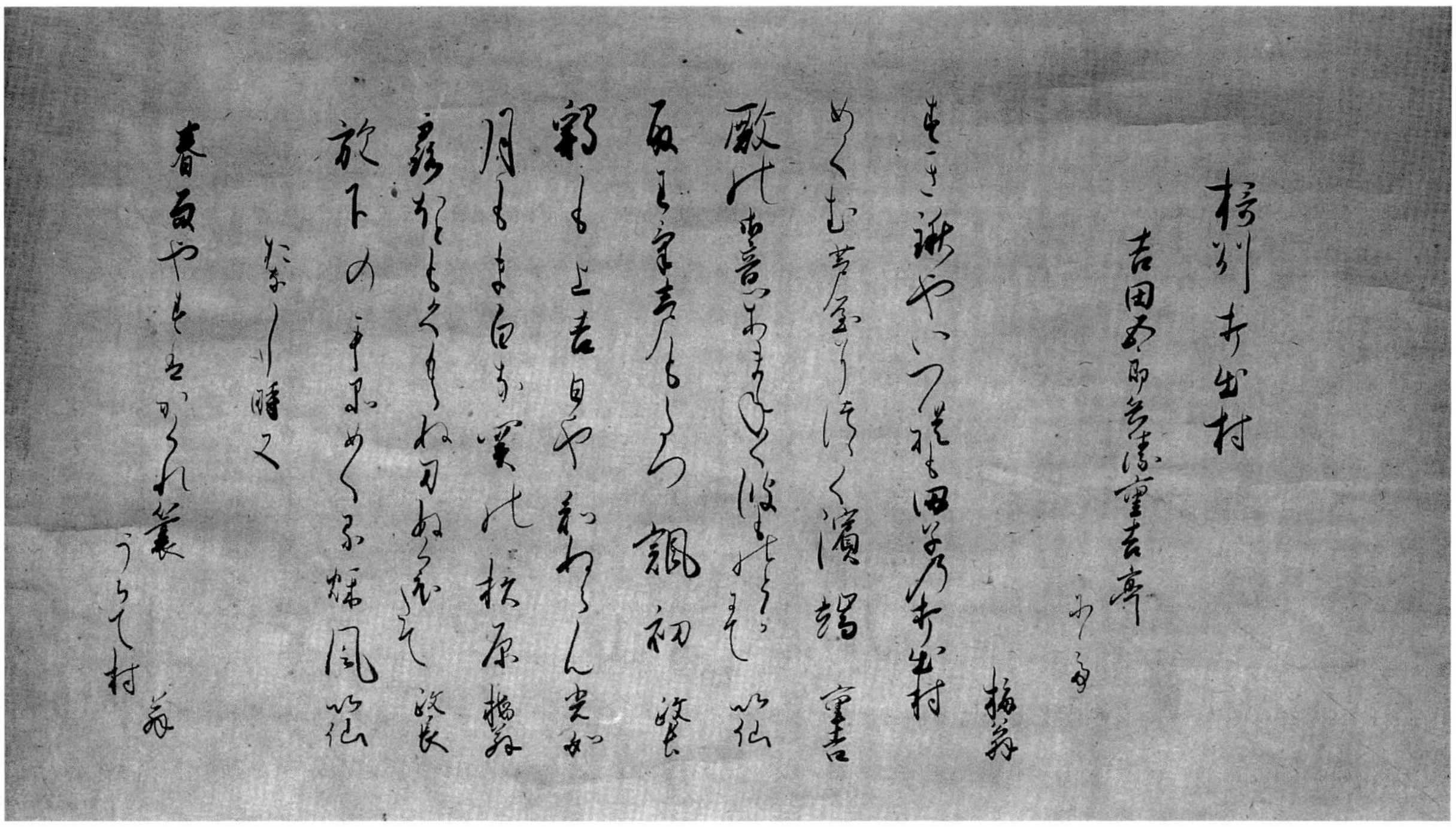

摂州打出村
　吉田五郎兵衛重吉亭にて
すき鍬やいづれも田子の打出村　梅翁
めぐむ芦屋につゞく浜端　重吉
殿の御意あまねく波ものどかにて　以仙
取わけ声もたつ諷初　政長
鴨も上吉日や知ぬらん　光如
月もま白な関の杉原　梅翁
露ほどもくもらぬ刀ぬぐひたて　政長
放下の手品めぐる秋風　以仙
　おなじ時又
春雨やすはかくれ蓑うちで村　翁

参考図版4　宗因筆「すりこ木も」句懐紙〔新出資料〕

西国をめぐりし時、ある山寺に
四五日ありし。つれ〴〵なりければ、
独吟誹諧せしに
すりこ木も紅葉しにけり唐がらし　西翁
田楽ぐしの竹のした露
小刀の白きを見れば月ふけて
　或人興行せんとて所望に
やどれとは御身いかなるひとしぐれ

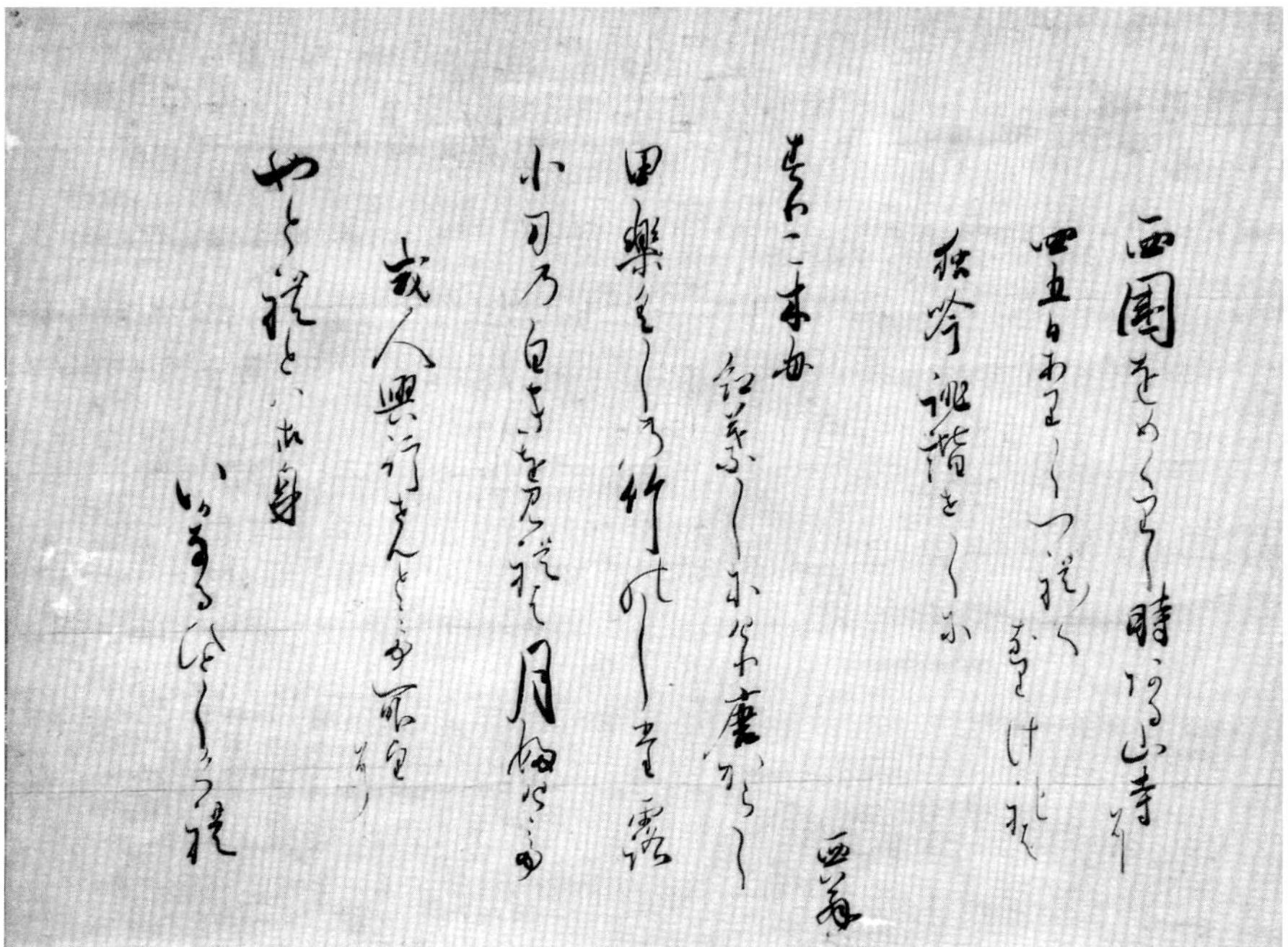

「すりこ木も」句以下三句は、『宗因五百句』（61頁№89）などに所収の独吟百韻の第三までで、特に発句は著名である（19頁№104・105・25頁参考図版1）。「やどれとの」句は、佐賀鍋島藩士の石井如自と唱和した俳諧歌仙の発句であり、従来、寛文九年（一六六九）十月宗因佐賀引杖の折の興行と知られていた。本点の出現により、「すりこ木も」句の成立もほぼ同時期と新たに確認された。「ある山寺」とは、十月十一日、座主春苑興行の連歌座に出るべく訪れた、佐賀川上の実相院に比定される。

60 『談林俳諧』（部分）

延宝三年（一六七五）四月下旬、岩城平藩主内藤風虎の江戸屋敷に招かれた宗因は、約二ヶ月の間江戸にあって、諸人の要請に応えては俳席に参加する（20頁№43）。田代松意らの江戸談林に「されば爰に談林の木あり梅の花」の一句を与えて成った『談林十百韻』は、宗因流俳諧を全国に知らしめる契機となった。芭蕉（桃青）は、このとき、本所大徳院の院主礒画主催の俳席に一座し、宗因の謦咳に接する機会に恵まれる。宗因七十一、芭蕉三十二歳の出来事であった。

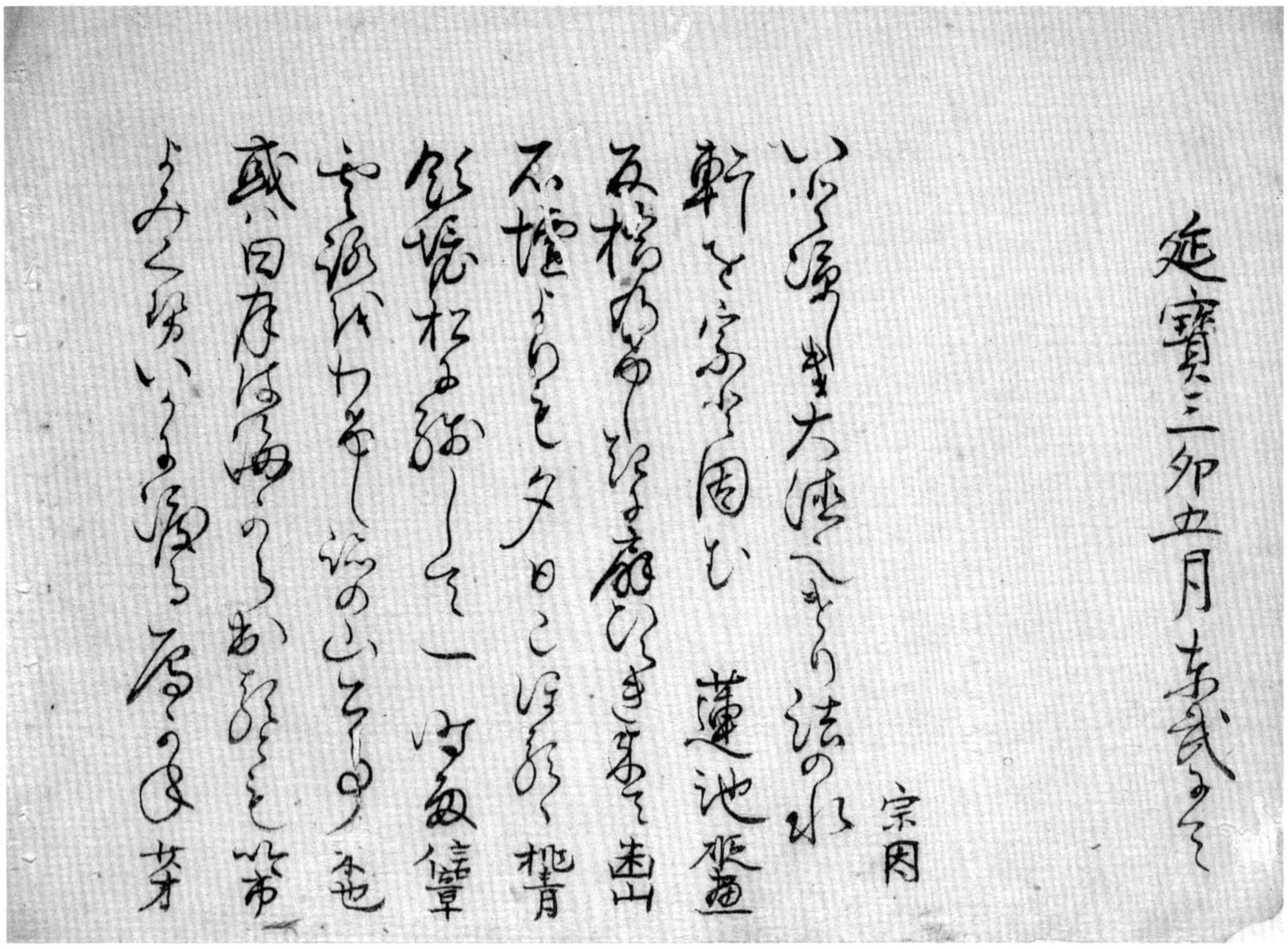

延宝三卯五月　東武にて

宗因

いと涼しき大徳也けり法の水　宗因

軒を宗と因む蓮池　礒画

反橋のけしきに扇ひらき来て　幽山

石壇よりも夕日こぼるゝ　桃青

領境松に残して一時雨　信章

雲路をわけし跡の山公事　木也

或は日月は海から出るとも　吟市

よみぐせいかに渡る鴈がね　少才

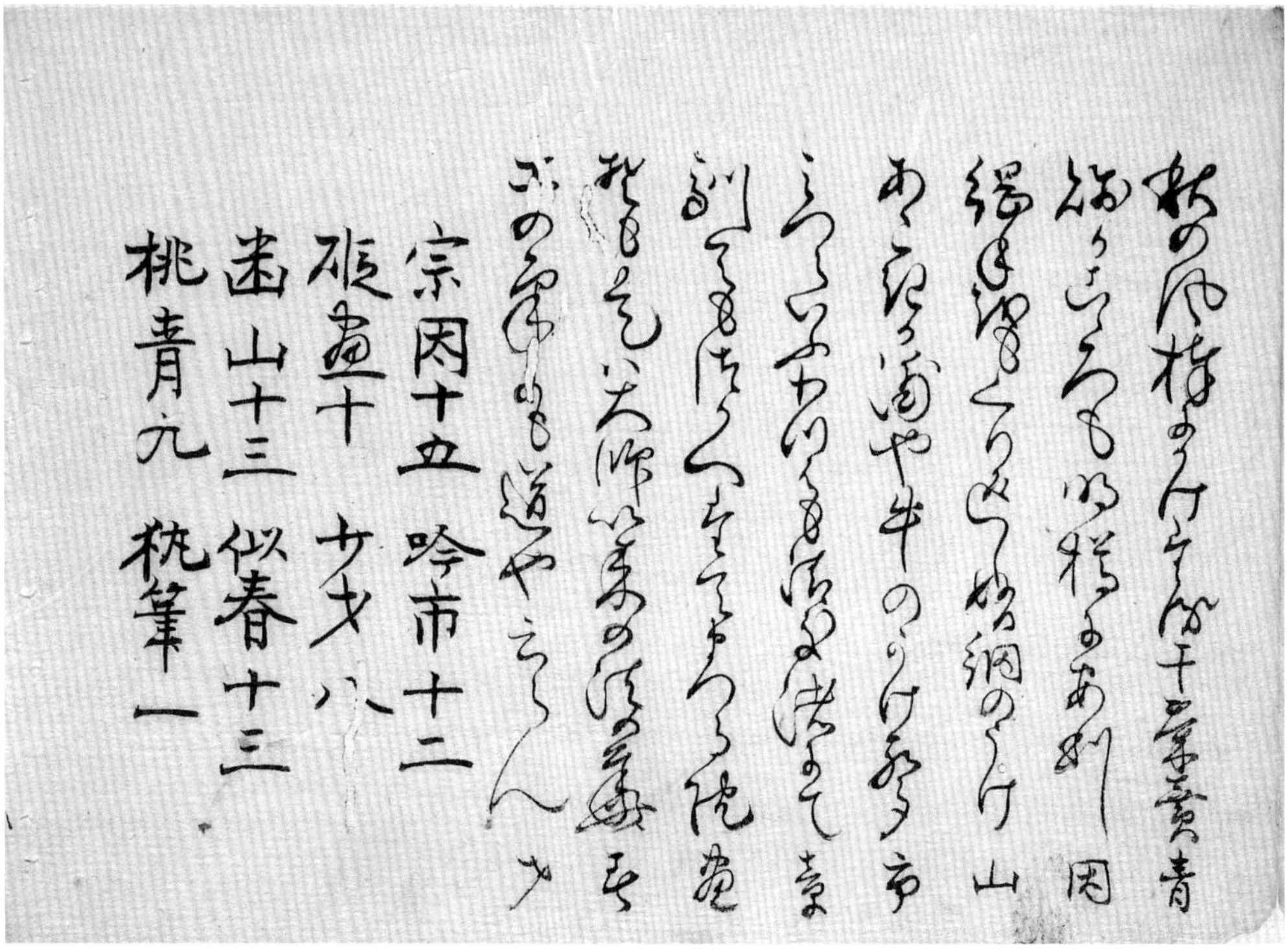

（句上）

宗因　十五　吟市　十二

礒画　十　少才　八

幽山　十三　似春　十三

桃青　九　執筆　一

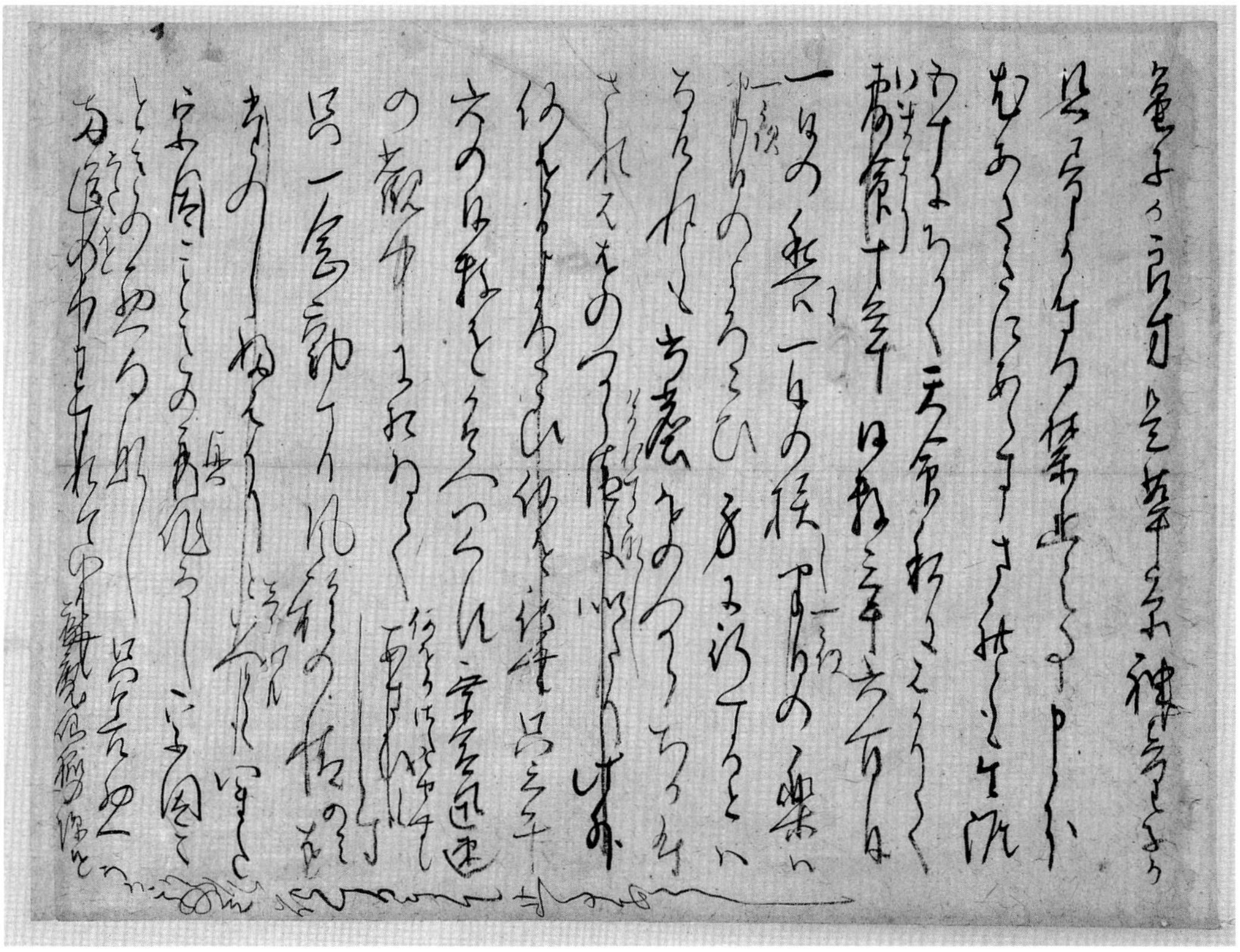

63 芭蕉筆「亀子が良才」草稿

亀子が良才、是華原神童子か。
且、予が付句禁止之事、申分
尤あさきにあらず。されども、生涯
五十にちかく、天命私にはかりて、
露命《いまより》十年、日数三千六百日、
一日の愁は一日《に》の損、半田《じ一夜》の楽は
半田《一夜》のよろこび、身に行ずるとは
なけれども、六塵をのづからちか付
ざれば、をのづから清に似たり《けがれすくなし》。此外
何をかよろこび、何を待む。只三千
六の日数をかぞへつくす。無常迅速
の観中におゐて、あすをもしらず《何をかさたせむ》、
只一念動ずる風雅の情のみを
たのしぶばかりといへども《しれ共》、いまだ
宗因ごときの秀《興》作なし、宗因ご
ときの悪句なし、只善悪
両道《意を》の句わすれていはむ
病魔仙狐の隙をうかごふのみ。かくて死
するまで止事あらじ。

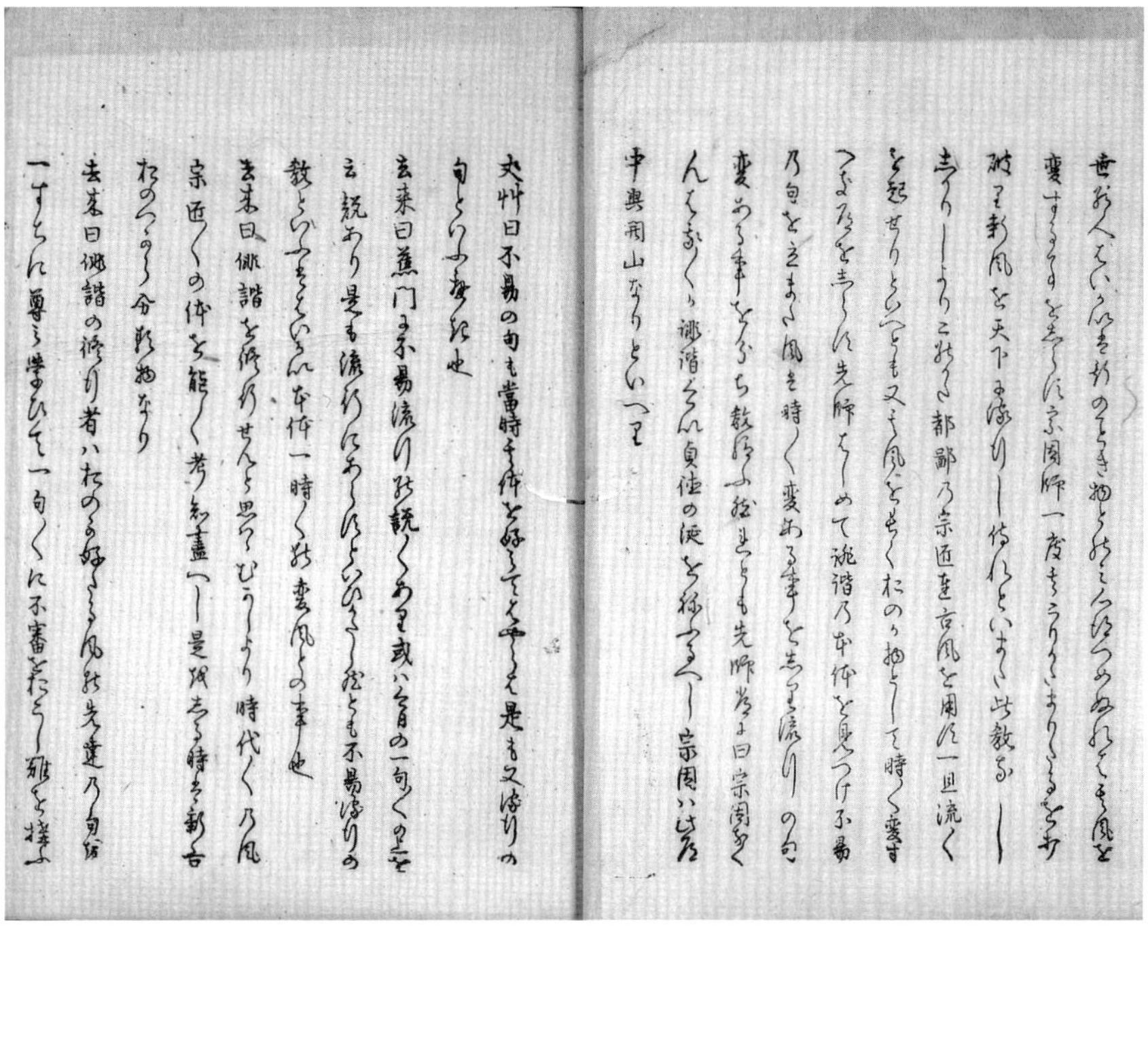

61 『去来抄』（部分）

芭蕉亡きあと、門弟の去来（一六五一～一七〇四）が、蕉風俳諧の精神を後世に伝えるべく執筆したもの。自筆稿も伝わるが、蕉風復興運動のなかで安永四年（一七七五）に刊行された。芭蕉の、「宗因なくんば、我々が誹諧、今以貞徳の涎をねぶるべし。宗因は此道中興開山なり」という宗因評が載る。

【宗因の評点】

「評点」とは、宗匠が、連歌や連句中の出来のよい句に合点（がてん）と呼ばれる鉤印を付し、評語を書き与える行為をいう。宗因の点料は百韻一巻につき銀二匁であったといい（土橋宗静日記）、数多くの評点作品が残されている。その連歌観や俳諧観がかいま見られる。

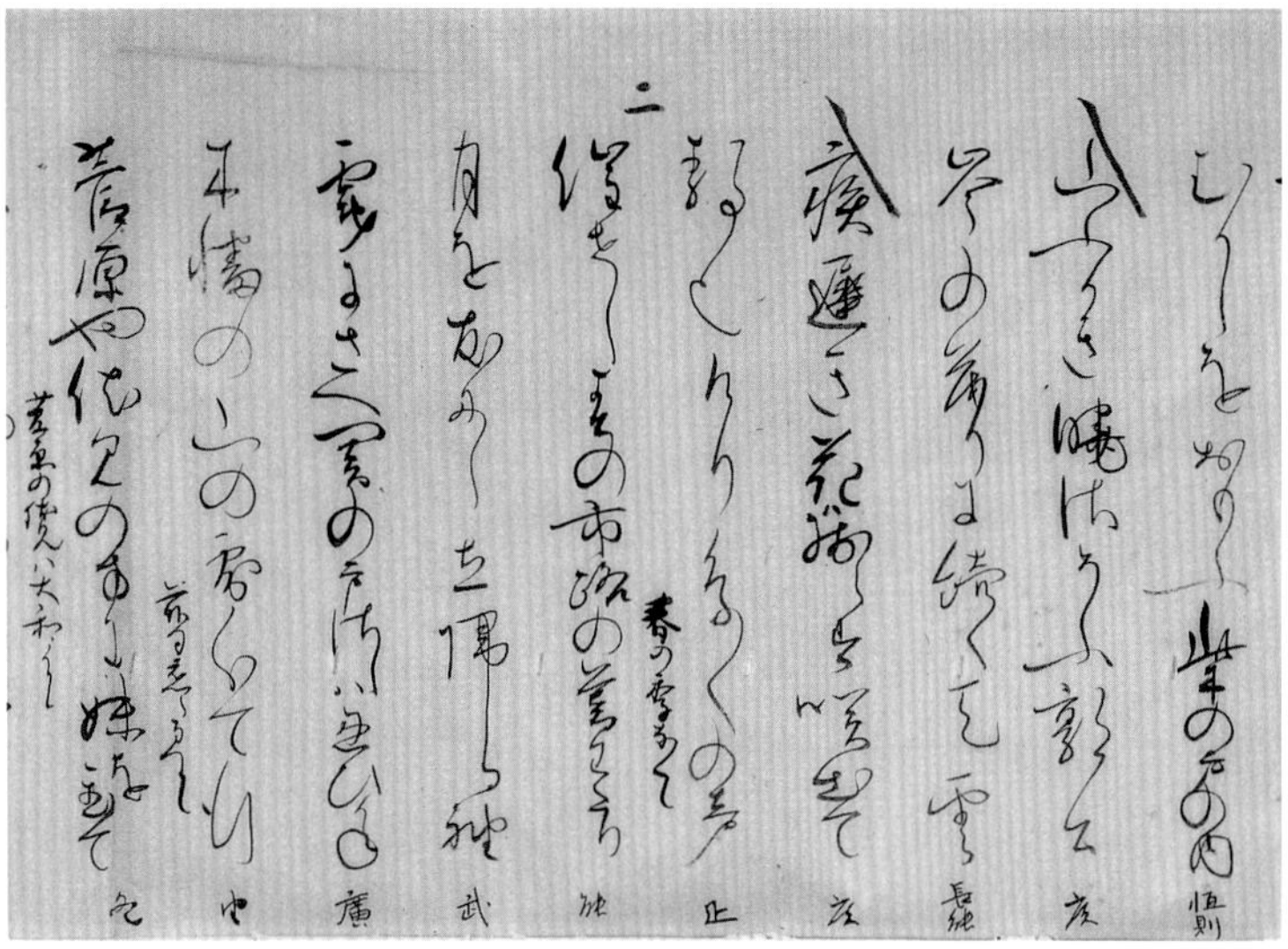

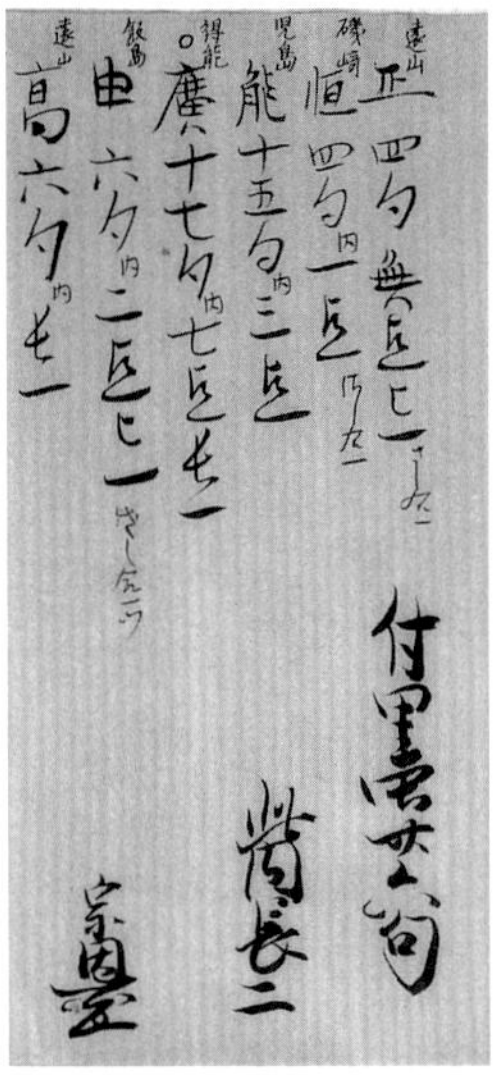

64　**宗因評点　得能通広等「冬ごもる」連歌百韻**（部分）〔初公開資料〕

得能通広ほか松山藩士による連歌百韻。大坂天満宮の連歌所宗匠の交流圏の広がりが知られる。各句作者名と巻末の点数は本文と明らかに異なる筆跡で、宗因評点を付して返却されたあと、点数計算のために書き加えられたものと見える。

むかしをおもふ柴の戸の内　恒則
＼山ふかき暁さそふ郭公　広
岑の茂りに続く天雲　長能
＼疾遅き花は残らず咲出て　広
静也けり鳥々の声　正
春の季なく候
二催せし春の市路の暮わたり　能
月を友にし立帰る袖　武
霧にさへ闇の戸ざしは忍びかね　広
木幡の山の露分て行　由
前句恋たるべく候
菅原や伏見の方に妹を置て　冬
菅原の伏見は大和にて候

（奥）
付墨廿六句
此内長二
宗因（花押）

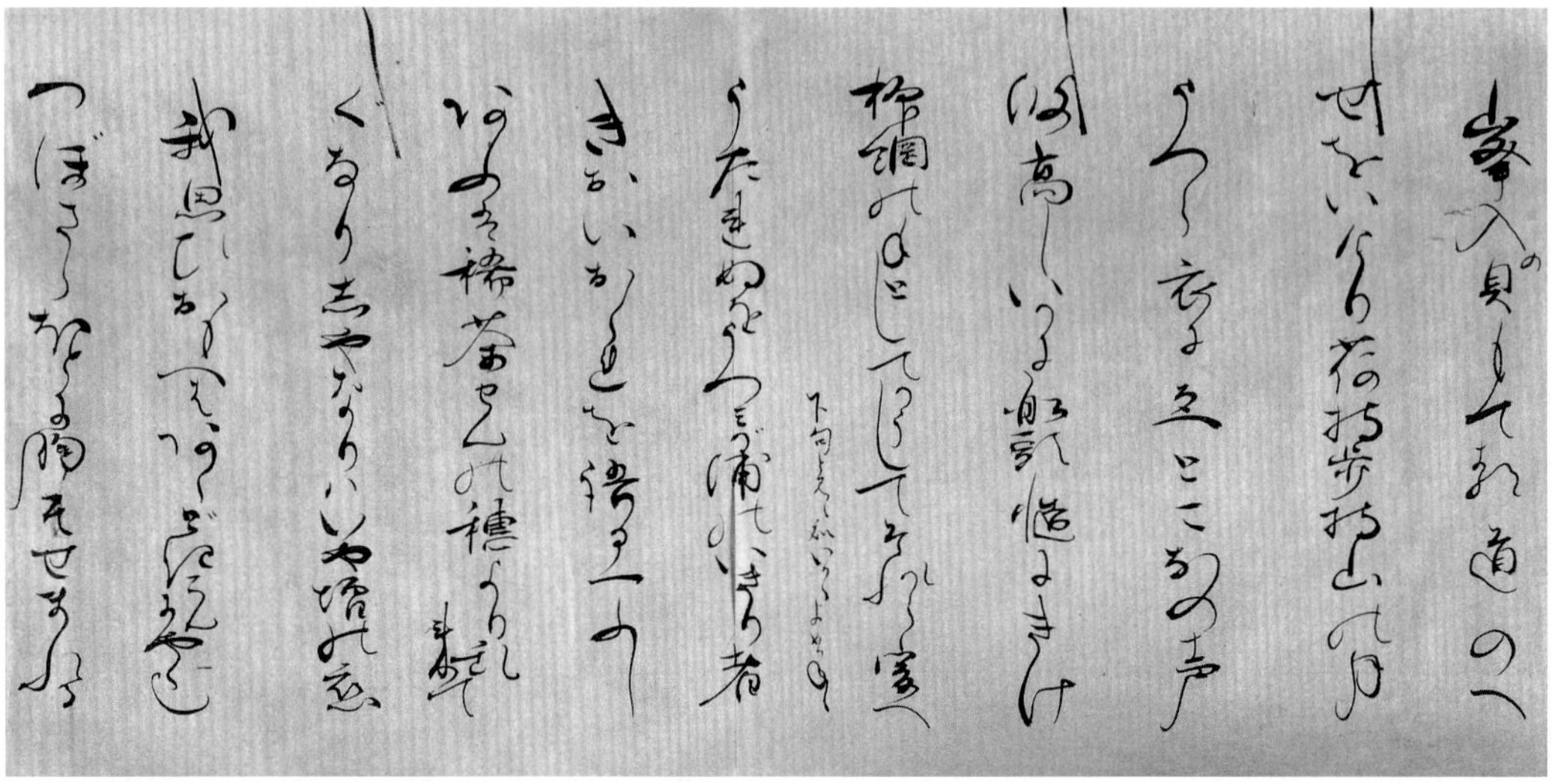

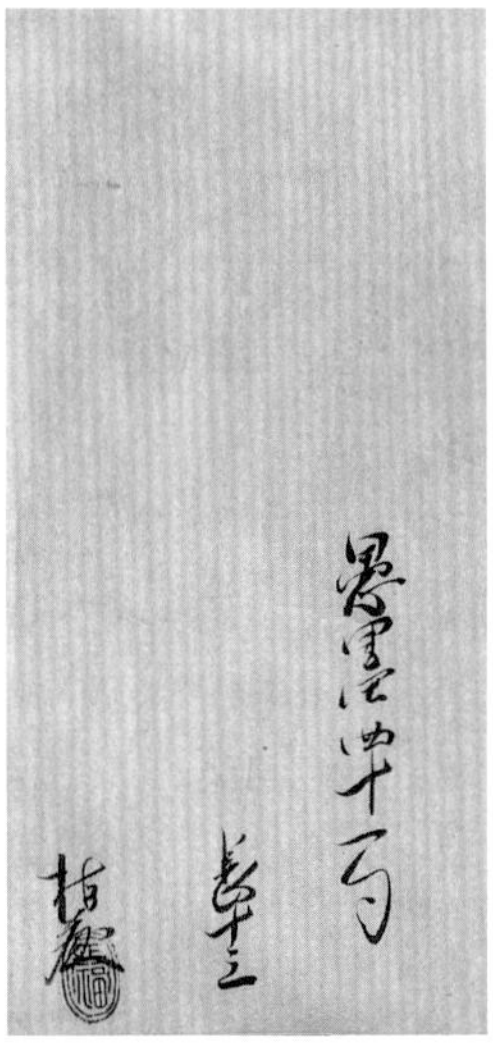

65　**宗因評点「道の者」俳諧百韻断簡**（部分）〔初公開資料〕

芭蕉評点巻（49頁No.67）および幽山評点巻とあわせて伝来した一巻。巻首表八句を欠くため作者未詳であるが、高得点を獲得している。

峯入の貝もてる道のべ
＼せをいけり荷物歩持山の月
うづら衣にゑとこなの声
＼波高しいかに船頭慥にきけ
棹網の手としてかうしてそれから爰へ
下句と見え候処いかゞよめかね候
うたれぬをうつみが浦のいきり者
きおいおくれを語る一ふし
あふは稀茶せんの穂より乱来て
＼ぐなりしやなりはいや増の恋
我思ひおもへばあくどきこんにやく也
つぼさらほどに胸ぞせまれる

（奥）
愚墨四十一句
長十三
梅（花押）（印）

67 **芭蕉（桃青）評点　志候等六吟百韻**（部分）

志候発句の百韻に芭蕉が点をかけた一巻。長点（秀逸）「〳〵」は特にすぐれて二点、平点「〳」はすぐれていて一点、「珍重」はその中間で一点半とみなされた。署名と印から延宝六年（一六七八）ごろの加点と推定され、伝存する芭蕉評点巻のなかで最古のものである。宗因評点俳諧百韻断簡（48頁No.65）とともに伝来した。

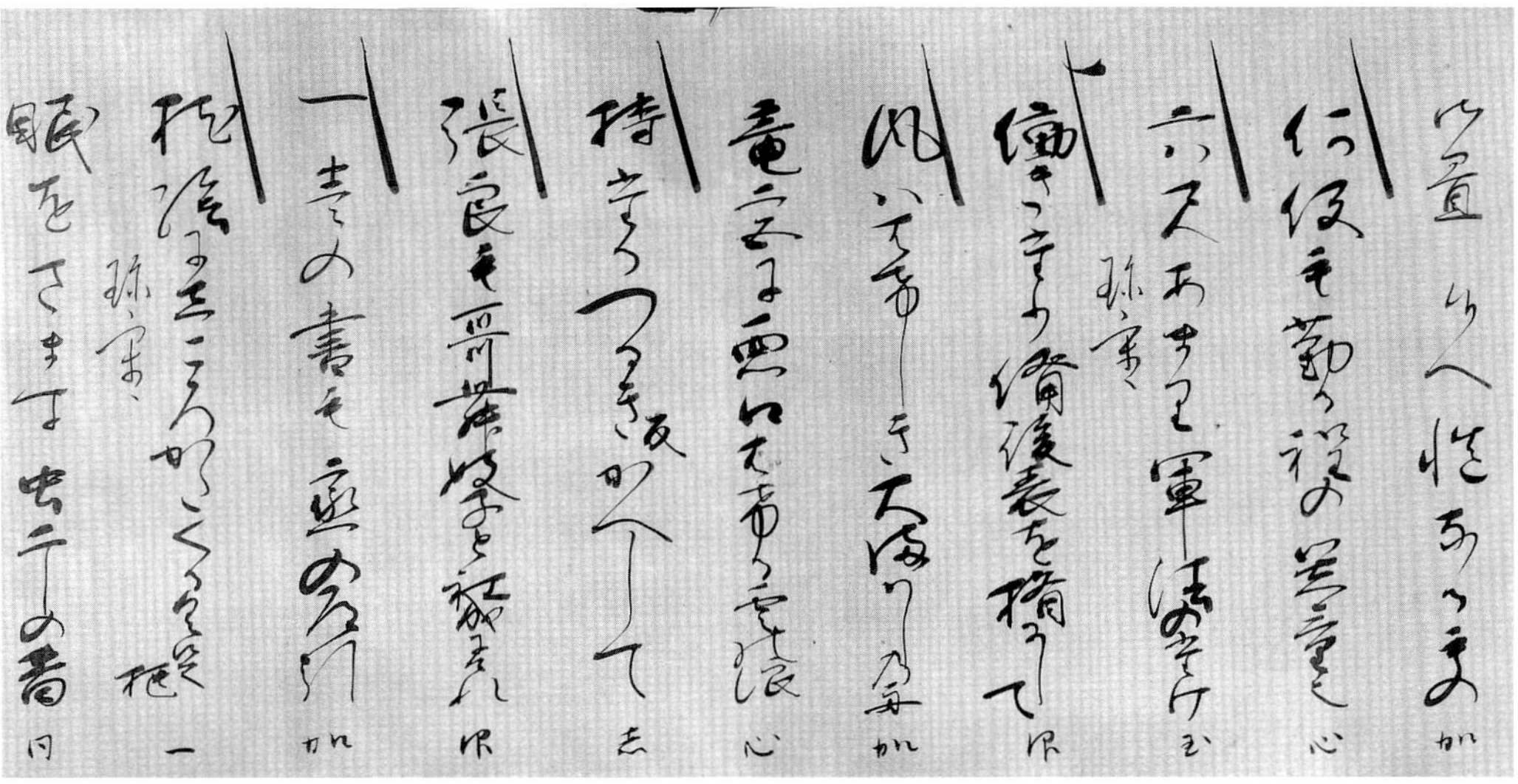

御置候へ慥なるもの　加
〳何役も勤むる程の器量也　心
〳六尺あまり軍法のたけ　玉
珍重
〳〵働きたり備後表を栖にして　仰
〳風ははげしき大まはしの舟　加
竜宮に悪口はげる雲の浪　心
〳持たるつるぎ反かへして　志
〳張良も歌舞妓子と社成にけれ　仰
〳一巻の書も恋の道引　加
〳枕陰にしころかたぐる具足櫃　一
珍重
眠をさます虫干の音　同

（奥）
僻墨六拾二
内秀逸六
珍重同
座興庵桃青（印）

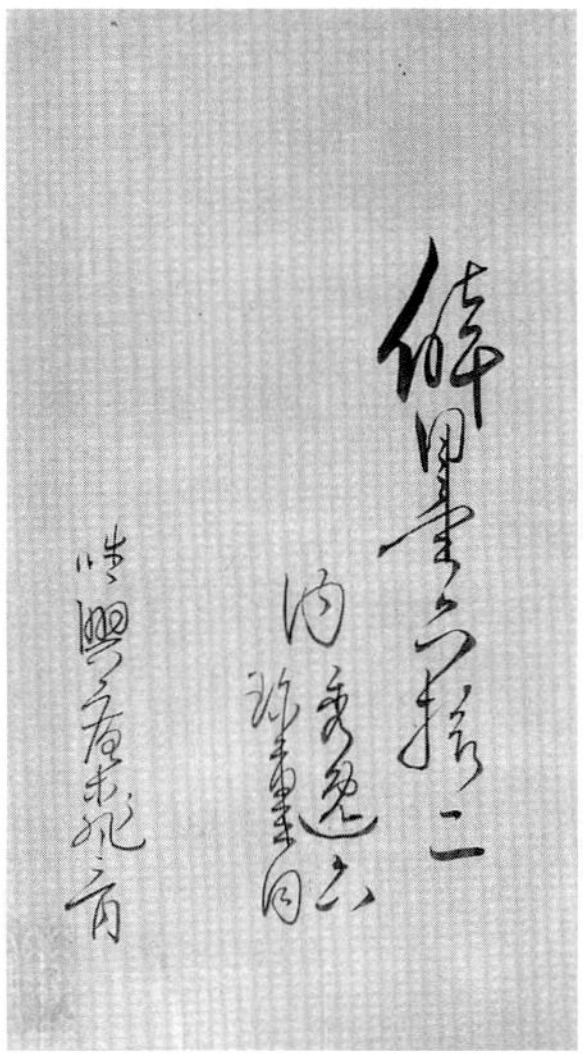

66 **宗因評点『東海道各駅狂歌』**（部分）

東海道の各駅名を詠み込んだ狂歌に、明暦四年（一六五八）五月、宗因が評点を施した巻子本一巻。評語は詳しく読み応えがあり、巻首を欠くため作者未詳だが、大名などのしかるべき人物が想定される。宗因評点の狂歌はほかに例がない。

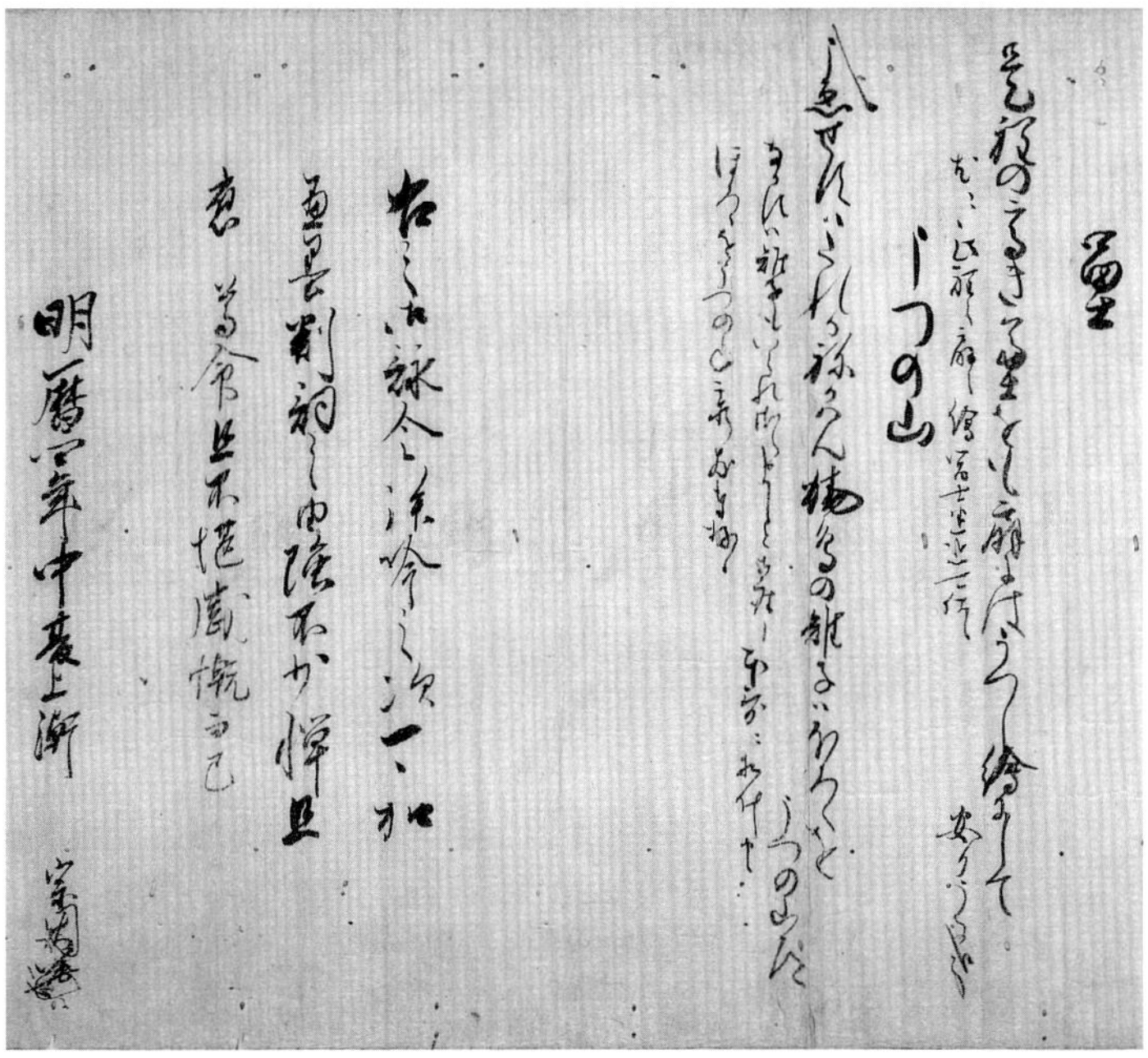

富士
是程の高き富士をも扇にはうつし絵にして安くうる哉
尤に候此程之扇之絵富士迷惑可仕候
うつの山
〳こゑせずはたれかねがはん焼鳥の雉子はほろゝをうつの山道
なかずば雉子もいられざらましと御座候本歌に相叶申候ほろゝをうつの山新敷奉存候
右之御詠令拝吟之次可加愚墨判詞之由雖不少憚
且応　尊命且不堪感慨而已
明暦四年中夏上澣　宗因（花押）

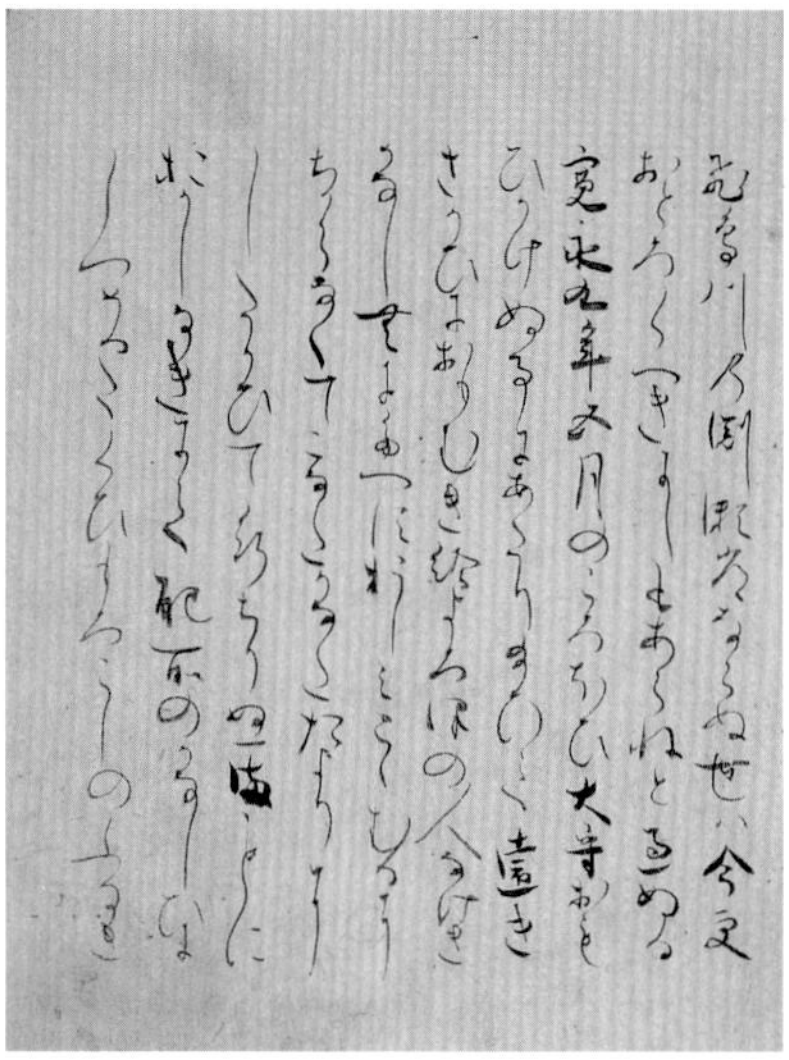

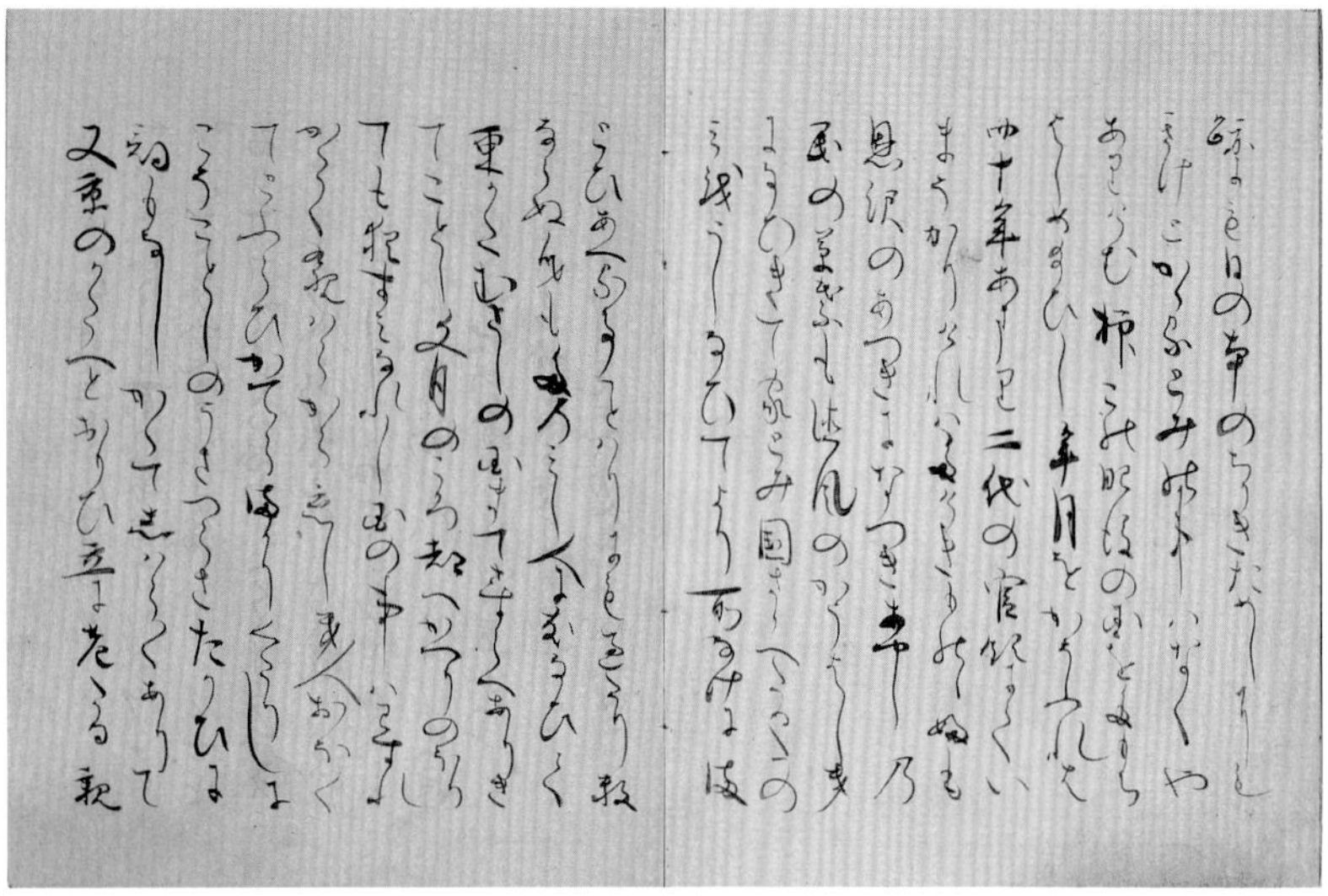

68　宗因筆『肥後道記』（部分）

主家加藤家の退転に際し、寛永十年（一六三三）九月に本国八代を立ち、同年十月、京堀川の本圀寺に隠棲するまでをつづった紀行。故郷を捨てゆく者の哀感にあふれてはいるものの、そのような不幸な境遇を戯画化する明るさも含んでいて、俳諧的精神はここに確かに兆している。『土佐日記』をはじめとする多くの古典に基づく表現も注目に値する。

飛鳥川の淵瀬常ならぬ世は、今更
おどろくべきにしもあらねど、過ぬる
寛永九年五月のころほひ、太守おも
ひがけぬる事にあたり給ひて、遠き
さかひにおもむき給。よろづの人なげき
かなしむにたへず、おしみこゝろむるに
ちからなくて、こなたかなた、たよりに
したがひて行ちりぬ。まことに
おかしなきにて、配所のかなしびに
しづめるたぐひ、もろこしのふるき
跡にも、日の本のちかきためしにも
きけど、かゝるとみの事はなくや
ありけむ。抑この肥後の国をたもち
はじめ給ひし年月をかぞふれば、
四十年あまり二代の官領にてい
まそがりければ、たけきもの、ふも
恩沢のあつきになつき、あやしの
民の草葉も徳風のかうばしき
になびきて、家とみ国さかへたるた
みをうしなひてより、所なげにま
どひあへる事、ことはりにも過たり。数
ならぬ身もたのみし人に友なひて、

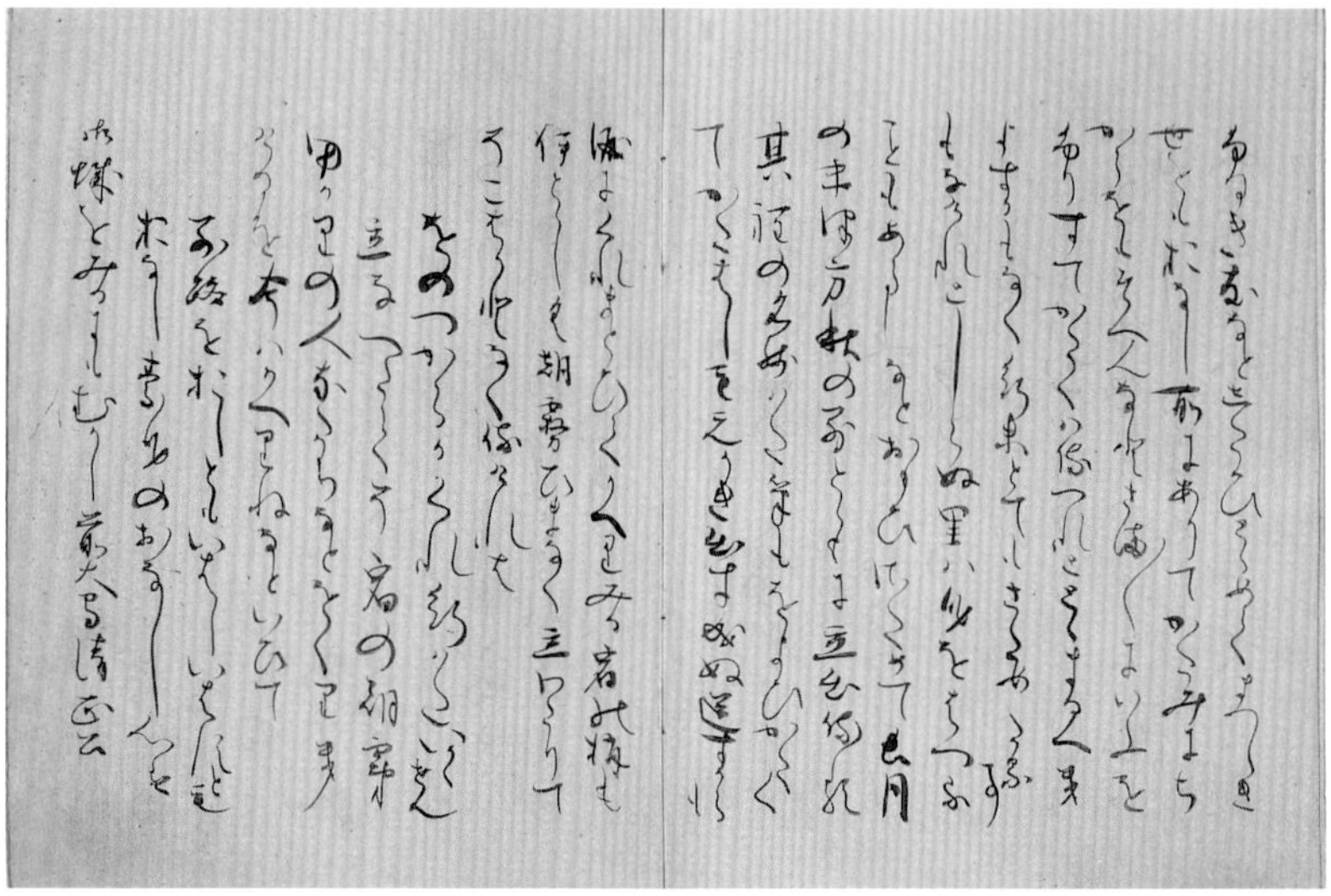

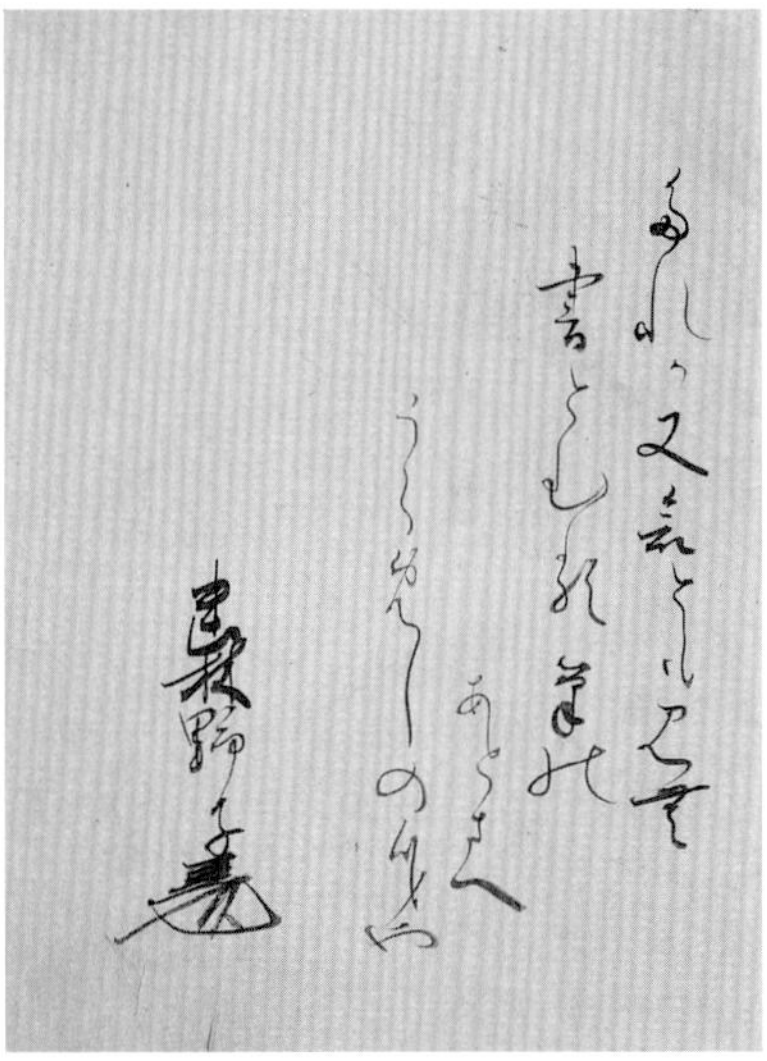

東かたむさしの国までさすらへありき
て、ことし文月のころ、都へかへりのぼり
ても、猶すみなれし国の事はわすれ
がたく、親はらから恋しき人おほく
て、とぶらひがてらまかりくだりしに、
こぞことしのうさつらさ、たがひに
詞もなし。かくてしばらくありて、
又京のかたへとおもひ立に、老たる親、
ふるき友などしたひとゞめて、まづしき
世をもおなじ所にありてかたみにち
からをもそへんなど、さま〴〵にいふを、
ふりすてがたくは侍つれど、とゞまるべき
よすがもなく、行末とてもさだめたる事
もなければ、しらぬ里は身をはづる
こともあらじなどおもひさだめて、長月
の末つ方、秋の別とゝもに立出侍る。
其程の名残、はた筆もをよびがたく
て、かたはしもえかき出ず成ぬ。道すがらも
涙にくれまどひて、かへりみる宿の梢も
いとしく、朝霧ひまなく立わたりて、
そこはかとなく侍ければ、

をのづからかくれ行かたいかゞせん
立なべてこそ宿の朝霧

ゆかりの人友だちなどをくりき
けるを、今はかへりね、などいひて、

別路をおしともいはじいはずとも
おなじ憂身のおなじ心を

御城をみるにも、むかし前太守清正公

（奥書）
たれか又哀とも見む
書とむる筆の
あとさへ
うらめしの身や
幽林野子（花押）

宗因は、特にその後半生、実に半分に近い年月を旅に費やしている。宗因の旅は、風雅ひとすじに身を投じた芭蕉の旅とは異なり、諸侯の要請に応えることを目的とした、中世連歌師の旅と同じ意味合いを帯びるものではあった。しかし、それが、俳諧好士たちとの出逢いの場を生み、結果として俳諧の種を広くまくことにつながった点も見逃せない。

69 宗因筆『美作道日記』

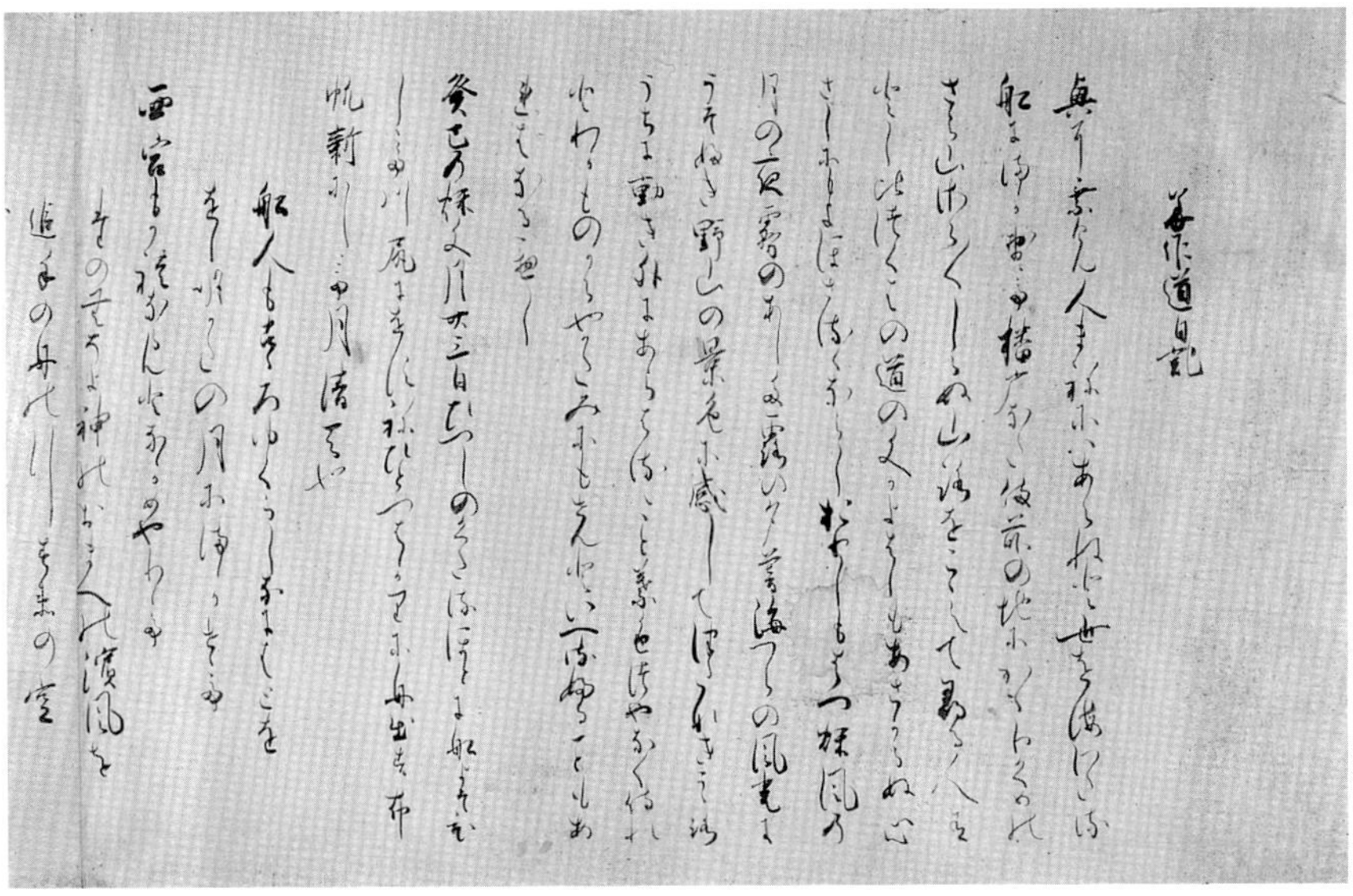

美作道日記

興に乗けん人まねにはあらねど、世を海わたる船にまかせて、播磨なだ備前の地にかゝり、くめのさら山さら〱しらぬ山路をこえて尋る人有。とし比つくばの道の文かよはしも、あさからぬ心ざしにもよほさるゝならし。おりしも、はつ秋風の月の夜、霧のあした、露の夕暮、海づらの風光にうそぶき、野山の景色に感じて、つたなきこゝろうちに動き、外にあらはるゝこと葉色つやなく侍れど、わがものからやかたみにもせんといへるふるごともあればなるべし。

癸巳の秋、文月廿三日、ひつじのくだるほどに、船よそひして川尻にをす。ねひとつばかりに舟出す。布帆新にして月清天也。

船人もこゝろゆくらしなにはとを
をし明がたの月にまかせて

西宮もかれならんとながめやりて、

たのむぞよ神のおまへの浜風を
追手の舟の行すゑの空

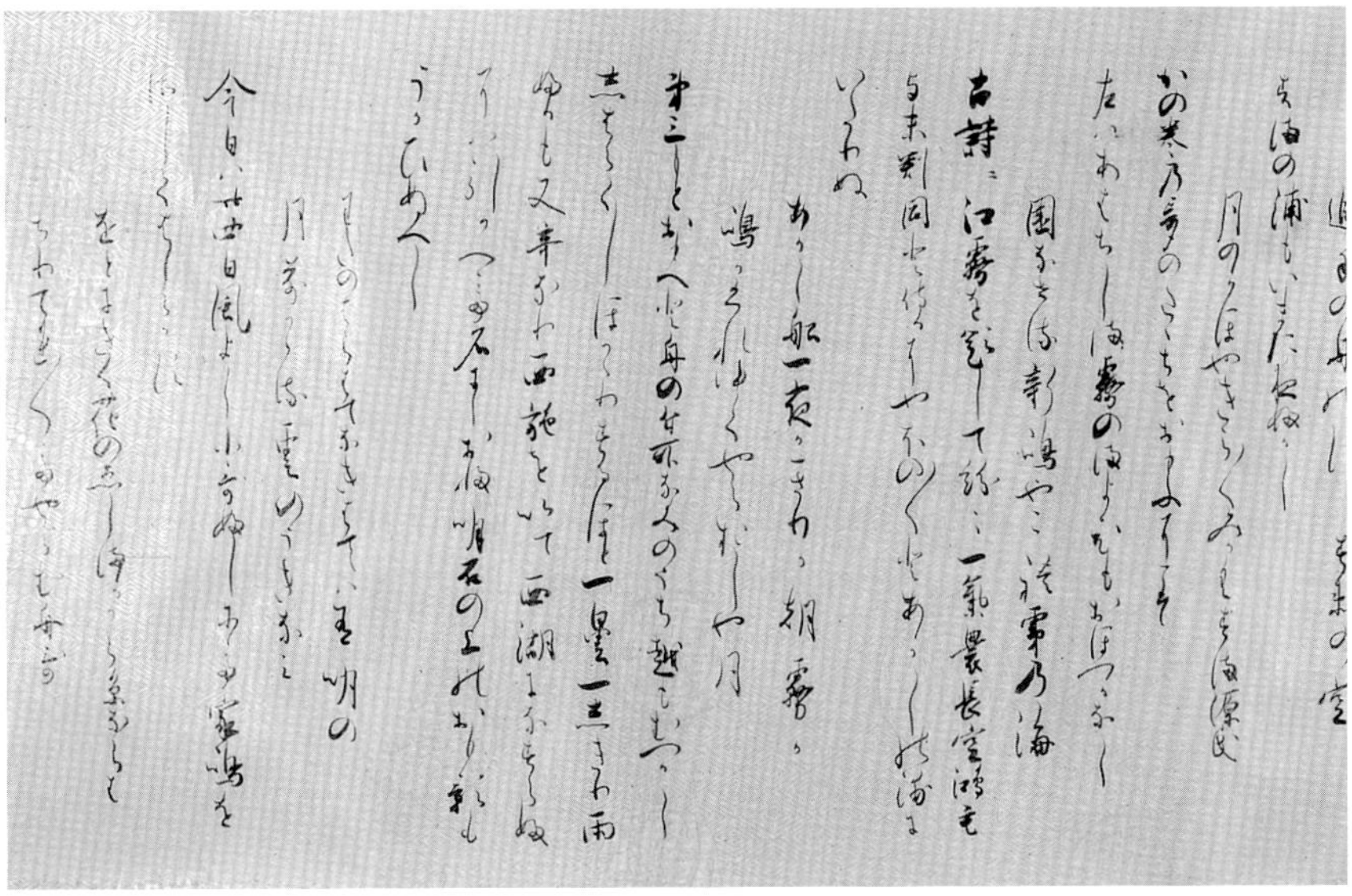

すまの浦もいまだ夜ぶかし。

月のかほやきら〱みがくすま源氏

かの巻の夢のたゞちをおもふにこそ。左はあはぢしま、霧のまよひもおぼつかなし。

国なせる新島やこれ霧の海

古詩に江霧を題して、紛々一気裏長空、絶鴻毛与未判同と侍るにや。ほの〲とあかしの浦にいたりぬ。

あかし船一夜かぎりか朝霧か
島がくれゆくやらおしや月

第三もとおもへど、舟の付所なみのうち越もむつかし。しばらくしほがゝりするほど、一曇一しきり雨ふるも又奇なり。西施を以て西湖になずらふには引かへて、名にしおふ明石の上のおも影もうかびぬべし。

わだのはらはてなきはては有明の
月落かゝる雲のうきなみ

今日は廿四日、風よし。小うたぶしにて、家島をさしてはしらかす。

をとにきく花のゑじまがから糸ならば
ちりてれ〱てやらむ舟歌

承応二年（一六五三）七月、大坂から播磨沖を経て美作国津山に遊んだ折の紀行。本点は、『奥州塩竈記』（16頁No.72）と同一の巻子に収められる寛文八年（一六六八）の浄書本。一名「津山紀行」、ほかに二種の自筆本が現存する。宗因最古の俳諧発句が載ることで知られる。

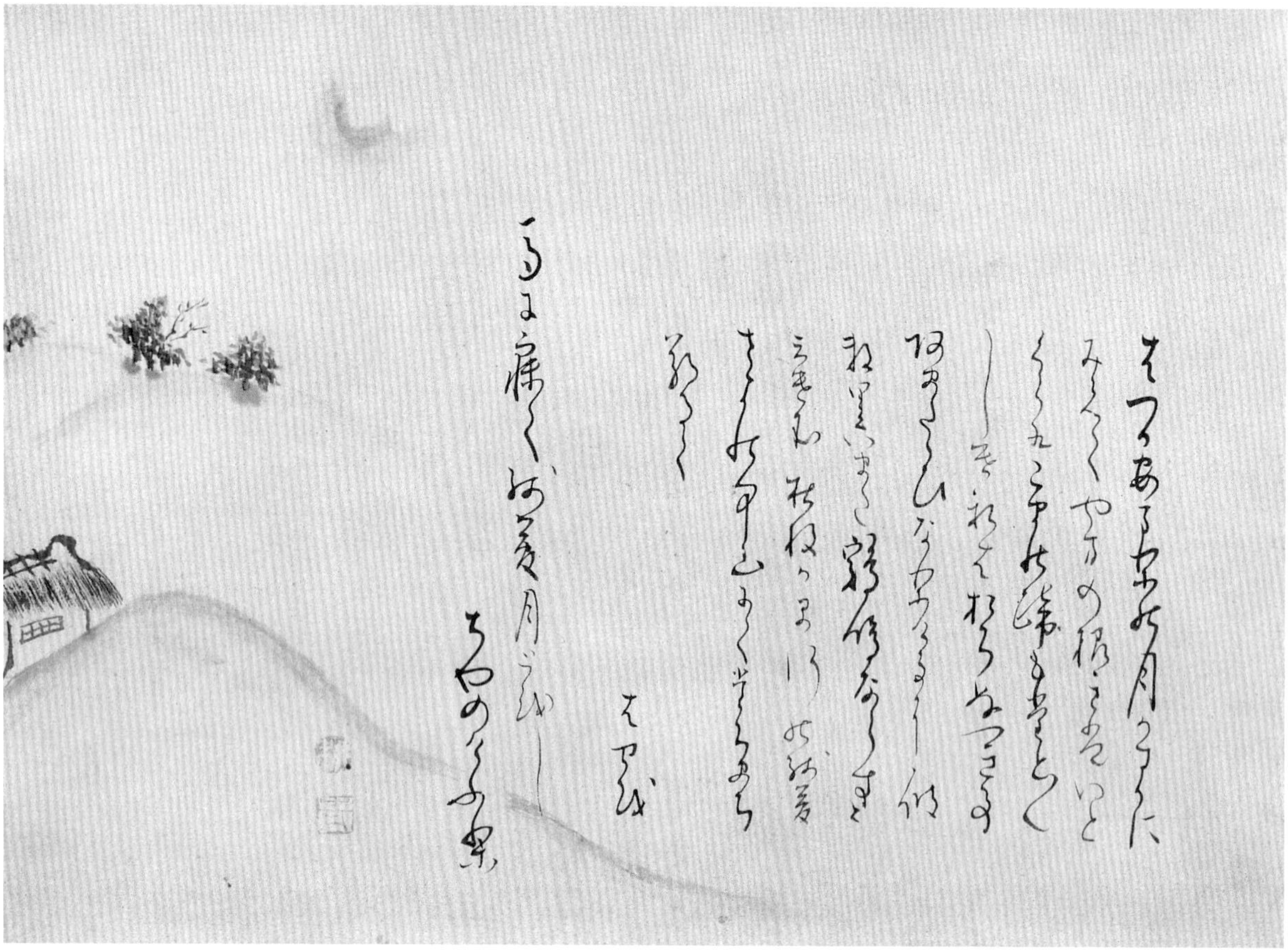

81 芭蕉筆「馬に寝て」句自画賛

貞享元年（一六八四）秋の『野ざらし紀行』の旅中、東海道佐夜の中山での感慨を述べたもの。

はつかあまりの月かすかに
みえて、やまの根ぎはいと
くらく、こまの蹄もたど〳〵
しければ、おちぬべき事
あまたゝびなりけるに、彼
数里いまだ鶏鳴ならずと
云けむ、杜牧が早行の残夢、
さよの中山にてたちまち
驚く
　　　　　　ばせを
馬に寝て残夢月とをし
　　　　　ちやのけぶり

「奥の細道」は、元禄二年（一六八九）、門人の曾良（そら＝一六四九―一七一〇）を伴い、江戸から東北・北陸地方を経て、大垣まで五ヵ月間遊歴した芭蕉の紀行文。芭蕉の依頼により、能書家の素龍が清書した本。

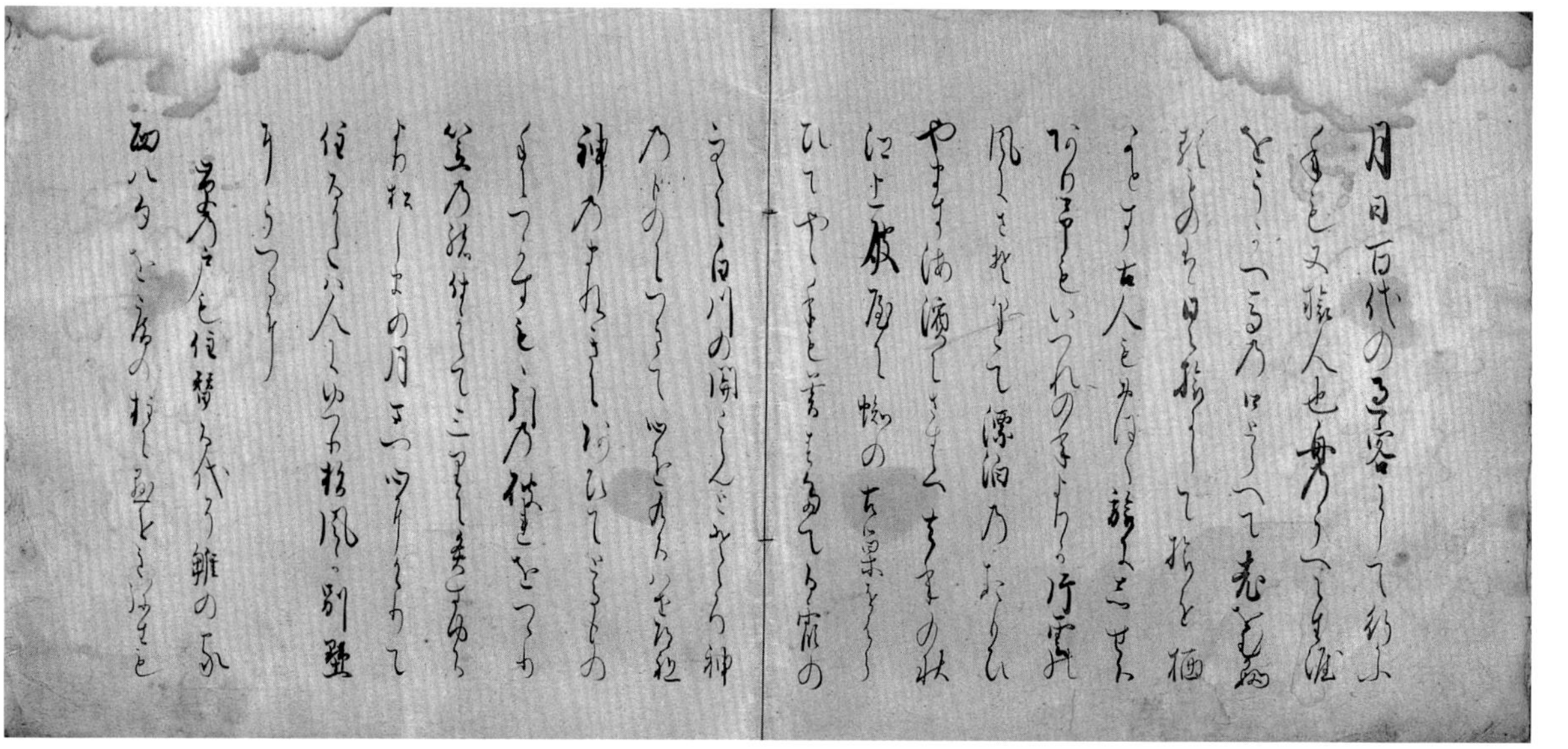

83 素龍筆　柿衞本『おくのほそ道』（部分）

76

宗因筆　伊勢参宮道中句懐紙

〔初公開資料〕

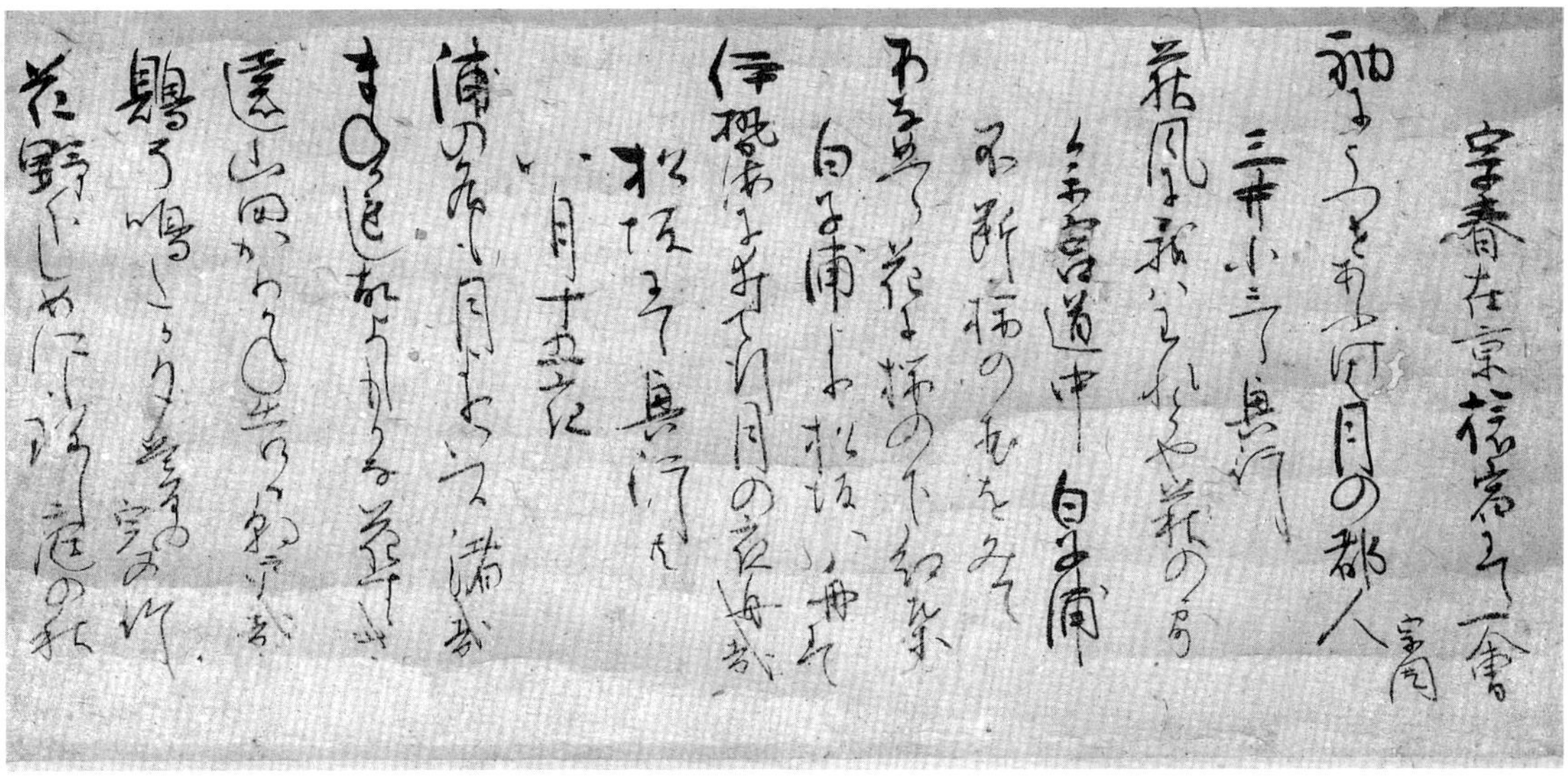

寛文十三年（一六七三）秋、白子から松坂を経て山田へと至る、伊勢参宮道中に成った連歌発句九句を認めたもの。冒頭句「袖にうつせ」は新出句。

宗春在京旅宿にて一会
　宗因
袖にうつせあふげば月の都人
　三井小三郎興行
荻風に我はわれとや萩の露
　参宮道中白子浦
不断桜の花をみて
あなめづら花に桜の下紅葉
　白子浦より松坂へ舟にて
伊勢海にゐで行月の夜舟哉
　松坂にて興行共
　八月十五夜
浦の名も月よりいづる渚哉
まねかれし故よしもがな花すゝき
遠山田かりがね告る朝戸哉
鵙ぞ鳴たが夕暮の窓の竹
花野分しめにも珍し庭の秋

80

宗因筆　旅の発句色紙

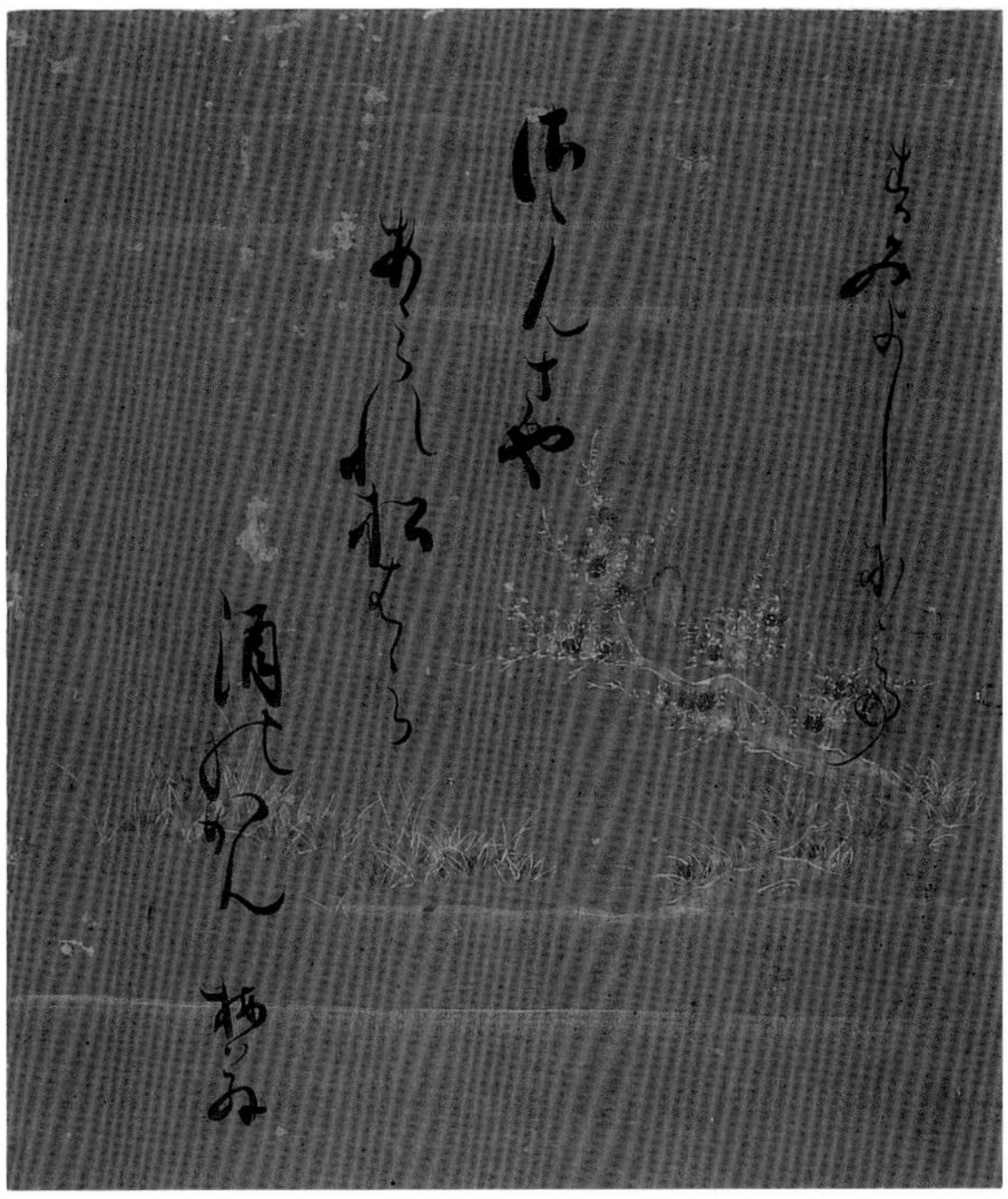

すみよしにて
ざゝんざや
あられ松ばら
酒のかん　梅翁
（句作年次未詳）

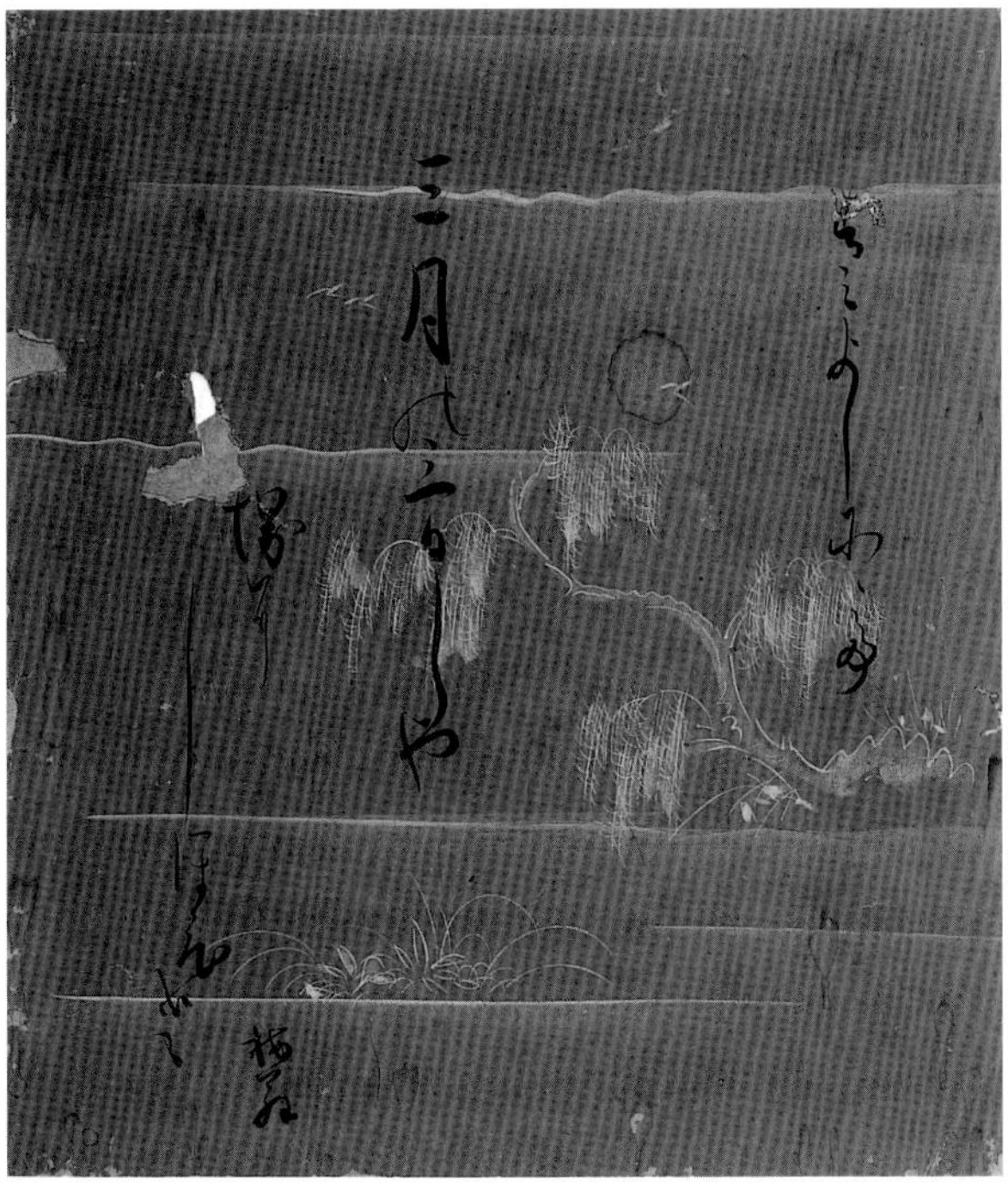

すみよしにて
三月の三日じや
堺に
しほひ哉　梅翁
（句作は延宝四年以前）

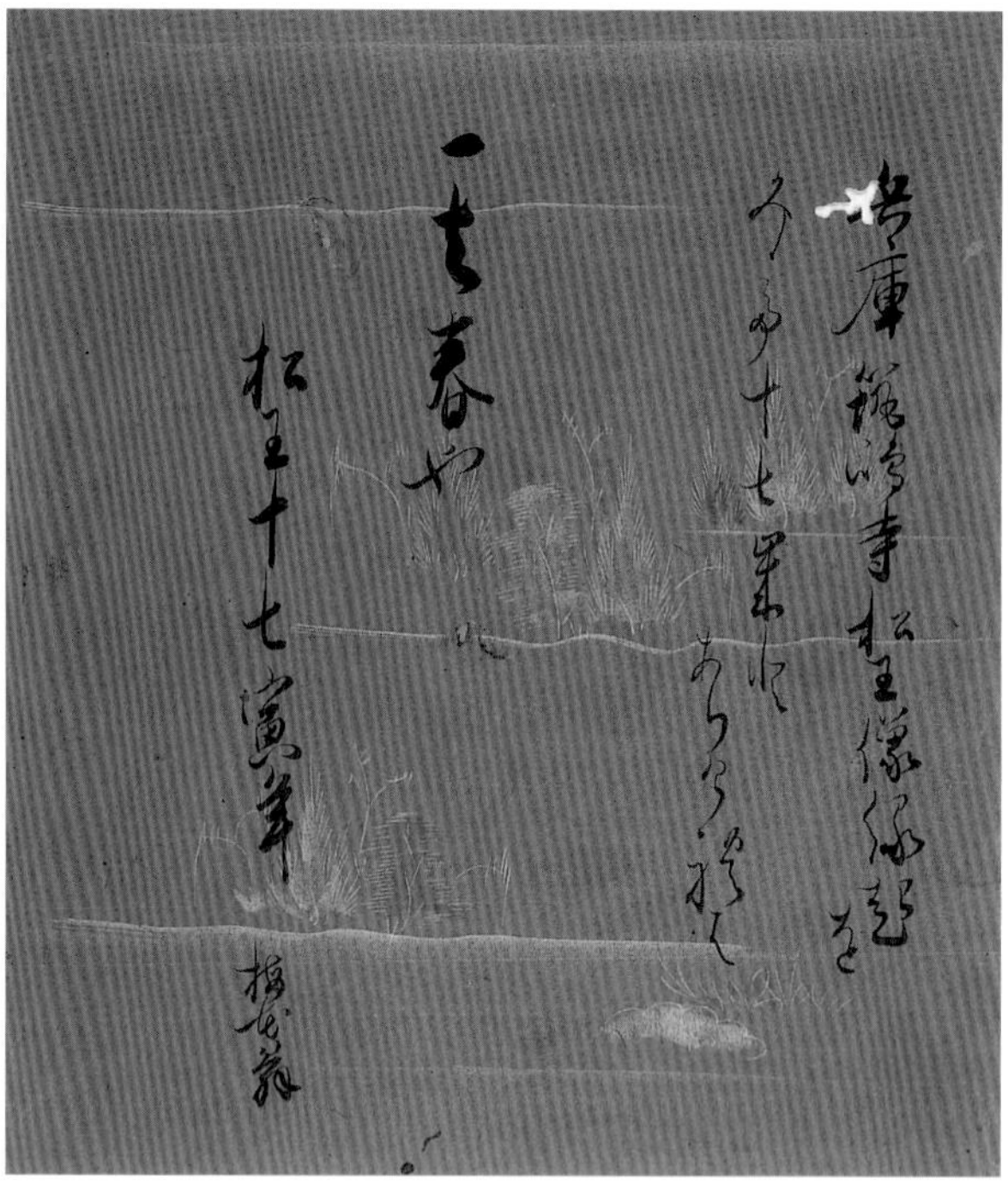

兵庫筑嶋寺松王像縁起を
みて十七歳と
ありければ
其春や
松王十七寅年　梅花翁
（句作は延宝二年）

此里にたび〳〵やどりて
こりずまの
宿や蚊
ばしら
竹のかき
梅翁
（句作年次未詳・新出句）

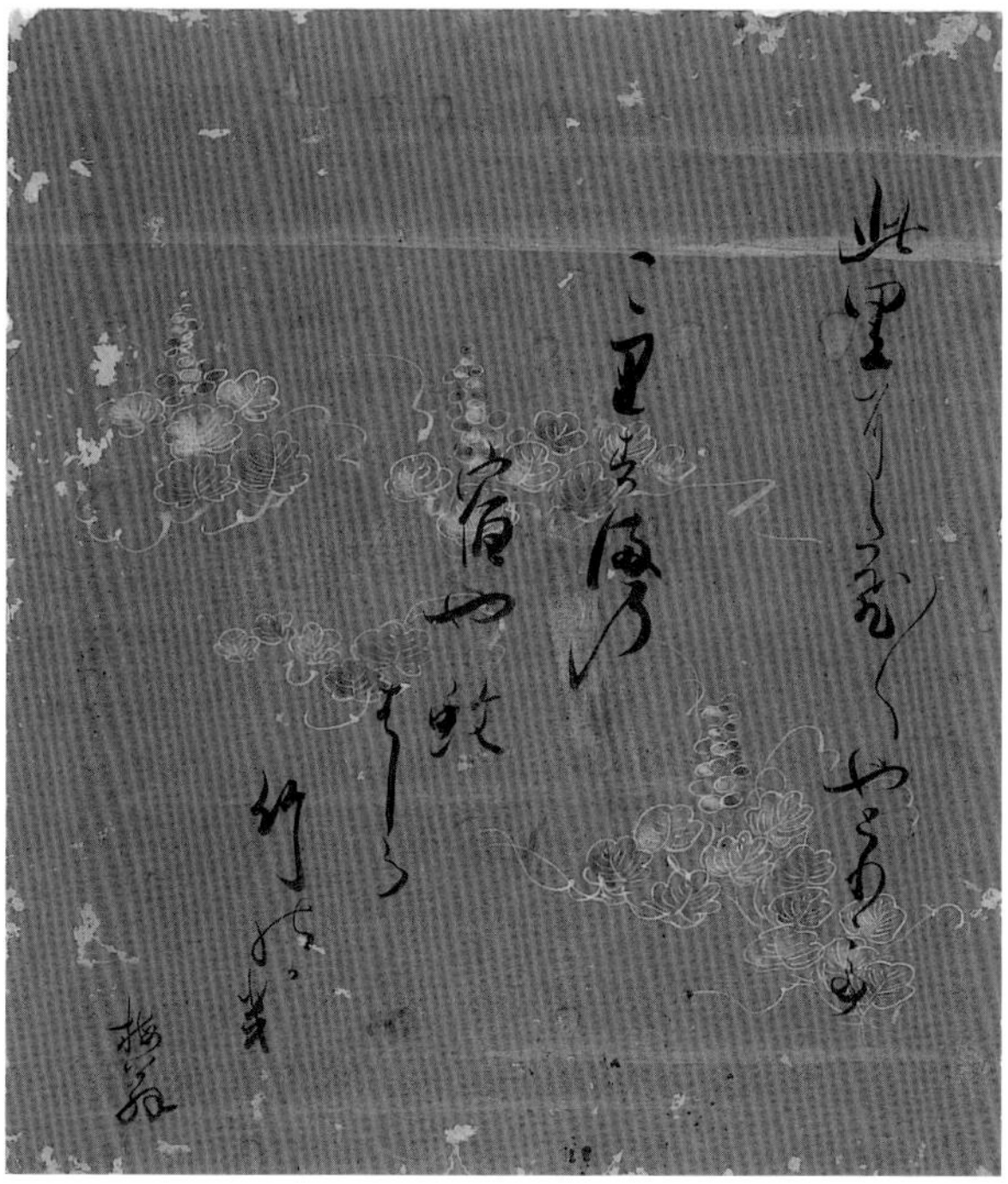

伏見衆
竹子
送られしに
竹の子は
うぢよりふし見
そだちかな　梅翁
（句作は寛文九年以前）

かたぶけよ
爰は
八幡の
かみ頭巾　梅花翁
（句作は寛文五年以前）

下野国さつたといふ所に
やどりて
里の名にあへる
しぐれや
さつてさて　梅翁
（句作は寛文二年）

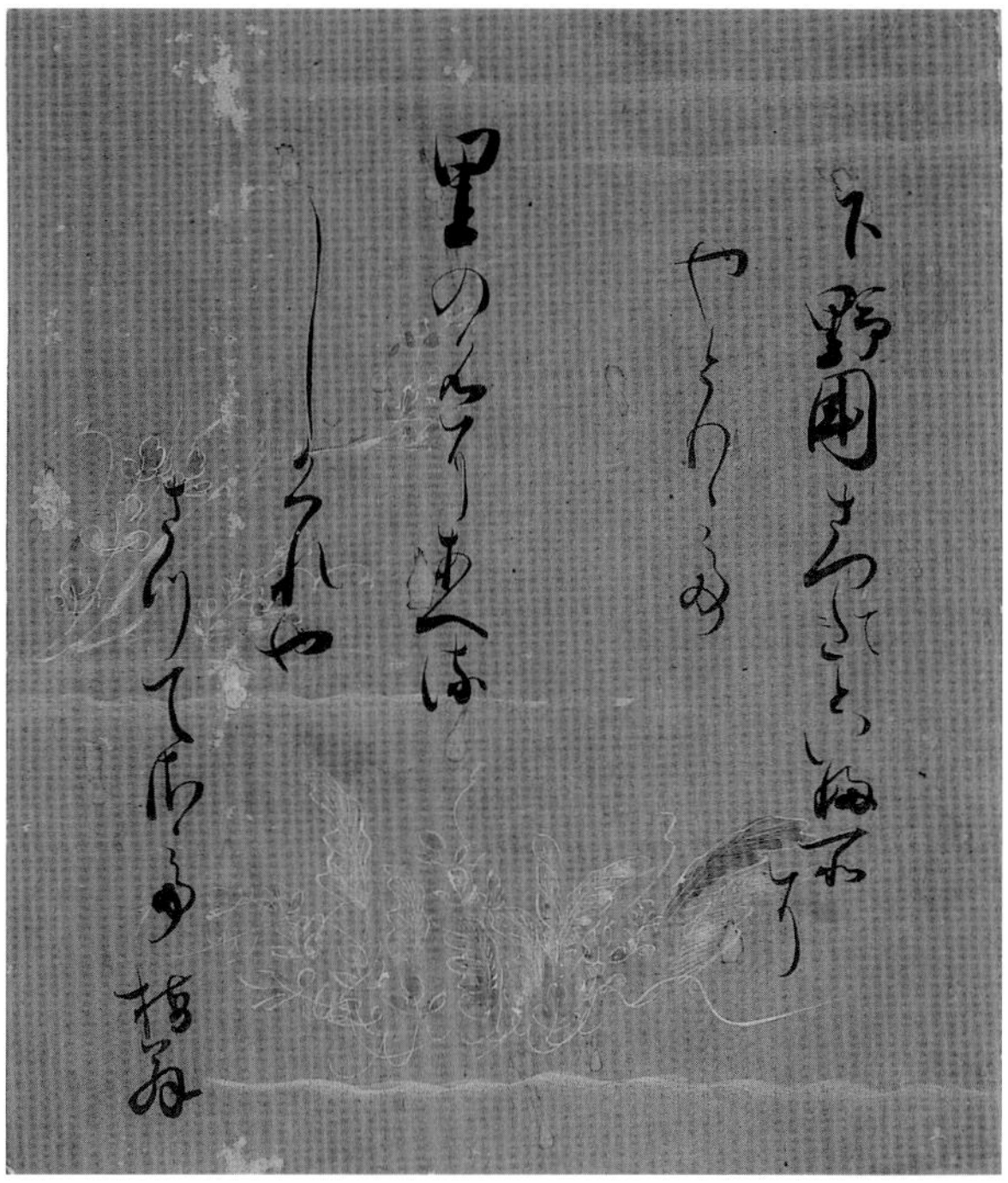

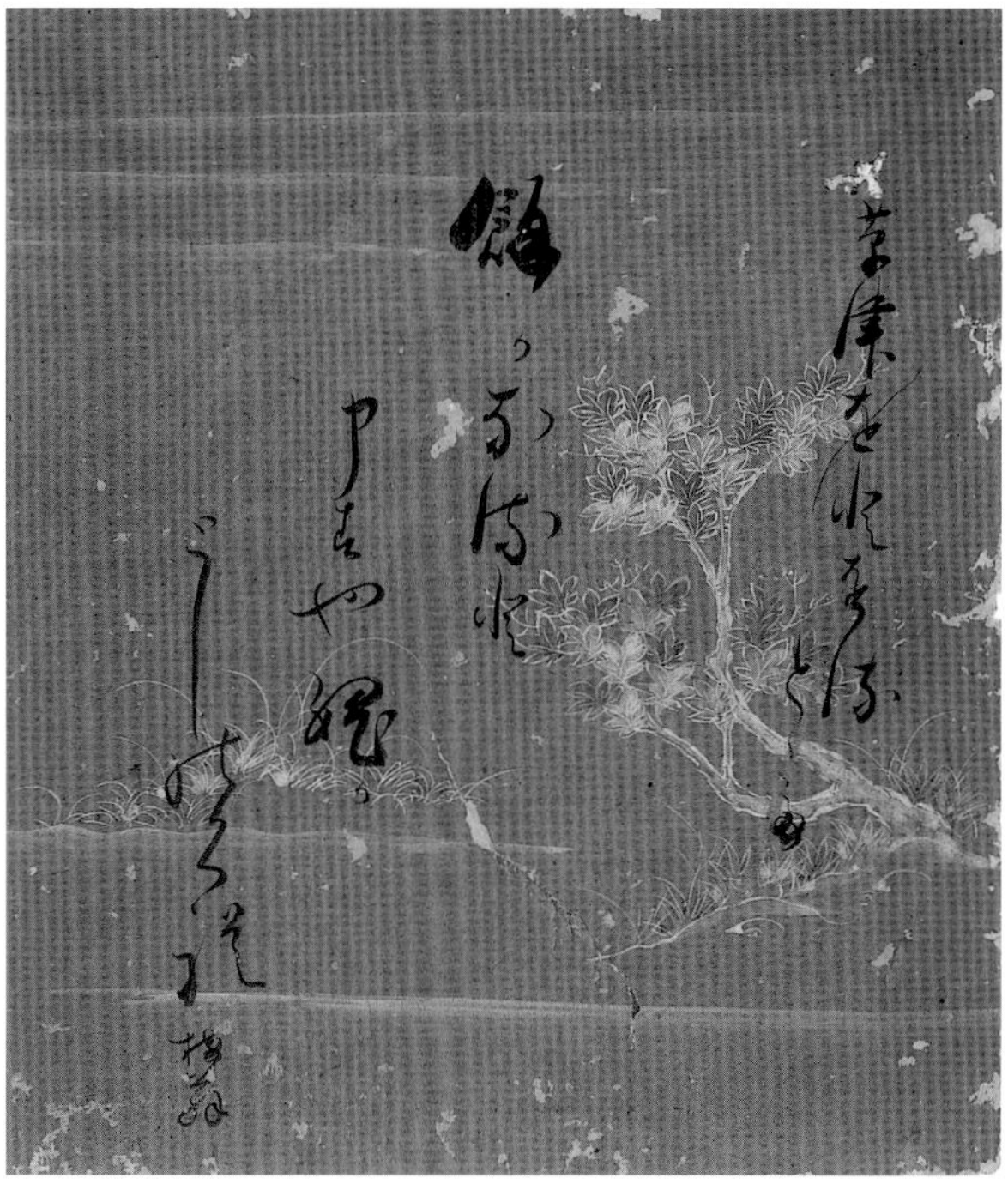

草津をとをるとて
餅がなると
申すや姥が
としのくれ　梅翁
（句作年次未詳・新出句）

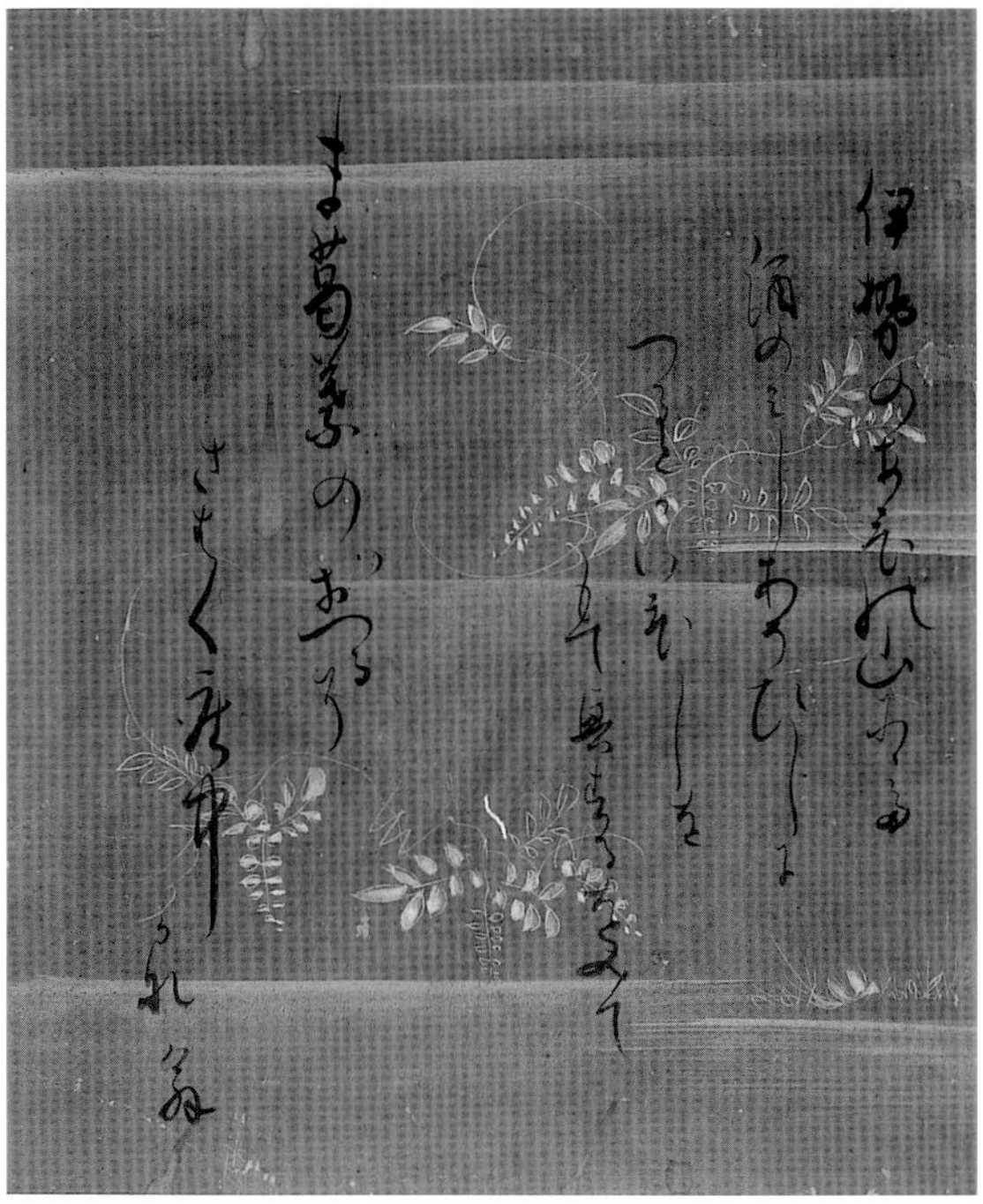

伊勢のあひの山にて
酒のみしあそびしに
つるとかいひしを
もて興ずるをみて
ま葛葉のおつるに
さはぐ座中かな　翁
（句作年次未詳）

遠江浜松をすぐる時
おなじくはまめ板
にしてたまあられ
梅翁
つれの人々みな
うなづきけり
（句作は万治二年以前）

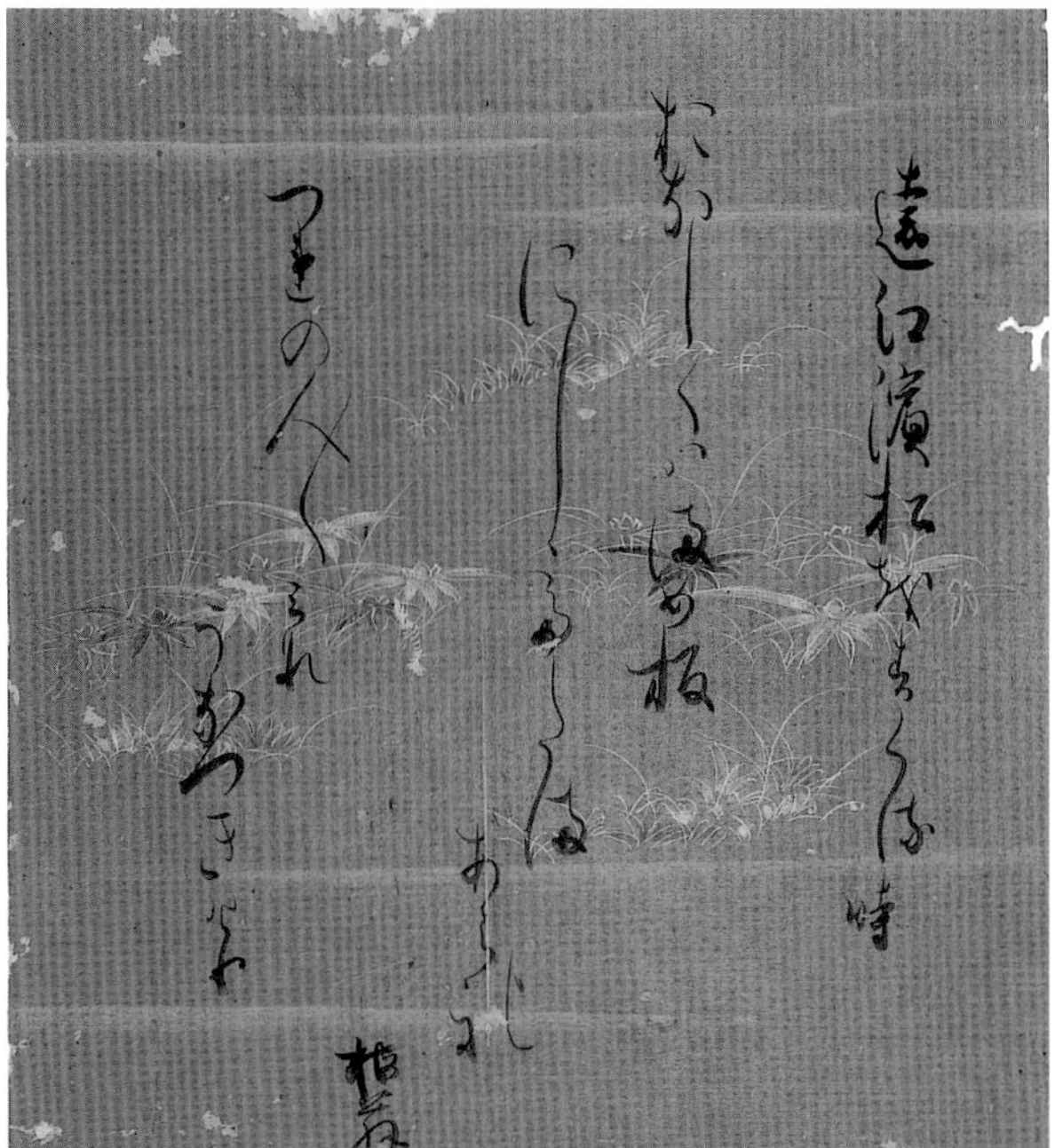

77　宗因筆『明石山庄記』

寛文十一年（一六七一）十二月、松平信之の鷹狩に随行して、明石神出庄の最明寺に滞在した折の紀行。巻末に明石八景詠の連歌発句を付載する。宗因はそのまま明石で越年し、翌正月、『明石千句』（39頁No.41）に参加した。これを交流の端緒として、天満宮連歌所宗匠を一子宗春に譲った宗因は、死ぬ直前まで、専属の連歌師のごとく、信之と密接な関係を持ちつづける。

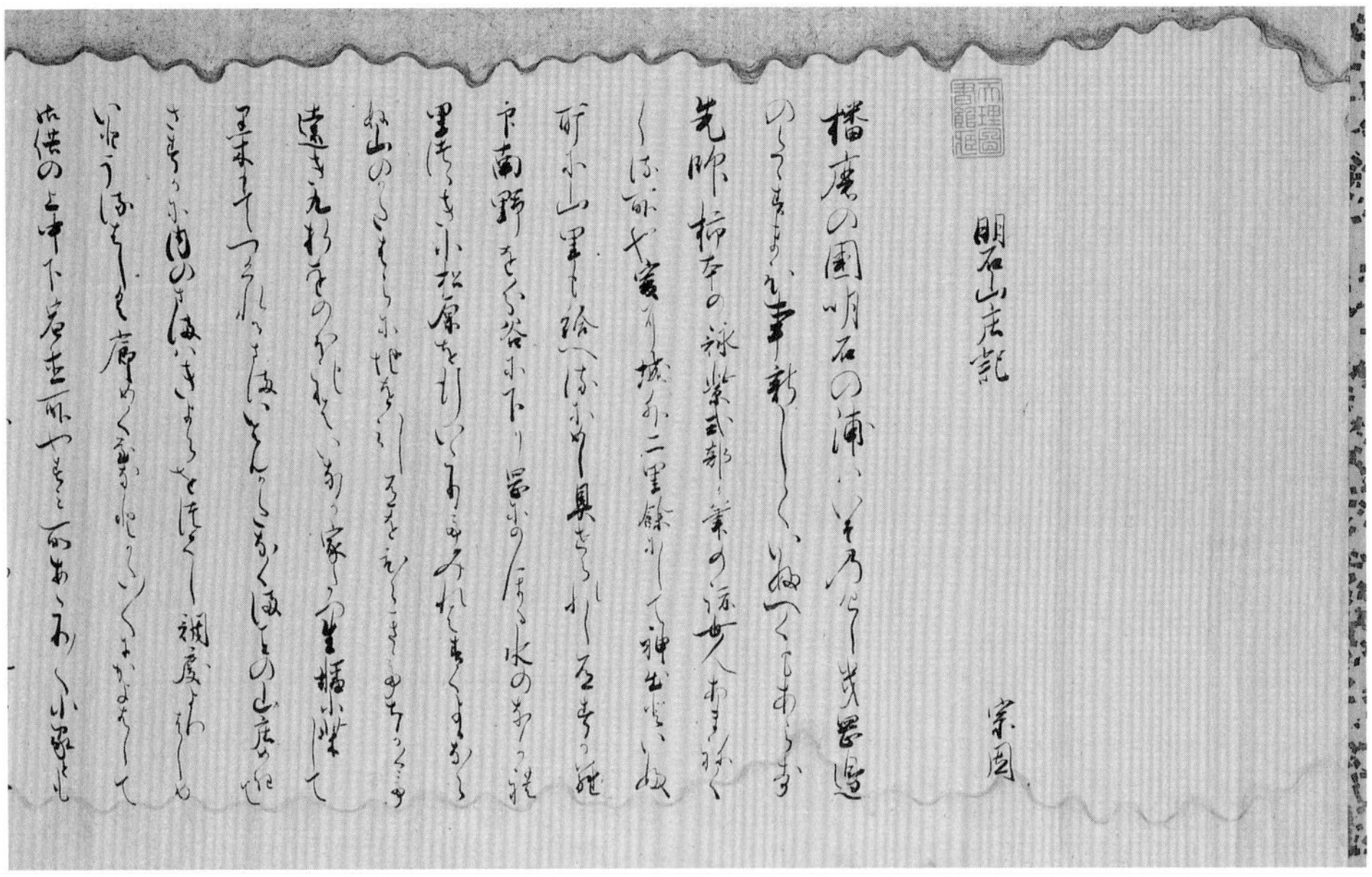

明石山庄記　　宗因

播磨の国明石の浦は、いそのけしき岡辺のたゝずまひ、事新しくいふべくもあらず。先師柿本の詠、紫式部が筆の跡、世人あまねくしる所也。爰に、城外二里余にして、神出といふ所に山里も給へるに、めし具せられし道すがら、印南野を分、谷に下り、岡にのぼる。水のながれ、里つゞき、小松原を行いたりてみれば、すくよかならぬ山のかたはらに、地を引道をひらきて、ちかくて遠き九折をのぼれば、いなか家たつ生牆小柴して、黒木もてつくれるさまいはんかたなく、まことの山庄めきて、さすがに内のさまはきよらをつくし、調度よりはじめいとうるはしく、廊めくなど、かた〴〵にかよはして、御供の上中下宿直所、やすみ所、あたり〳〵小家どもおほく、たかくひきく地にしたがひて、見所こよなからず。

78　宗因筆『赤石山庄記』

『明石山庄記』（No.77）の別本。

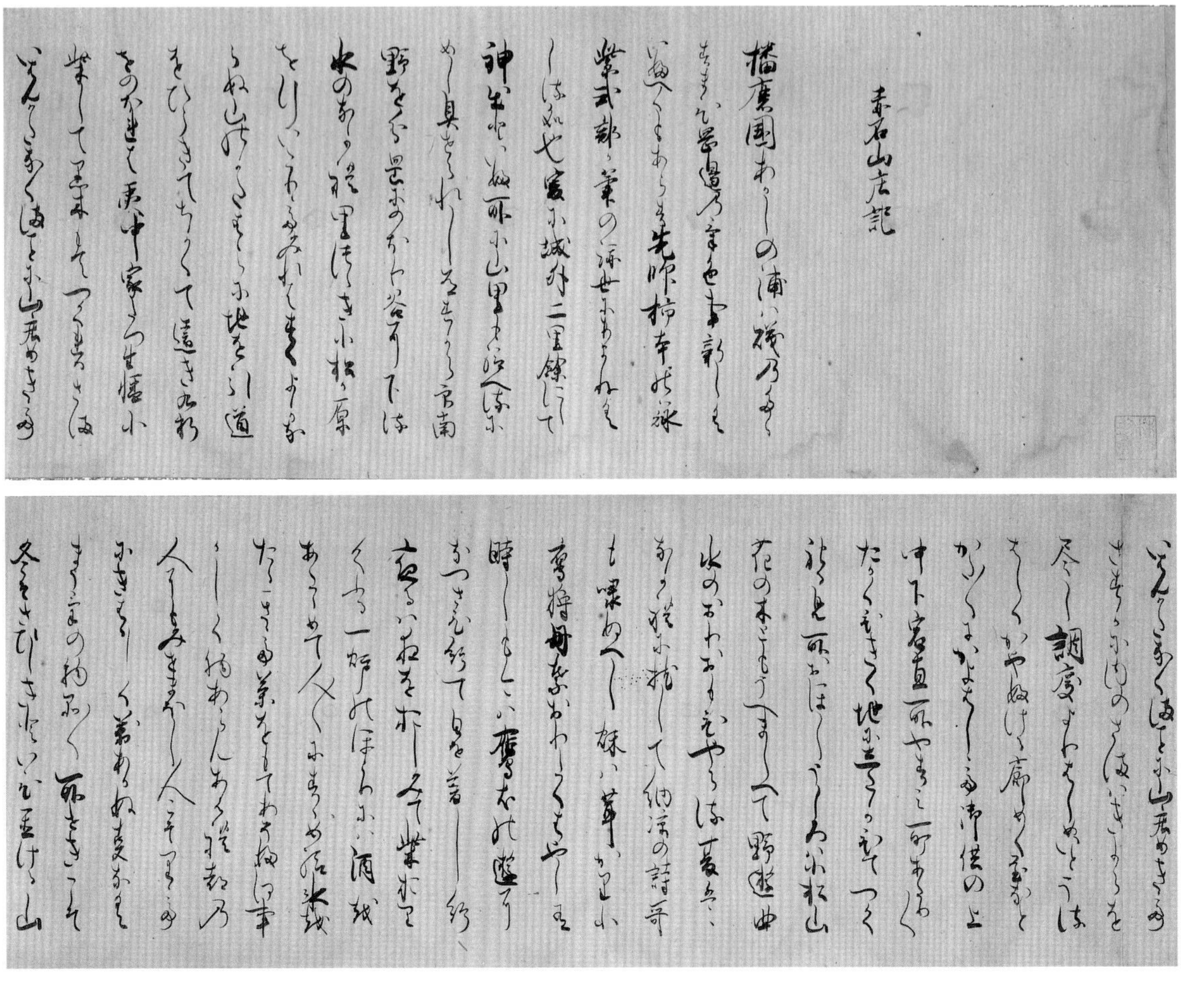

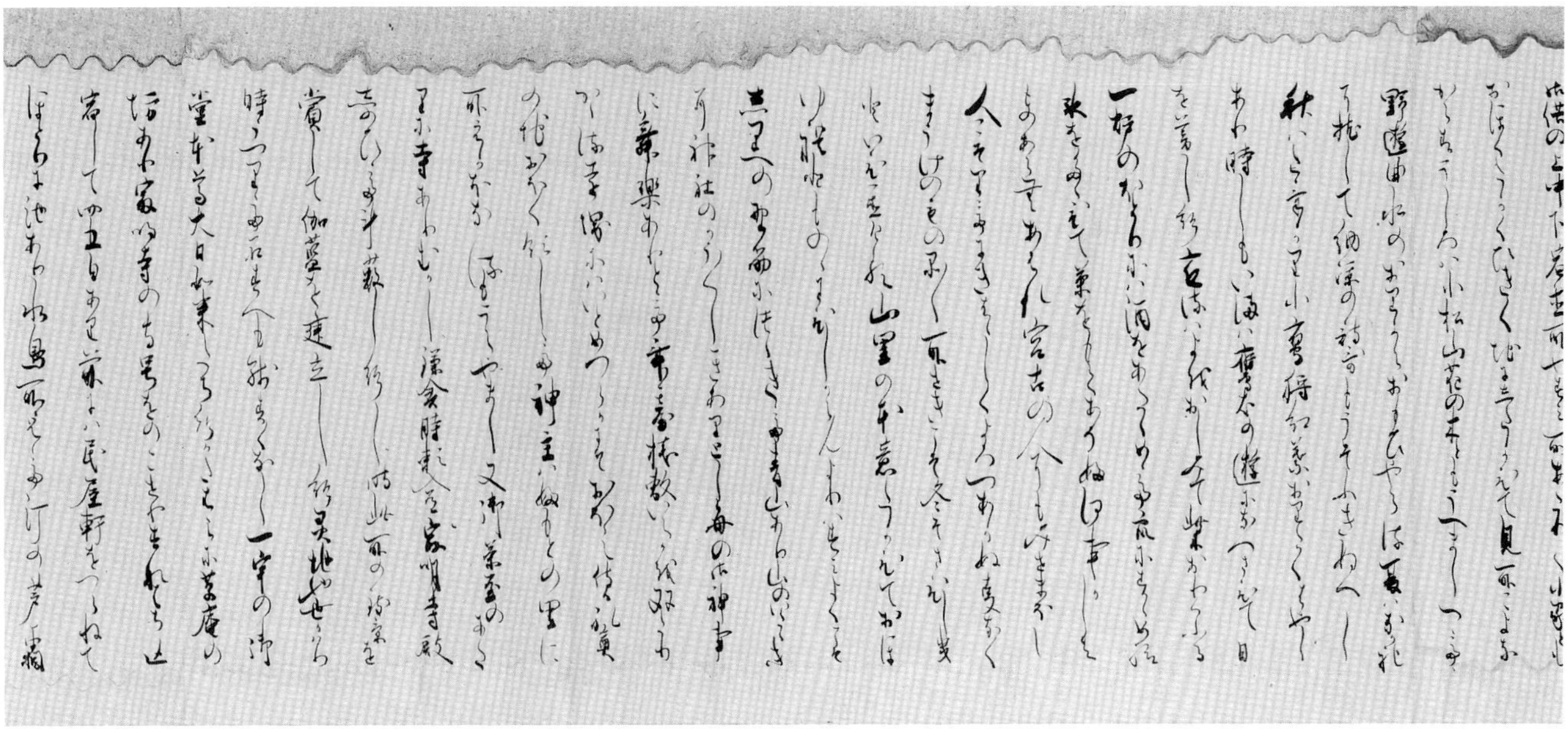

うしろは小松山、花の木どもうへまじへて、野遊曲水のおりからおもひやらる。夏はながれに枕して、納涼の詩歌もうそぶきぬべし。秋はたけがり、小鷹狩、紅葉おりたくはやしあり。時しもいまは、鷹犬の遊になづさひて日を暮し給。夜るはよをおしみて、柴おりくぶる一炉のほとりには、酒をあたゝめて衆にすゝめ給。氷をたゝひて茶をもてあそぶ。何事かしくものあらむ。あはれ、宮古の人にもみせまほし。人こぞりてにぎはゝしく、よろづあかぬ事なく、まうけのもの品々所せきこそ、冬ぞさびしきといひ置ける山里の本意たがひておぼゆれど、もの、わびしからんよりはすみよくこそ。しりへの野筋につゞきて青山あり。山のいたゞきに神社のかう〲しきあり。とし毎の御神事に舞楽ありとて、舞台桟敷いらかを双たり。かゝる遠堺にはいとめづらかにぞおぼえ侍る。礼奠の地おほく領じて、神主はふもとの里に所えがほなるもうらやまし。又、御茶屋のあたりに寺あり。むかし、鎌倉時頼入道最明寺殿、しのびて斗藪し給し時、此所の致景を賞して伽藍を建立し給霊地也。世かはり時うつりて、石ずへも残すくなし。一宇の御堂本尊大日如来たち給かたはらに、草庵の坊あり。最明寺の寺号をのこせり。すなはち止宿して四五日あり。前には民屋軒をつらねて、ほとりに池あり。水鳥所えて、汀の芦、

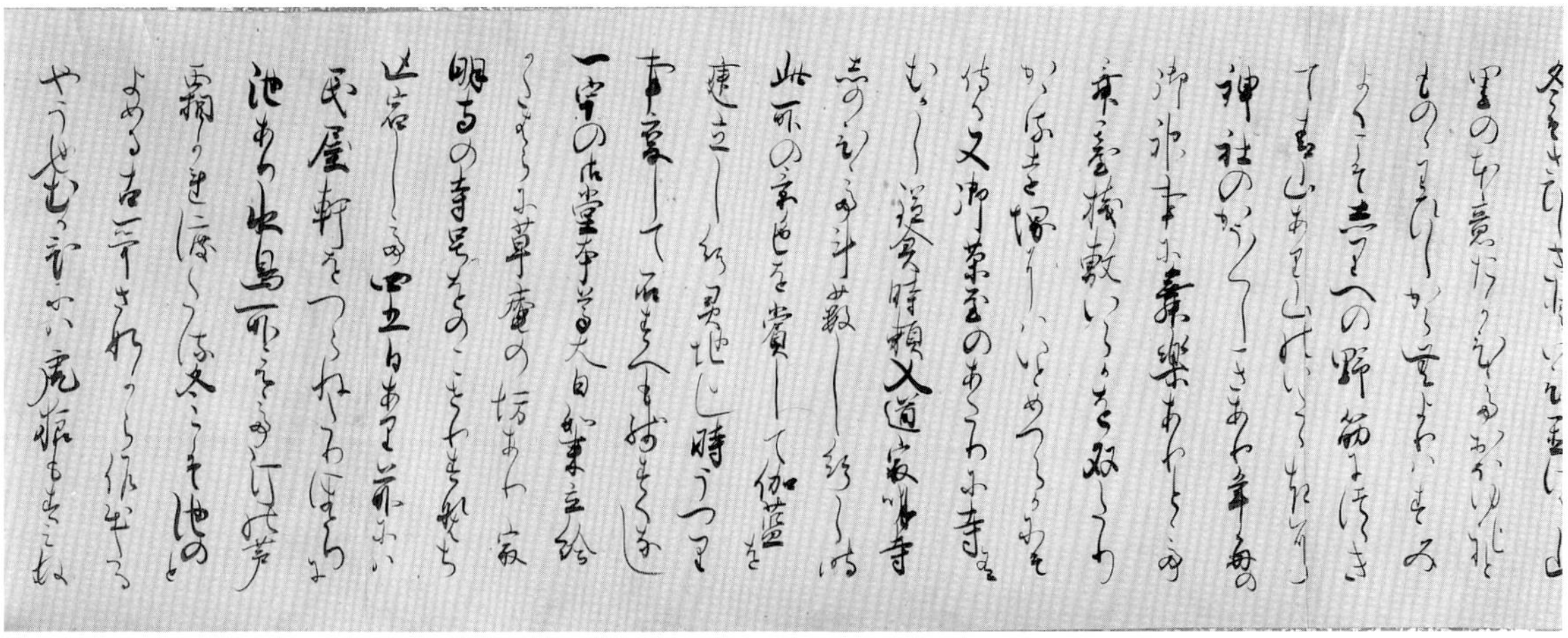

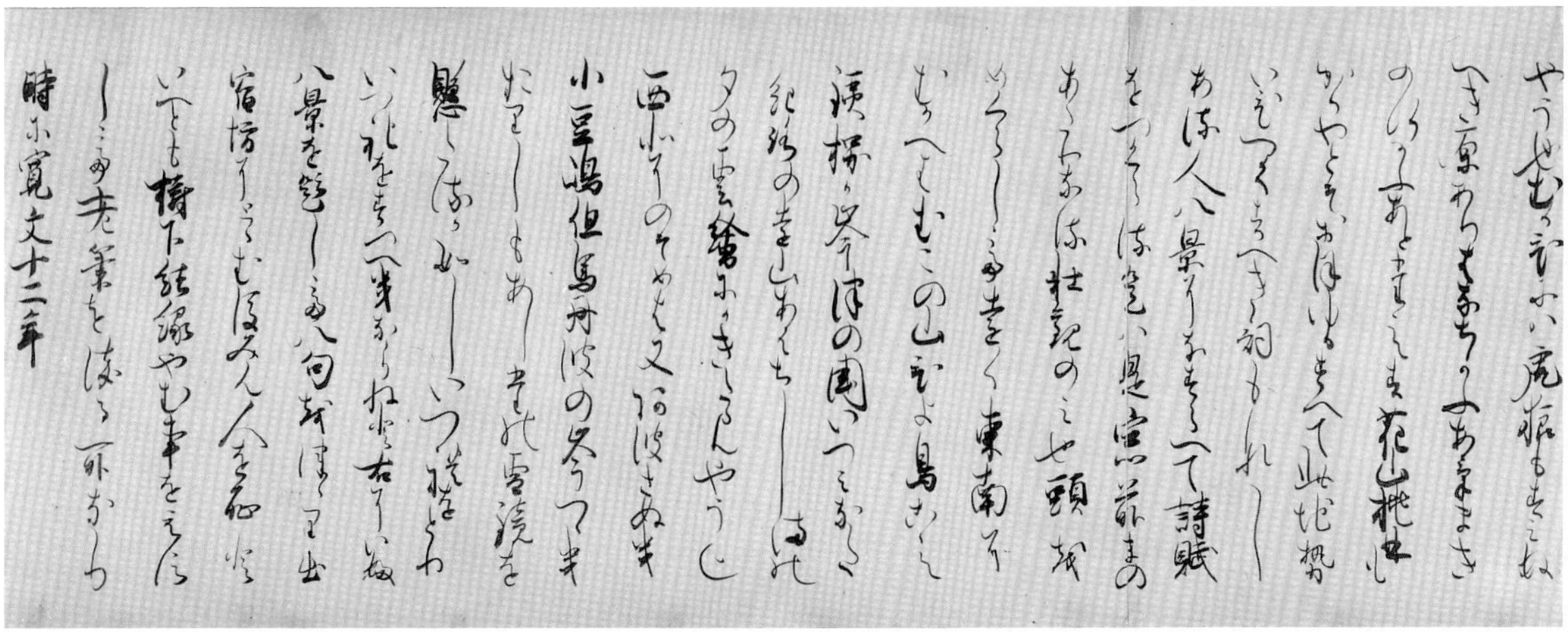

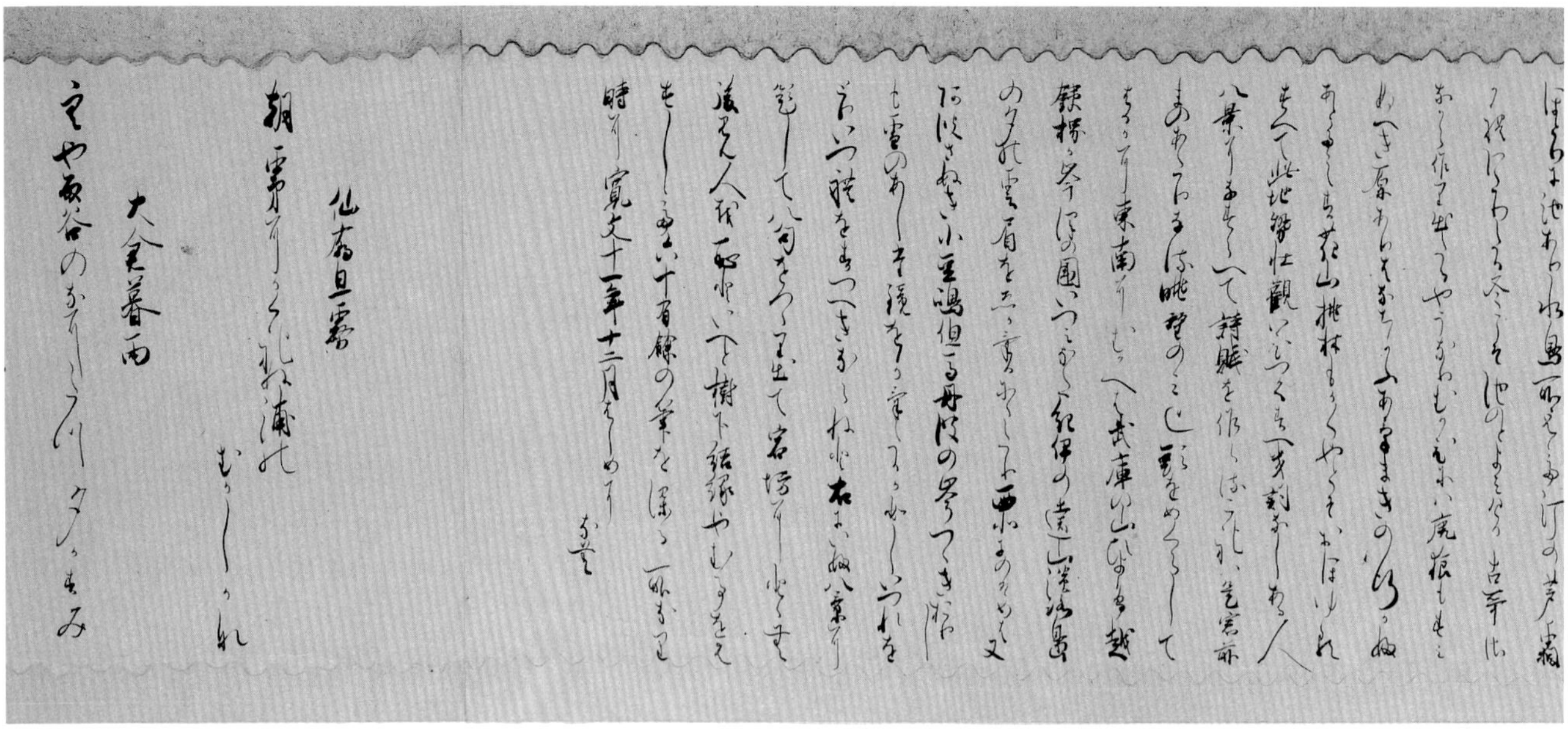

霜がれわたる冬こそ池のとよみける古歌さながら、作り出たるやうなり。むかひには、虎狼もすみぬべき原あり。はなちかふあげまきの行かふあとたえず、花山桃林もかくやとぞおぼゆる。すべて此地勢、壮観いひつくすべき詞なし。ある人八景になずらへて、詩賦を作らる。これは是、窓前のあたりなる眺望のみ也。頭をめぐらしてはるかに東南にむかへば、武庫の山、ひよ鳥越、鉄拐が岑、津の国、いづみなだ、紀伊の遠山、淡路島の夕の雲、眉をゑがけるにゝたり。西北にのぞめば、又、阿波、さぬき、小豆島、但馬丹波の岑つゞき、おりしも雪のあした、鏡をかけたるが如し。いづれをとり、いづれをすつべきならねど、右にいふ八景に題して八句をつゞり出て、宿坊にとゞむ。後見ん人を恥といへど、樹下結縁やむ事をえずして、六十有余の筆を染る所なり。

時に寛文十一年十二月はじめになむ

仙廟旦霧

朝霧にかくれぬ浦のむかしかな

大倉暮雨

空や雨谷のなにたつ夕がすみ

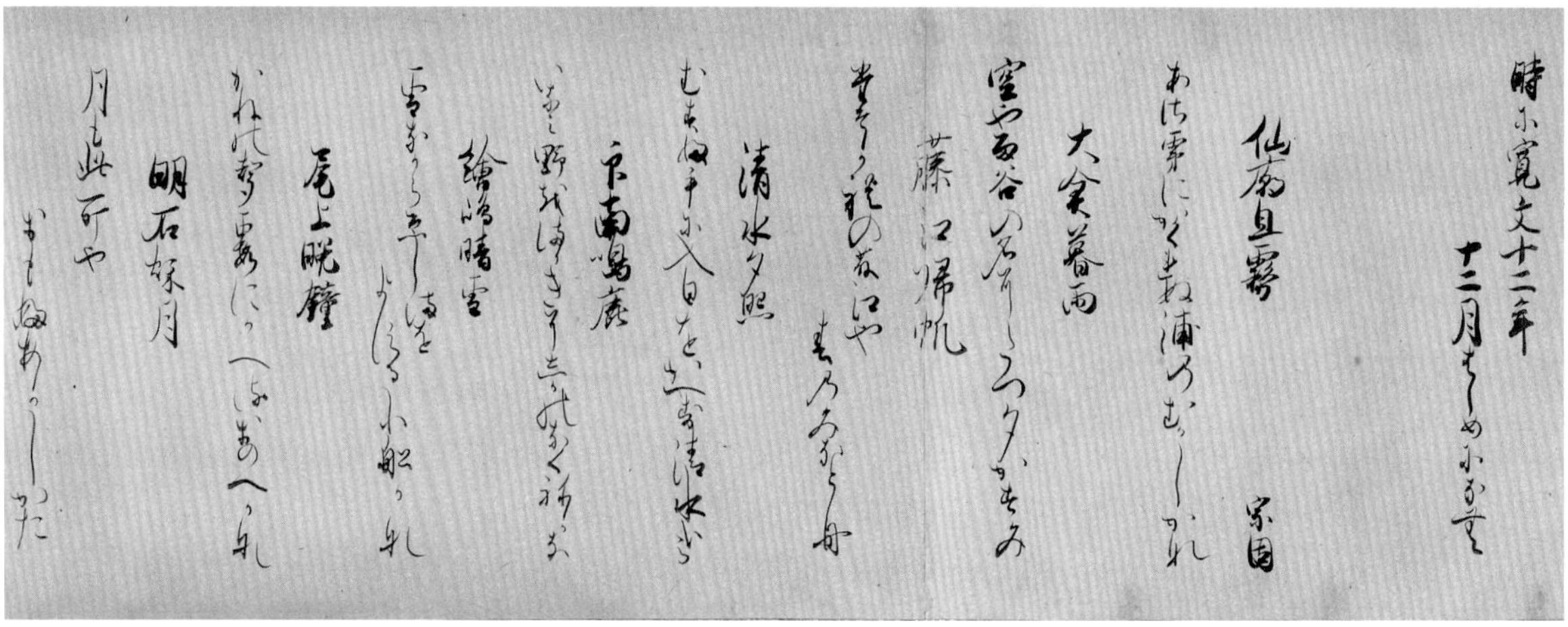

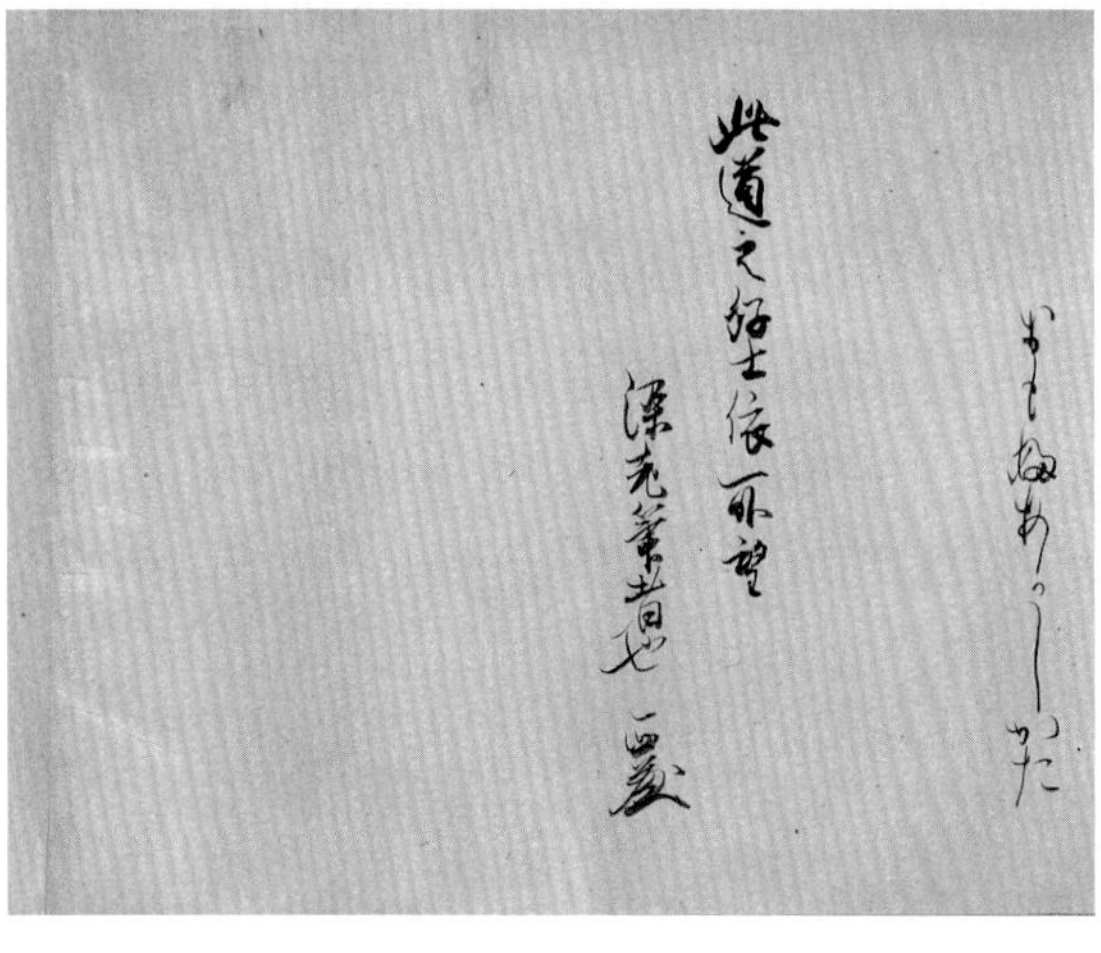

（奥書）

此道之好士依所望

染老筆者也　西（花押）

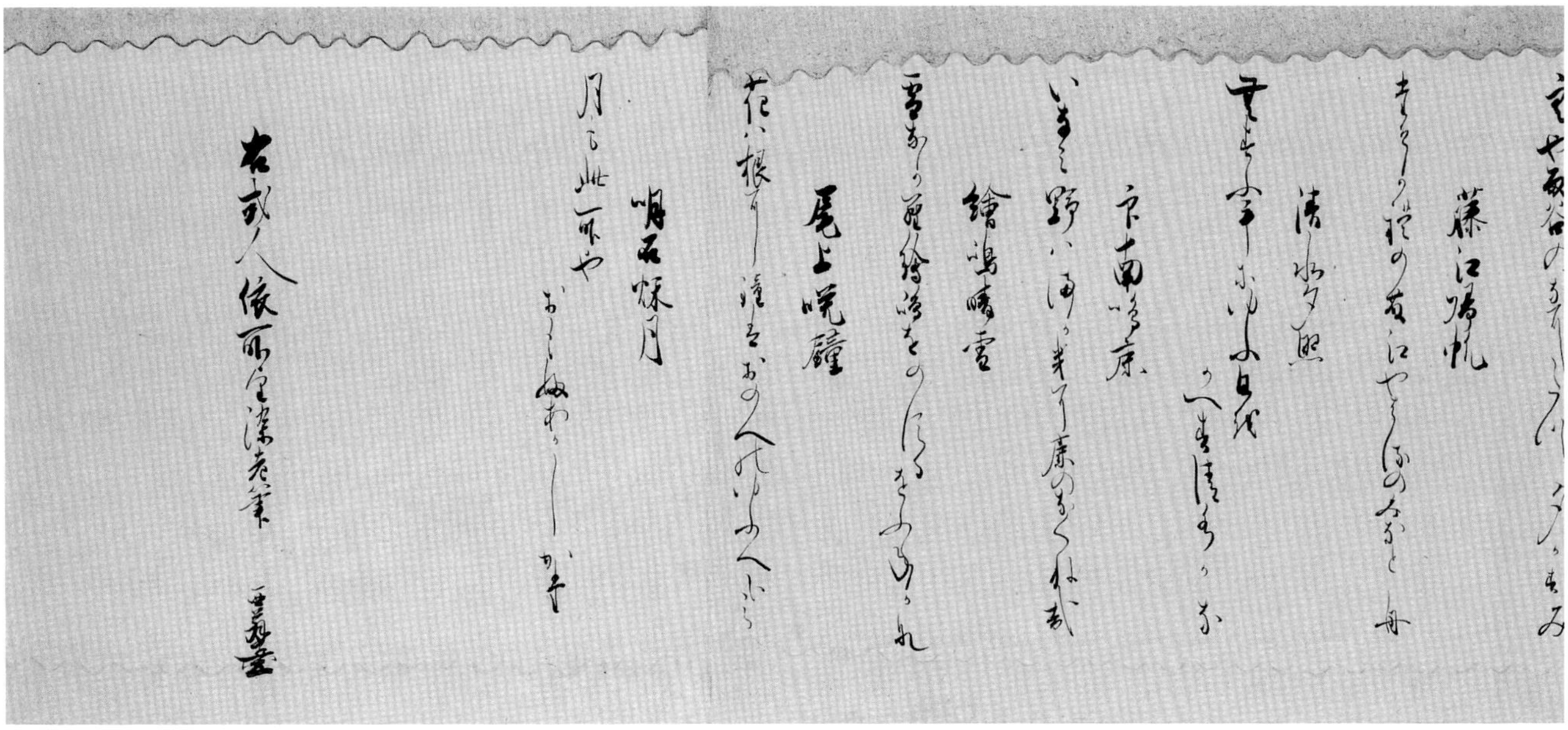

藤江帰帆
たそかれの藤江やはるのみなと舟
清水夕照
むすぶ手にゆふ日をかへす清水かな
印南鳴鹿
いなみ野はまがきに鹿のなくね哉
絵嶋晴雪
雪ながら絵嶋をのするをぶねかな
尾上晩鐘
花は根に鐘はおのへのゆふべ哉
明石秋月
月も此所やおもふあかしがた

（奥書）
右或人依所望染老筆　西翁（花押）

いま上下に対照する自筆本二種は、それぞれに所望に応えて染筆した旨の奥書があるから、草稿―清書の関係にあるのではなく、いずれも完成形態を示す浄書本と見なければならない。宗因浄書本の奥書にしばしば見える「或人」は、大名などしかるべき人物にあてられる場合が多く（16頁No.72『奥州塩竈記』の場合は黒田光之）、上段No.77奥の「或人」には、松平信之を比定するのが最も妥当であろう。本文をつきあわせてみると、例えば冒頭、「播磨の国明石の浦は、いそのけしき岡辺のたゝずまひ」（No.77）―「播磨国あかしの浦は、いそのたゝずまひ岡辺の景色」（No.78）といった、大きくは文意を違えない程度の異同を随所に散見する。同一の文章を献呈する場合、その時々に応じて改稿を加えることは、室町末頃より行われてきた作法であった。成立の年次をかたや寛文十一年（一六七二）とし（No.77）、一方は寛文十二年（一六七三）とする（No.78）、はなはだ大きな異同も含むが、宗因の動向に照らせば前者が正しい。このような成立時期のずれは、人丸社法楽『賦御何連歌』の自筆二本（13頁No.39・40）間にも存していた。これをただちに宗因の誤記と判断することはできない。想像をたくましくするなら、これらの作品は松平信之に献上することを第一の目的として草され、信之以外の者のために別に書写する場合、重複忌憚の意を込めて、実際とは敢えてずらした成立年次を記したのではなかったろうか。書名の違い（「明石」―「赤石」）、宗因紀行文に特徴的な豊富なバリエーションの存在（16頁No.72）も、同様の角度から検討される必要があろう。

【宗因の俳書】

寛文―延宝の交の頃、「宗因」の名を冠した俳書がつぎつぎに刊行された。『西山宗因千句』『西山宗因後五百韻』『西山宗因蚊柱百句』『西山宗因釈教誹諧』『宗因五百句』『宗因三百韻』『宗因七百韻』がそれである。貞門の俳諧撰集が発句を主体とし、蕉門俳書の多くが発句・連句・俳文をとり混ぜて構成上の工夫を凝らしているのに対して、宗因出座の俳諧百韻をとりあつめた連句集である点に、その特色がある。

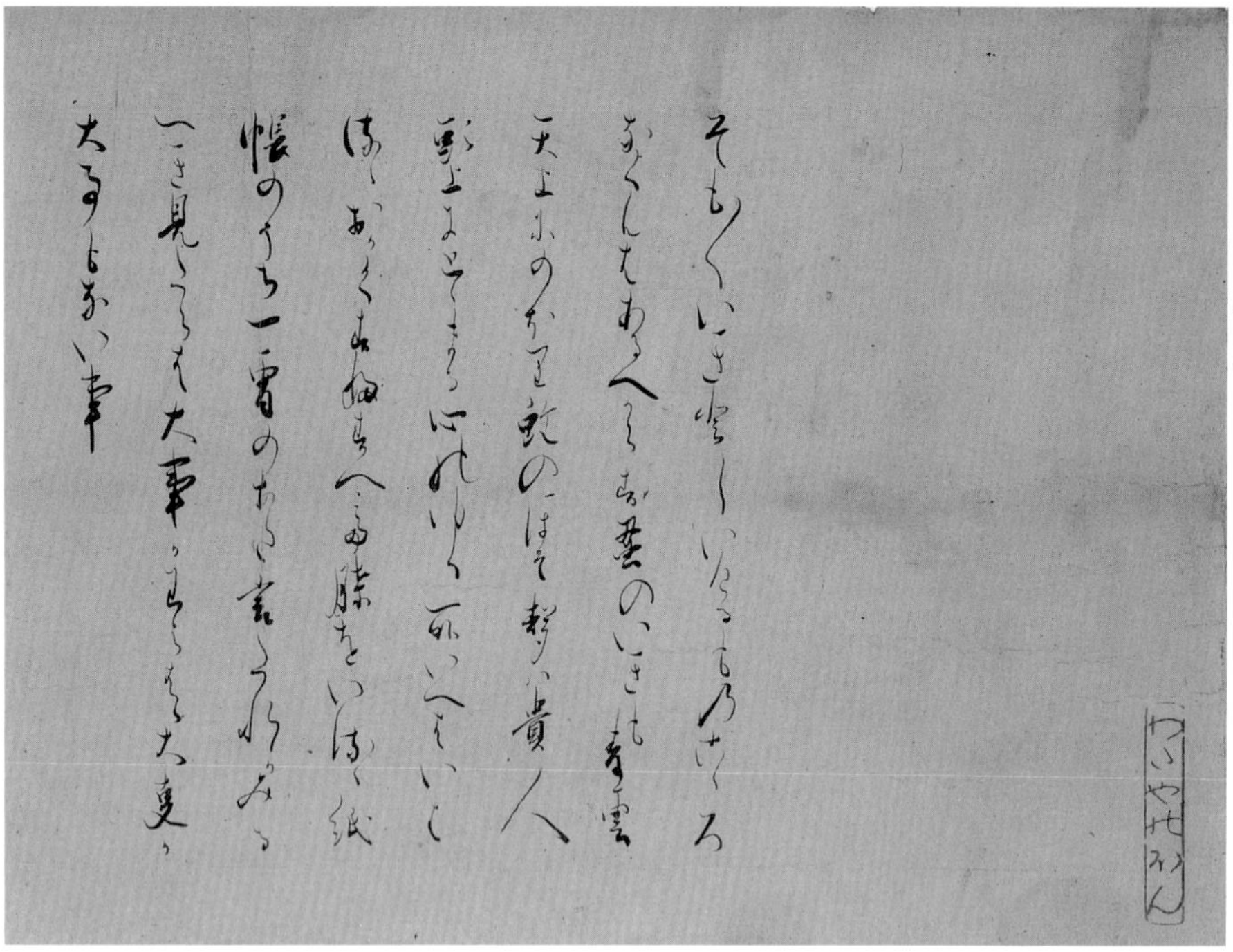

宗因

蚊ばしらはおが屑さそふゆふべかな
かはき砂子の庭のすゞ風
酒ひとつ喉とをるまに月いで、
つぶりなづれば露ぞこぼるゝ
四つ五ついたいけざかり花すゝき
まゝくはふとや虫のなくらむ
野遊にかけまはりては又しては
あの山ざくら爰のかしこの
口々にをの〳〵春やおしむらん
大手からめてかへる鴈金
献立にのするたれかれ香の物
貞光末武松たけの山
紅葉がり関東にてもかくれなし
時つけの状しぐれゆく秋

（前書）
そも〳〵いきとしいけるもの、こゝろなくんばあるべからず。蚤のいきも青雲天上にのぼり、蚊のほそ声は貴人頭上にとゞまる。心のゆく所、いへばいはるゝ、おがくずふすべて、膝をいる、紙帳のうち、一宵のあだ言たれかみるべき。見たらば大事か、わらはゞ大事か、大事もない事

87　宗因筆『蚊柱百韻』（部分）

寛文十三年（一六七三）夏、自らの古稀を祝して独吟した百韻で、翌春『西山宗因蚊柱百句』と題して刊行された。時をおかずして匿名の貞門俳人から批判の書『しぶうちわ』が出され、以降、俳壇あげての俳諧論争が繰り広げられることになる。

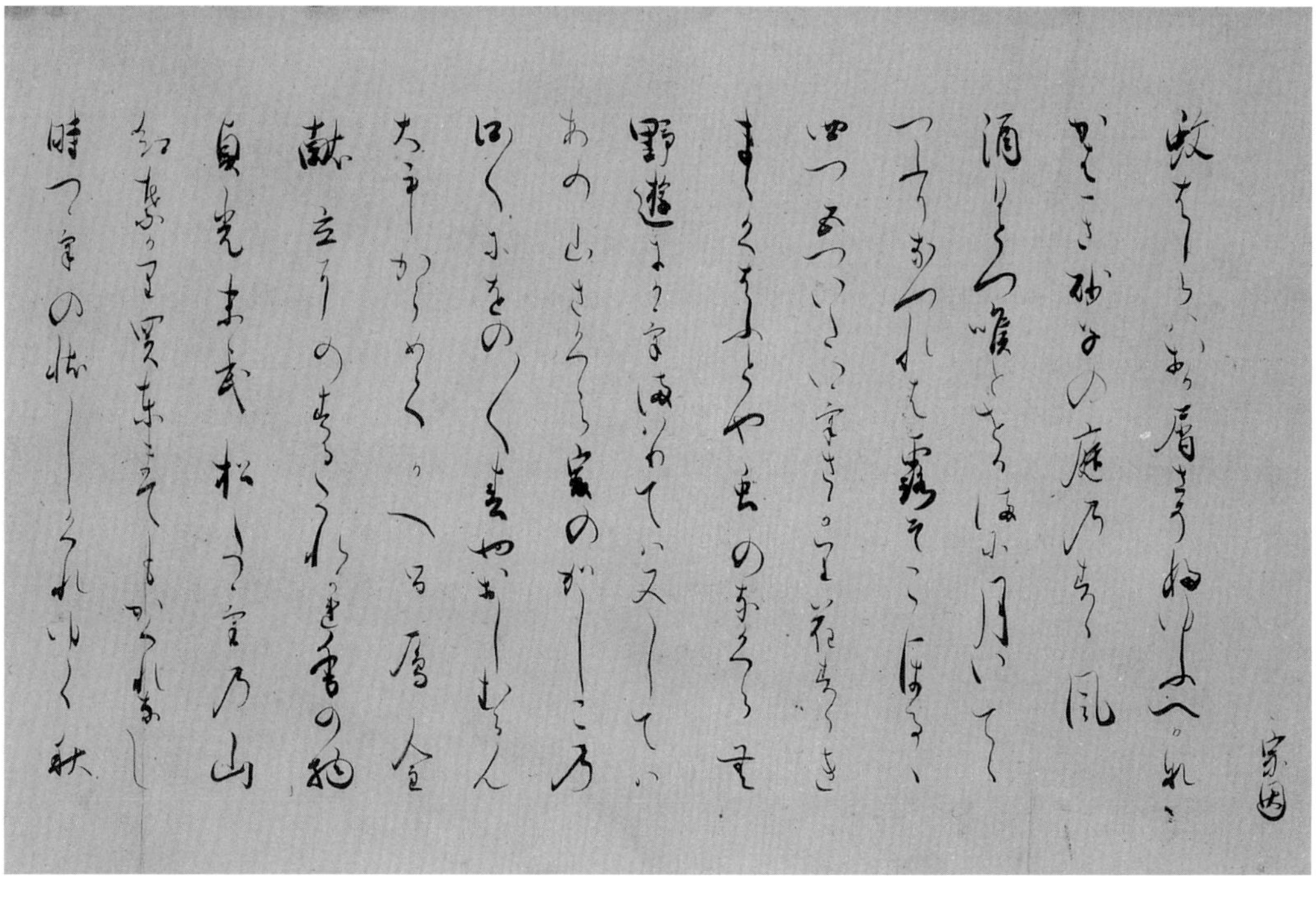

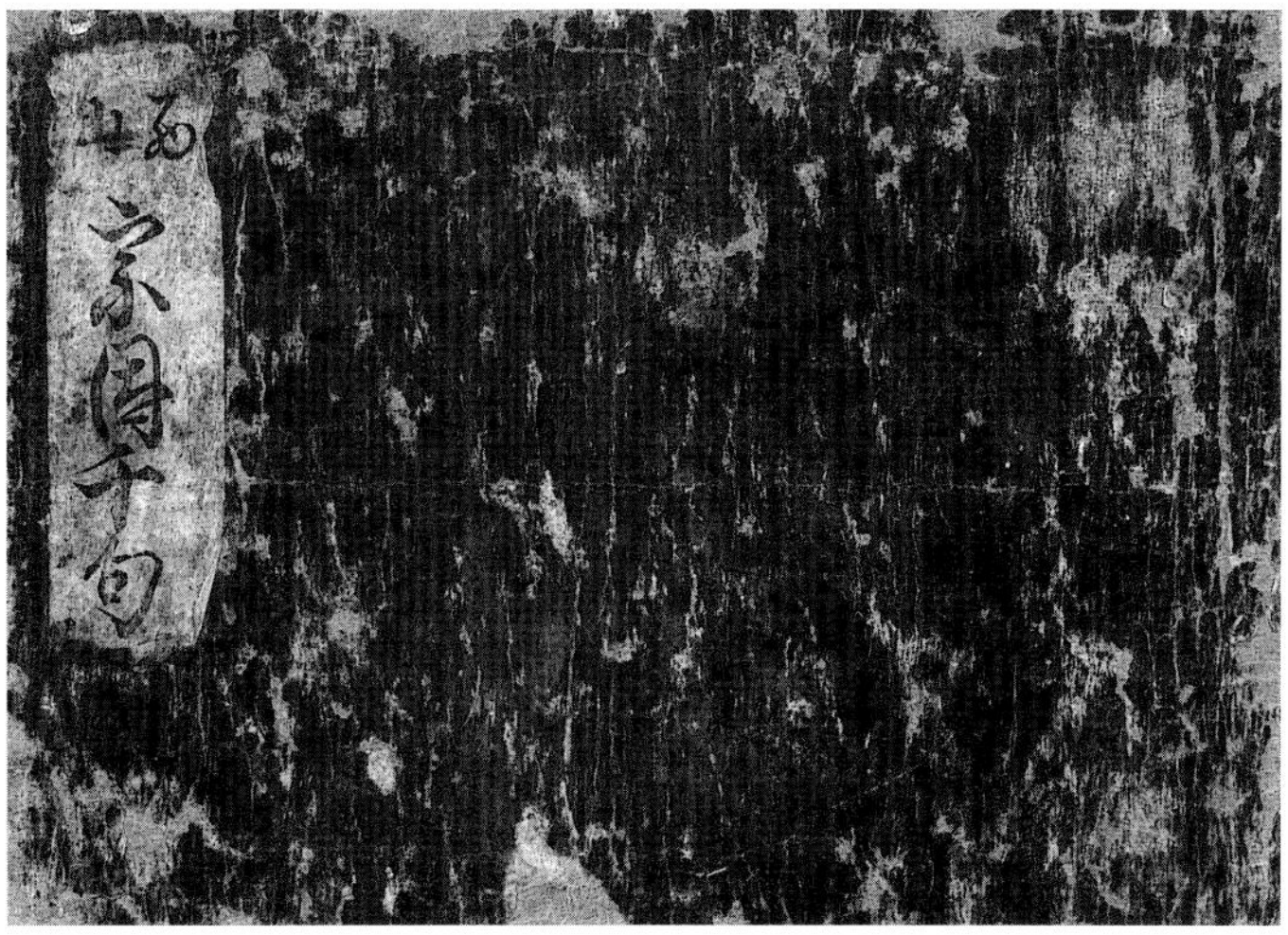

85 『西山宗因千句』（部分）

以仙編『落花集』の付録「西翁十百韻」の覆刻本。書名を「西山宗因千句」と改め、寛文十三年（一六七三）頃の刊行。収録する独吟百韻十巻は、万治―寛文の十余年間の作品の集成で、いわゆる本来の千句の形態ではない。

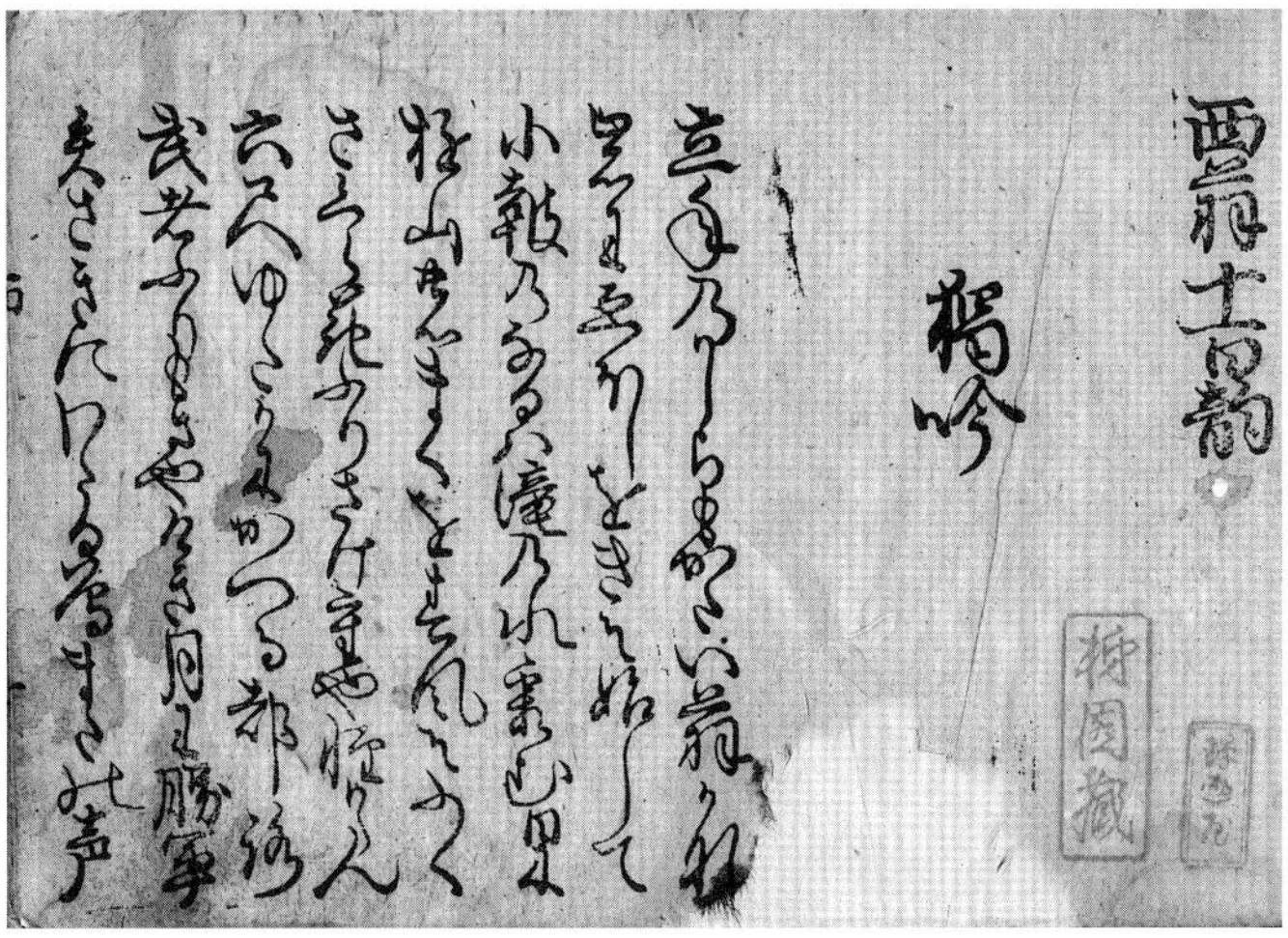

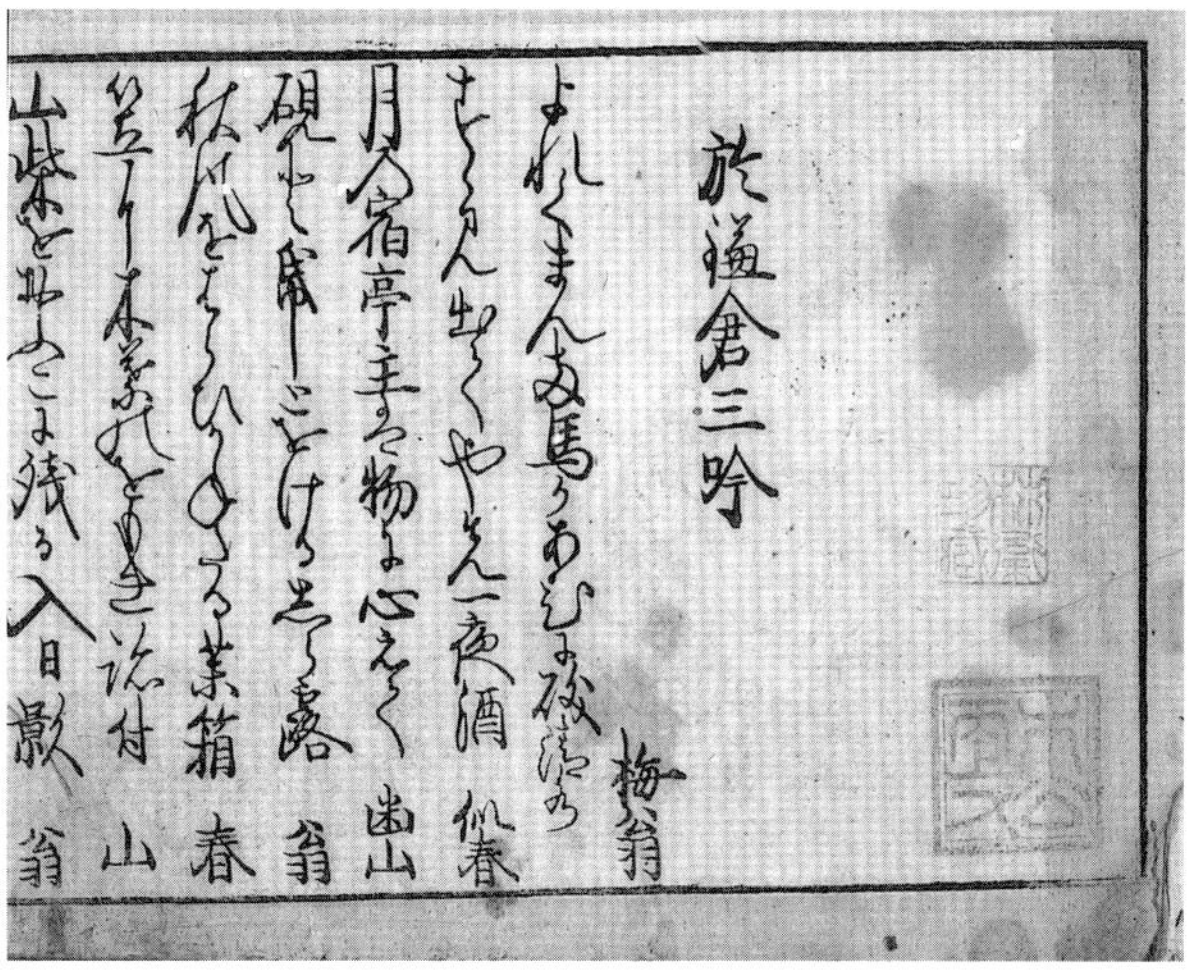

88 『宗因七百韻』（部分）

延宝五年（一六七七）頃刊。『宗因三百韻』（延宝四年刊）の版木を流用し、さらに新刻の宗因一座の百韻二巻・歌仙一巻、宗因判百韻一巻を加え、全七巻の編成。既刊俳書の版木の流用や覆刻、あるいは新刻にて作品を加え、書名に「宗因」を冠する宗因俳書の上梓の仕方は、宗因の企てによるものでなく、宗因の人気にあてこんだ書肆の商業出版であったと思われる。宗因俳書は、延宝初年以降の数年間に数種の刊行を見る。

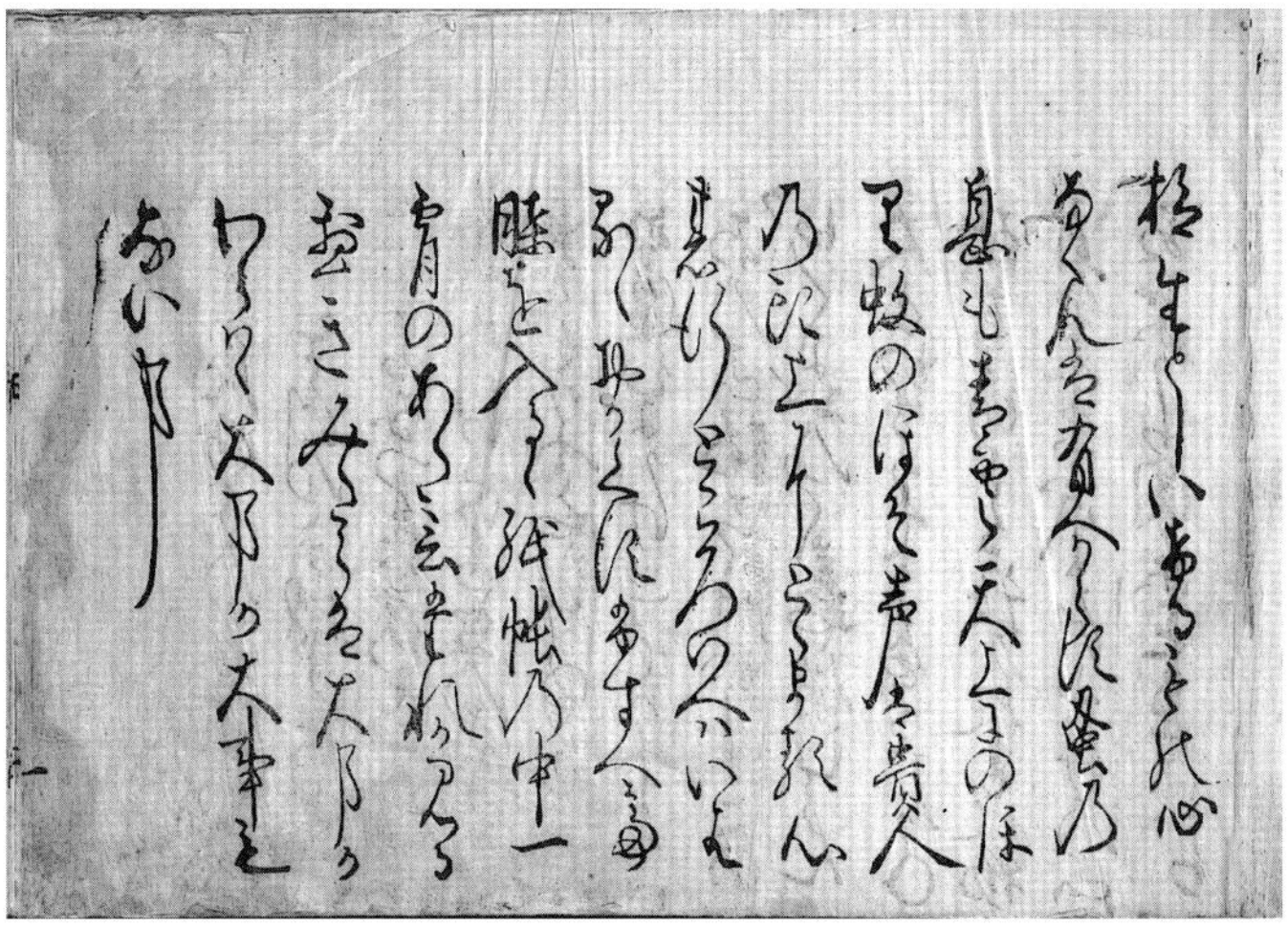

89 『宗因五百句』（部分）

延宝二年（一六七四）刊。万治―延宝に成った宗因独吟百韻五巻を収録する。「摺こ木も」百韻（45頁参考図版4）「しれざんしよ」百韻（44頁No.52）「蚊柱は」百韻（60頁No.87）など、著名な作品を多く収めている。

96　宗因筆「春は宮古」句短冊

春は宮古秋は嵯峨の、錦かな　宗因

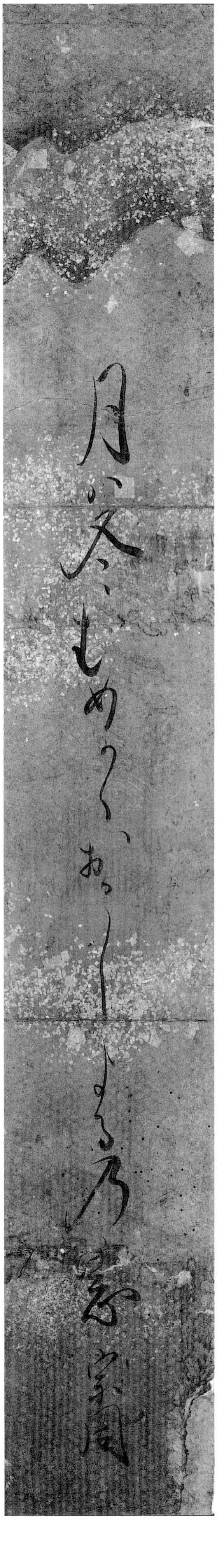

106　宗因筆「月は冬」句短冊〔初公開資料〕

月は冬むめが、おかしよるの窓　宗因

参考図版8　宗因筆「またる、も」句短冊〔初公開資料〕

またる、もよしやそこそは子規　宗因

103
宗因筆「さればこそ」句短冊〔初公開資料〕

北国に下し時　さればこそおもひこしぢの遅桜　宗因

107
宗因筆「さればこそ」句短冊

さればこそおもひ越路の遅桜　宗因

『宗因発句帳』（32頁№44）には「加賀へまかりし時」の前書とともに載る。

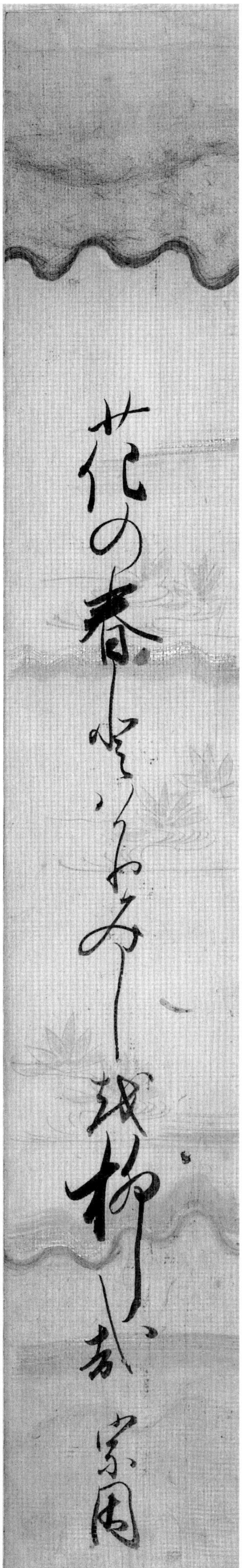

101
宗因筆「花の春」句短冊

花の春とばかりみしを柳哉　宗因

100　一幽（宗因）筆「小家なれど」句短冊〔初公開資料〕寛文十年（一六七〇）刊『寛伍集』入集。一幽号の短冊はきわめて珍しい。

小家なれど膝をやとくと置こたつ　一幽

97　西翁（宗因）筆「おらんだの」句短冊〔初公開資料〕

寛文十二年（一六七二）刊『時勢粧』入集。

於長崎

おらんだの文字かよこたふあまつ鳫　西翁

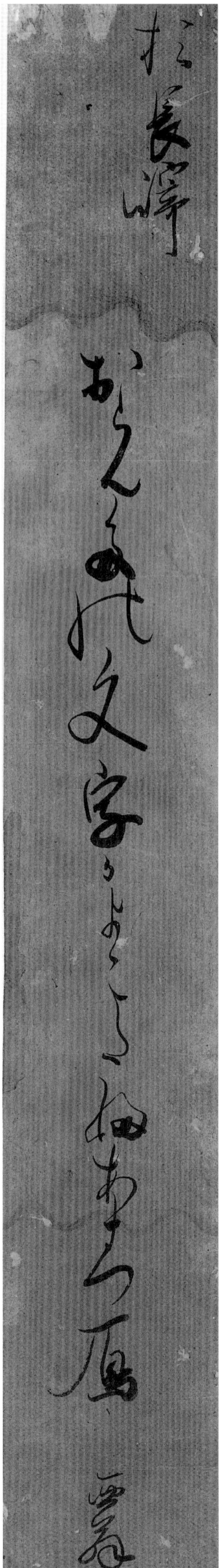

98　西翁（宗因）筆「駕籠はあれど」句短冊〔初公開資料〕

寛文十年刊『続境海草』入集。

駕籠はあれどたゞすねはぎの花みかな　西翁

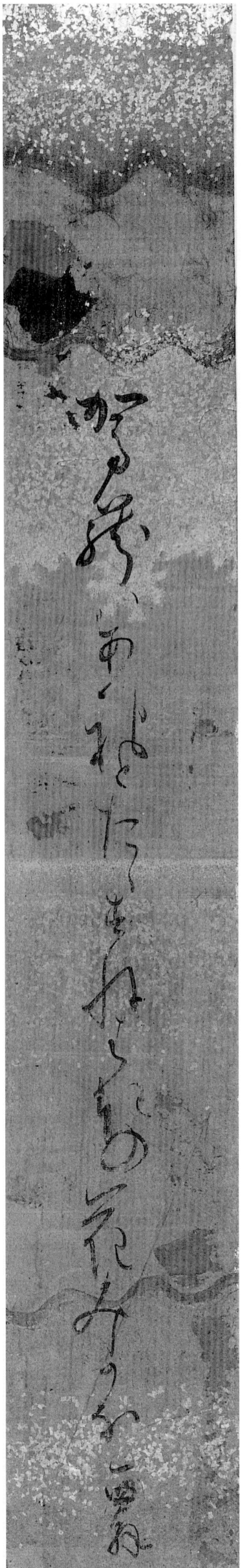

参考図版9　**梅翁（宗因）筆「さみだれや」句短冊**

俳書未入集の新出句。

さみだれやだんだらすぢのすり衣　梅翁

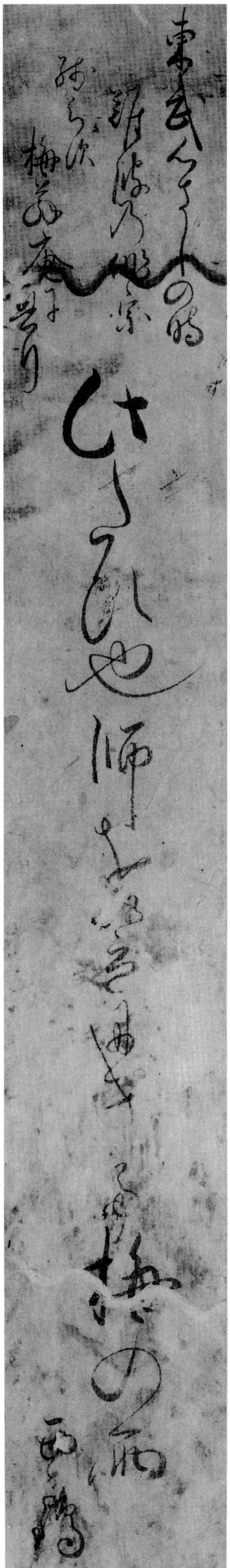

57　**西鶴筆「此たびや」句短冊**

東武心ざしの時、難波の俳宗残らず梅翁庵に興行　此たびや師を笠にきて梅の雨　西鶴

110　**芭蕉筆「ふる池や」句短冊**

ふる池や蛙飛込水のおと　ばせを

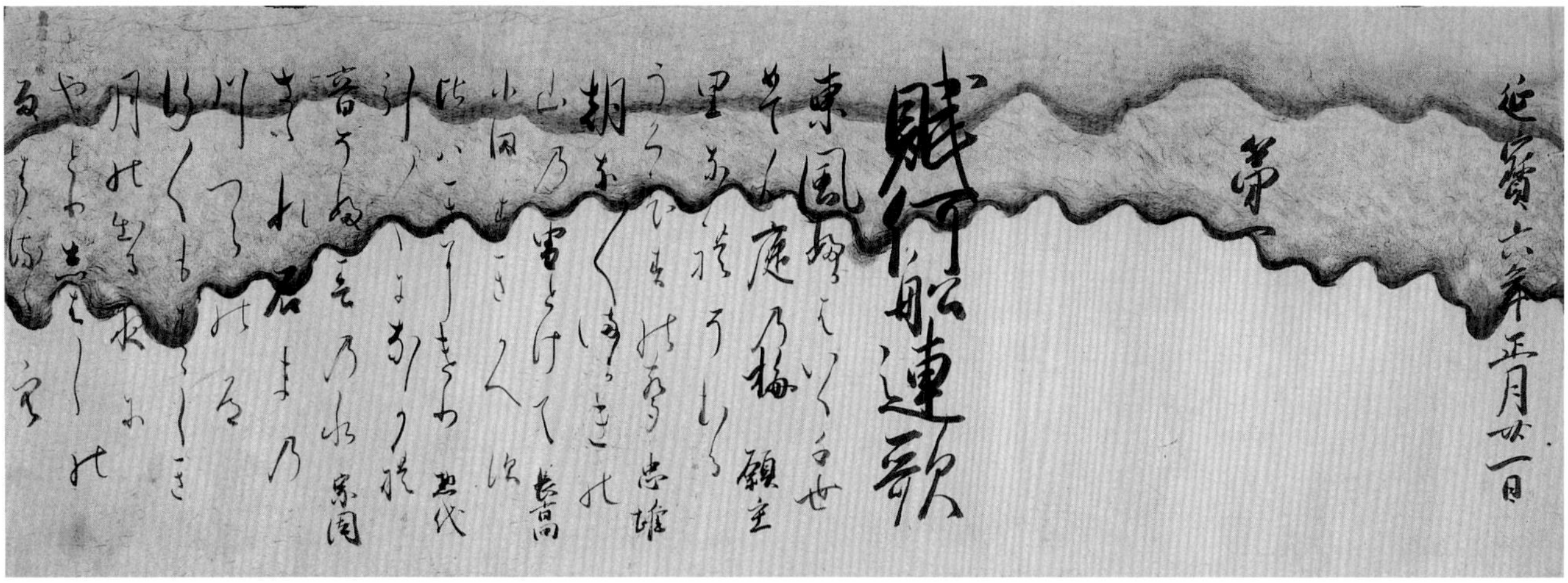

113 **宗因筆『浜宮千句』懐紙**（部分）

延宝六年（一六七八）正月、小倉藩小笠原一門の繁栄と国家安全祈願として賦され、豊前国築城郡椎田村の綱敷天満宮に奉納された独吟千句。願主は当主小笠原忠雄の生母永貞院、第一百韻第三を詠む長高は忠雄の八男である。連歌懐紙によく用いられる、打曇りの料紙に染筆されている。

延宝六年正月廿一日

第一

賦何船連歌

東風ふかばいく千世
めでん庭の梅　　願主
里なれそむる
うぐひすの声　　忠雄
朝な〳〵まがきの
山の雪とけて　　長高
小田すきかへす
比はきにけり　　物代
引々にながれ
音そふ春の水　　宗因
さゞれ石まの
川づらの道
行々もすゞしき
月の出る夜に
やどりしばしの
雨はる、空

116

宗因筆　四句懐紙〔初公開資料〕

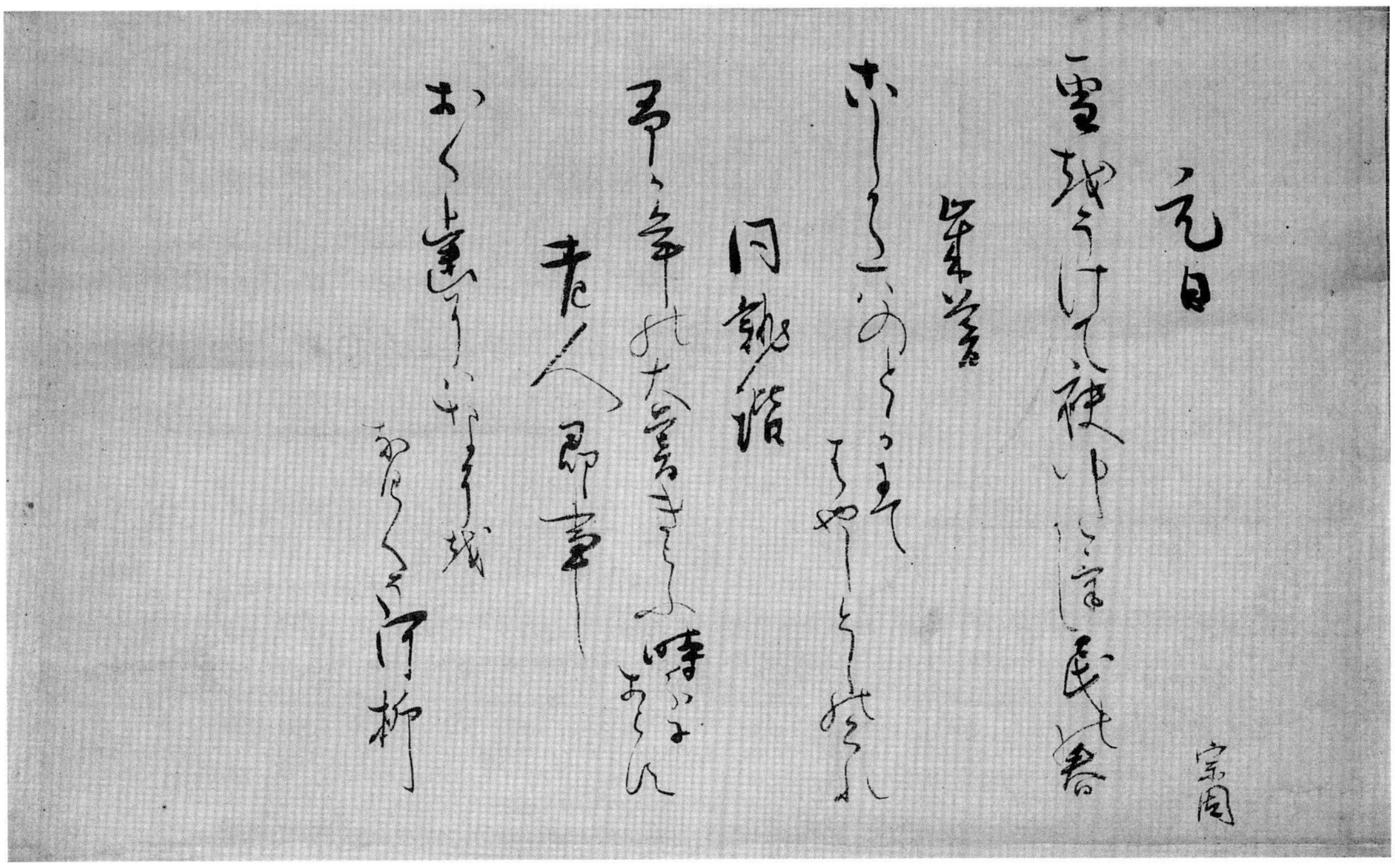

延宝九年（一六八一）正月十日付の藤波修理宛宗因書簡に所掲句と発句三句が一致することから、ほぼ同じ頃の成立と推定される懐紙。同書簡に、「誹歳旦は不仕候。当風あはぬ事、無用に存候」と述べる。

宗因

元日
雪をうけて袂ゆたけし民の春

歳暮
こしかたはのどかにて
はやしとしのくれ

同誹諧
予が年の大暮きらふ時分に
あらず

老人即事
おく歯にはなにを
なげくぞ河柳

庭興即事
東野芭蕉
作りなす
庭を
いさむる
しぐれ
かな

82

芭蕉筆「庭興即時」懐紙

元禄四年（一六九一）、美濃垂井（たるい）の本龍寺で、折からの時雨に濡れる手入れの行き届いた庭を即興で吟じ、書き与えた懐紙。

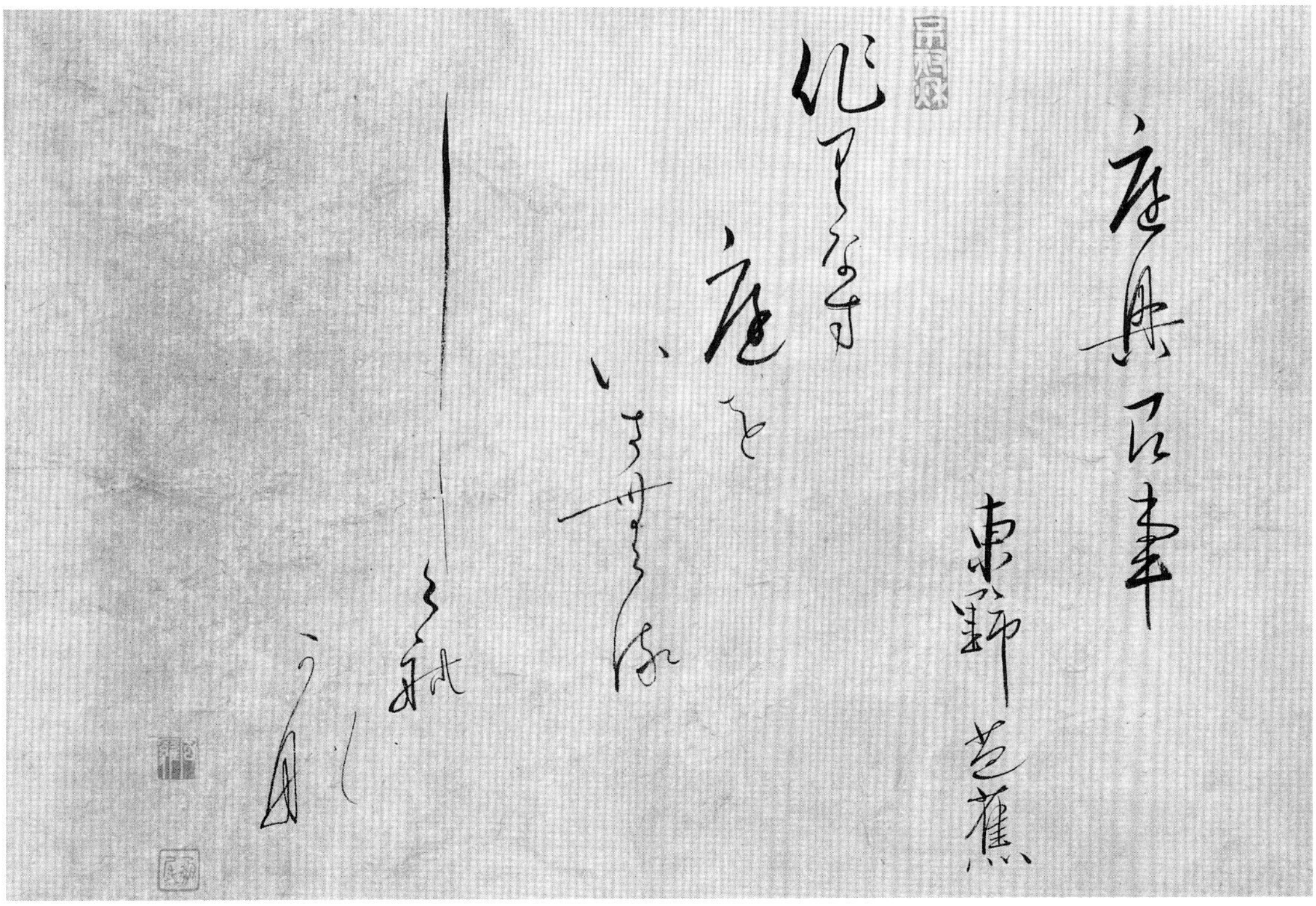

121　**元春あて宗因書簡**〔初公開資料〕

延宝年間九月二十日付書簡。丹波からの到来物の礼を述べ、懐紙浄書の件、独吟評点のことを報じる。「旨如」は宗因晩年の家従、片岡旨恕。宗因の実生活の一端をしのばせる。

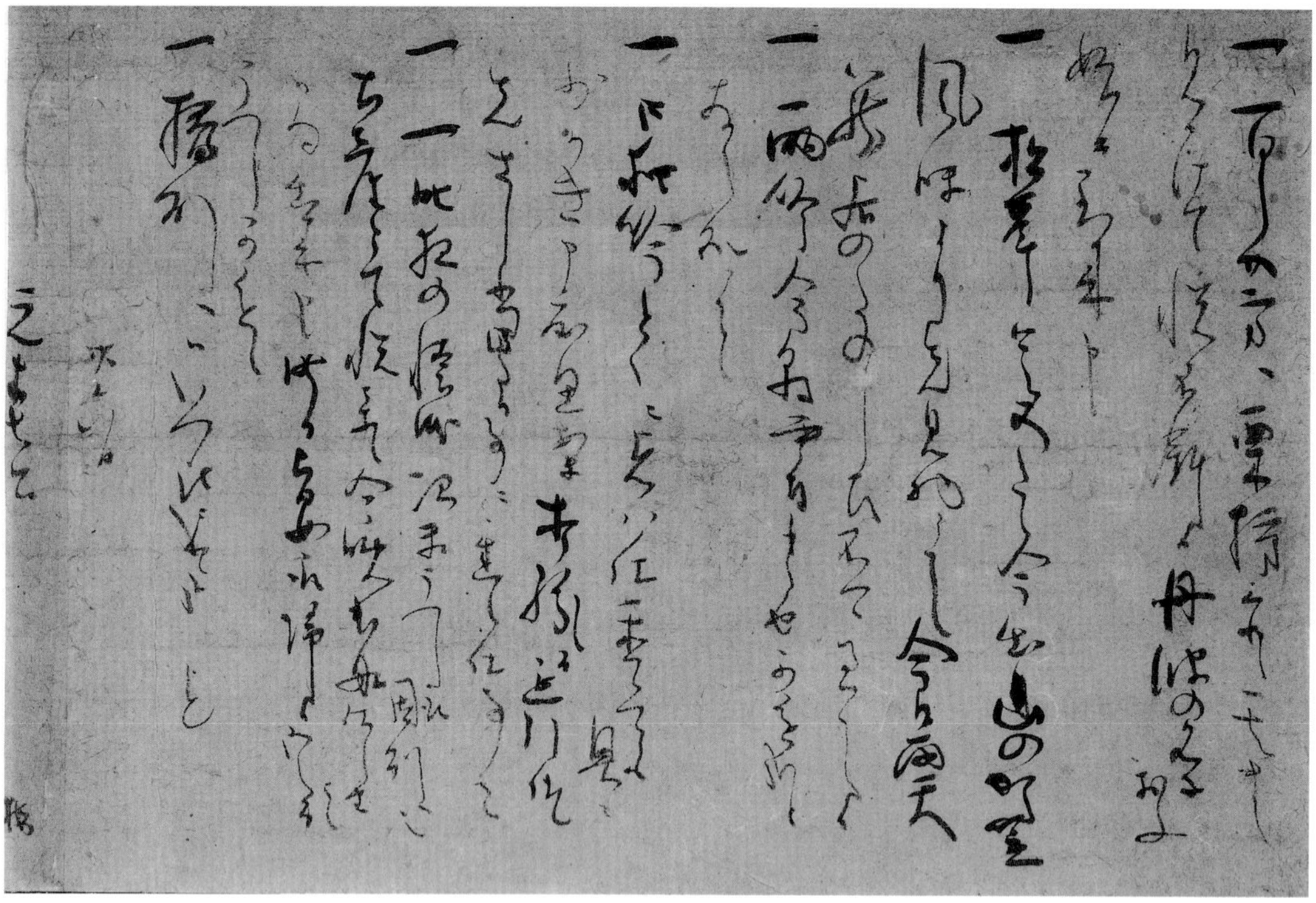

一　百之介方へ、栗柿参候。其ま、
見かけ候て、悦不斜候。丹波の名におふ、
始而到来申候。
一　松茸、是又たゞ今出山のから笠、
風味より先見物にて候。今日雨天、
籠居のたのしび、不可過之候。
一　両吟、今朝書付もたせ可進哉と
存候処にて候。
一　御独吟、とくに点は仕置候へども、奥に
少かき申度思案、打紛候而延引仕候。
先さし当たる事に遅之仕事に候。
一　一昨夜の懐紙、次第うつし取、因州へ之
土産とて悦参候。今晩出船仕候由、
御句出来申候。昨日旨如取帰候御歌、
うつし可進候。
一　摂州へはいつ比に成候哉。已上
廿六日　梅
元春公

123　**去来あて芭蕉書簡**

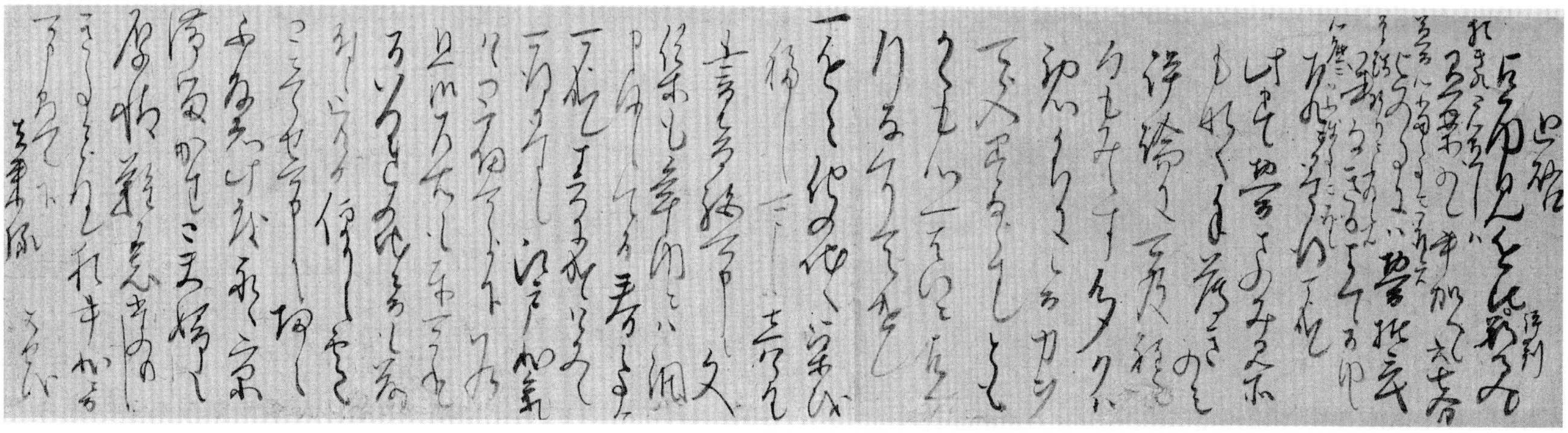

追啓
点内見、近比〇評判驚入候。
猶貴様御心尽しは、
愚案少々書加へ候。六七分
兼而心当之事に御座候へば、
迄の事には惣而批言
筆端断りに不及候へ共、
御書なきがよく候間、内々
心底には不浅事に存候。
左様に御意得可被成候。
此巻惣而さのみ見所
もなく、手薄きのみ。
評論に可及程之
句もみえず、多くは
初心がちに候而、力を
可被入巻ならず候。とも
かくも心一ぱいに点
引なぐり可被遣候。
一　近々他の地へ巣を
移し可申候。しばらく
書音絶可申候。文
集も年内には調
申まじく候間、春之事に
可被成候。春に成候はゞ、又々
可得御意候。江戸状参候
はゞ、御届可被下為、
且御左右も互可承候
間、いづれの地にても落
付候方々、便り之処
御しらせ可申候。扨々
不存知此度永々京
滞留、加生御夫婦之
厚情難忘たのもし
き事に被存候。猶書状にて
可申尽候。以上
去来様　ばせを

124
宗因書簡

宗因は、延宝二年（一六七四）八月三日、高野山参詣のため大坂を発し、五日高野山着、大徳院で二泊し、七日に下山する。八日、藤代御坂、三井寺、玉津島社を巡見、九日、和泉国尾崎村に到着、一両日を過ごした。伏屋重賢・吉田清章と俳諧に興じつつ、十五日に帰坂。本書簡は、その直後に認めた返書で、あて先は不明。末尾に書き添えられた俳諧発句十一章は、『高野山詣記』所収句と大半が重なる。

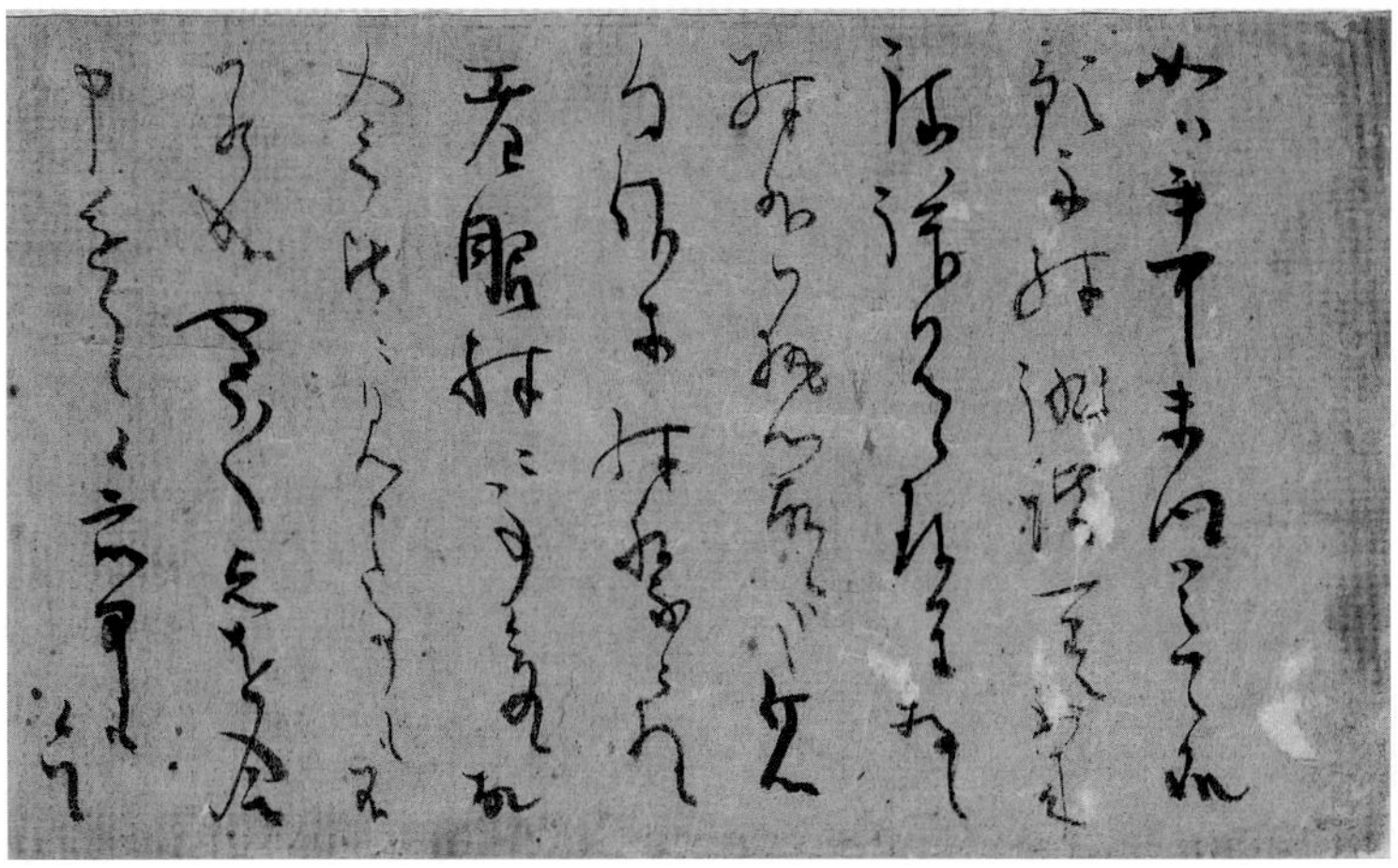

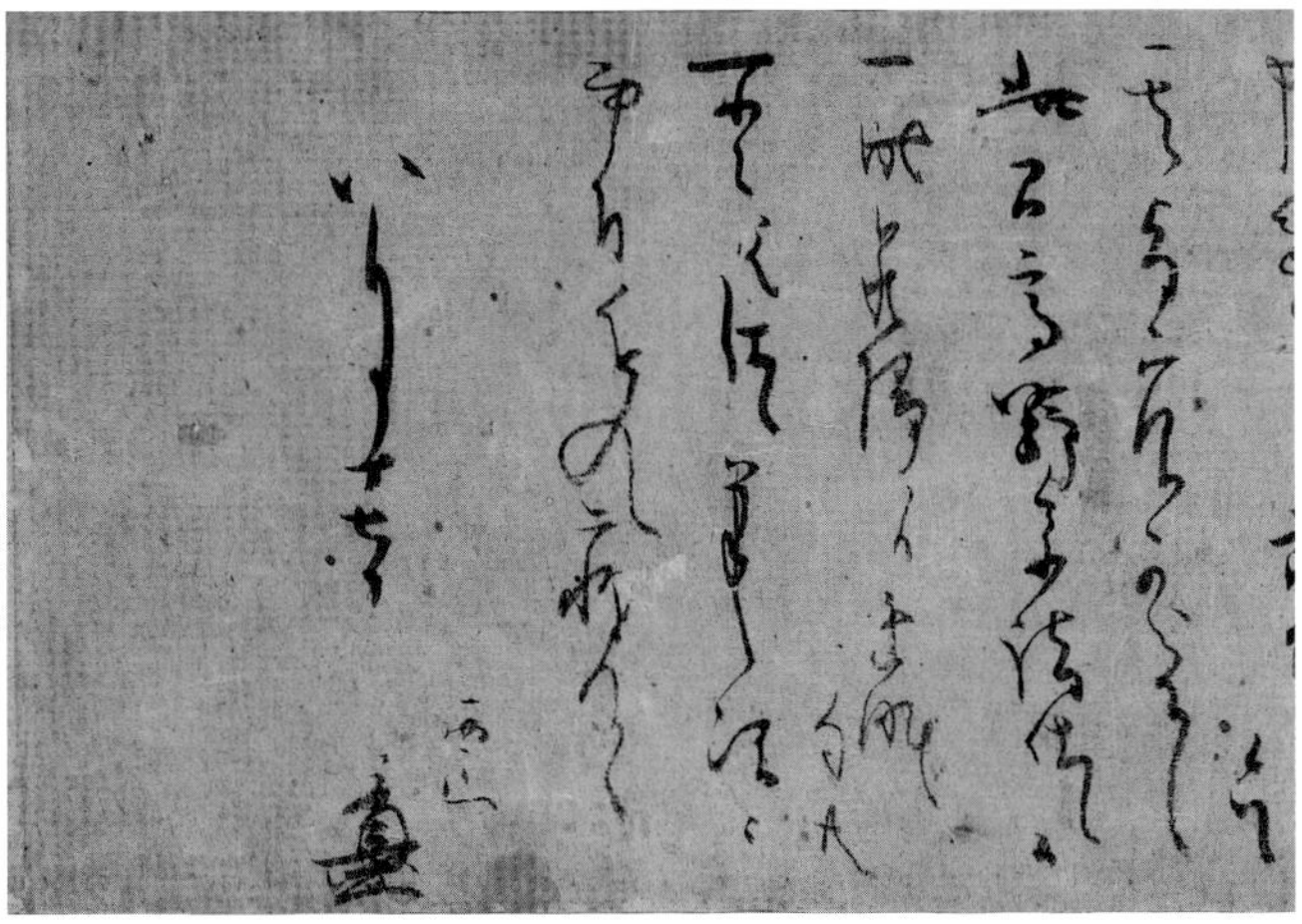

如御書中、未得御意候処、預示、
殊誹諧一巻到来、致拝見候。珍重
存候。殊外御執心故候哉、付心・
句作等殊勝被存候。老眼殊に事多
候故、念比に見申事も不罷成、や
う〳〵点を合申進申候。御衆中
も候はゞ、其旨被仰可被下候。此
間高野参詣仕候而、一昨罷帰候。
連俳之句共所々にて仕候。筆之次
に書付、進入候。恐惶謹言

八月十七日　　西山 宗因（花押）

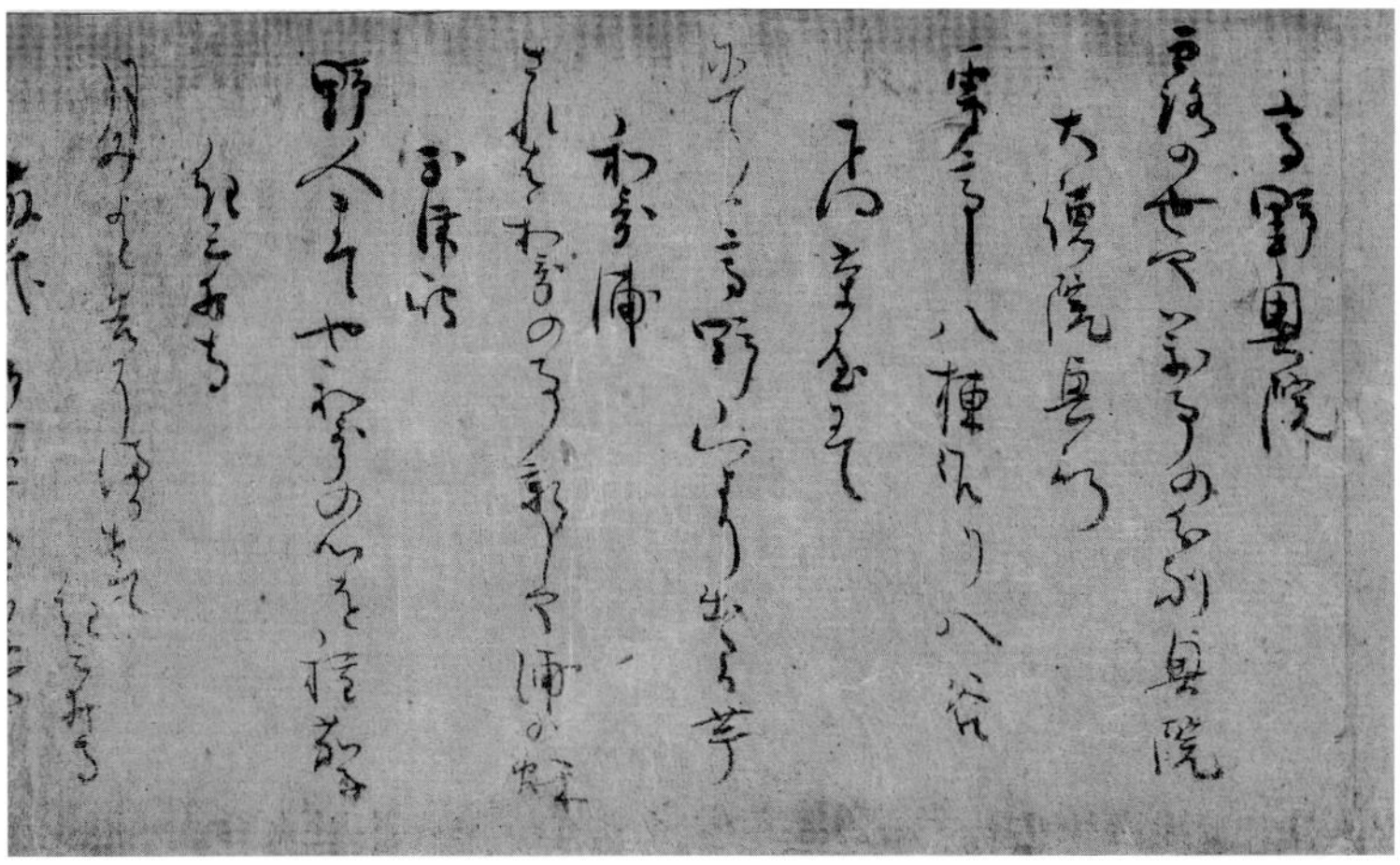

高野奥院
露の世や万事の分別奥院
　大徳院興行行
霧高し八棟作り八谷
　下向、茶屋にて
にて候高野山より出たる芋
　和歌浦
されば和歌の事新しや浦の秋
　玉津島
野人まてや和歌の心を種茄子
　紀三井寺
月みよと告にまかせて紀三井寺

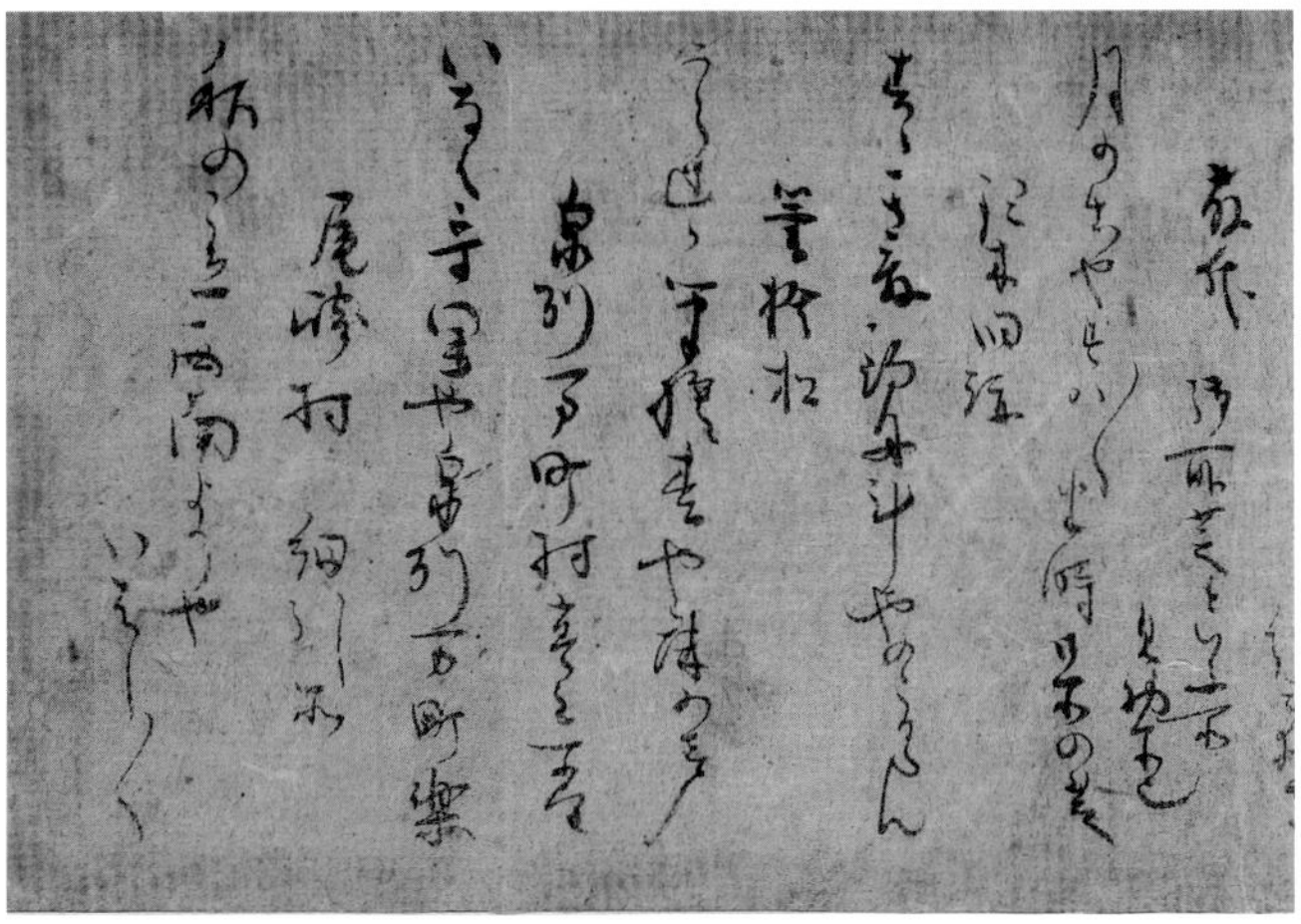

藤代　御所芝といふ所見物所也
月の出やすは〳〵半時御所の芝
　鈴木旧跡
すゞき殿釣舟計やのこるらん
　筆捨松
うら辻か筆捨松や鹿の声
　泉州万町村亭主所望
いなば守里や泉州万町楽
　尾崎村　網引所
秋のこゑ西南よりやいはしいはし

宗因から芭蕉へ

石川真弘

寛文（一六六一～一六七二）の頃より、江戸庶民の言葉遊びの文芸として広く人々に親しまれてきた俳諧を、人生詩へと昇華させた芭蕉の俳諧史上における功績は極めて大きい。芭蕉は、俳諧の革新を試みるに当たり、談林俳諧の宗匠西山宗因の俳諧に学ぶところがあったと常々門人に説いていたと言う。芭蕉の高弟去来は、そのことについて

先師曰、常に曰、上に宗因なくむば、われわれが俳諧今もつて貞徳が涎をねぶるべし。宗因は此の道の中興開山也。（『去来抄』「修行篇」）

と書き残している。やや大袈裟な言いようかも知れないが、先に宗因の俳諧がなかったならば、世の俳諧は、貞徳の俳諧から一歩も進展せず、芭蕉にとっても俳諧革新を成し得なかったと言うのである。宗因の俳歴や作品を辿る時、芭蕉のこの言葉は、貞門・談林・蕉風へと展開する俳諧の流れを単に歴史的に語るものではなく、芭蕉が宗因の俳諧詩性に学ぶところがあったことを示すものであった。

芭蕉は、宗因の俳諧の座に一度だけ出席したことがある。芭蕉三十二才、江戸に出て間もない頃のことであった。延宝三年（一六七五）五月、江戸の宗因を慕う人々が、東下した宗因を江戸本所の大徳院の院主礒画亭に迎えて催した俳諧の席である。宗因は、既に大坂天満宮連歌所の宗匠、また談林俳諧の宗匠として、その名が広く知られていた。新参の芭蕉にとって宗因俳諧への出座を許されたことは、大変な感激であったであろう。その百韻俳諧の巻首四句を掲げてみよう。

いと涼しき大徳なりけり法の水　宗因
　軒を宗と因む蓮池　礒画
反橋のけしきに扇ひらき来て　幽山
　石壇よりも夕日こぼるる　桃青

桃青は芭蕉の前号である。発句の「涼しき」は、仏の世界浄土の蓮池の清涼感を言う。また「大徳」に大徳院を利かせ、「法の水」は寺の蓮池のことである。更に句は、『源氏物語』若紫の巻に見える「いとたふときだいとこなりけり」の文を踏まえ、趣向を凝らした大徳院院主への挨拶句である。宗因は、「御堂は、寺号に相応しくみ仏の徳の高さが忍ばれます。御堂の前の蓮池は、浄土を思わせ、辺り一体が清涼感に包まれ、ご住職様のお徳のほどが忍ばれます。」と挨拶したのである。住持礒画は、宗因の号を詠み込んで返礼の句を唱和した。即ち「み仏の世界、彼岸浄土に因み、御堂の軒端近くに蓮池を設けてみ仏をお祀りし、日々み仏の教えを頂くべく勤めております。」と挨拶を返したのである。句の背景には、「俳諧に高徳な宗因様を、お慕い申し上げておりました。このような所にお迎え出来て、大変な喜びでございます。教えを頂きたく宜しくお願い致します。」の意が込められている。この唱和は、言葉を巧みに織り成した談林風の句作りだが、名高き宗因を迎え得た江戸の人々の喜びを窺わせる。

芭蕉は、巻初第四句目に続き初折裏四句目の宗因の句に、次のように詠み添えている。

座頭もまよふ恋路なるらし　宗因
そびへたりおもひ積りて加茂の山　桃青

句は、人々はもとより座頭までもが恋の思いに迷い、加茂の山はそうした恋の思いが積もり積もって聳えていると言う意である。付合語によって句作し、加茂の山は恋の思いが積もってそびえ立つという奇抜な発想の宗因風の作である。その後芭蕉は、急速に宗因流談林俳諧に傾倒し、翌年の春には、山口信章（素堂）と両吟百韻二巻を成就し、その作品を天満宮に奉納している。二巻それぞれの巻初のみを示してみよう。

此梅に牛も初音と鳴きつべし　桃青
　ましてや蛙人間の作　信章（第一百韻）
梅の風俳諧国に盛んなり　信章
　こちとうづれも此時の春　桃青（第二百韻）

両発句の梅は、梅翁宗因の俳諧を暗示させ、両句には宗因流俳諧の流行を祝福する意が込められている。芭蕉句の「牛」は、天満宮の社前に祀られている牛である。春を迎えて咲き初めた梅の下で鶯は初鳴きを楽しみ、天神さんの牛までもが鶯に倣って初音をすることだと言う正に宗因風の句である。更に句の背景には、梅翁俳諧の盛んな今の季節、鈍重な牛のような私たちも、俳諧を楽しむことだの意が添えられてあり、芭蕉の宗因流俳諧への心酔ぶりを窺わせる。ただしこの後芭蕉の俳諧は、天和期の漢詩調、貞享期の和文調、幽寂・重厚・清雅の詩境を備えた『猿蓑』調を経て、更に晩年の軽みの風体へと独自の展開を見せることになる。が芭蕉は、そのように作風の革新を試みる上で、常に宗因俳諧への関心を怠らなかったようである。一方宗因は、延宝末以降流行の漢語や仏教語を悪戯に駆使した俳諧には染まらず、また一部談林に見られる詰屈な表現を避け、彼独自の作風を展開していった。彼の作品には独特な流暢なリズムがあり、句意は大旨明快で、詩趣を伴う。そうした宗因俳諧の風体について京の三上和及は、『俳諧番匠童』（元禄二年刊）に「中比難波の梅翁（宗因）、是をやつし、風体かろ〳〵として興あり

しかば、宗因風とて普くもてはやし侍りぬ。」と評している。宗因俳諧の軽々とした軽快な風体は、彼特異のものであったらしい。一例を示してみよう。

しれざんしよからき名もよし花の縁　西翁
いざやちよいとしよ春の手枕
明日あはふと計しやんと霞ませて
さら〱さらにわすれいたさじ
露涙珠数つなぎにやこぼるらん
ほしなかぶらとなるおもひ草

万治三年（一六六〇）以前成立の俳諧百韻で、巻首に「賦何桜連歌」と記されてある。後の『宗因後五百韻』（延宝二年刊推定）に納められ、人の求めに応じて認めた真蹟装飾懐紙も伝来し、好まれた作品である。発句に「しれざんしよ」と遊女言葉を用い、「さんしよ」から「山椒」を連想させて「からき名」を導き、更に「辛き名」から「浮き名」と発想する。「花の縁」は、遊女に戯れたこと。即ち「当然分かっていることでしょうよ。浮き名が立つのもよいのではないのでしょうか。遊女に戯れたのですから。」の意である。言葉遊びを利かせた句である。次は、女遊びが過ぎて疲れたのであろう、「まあとにかくちょいとばかり」と言って手枕をして横になったと唱和する。第三句は、「明日会いましょう」とだけきちんと言い、その後は言葉を霞ませ、手枕をして横になったの意である。第四句は、約束を決してさらに忘れないと誓う体である。第五句は、前句の「さら〱さら」を数珠を擦る音として死者を弔う体を趣向し、次は、干し菜蕪に下りた露が、数珠繋ぎに零れると付ける。宗因の俳諧は決して一様な付けではなく、意外な方向へ連想を広げて面白い。言葉の洒落や趣向を凝らす傾向は強いが、宗因俳諧の斬新な発想は、芭蕉が提唱した「俳諧の新しみ」に通い、その付運びの軽快さは、芭蕉晩年の「軽み」にも通う一面を備えている。また宗因の俳諧には、芭蕉俳諧の詩境を忍ばせるような付合も見られる。「鎌倉三吟」の名で知られる「よれくまん」の巻の第三句「月の宿亭主は物に心えて」の幽山の句に、宗因は「硯と紙とをけるしら露」と唱和している。前句の「物に心えて」から気の利いた月の宿の亭主振りを詠み添えたのである。その人は、風雅の心得のある人で、歌を記す硯と紙を用意しておくだけでなく、庭には月を宿す露までも置いて客を楽しませてくれるというのである。「よれくまん」の百韻は、芭蕉が蕉風俳諧を確立する以前の延宝三年の成立であるが、この付合を芭蕉指導の下に撰集された元禄四年刊の『猿蓑』に配して、それほど違和感は生じないであろう。

芭蕉は、宗因の俳諧作品に見られる古典の教養の高さにも注目していたのではないかと思う。宗因は、和歌や源氏物語などの古典に精通し、大坂天満宮の連歌所の宗匠を勤める程の人であった。更に芭蕉は、宗因の人柄にも崇敬の思いを寄せていたに違いない。宗因は、主君加藤正方への忠誠を生涯失うことはなかったし、自作『蚊柱百韻』に非難が加えられた折も、無益な反論は行なわなかった。談林俳諧興隆の延宝期は、貞門・談林の論客たちが入り乱れて激しく俳諧論戦を展開したが、宗因は名誉を求めたり、自己の俳諧勢力の拡大や保身に努めるような世俗的動きに決して加わることなく、ひたすら俳諧文芸を楽しむ道を選んでいる。そうした宗因の俳諧姿勢は、生涯俳諧のまことを求め続けて止むことがなかった芭蕉の範になったに違いない。

なお、談林俳諧隆盛期、即ち延宝年間（一六七三〜一六八〇）に刊行された『宗因千句』『西山宗因釈教俳諧』『西山宗因蚊柱百句』『西山宗因後五百韻』『宗因五百句』『宗因三百韻』『宗因七百韻』等の宗因俳書について、少し触れておきたく思う。宗因の作品のみを収めた特異な俳書である。序文・跋文はなく、中には刊期すらない。題簽には、必ず宗因の号が付されている。一般に俳書は、作品を募集し、俳書への入集料を集めて刊行費に当てるのだが、宗因俳書は、宗因個人の作品集であり、入集費による刊行ではない。宗因の出費による刊行とも思われない。また宗因が自らの作品集の題簽に宗因号を掲げることは、宗因の人柄から考えて有り得ないことである。恐らく宗因俳書は、書肆が商品として刊行したものであろう。俳書に必ず添えられる編集出版の意図や俳諧姿勢、あるいは編者の経歴などを記した序や跋が宗因俳書には見られない。そのことも、宗因俳書が著者に無関係の書肆独自の企てによる刊行であったことの傍証になるであろう。即ち書肆が、宗因の作品の人気に乗じ、宗因俳諧を楽しむ人々へのテキストとして、商品化したものと思われる。大方の俳書刊行が購買目的ではなく自費出版であった中で、宗因作品の商品化は、彼の作品の人気の高さを窺わせる。では一体どのような人々が、宗因の俳諧作品を求めたのであろうか。元禄五年（一六九二）刊行の『男重宝記』に見られる「はいかいする所」の挿絵が、そのことを示唆しているように思う。上段に貞徳の俳諧の座、下段に宗因の俳諧の座が描かれてあり、二つの座に登場する人物に階層の違いを見ることができる。貞徳座の人々は扇子を持った京の町衆、宗因座の人々は、右に脇差しを置き、武士たちである。帯刀を許された町衆と見られなくはないが、宗因の俳歴に徴して武士階層の人々と見るのが穏当であろう。宗因俳書を求めた人々の多くは、恐らく武士階級の人達であったと思う。

（いしかわ　しんこう　大阪樟蔭女子大学名誉教授）

西山宗因と肥後八代・加藤家

鳥津亮二

はじめに　―宗因を育てた城下町「やつしろ」―

八代の城はとしごろたのみしかげにてすみなれたる所なれば、…ことにおもひ出るはゆうは川、悟真寺、白木社の御前の山也。

寛永九年（一六三二）主家加藤家の改易により仕官先を失った西山宗因は、翌十年（一六三三）故郷肥後を離れ旧主加藤正方の居る京都に向かう。宗因、この時二十九歳。先の一節は、この時の紀行文『肥後道記』（作品番号68）にみえる八代に対しての述懐で、「八代の城」とは正方が築城した八代城（松江城）、「ゆうは川（夕葉川）」は球磨川、「悟真寺」は征西将軍懐良親王（後醍醐天皇の皇子）を供養する曹洞宗の名刹、「白木社」は妙見信仰と華やかな祭礼で有名な妙見宮（現八代神社）、その「御前の山」とはかつて相良氏時代に八代城（古麓城）が築かれた山々を指し、いずれも八代の自然と歴史を象徴する景観である（下図参照）。こうした「やつしろ」という環境の中で宗因（次郎作）は青年期を過ごし、連歌を愛好した主君・正方の庇護のもと「つらね歌の道」の素養を磨いた。

稀代の連歌師・俳諧師として活躍し、西鶴や芭蕉に大きな影響を及ぼすなど、近世文化史上に大きな足跡を遺した西山宗因。そのルーツである八代の歴史的環境について考えることは、宗因の個性を知る上で少なからず意味があろう[1]。よって、本稿ではその素地を育んだ八代の歴史的環境と、加藤家の連歌をめぐる状況について考えてみたい。

肥後八代の歴史と正方・宗因

肥後八代は九州の西海岸中央部に位置する城下町である。天草諸島に囲まれた八代海に面する球磨川河口の平野部、このような地理条件のもと、八代には古くから東アジアに向けた海上交通の要港として栄え、中世には名和・相良・島津家が、この地の支配権を巡って抗争を繰り広げた。

文芸との関係で注目されるのは相良家で、相良為続（一四四七～一五〇〇）は宗祇と交流を持ち『新撰菟玖波集』[2]にも入集。その後も八代城下（古麓城）でたびたび連歌が興行されていることなど、連歌文化の盛んな様子が窺える。このこと自体が宗因の時代の八代に直接影響を及ぼしたかどうかは定かではないが、重要なのは肥後八代という九州の一地域の武家勢力が、連歌を積極的に摂取しようとする気風を持っていたことである。このことは後の名和家や加藤家の場合にも同様で、後述する連歌師・桜井素丹や宗因が輩出される背景には、こうした武家勢力の連歌文化に対する関心の高さがあるように思える。

天正十五年（一五八七）豊臣秀吉の九州制圧後、八代は小西行長による統治のもと、球磨川河口の麦島に八代城（麦島城）が建築され、慶長五年（一六〇〇）の関ヶ原合戦以降は加藤清正の所領となった。慶長十六年（一六一一）清正が没し、嫡子・肥後守忠広

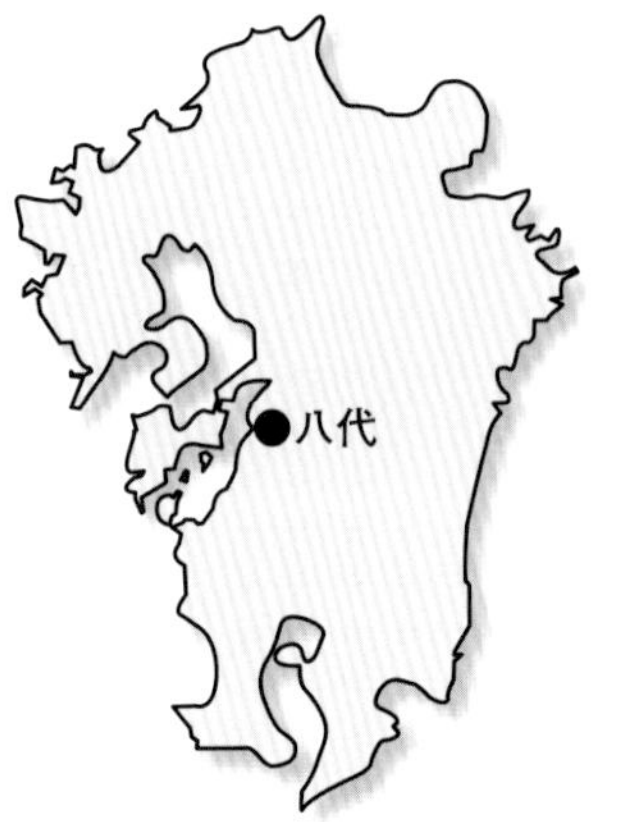

↑球磨川の河口に開かれた八代の町並み。中央が八代城跡。

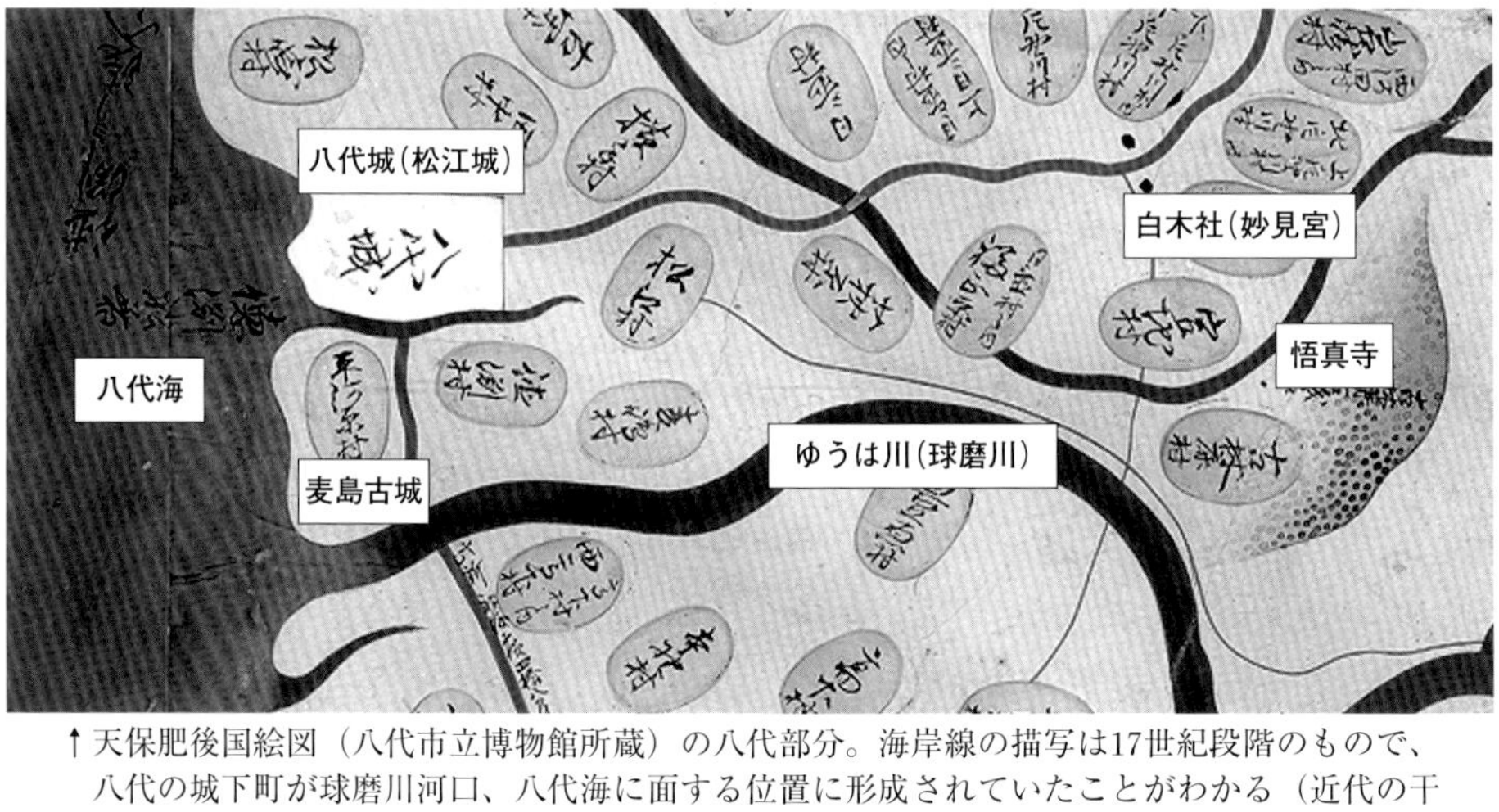

↑天保肥後国絵図（八代市立博物館所蔵）の八代部分。海岸線の描写は17世紀段階のもので、八代の城下町が球磨川河口、八代海に面する位置に形成されていたことがわかる（近代の干拓により海岸線が西に伸びたため、現在では内陸）。

が後を継ぐと、幕府は肥後国内の城代の配置転換を命じ、阿蘇内牧城代であった重臣加藤正方が八代城代として赴任した。以後正方は、寛永九年の加藤家改易まで、「八代の殿様」として八代を統治することとなる。

元和元年（一六一五）幕府はいわゆる一国一城令を発令するが、加藤家領内では熊本城があるにもかかわらず、八代城も存続が認められた。その理由は、八代が薩摩・島津氏への軍事的抑制と異国船往来の監視のための要衝として、幕府にとって重要な役割を担っていたためである。ところが、元和五年（一六一九）三月、八代は大地震に襲われ、麦島にあった八代城（麦島城）は倒壊。十五歳の宗因（次郎作）が小姓として正方に召抱えられたのはまさにこの年であり、八代と正方・宗因はこうした歴史の波の中で結びつくこととなった。

↑地中から姿を現した麦島城の本丸石垣遺構

近年、発掘調査によってこの倒壊した麦島城の本丸・二の丸部分の遺構が確認された。八代海の島々の石灰岩を使用した白い石垣や、倒壊した姿のままの城郭建築部材、これらは若かりし宗因が目の当りにしたであろう八代城下の原風景そのものである。この麦島城に替わり、正方によって元和八年（一六二二）球磨川北側に新しい八代城（松江城）が竣工。宗因はこの年に初めて上洛、里村家に入門し本格的に連歌を学び始めた。

加藤家と連歌　―素丹と宗因―

さて、ここで宗因の主家・加藤家における連歌の状況について考えてみたいが、そのキーマンとして注目されるのは桜井素丹という連歌師である。江戸中期に書かれた『続撰清正記』(3)には、

…又和歌の道は法橋紹巴の弟子もあり、又素丹と申て九州にかくれもなき歌道を心得たる老翁熊本にありしに便りて、連歌の指南を請て月次の連歌会方々に有たり、

という記述がみえ、また『拾集物語』(4)という書物には、熊本城新築の際、「桜井素丹と申連歌師」が清正に狂歌を進上したと記されている。今挙げた史料は後世の二次史料であるが、清正の菩提所・本妙寺（熊本市）には慶長十七年（一六一二）に清正（浄地院）一周忌追善の「ひとの世のあだくらべする一葉哉　慶純／袖にこぼるゝ蓬生の露　素丹」にはじまる慶純・素丹両吟の連歌断簡が伝わっており(5)、この連歌の存在により、清正と素丹が実際に深く関係していたことがわかる。また、慶純は『顕伝明名録』に「紹巴門人」と記されている連歌師であり、『続撰清正記』がいう「法橋紹巴の弟子」とは慶純を指しているのかもしれない。

そもそも素丹は「加悦式部少輔太輔入道」とも称しているように、肥後宇土の名和氏に仕えた加悦氏の一族の出身である。その初見は薩摩の島津家久が天正三年（一五七五）京都に上洛した際の記録である『家久君上京日記』(6)で、これによると家久は同年四月二十八日に「（里村）紹巴・紹叱・肥後のう土殿（名和顕孝）・加悦式部太輔（素丹）」らと共に京都の社寺を見物。その後翌月にかけて、度々このメンバーによって連歌を興行しており、ここに里村家と素丹との繋がりを見出すことができる。また、天正三年（一五七五）の紹巴による千句講釈を素丹が筆録した『称名院追善千句注』（京都大学所蔵）も、紹巴に学ぶ素丹の姿が窺える好資料である(7)。

素丹がいつ頃から加藤家と繋がりを持つようになったのかははっきりしないが、秀吉の九州制圧により主家名和氏が宇土を追われた後、清正の肥後入国の際に一族ともども加藤家に召抱えられたのであろう。素丹と加藤家との繋がりを最も明確に示すのが『素丹発句』（大阪天満宮御文庫蔵）(8)で、ここに記された七百句の前書には、清正やその嫡子忠広をはじめ、加藤家家臣の名が多く見受けられ、「熊本御方拙者二家を造立し給ひて」と見えるなど、素丹が加藤家中でかなりの信用を得ている様子がうかがえる。中でも、斎藤伊豆守利宗、并川（並河）志摩守宗為、下川又左衛門元亜、加藤清左衛門三正(9)など、家老・重臣クラスの名が多く、素丹が彼らの連歌素養に大きな影響を及ぼしたことが想像される。加藤家中から連歌師・宗因を輩出した素地は、素丹の活動によって培われた部分が大きかったのではないだろうか。そもそも、『素丹発句』は大阪天満宮御文庫所蔵の『連歌書籍目録　其二』（作品番号31）の「西山傳来之蔵書」中に「素丹句集　一冊」として記されており、宗因所持本であった可能性もある。

もともと熊本・釈将寺の豪信なる僧から和歌の手ほどきをうけていた宗因（豊一）は、元和八年（一六二二）に上洛、寛永八年（一六三一）頃まで里村昌琢の門下に入り、連歌

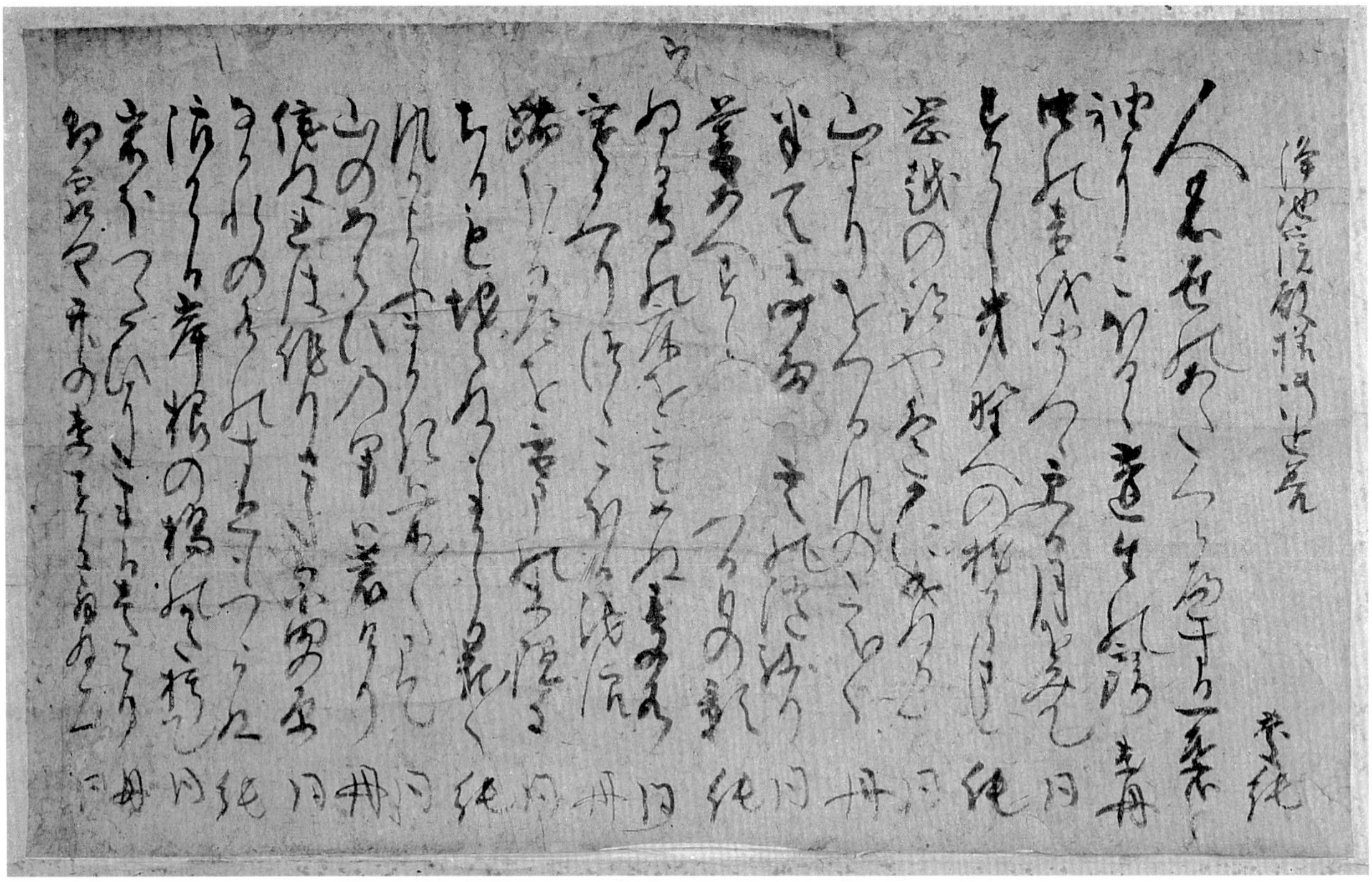

浄地院追善慶純・素丹両吟連歌断簡（熊本市・本妙寺所蔵）

修業に励んでいる。この間、たびたび京都で行われた連歌の席に参加しているが、元和八年十月十九日には加藤清左衛門三正興行百韻（大阪天満宮御文庫蔵『連歌十巻』。発句、昌琢。連衆、三正・空・昌俔・玄陳・信助・寿伯・行生・正直・豊一・直次）、元和九年（一六二三）冬には並河志摩守宗為興行百韻（土橋文庫蔵『琢出座』。発句、昌琢。連衆、宗為・昌俔・禅昌・慶純・玄的・了倶・舜政・行生・政直・豊一・宗順・松寿）など、素丹に学んだ加藤家重臣たちの連歌興行にも出座しており、このことは宗因の里村家入門が、素丹からの流れを受けた加藤家中の連歌愛好の気風によるものであることを示唆している。また、宗為興行百韻の連衆の中に、かつて素丹と清正追善句を詠んだ慶純の名がみえることも興味深い。ちなみに「行生」は加藤忠広の御供衆で、宗因と同じ時期に昌琢門下で連歌修行に励んでおり、宗因の上洛も彼と同様の立場—正方の御供衆としての連歌修行—としてのものだったと考えられる。

　寛永八年には名を「宗因」と改め、肥後八代において主君正方との『両吟千句』（大阪天満宮御文庫所蔵、作品番号8）、また、八代にて「万代やうちはへ春の花の宿」（『宗因発句帳』、作品番号27）という句を詠んでいる。それはまさに本格的な主君奉公に対する意気込みに溢れる心の充実ぶりの反映であり、連歌師・宗因の時代の幕開けを感じさせる。中世から近世へと移り行く中、八代がその地理的環境によって城下町として存続することとなった歴史の流れと、素丹や慶純を媒介にして加藤家に摂取された里村流の連歌の流れ、この二つの潮流の結節点が加藤正方時代の八代であり、連歌師・宗因はここで育まれた。そしてこの後、「宗因」という大きな潮流は全国に広がることになる。

加藤家旧臣と宗因

冒頭に述べたように、寛永九年の主家加藤家改易により、翌十年、宗因は肥後八代を離れ、その後二度と八代の地を踏むことはなかった。しかし、宗因の「加藤家旧臣」としての性格はその後の活動の根底に影響を及ぼし続けていたように思える。宗因が大坂天満宮連歌所の宗匠として活躍する一方、内藤義概（風虎）や小笠原忠真・松平信之ら諸大名・武家から招聘され厚遇を受けたのは、宗因の連歌・俳諧における教養・才能はもちろんのこと、そこに表れる宗因の個性に武士としての気質が感じられたからかもしれない。

　宗因と加藤家との繋がりに関しては、主君・正方との主従関係が慶安元年（一六四九）正方（風庵）が広島で没するまで続いていたことは周知の事実であり、また加藤家旧臣との交流もいくつか確認できる。中でも近年明らかになった好例が、北嶋江庵との交友

↑現在の八代城（松江城）跡。

である。

　肥後出身の北嶋江庵は加藤家に仕えた医師を父に持つ人物で、書家として著名な北嶋雪山の実兄である。[10] 江庵についてはこれまで『宗因発句帳』や『三籟集』の前書によってその名が知られるのみであったが、近年、寛文九年（一六六九）九月に長崎で興行された宗因・風山（江庵）・惟常（佐伯金右衛門）による百韻連歌の存在が明らかになった。[11] この前書において、宗因は風山と惟常を「故郷のいにしへ人」と表現しており、その百韻の内容も同じ主君に仕えた者同士の共感の情を詠んだものとなっている。さらに、本展覧会の準備の過程で、延宝九年（一六八一）四月に宗因が江庵に宛てて近況を伝える書簡が新たに確認された（作品番号122）。これらの新出資料は、宗因が肥後を離れた後、最晩年にいたるまで「故郷のいにしへ人」と交友を絶やさなかったことを如実に物語っている。肥後に生まれた武士・西山宗因は、生涯「加藤家旧臣」としての自覚を持ち続けたのである。

　このたびの展覧会では、関係各位のご協力により『肥後道記』をはじめ、数多くの宗因自筆作品を八代で展示させていただく予定である。それはまさしく失意のままに故郷を離れ京に向かった寛永十年以来、三七〇余年ぶりの里帰りになるかと思うと感慨深い。肥後を去る際に八代を想い「春の山秋のもみぢにしめゆひしかげしも今はたれならすらん」（『肥後道記』）と詠んだ宗因。さて、現在の八代を訪れて、何と詠むだろうか。

（とりづ　りょうじ　八代市立博物館未来の森ミュージアム学芸員）

—註—

(1) 肥後八代時代の宗因については、野間光辰氏の論稿（同『談林叢談』、岩波書店、一九八七年）や江藤保定氏の一連の論稿（「西山宗因伝考」、『鶴見大学紀要』第一部国語国文編一五～一八、一九七八～八一年）など、いくつかの研究の蓄積がある。なお、本稿の執筆にあたっては尾崎千佳「西山宗因年譜稿」（『ビブリア』一一一、一九九九年）から多くの知見を得た。

(2) 『八代日記』（青潮社、一九八〇年）の天文十六年（一五四七）十月二十三日条、天文十八年（一五四九）十月十六日条、同十月二十五日条、天文二十一年（一五五二）十一月二十五日条など。

(3) 『肥後文献叢書』二（歴史図書社、一九七一年）所収。

(4) 『肥後文献叢書』四（歴史図書社、一九七一年）所収。

(5) 熊本県立美術館編『本妙寺歴史資料調査報告書　美術工芸品篇』（一九八一年）所収。

(6) 『新宇土市史』資料編第三巻（二〇〇五年）所収。

(7) 『京都大学蔵貴重連歌資料集　六』（臨川書店、二〇〇二年）所収。また、長谷川千尋氏による解題「素丹聞書『称名院追善千句注』」（同書）を参照。

(8) 『素丹発句』については棚町知弥「翻刻『素丹発句』」（『有明工業高等専門学校紀要』第四号、一九六八年）を参照。素丹については八代古文書の会・大石隆三氏より多大なるご教示を得た。

(9) 加藤清左衛門三正がどのような人物であったかは、他文献にほとんどその名を見出すことができず不明である。もともと「清左衛門」「孫三郎」と称していた（『清正勲績考』）とされる加藤正方と同一人物の可能性もあり、彰考館本『肥後道記』の巻末には「八代之城主加藤右馬丞浪人シテ木（ママ）圀寺ニ居住三政法名風庵」と記されているが（小磯純子「西山宗因紀行文集」、『相模女子大学紀要』五七A、一九九三年）、「三政」＝「三正」かどうか、確証には至らない。

(10) 『肥後先哲偉蹟』正・続（歴史図書社、一九七一年）の「北嶋雪山」の項を参照。

(11) 小松天満宮所蔵「ありし世は」百韻（『西山宗因全集』第二巻収録予定）。また、尾崎千佳「能順と宗因―西山宗因全集発刊を記念して」（『小松天満宮だより』二一、二〇〇五年）を参照。

宗因・芭蕉対照略年譜

尾崎千佳（おざき ちか　山口大学助教授）

【凡例】一、西山宗因の生涯を概観することを主眼とし、芭蕉との接点も概観できるよう、上下にそれぞれの略年譜を配置した。
一、作成に当たっては、尾崎千佳「西山宗因年譜稿」（『ビブリア』111、平成11年）、今栄蔵『芭蕉年譜大成』（角川書店、平成6年）を参照した。
一、表中の（数字）は、図録掲出作品番号を示している。
一、年次欄には、改元年に当たる場合、改元後の元号のみを記すに留めた。

年次（西暦）	宗因		芭蕉
慶長十年（一六〇五）	一歳	加藤清正家臣の子として、肥後熊本に誕生。俗名次郎作、諱豊一。	
元和五年（一六一九）	十五歳	この頃より、八代城代加藤正方の側近に仕え、翌年、連歌の道に志す。	
元和八年（一六二二）	十八歳	初めて上洛、里村南家の学寮に入門。在京八年、連歌の修行を積む。	
寛永七年（一六三〇）	二十六歳	この頃、里村昌琢より伊勢物語伝受。竟宴として百韻連歌を催す（12）。	
寛永八年（一六三一）	二十七歳	三月、正方と千句を両吟し、昌琢の批点を受ける（8）。	
寛永九年（一六三二）	二十八歳	五月、主家加藤忠広江戸へ召喚。六月、出羽荘内へ謫居を命ぜられる。	
寛永十年（一六三三）	二十九歳	九月、熊本を発ち、『肥後道記』の旅（68）。十月入京、堀川本圀寺内に草庵を結び、風庵（正方）ともども浪人生活に入る。	
寛永十五年（一六三八）	三十四歳	春、北野天満宮法楽の『十花千句』を独吟で興行（34）。	
寛永十六年（一六三九）	三十五歳	四月、近衛信尋邸における『桜御所千句』に出座（45）。	
寛永十七年（一六四〇）	三十六歳	二月、風庵の東下に里村玄的と同道。道中、三吟百韻を賦す（9 33）。	
正保元年（一六四四）	四十歳	風庵に松平安芸守光晟へ御預の処置下る。	一歳　伊賀上野に誕生。俗名甚七郎、長じて宗房を名乗る。
正保四年（一六四七）	四十三歳	九月、摂津国中島惣社（大坂天満宮）の連歌所宗匠に就任。	
慶安元年（一六四八）	四十四歳	九月、風庵、広島にて没する。	
慶安二年（一六四九）	四十五歳	正月、天満宮月次連歌再興。五月、『後拾遺和歌集』書写を遂げる（参6）。九月、風庵一周忌追善として、独吟『風庵懐旧千句』を手向ける（10）。	
承応元年（一六五二）	四十八歳	正月、菅家神退七百五十年忌万句を興行（28）。	
承応二年（一六五三）	四十九歳	七月、大坂を発し、『美作道日記（津山紀行）』の旅（70）。	
承応三年（一六五四）	五十歳	九月、天満宮奉納『賦御何連歌百韻』に出座（32）。十月、川崎宗立亭において、俳席に初めて出座。	
明暦二年（一六五六）	五十二歳	正月刊『ゆめみ草』に初入集（50）。三月、『古今和歌集』『千載和歌集』書写を遂げる（44参5）。九月、天満宮境内の仮寓から天満碁盤屋町の向栄庵に移居、『有芳庵記（告天満宮文）』を草す。	十三歳　二月、父松尾与左衛門、没。
万治元年（一六五八）	五十四歳	この頃、「ながむとて」独吟百韻成る（58 94 95）。五月、『東海道各駅狂歌』に評点を施す（66）。八月刊『牛飼』に発句入集（51）。八月、並河順正と『賦山何連歌歌仙』を両吟（115）。	
万治三年（一六六〇）	五十六歳	本年以前の春、『賦何桜俳諧之連歌百韻』を独吟する（52）。	
寛文元年（一六六一）	五十七歳	正月、宗春と伊勢神宮参詣、法楽両吟『賦初何連歌百韻』を奉納（114）。	

寛文二年（一六六二）	五十八歳　三月、大坂を発ち、東海道を経て、七月、内藤忠興城下の奥州岩城平着。『奥州塩竈記（陸奥行脚之記・陸奥塩竈一見記・松島一見記）』の旅(72)。	十九歳　この頃、藤堂新七郎家に出仕か。十二月、最古の俳諧発句成る。
寛文三年（一六六三）	五十九歳　江戸にて越年。夏、筑紫下向、太宰府安楽寺に詣でる。	
寛文四年（一六六四）	六十歳　正月、松山玖也と江戸下向。五月、小笠原忠真の招きで小倉下向。翌年三月まで同地滞在。九月刊『佐夜中山集』に発句十七・付句二十入集。	二十一歳　九月刊『佐夜中山集』に、伊賀上野松尾宗房として発句二、初入集。
寛文五年（一六六五）	六十一歳　小倉にて越年。二月、忠真七十賀として、独吟『小倉千句』を興行(35 36 37)。三月、帰坂。	二十二歳　十一月、藤堂蝉吟興行の貞徳三回忌追善俳諧百韻に一座。
寛文九年（一六六九）	六十五歳　四月、小倉登城、小笠原忠雄の家督祝儀に参列。以降、寛文十一年十月まで九州各地を遊歴。十月、佐賀引杖、願正寺にて『初何連歌百韻』に出座(38)。「すりこ木も」「やどれとの」俳諧百韻二巻を成就(参4)。	
寛文十年（一六七〇）	六十六歳　福岡にて越年。二月、小倉福聚寺法雲禅師の許で出家を遂げる(93)。	
寛文十一年（一六七一）	六十七歳　佐賀にて越年。四月、宗春、天満宮奉納の恒例千句を再興、連歌所宗匠職を宗因より譲り受けるか。十月、帰坂。十一月、大坂城代青山宗俊武運長久祈祷の『賦何船連歌百韻』に出座(46)。十二月、明石城主松平信之の鷹狩に相伴し、『明石山庄記（赤石山庄記）』を草す(77 78)。	
寛文十二年（一六七二）	六十八歳　明石にて越年。正月、明石人丸社法楽の『明石千句』に出座(41)。三月刊『時勢粧』に発句二十五入集。	二十九歳　正月、『貝おほひ』自撰、伊賀上野の菅原社に奉納。春、江戸に出る。三月刊『時勢粧』に発句一。
延宝元年（一六七三）	六十九歳　夏、『蚊柱百韻』を独吟(87)。七月、松坂を経て伊勢山田下向(76)。十月、西鶴編『歌仙大坂俳諧師』刊、巻頭に発句と肖像が載る(参1)。十一月、『伊勢神楽俳諧百韻』成る(112)。その後、明石下向、信之と俳諧『玉霰百韻』を両吟(53)。この頃、『西山宗因千句』『西山宗因後五百韻』刊(85 86)。	
延宝二年（一六七四）	七十歳　春、『西山宗因蚊柱百句』刊、貞門対談林の俳諧論争の幕開けとなる。四月、『宗因五百句』刊(89)。七月、明石人丸社法楽『賦御何連歌百韻』を独吟で成就(39 40)。八月、高野山参詣(124)。帰坂後、千宗室興行『夢想之連歌百韻』に出座(47)。	三十一歳　三月、季吟より『埋木』相伝か。
延宝三年（一六七五）	七十一歳　四月、内藤風虎の江戸屋敷を訪問。夏中江戸に滞留し、田代松意等の『談林十百韻』に巻頭の一句を贈る(43 99)。五月、本所大徳院における「いと涼しき」俳諧百韻に一座、芭蕉（桃青）と初めて対面する(60)。	三十二歳　五月、折から東下中の宗因歓迎の俳諧百韻に桃青号で出座(60)。これ以前、『貝おほひ』を刊行。
延宝四年（一六七六）	七十二歳　十月、伊勢外宮長官荒木田氏富を訪問。伊勢—松坂間に二ヶ月滞在して、十二月、帰坂。この頃、『宗因三百韻』刊。	三十三歳　春、素堂と両吟で天満宮奉納二百韻を興行。宗因流への傾倒を謳う。
延宝五年（一六七七）	七十三歳　この頃、『宗因七百韻』刊(88)。この年以降、旅の色紙成る(79 80)。	
延宝六年（一六七八）	七十四歳　正月、小笠原門葉繁栄を祈願して『浜宮千句』を独吟、豊前綱敷天満宮に奉納(113)。	三十五歳　春、『桃青三百韻附両吟二百韻』刊。三月、志候等六吟百韻に加点(67)。
延宝七年（一六七九）	七十五歳　五月、松坂下向。六月、伊勢。七月、『氏富家千句』に出座(48)。同じ頃、『西山宗因連歌千句』刊。八月、郡山転封の松平信之を伏見・大津辺まで出迎えたのち、九月、帰坂。	
延宝八年（一六八〇）	七十六歳　春、「なんにもはや」独吟百韻を成就(11)。夏中、郡山の信之に奉仕。七月、伊丹の也雲軒訪問、二十歳の鬼貫に切字の事伝授。	三十七歳　四月、『桃青門弟独吟二十歌仙』刊。
天和元年（一六八一）	七十七歳　正月、「雪をうけて」四句懐紙成る(116)。同月、長柄文台に連俳発句を寄せる(20)。三月、京で花見ののち、郡山勤仕。四月から秋にかけて、しばしば鳴滝辺りを逍遥か(55 122)。五月、東下する西鶴留別の俳諧百韻を向栄庵にて興行(57)。十一月、梅朝を伴って山荘に冬籠。	三十八歳　七月、其角等と四吟で二百五十韻興行、『俳諧次韻』として開板。
天和二年（一六八二）	七十八歳　正月刊『俳諧百人一句難波色紙』巻頭に、発句と肖像が載る(参2)。春、郡山。三月、没。享年七十八。天満、浄土宗西福寺に葬る。法名、実省院宗因居士。	三十九歳　十二月、其角と「詩あきんど」両吟歌仙を巻く。

出品一覧

※印は本図録に掲載した作品。法量は縦×横で単位は㎝、冊子については形態を示す。
出品会場の「柿」は柿衛文庫、「八」は八代市立博物館、「書」は日本書道美術館を示す。

なお、出品会場は都合により変更となる場合があります。

番号・名称	員数・法量	所蔵	出品会場
1 ※宗因俳席図刷物（『男重宝記』）	一枚 三六・〇×二八・五	㈶柿衛文庫	柿 八 書
2 ※蕪村筆「俳仙群会図」	一軸 八七・〇×三七・〇	㈶柿衛文庫	柿
3 加藤正方寄進状〈八代市指定文化財〉	一軸 三一・六×四五・七	浄信寺（八代市）	八
4 加藤正方坐像	一点 総高六四・〇	浄信寺（八代市）	八
5 ※加藤正方画像〈八代市指定文化財〉	一軸 八四・〇×三三・三	浄信寺（八代市）	柿 八
6 加藤可重画像〈八代市指定文化財〉	一軸 六九・〇×三四・八	浄信寺（八代市）	八
7 加藤正方辞世和歌〈八代市指定文化財〉	一軸 二七・四×四二・一	浄信寺（八代市）	八
8 ※宗春筆『正方・宗因両吟千句』	一冊 横本（写）	大阪天満宮	柿 八
9 ※宗因筆『賦初何連歌』断簡	一点 一六・九×四六・五	八代市立博物館	柿 八 書
10 ※宗因筆『風庵懐旧千句』	一冊 横本（写）	大阪天満宮	柿 八 書
11 ※宗因筆『昌琢発句帳』	一冊	大阪天満宮	柿 八
12 ※『発句帳法眼昌琢』	一冊 半紙本（写）	㈶柿衛文庫	柿 八
13 ※昌琢筆「たのしみや」句短冊	一点	㈶柿衛文庫	柿 八
14 ※昌琢書簡	一軸 四八・〇×三二・八	八代市立博物館	柿 八
15 ※祖白筆 宗祇句賛宗祇像	一軸 一一三・〇×三七・九	㈶柿衛文庫	柿 八
16 ※玄的筆「花盛」句短冊	一点	㈶柿衛文庫	柿 八
17 ※邸内遊楽図屏風	二曲一隻 一九二・八×五五五・四	㈶角屋保存会	柿
18 ※三十六歌仙図額	四点 六二・〇×三九・五	杭全神社（大阪市）	柿
19 ※花台	一点 三〇・二×四二・六×九・〇	杭全神社（大阪市）	柿
20 ※長柄文台	一点 四五・〇×六一・八×一一・四	大阪歴史博物館	柿
21 ※渡唐天神像	一軸 九一・四×三一・六	大阪天満宮	柿
22 ※御社頭連歌所之図	一綴 二七・〇×七四・〇	滋岡榮子	柿
23 ※連歌所懸額	一点 二五・三×七六・四×五・〇	大阪天満宮	柿
24 大阪天満宮境内図	一枚 三九・六×五四・五	大阪天満宮	柿
25 ※『西山三籟集』	二冊 半紙本	大阪大学附属図書館	柿
26 『西山三籟集』	二冊 横本	㈶柿衛文庫	八 書
27 ※宗因筆『宗因発句帳』	一冊 横本（写）	大阪天満宮	柿 八 書
28 ※『万句発句帳』	一冊 半紙本（写）	大阪天満宮	柿 八
29 ※宗珍筆 向栄庵文庫『什物目録』	一冊 横本（写）	大阪天満宮	柿
30 ※『滋岡家日記』（文政四年）	一冊 半紙本（写）	大阪大学大学院文学研究科日本史研究室	柿
31 ※滋岡長昌筆『連歌書籍目録』	一冊 小本（写）	大阪天満宮	柿
32 ※天満宮奉納『賦御何連歌』	一巻 一七・八×四〇二・六	関西大学図書館	柿

番号・名称	員数・法量	所蔵	出品会場
68 ※宗因筆『肥後道記』	一冊 小本（写）	佐川町立青山文庫	八
69 ※宗因筆『美作道日記』	一巻 天地二八・八	東長寺（福岡市）	八
70 宗因筆『津山紀行』	一巻 三一・四×五六九・九	相模女子大学附属図書館	柿
71 宗因筆『陸奥行脚之記』	一巻	学習院大学日本語日本文学科研究室	柿
72 ※宗因筆『奥州塩竈記』	一巻 天地二八・八	東長寺（福岡市）	八
73 伝内藤義概（風虎）所用紫糸縅二枚胴具足	一領 胴高三五・五	延岡市内藤記念館	八
74 内藤義概（風虎）「野田玉川」和歌懐紙	一軸 三四・九×五一・〇	延岡市内藤記念館	八
75 内藤政栄（露沾）和歌俳諧短冊	一軸 三七・六×四四・三	延岡市内藤記念館	八
76 ※宗因筆 伊勢参宮道中句懐紙	一軸 一五・六×三〇・二	雲英末雄	柿 書
77 ※宗因筆『明石山庄記（神出山庄記）』	一巻 二九・七×二四八・〇	天理大学附属天理図書館	柿
78 ※宗因筆『赤石山庄記』	一巻 一七・五×二三九・九	㈶柿衛文庫	柿 八
79 ※宗因筆 旅の発句色紙	一点	雲英末雄	柿 八 書
80 ※宗因筆 旅の発句色紙	二点	正教寺麓城文庫（八代市）	柿 八 書
81 ※芭蕉筆「馬に寝て」句自画賛懐紙	一軸 三〇・三×四二・八	㈶柿衛文庫	八 書
82 ※芭蕉筆「庭興即時」懐紙	一軸 三一・〇×四六・五	㈶柿衛文庫	八 書
83 ※素龍筆 柿衞本『おくのほそ道』	一冊 枡形本（写）	㈶柿衛文庫	柿
84 『おくのほそ道』	一冊 中本	㈶柿衛文庫	八 書
85 ※『西山宗因千句』	一冊 横本	雲英末雄	柿
86 『西山宗因千句』	一冊 横本	㈶柿衛文庫	柿 八
87 ※宗因筆『蚊柱百韻』	一巻 二五・五×四〇八・一	天理大学附属天理図書館	書
88 ※『宗因七百韻』	一冊 横本	㈶柿衛文庫	柿 八 書
89 ※『宗因五百句』	一冊 横本	㈶柿衛文庫	柿 八 書
90 『冬の日』	一冊 半紙本	㈶柿衛文庫	八 書
91 『すみたはら』	二冊 半紙本	㈶柿衛文庫	八 書
92 『桃の実』	一冊 半紙本	㈶芭蕉翁顕彰会	柿
93 ※宗因筆「いざ桜」句短冊	一点	個人蔵	柿 八 書
94 ※西翁（宗因）筆「ながむとて」句短冊	一軸	雲英末雄	柿
95 ※野梅（宗因）筆「ながむとて」句短冊	一点	八代市立博物館	柿 八 書
96 ※宗因筆「春は宮古」句短冊	一点	八代市立博物館	柿 八 書
97 ※西翁（宗因）筆「おらんだの」句短冊	一点	正教寺麓城文庫（八代市）	柿 八 書
98 ※西翁（宗因）筆「駕籠はあれど」句短冊	一点	正教寺麓城文庫（八代市）	柿 八 書
99 ※梅翁（宗因）筆「清水門や」句短冊	一点	江東区芭蕉記念館	柿

33 ※宗因筆『宗因連歌集』	一冊 中本（写）	天理大学附属天理図書館		八	
34 ※『十花千句』	一冊 横本（写）	大阪天満宮	柿	八	書
35 ※宗因筆『天満宮千句』	一冊 横本（写）	早稲田大学図書館	柿		
36 ※宗因筆『小倉千句』	一冊 横本（写）	大阪天満宮	柿	八	書
37 ※宗因筆『小倉千句』巻五	一巻 一七・五×四〇二・五	八代市立博物館	柿	八	書
38 ※『初何連歌百韻』	一巻 一八・二×四四七・九	福岡市博物館		八	
39 ※宗因筆 明石人丸社法楽『賦御何連歌百韻』	一巻 一七・五×四〇六・一	人麿山月照寺（明石市）	柿		
40 ※宗因筆『播州明石浦人麿社法楽賦御何連歌百韻』	一巻 一八・一×四三六・三	天理大学附属天理図書館			書
41 ※『明石千句』	一冊 横本（写）	雲英末雄	柿		
42 ※宗因他筆 吉田重正上洛記念連歌双幅懐紙	二軸	個人蔵	柿	八	書
43 ※宗因筆「風次第」句懐紙	一軸 三一・二×四五・八	個人蔵	柿	八	書
44 ※宗因筆『古今和歌集』	一冊 半紙本（写）	国立歴史民俗博物館	柿		
45 ※宗因筆『桜御所千句』	一冊 横本（写）	大阪天満宮	柿	八	書
46 ※天満宮奉納『賦何船連歌百韻』	一冊 一八・五×五〇・〇	篠山市立青山歴史村	柿		
47 ※千宗室興行『夢想之連歌百韻』	一冊 一八・二×四九・五	早稲田大学図書館	柿		
48 ※宗因筆『氏富家千句』	一冊 横本（写）	㈶柿衞文庫	柿	八	書
49 ※『賦何人連歌百韻』	一巻 一九・九×二四九・四	早稲田大学図書館	柿		
50 ※『ゆめみ草』	一冊 横本（写）	天理大学附属天理図書館		八	
51 ※『牛飼』	五冊 中本	㈶柿衞文庫	柿	八	書
52 ※宗因筆『賦何桜俳諧之連歌百韻』（『しれさんしょ』百韻）	一巻 一八・一×五四二・六	天理大学附属天理図書館	柿		
53 ※宗因筆『玉霰百韻』	一巻 一四・七×一八〇・五	天理大学附属天理図書館		八	
54 ※宗因筆「すき鍬や」八句懐紙	一軸 三一・〇×五四・四	㈶柿衞文庫	柿	八	書
55 ※宗因筆『誹諧歌仙』	一巻 三一・四×一九一・二	天理大学附属天理図書館	柿		
56 ※『むかし口』	一冊 半紙本	㈶柿衞文庫	柿	八	
57 ※西鶴筆「此たびや」句短冊	一軸	㈶柿衞文庫	柿	八	書
58 ※宗因賛西鶴画「花見西行図」	一軸 二九・四×四五・五	㈶柿衞文庫	柿	八	書
59 西鶴十二ヶ月	二点 二三・三×三三・二	㈶柿衞文庫		八	書
60 ※『談林俳諧』	一冊 横本（写）	天理大学附属天理図書館	柿		
61 ※『去来抄』	三冊 半紙本	㈶柿衞文庫	柿	八	書
62 『俳家奇人談』	三冊 大本	㈶柿衞文庫	柿	八	書
63 ※芭蕉筆「亀子が良才」草稿	一軸 二四・六×三三・二	㈶柿衞文庫	柿	八	書
64 ※宗因評点 得能通広等「冬ごもる」連歌百韻	一巻 一八・五×二八〇・七	㈶柿衞文庫	柿	八	書
65 ※宗因評点「道の者」俳諧百韻断簡	一巻 一八・〇×三二〇・九	㈶柿衞文庫	柿	八	書
66 ※宗因評点『東海道各駅狂歌』	一冊	天理大学附属天理図書館		八	
67 ※芭蕉（桃青）評点 志候等六吟百韻	一巻 一八・〇×三五〇・〇	個人蔵	柿	八	書
100 ※一幽（宗因）筆「小家なれど」句短冊	一点	江東区芭蕉記念館	柿		
101 ※宗因筆「花の春」句短冊	一点	滋岡榮子	柿		書
102 宗因筆「かけもよく」句短冊	一点	滋岡榮子	柿		書
103 ※宗因筆「さればこそ」句短冊	一点	個人蔵	柿	八	書
104 ※梅翁（宗因）筆「すりこ木も」句短冊	一点	個人蔵	柿	八	書
105 ※西翁（宗因）筆「すりこ木も」句短冊	一点	八代市立博物館	柿	八	書
106 ※宗因筆「月は冬」句短冊	一点	個人蔵	柿	八	書
107 ※宗因筆「さればこそ」句短冊	一点	大野温于	柿		
108 ※宗因筆「いにしへの」和歌短冊	一点	曽根天満宮（高砂市）	柿		
109 宗因筆「さればこそ」句短冊	一点	雲英末雄	柿		
110 ※芭蕉筆「ふる池や」句短冊	一軸	㈶柿衞文庫	柿	八	書
111 ※宗因筆「楊梅」自画賛	一軸 二三・一×二九・七	㈶柿衞文庫	柿	八	書
112 ※宗因筆「伊勢神楽」画賛	一軸 三三・〇×四九・〇	個人蔵	柿	八	書
113 ※宗因筆『浜宮千句』懐紙	一〇冊 一八・五×五四・五	綱敷天満宮（福岡県椎田町）	柿	八	
114 ※宗因筆 大神宮法楽『賦初何連歌』	一巻 一八・二×四八六・三	八代市立博物館	柿	八	書
115 ※宗因筆『賦山何連歌歌仙』	一巻 一七・八×一九四・八	天理大学附属天理図書館			書
116 ※宗因筆 四句懐紙	一軸 二八・七×四六・〇	㈶柿衞文庫	柿	八	書
117 ※宗因筆 歳旦和歌連歌懐紙	一軸 二八・一×四一・三	八代市立博物館	柿	八	書
118 芭蕉筆『野さらし紀行』	一巻 二一・三×四六四・八	天理大学附属天理図書館		八	
119 芭蕉筆「市中は」歌仙	一巻 一六・九×一三六・四	㈶芭蕉翁顕彰会	柿		
120 芭蕉筆「はなのくも」句扇面	一点	㈶柿衞文庫	柿		書
121 ※元春あて宗因書簡	一軸 二六・〇×三八・八	㈶柿衞文庫	柿	八	書
122 ※北嶋江庵あて宗因書簡	一軸 一五・〇×四八・〇	㈶柿衞文庫	柿	八	書
123 ※去来あて芭蕉書簡	一軸 一一・四×四五・二	㈶柿衞文庫		八	書
124 ※宗因書簡（高野山詣記）	一巻 一三・七×八二・七	天理大学附属天理図書館	柿		
参考出品1 許六画「おくの細道行脚図」複製		天理大学附属天理図書館原蔵		八	
参考出品2 蕪村筆「おくの細道画巻」複製		㈶逸翁美術館原蔵		八	
参考図版1 ※『歌仙大坂俳諧師』		天理大学附属天理図書館			
参考図版2 ※『俳諧百人一句難波色紙』		天理大学附属天理図書館			
参考図版3 ※天満宮境内指図〈重要文化財〉		太宰府天満宮			
参考図版4 ※宗因筆「すりこ木も」句懐紙		個人蔵			
参考図版5 ※宗因筆『千載和歌集』		北海道大学図書館			
参考図版6 ※宗因筆『後拾遺和歌集』		北海道大学図書館			
参考図版7 ※宗因筆『賦初何連歌』		石川県立歴史博物館			
参考図版8 ※宗因筆「またるゝも」句短冊		井上清			
参考図版9 ※梅翁（宗因）筆「さみだれや」句短冊		井上清			

謝辞

本展覧会の開催にあたり、貴重な作品をご出品いただきました所蔵者、ならびに写真をご提供いただいた関係各位、ご指導ご協力賜りましたみなさまに深く感謝の意を表します。

（敬称略・五十音順）

浅井恒雄
有村善雄
生田秀敏
池上尊義
石川真弘
井上　清
井上敏幸
井上智勝
岩佐直人
牛見正和
海野圭介
馬岡裕子
近江晴子
大石隆三
大倉隆二
大野温于
岡崎友子
尾形　仂
尾崎千佳
加藤成文
神谷和孝
北泊謙太郎
雲英末雄
河野克人
笹森雅子
塩崎俊彦
滋岡榮子

島津忠夫
曽根文省
高浜州賀子
高山英朗
玉城　司
寺井種伯
冨田康之
中川清生
中野謙一
中野朋子
中野知子
中村　元
馬場敏子
福島靖子
藤江正謹
藤田紫雲
増田　豪
間瀬元道
松浦　清
松岡　司
味酒安則
宮野弘樹
村田隆志
山野貫雄
横浜文孝
吉田信也
藁井信恒

石川県立歴史博物館
大阪大学大学院文学研究科日本史研究室
大阪大学附属図書館
大阪天満宮
大阪歴史博物館
学習院大学日本語日本文学科研究室
関西大学図書館
杭全神社
熊本県立美術館
月照寺
江東区芭蕉記念館
国立歴史民俗博物館
財団法人角屋保存会
財団法人芭蕉翁顕彰会
相模女子大学附属図書館
佐川町立青山文庫
篠山市立青山歴史村
正教寺
浄信寺
曽根天満宮
太宰府天満宮
綱敷天満宮
天理大学附属天理図書館
東長寺
延岡市内藤記念館
福岡市総合図書館
福岡市博物館
北海道大学図書館
本妙寺
早稲田大学図書館

宗因から芭蕉へ ―西山宗因生誕四百年記念―

平成十七年十月二十二日発行

編　者　財団法人　柿衞文庫
　　　　八代市立博物館未来の森ミュージアム
　　　　財団法人　日本書道美術館

発行者　株式会社　八木書店
　　　　代表　八木壮一
　　　　東京都千代田区神田小川町三―八
　　　　電　話　〇三―三二九一―二九六一〔営業〕
　　　　　　　　　　　　　　―二九六九〔編集〕
　　　　ＦＡＸ　〇三―三二九一―二九六二

印　刷　株式会社　天理時報社

ISBN4-8406-9667-5　定価（本体2,000円＋税）